UN COTTAGE POUR DEUX

De la même autrice :

Un jour en décembre, 2019

Les Deux Vies de Lydia Bird, 2021

Titre original : *One Night on the Island*

Publié pour la première fois en 2022 par VIKING, une marque de PENGUIN GENERAL. PENGUIN GENERAL fait partie du groupe Penguin Random House.

Traduit de l'anglais par Marion Schwartz

76, boulevard Pasteur
75015 Paris – France
www.editionscharleston.fr

Maquette : Patrick Leleux PAO

ISBN : 978-2-38529-048-1

Charleston s'engage pour une fabrication écoresponsable ! Amoureux des livres, nous sommes soucieux de l'impact de notre passion et choisissons nos imprimeurs avec la plus grande attention pour que nos ouvrages soient imprimés sur du papier issu de forêts gérées durablement.

Pour suivre notre actualité, rejoignez-nous sur Facebook (Éditions.Charleston), sur Twitter (@LillyCharleston) et sur Instagram (@EditionsCharleston) !

Josie Silver

UN COTTAGE POUR DEUX

Roman

Traduit de l'anglais
par Marion Schwartz

CHARLESTON

Pour la merveilleuse Katy Loftus

CLÉO

Mission Flamant Rose

28 septembre, Londres

— Tu veux vraiment m'expédier sur une île déserte pour que je me marie avec moi-même ?

Une bouffée de chaleur envahit ma nuque. Je suis assise face à ma boss, Ali, à la fois terrifiante et énigmatique. Au fil des années passées chez *Women Today*, elle m'a certes demandé de me lancer dans des aventures assez extravagantes, mais celle-ci les dépasse toutes.

— Ça ne t'engage pas juridiquement, indique-t-elle comme si cela rendait la proposition plus séduisante.

— Écoute, Ali.

Je me pince l'arête du nez et choisis mes mots avec précaution :

— C'est une chose pour une célébrité de déclarer qu'elle est en couple avec elle-même lors d'une interview pour *Vogue.* C'en est une autre pour une chroniqueuse spécialisée « rencontres amoureuses » de presque trente ans d'affirmer la même chose.

Je bredouille en prononçant mon âge ; le chiffre colle dans ma bouche comme de la glu. Trente ans, cela me semblait n'être rien qu'une année de plus jusqu'à ce que j'atteigne vingt-neuf ans trois quarts, et à l'approche de cet anniversaire majeur, je me suis soudain mise à éprouver différentes formes d'anxiété assez fâcheuses. J'étais – je suis toujours – déterminée à ne pas devenir le genre de personne qui en fait tout un plat. Mais c'est comme si, chaque jour, quelqu'un ajoutait un poids supplémentaire sur mes épaules – l'un de ces mini-poids en fonte que l'on trouve sur les anciennes balances de cuisine. Je disparais sous ces minuscules blocs invisibles et, évidemment, Ali a remarqué mon déclin, puisque Ali remarque tout. Ce n'est pas en se reposant sur ses lauriers qu'elle est devenue la rédactrice en chef de l'un des meilleurs magazines de société en ligne du Royaume-Uni. Son ascension fulgurante, largement commentée dans le milieu, fait des jaloux tout en forçant le respect. J'ai de la chance de travailler avec elle, je le sais, et j'irais même jusqu'à dire que je la considère comme une amie, une vraie boule d'énergie au regard laser qui me terrifie et peut me pousser à faire des choses que je n'ai pas envie de faire. Comme me retrancher sur une île dont je n'ai jamais entendu parler, perdue au large de l'Irlande, pour me marier avec moi-même.

— Franchement, Cléo, je suis retombée sur cette vieille interview d'Emma Watson ce week-end, et tout ce qu'elle disait me faisait penser à toi.

Elle se lève et se met à arpenter la pièce, trop enthousiaste pour rester assise, avant de poursuivre :

— Elle a essuyé une série de fiascos amoureux, s'apprête à passer le cap de la trentaine…

Ali coche les cases d'une liste imaginaire sur ses doigts tandis qu'elle parle.

— … cherche à définir sa place dans le monde en tant que femme célibataire et fait face à une forte pression médiatique ainsi qu'aux attentes des autres.

— J'ai de la peine pour elle, vraiment, je réplique. Ça doit être atroce d'être obligée de bécoter Robert Pattinson pour gagner sa vie.

Ado, il m'avait fait une sacrée impression – sans doute le côté strass, paillettes et immortalité. Faut-il s'étonner que j'aie eu du mal à trouver l'amour, avec des attentes aussi irréalistes ? Voilà un bon sujet pour l'une de mes prochaines chroniques.

— Elle n'a jamais eu besoin de bécoter R-Patz. Ne dévalorise pas Emma juste pour te rassurer. Tu sais très bien que j'ai mis le doigt sur quelque chose.

Assise sur une chaise de bureau, je triture un fil qui dépasse de l'accoudoir.

— Ce n'est pas tout à fait juste de dire que j'ai enduré une série de fiascos. C'est mon boulot, après tout.

— Je sais, je sais. On te paie pour accepter de faire des rencontres d'un petit *swipe* vers la gauche et mettre ton grand et joli cœur à nu. D'ailleurs, tout le monde aime ton optimisme et ta foi en la possibilité de trouver ton flamant rose.

« Mission Flamant Rose » est l'accroche de ma chronique en ligne ; les flamants roses sont connus pour s'accoupler à vie, d'où le titre. On a fait quelques essais avec d'autres animaux réputés pour leur fidélité, mais « Mission Gibbon » était synonyme de fesses rouges et d'épouillage tandis que « Mission Lapin » abaissait le niveau et manquait cruellement d'élégance. « Mission Flamant Rose » semblait parfait, mais au fil du temps je me suis un peu désinvestie, notamment parce qu'avec toutes les babioles que j'ai reçues, je pourrais ouvrir un magasin dédié aux flamants roses.

— Écoute, Cléo, il faut que tu marques le coup. Trente ans, c'est un vrai séisme dans la vie d'une femme.

Ali s'interrompt comme elle le fait chaque fois qu'elle prépare un mauvais coup, puis tranche :

— C'est ça ou le tatouage.

Je soupire ; j'aurais dû le voir venir. Cette histoire de tatouage est une sorte de blague entre nous, qui revient régulièrement en réunion d'équipe. Dès que je sèche pour l'une de mes chroniques, un collègue me lance un regard en coin et me suggère de me faire tatouer un flamant rose, de préférence à un endroit où je ne pourrai pas le dissimuler.

— OK, OK. Tu sais, au fond, je crois que j'ai toujours apprécié ce qu'Emma défend dans l'idée d'être en couple avec soi-même. Je comprends le message qu'elle veut faire passer : elle se suffit à elle-même. Elle est seule, mais pas solitaire.

Ali acquiesce et me laisse continuer sur ma lancée, espérant que je me convainque moi-même. Cette façon qu'elle a d'observer le silence pour obtenir ce qu'elle veut est remarquable.

— C'est une femme dynamique, indépendante, qui sait qu'il existe plein de manières de mener une vie épanouie. Pour elle, n'avoir ni partenaire ni ribambelle d'enfants ne signifie pas qu'elle a tout raté, et elle n'est pas du genre à se mettre la pression parce que son frère et ses sœurs sont mariés et ont des enfants, ni à se sentir obligée de défendre son célibat à chaque réunion de famille, même si elle est évidemment noyée dans un océan de faire-part de mariage et d'invitations à des *baby showers*. Bien sûr que je suis contente pour eux, mais bon sang, est-ce qu'il faut vraiment qu'ils agitent ça sous mon nez, en immenses lettres dorées ?

Je m'arrête quand je réalise que j'ai haussé le ton et que je me suis mise à parler de moi, et non plus d'Emma Watson. Et puis, c'est injuste d'inclure mon frère Tom dans cette liste de griefs ; c'est le seul de la famille qui n'évoque jamais ni le déclin de ma réserve d'ovules ni l'absence de partenaire à mon bras. Dans notre fratrie, Tom et moi sommes les plus éloignés en âge (sept ans, pour être précise), mais les plus proches pour tout le reste. Notre père est décédé quand j'avais trois ans, et on pourrait facilement penser que Tom a été une sorte de figure paternelle pour moi. Mais quand j'étais ado, c'était plutôt celui qui me glissait une cigarette sous la table ou me couvrait si je rentrais trop tard le soir. Apparemment, nous tenons tous les deux de mon père : même chevelure noire et même regard plein de malice, si l'on en croit ma mère.

Impassible, Ali se rassied, les mains jointes, donnant l'impression qu'elle est en train de réfléchir ou de prier.

— C'est exactement là où je veux en venir, finit-elle par lâcher. C'est à la fois l'occasion rêvée d'éviter la pression de l'énorme anniversaire surprise que ta famille organise, une raison tout à fait valable pour esquiver poliment les mariages et *baby showers* imminents, et l'opportunité de t'accorder une vraie pause pour la première fois en trois ans.

— Ma famille organise une fête surprise ?

— Ta mère m'a écrit la semaine dernière pour savoir si tu pourrais te libérer du boulot et en a profité pour me demander une liste de tous tes « amis londoniens ». Et si je mime des guillemets, c'est parce qu'elle en a utilisé. Elle s'est aussi lancée à la recherche de tes anciens camarades de classe sur Facebook. Et de tes anciens petits amis. Tes funérailles avant l'heure, en gros.

Mes doigts me démangent, je n'ai qu'une envie : écrire à Tom pour savoir ce qu'il en est. J'aime ma famille de tout mon cœur, mais ils me connaissent assez pour savoir que voir les fantômes de mon passé me sauter dessus en criant « Surprise ! » dans une pièce plongée dans le noir ressemblerait à ma définition personnelle de l'enfer, non ? Je préférerais encore me faire tatouer le flamant rose. Sur le visage, même.

— Donc, pour résumer, j'ai le choix entre subir cet anniversaire surprise ou accepter ta proposition et partir seule, sur une île perdue dont personne n'a jamais entendu parler, au large de l'Irlande.

— Salvation Island, répond Ali, d'un petit air satisfait. L'île du Salut.

Il est clair que le nom fortuit de cette île l'enchante. Peut-être même en est-elle à l'origine. Elle serait tout à fait capable d'engager toutes les procédures nécessaires à un changement de nom, si elle était persuadée que cela nous vaudrait davantage de lectrices.

— Tous frais payés, ajoute-t-elle, comme si cela pouvait faire pencher la balance.

— Je ne peux pas faire ça dans mon appart ?

— Non.

— Aux Maldives ?

— Pas tous frais payés, non.

— Il va faire froid ?

Les traits d'Ali se déforment tandis qu'elle essaie de changer sa grimace en sourire.

— Allons, allons. A-t-on déjà donné le meilleur de soi-même sous un parasol ? Pense à tout ce qui t'attend : feux de bois crépitant d'inspiration et thés fumant d'ambition.

— Tu as clairement piqué cette réplique à Dolly Parton.

Les yeux d'Ali s'illuminent, et elle poursuit, m'attirant lentement dans ses filets :

— Pas d'horaires de bureau sur l'île du Salut !

Je réfléchis aux choix qui s'offrent à moi. Le simple fait de penser à l'imminence de mes trente ans fait grimper mon niveau d'anxiété en flèche. Quant à marquer le coup avec une fête surprise entourée de gens dont je ne connais plus rien, et qui porteront sans doute leurs alliances comme on arbore une médaille... ça me donne juste envie de faire ma valise.

— C'est vrai que j'aime beaucoup l'Irlande, dis-je à voix basse, sentant le piège d'Ali se refermer sur moi, comme toujours.

— Le lodge est magnifique, et complètement isolé. Le rêve de tout écrivain.

Elle sait que ces mots-là m'iront droit au cœur. Je ne suis peut-être qu'une chroniqueuse spécialisée en rencontres pour le moment, mais grâce aux confessions faites après quelques verres de vin, Ali n'ignore rien de la romancière qui sommeille en moi et de mes fragiles rêves d'adolescente enfouis derrière la vie londonienne. Et malgré tout, j'admire sa manière de trouver précisément les mots qui font naître en moi une douce lueur d'espoir.

— Comment as-tu entendu parler de cet endroit ?

— C'est Carole qui m'a envoyé les infos, répond Ali en soupirant. L'une de ses amies hippie y a fait des retraites de reiki et autres trucs de ce genre pour l'aider à canaliser son énergie négative. Tu la connais, elle me soupçonne toujours d'être au bord de la dépression.

Carole, la belle-sœur d'Ali, exprime son inquiétude pour les autres à travers les cadeaux d'anniversaire ou de Noël qu'elle leur offre : bons pour des séances de traitement aux ventouses, manuels pour apprendre à faire le tri dans sa vie, et même un gong tibétain qu'Ali fait parfois retentir lorsqu'elle veut capter l'attention de tout le monde.

— Considère ça comme une lune de miel… spirituelle ! ajoute-t-elle sans même essayer de cacher son petit air satisfait.

— Il y a du wi-fi ? Sinon, je ne pourrai pas t'envoyer ma chronique.

J'essaie de me raccrocher à n'importe quoi.

— Techniquement non, mais tu crois vraiment que je t'enverrais dans un endroit sans réseau ? J'ai vérifié, il y en a au village, et a priori, c'est à seulement dix minutes à pied.

Super. Du froid, de l'humidité, et impossible de faire défiler les stories sur Insta pendant que je suis aux toilettes.

— Tu as déjà réservé, pas vrai ? dis-je, résignée.

Elle fredonne un air de marche nuptiale et sort de son tiroir un bonnet rouge à pompon qu'elle fait glisser sur le bureau.

— Tu décolles jeudi.

CLÉO

Avis de conseils intempestifs

Quatre jours plus tard,
quelque part au milieu de l'Atlantique

JE VAIS MOURIR et c'est la faute d'Emma Watson. Si j'avais du réseau, j'appellerais Ali et je jurerais comme un vieux loup de mer, ce qui s'y prêterait bien puisque je suis à bord d'un remorqueur qui tangue au milieu de l'océan déchaîné. On se croirait sur le bateau pirate d'un parc d'attractions, sans les mesures de sécurité et le plaisir qui vont avec.

Salvation Island. Enfin, ça, c'est le nom officiel car à l'origine, l'île s'appelle Slánú. Ali affirme que la plupart des gens utilisent le nom anglais, sans doute dans l'idée d'exploiter au maximum les slogans du type « *Welcome to Salvation* » imprimés sur des torchons et autres babioles pour touristes. L'île du Salut… S'il me restait encore des forces, l'ironie de ce nom me ferait sourire. Mais pour l'heure, je m'agrippe à la rambarde glissante du navire et marmonne une prière de mon invention pour qu'on arrive à bon port. Des embruns glacés fouettent mon visage et je frissonne sous mon manteau trop mince. Si seulement j'avais une capuche à la place du bonnet en laine écarlate d'Ali ; il est complètement trempé maintenant.

— Fixez l'horizon, ça aide pour le mal de mer.

Je jette un coup d'œil vers le seul autre passager à bord, pas vraiment disposée à écouter ses conseils ; après tout, je n'ai rien demandé. Je ne comprends pas pourquoi je me fais ballotter comme une poupée de chiffon alors que, lui, assis juste en face de moi, semble vissé à son siège. Peut-être que c'est le cas d'ailleurs. C'est tout à fait le genre de type à ne jamais sortir de chez lui sans mousqueton de rechange et qui n'aime rien tant que passer ses vacances en stage commando.

— Ça va, merci.

Je dois hurler pour qu'il m'entende.

— OK. C'est juste que vous avez l'air un peu… pâle.

Je n'arrive pas à identifier son accent. Américain ?

Je crois qu'il s'est fait une opinion de moi un peu hâtive : il me voit comme une froussarde incapable de survivre à une traversée en haute mer. Et même si ce n'est pas complètement faux, j'en ai assez que les gens se permettent de me juger sans me connaître.

— C'était juste pour vous aider, dit-il en haussant les épaules, voyant que je reste muette. Si vous avez envie de vomir, visez par-dessus bord, c'est tout.

Et voilà. Jane refuse l'invitation de Tarzan à faire un tour en liane, Tarzan fait la gueule.

Je réponds en criant par-dessus le vacarme du moteur :

— Je ferai de mon mieux. Désolée d'avance si je me rate et que je vous vomis dessus.

Mince, c'était un peu dégueu, même pour moi ; la seule raison qui explique une mauvaise humeur pareille, c'est que j'ai peur pour ma vie. Enfin, ça, et le voir porter une parka imperméable responsable de la mort d'un million d'oies sauvages, avec une capuche plus grande que la tente sous laquelle on avait dormi avec Ruby un été, à Glastonbury. Le vent chargé d'écume et de sel m'empêche de voir quoi que ce soit. Au moins, mes pieds sont secs, contrairement à tout le reste. Je tremble de peur chaque fois que le bateau rebondit sur la crête d'une vague. Je n'ai pas signé pour finir noyée en plein océan Atlantique en compagnie d'un Américain aux allures de Bibendum.

*

Je me hisse hors du bateau et patauge pour franchir les derniers mètres qui me séparent de l'île du Salut. Je ne tombe pas à genoux et je n'embrasse pas non plus le sable même si, franchement, après cette traversée, je crois que je devrais.

— Vous savez où aller ? me lance le capitaine en me regardant derrière ses longs cheveux gris qui s'emmêlent au vent. Il faut que je retourne sur le continent avant la nuit.

Je n'ai évidemment aucune idée de la direction que je dois prendre, mais de la même manière qu'on ne dit pas à son coiffeur qu'on déteste la frange qu'il vient de nous faire, je hoche la tête et lui assure que tout va bien. Il me fixe, hésitant.

— Il n'y a qu'un seul chemin de toute façon, dit-il en désignant le début d'un sentier, vers la droite, là où la pénombre se fait de plus en plus dense.

Je distingue à peine la silhouette de l'autre passager, qui s'avance déjà dans la brume, enveloppé dans son énorme manteau rouge. Il n'a pas le temps de lambiner ; sans doute un type du coin qui connaît l'île comme sa poche.

— Avancez tout droit et vous tomberez rapidement sur le magasin de Brianne.

Sur ces mots, le capitaine me quitte, levant la main en signe d'adieu tandis qu'il traverse la plage en trottinant pour rejoindre son bateau.

Me voici désormais seule sur cette étendue rocheuse aux airs de bout du monde. Devant moi, le sable ; derrière moi, des champs marécageux qui s'étendent, abrupts, et disparaissent au loin dans le brouillard. Si je ne suis pas aussi terrifiée que je devrais l'être, c'est sans doute parce que ma vie était en péril il y a moins de dix minutes. J'aspire une grande bouffée de cet air irlandais froid et gris, et je me sens soudain gagnée par l'enthousiasme.

Ces derniers mois, un sentiment insidieux et tenace s'est emparé de moi, la sensation qu'il était peut-être temps d'entamer un nouveau chapitre. J'avais vingt-six ans quand je me suis engagée à partager ma quête du flamant rose parfait avec tout le pays. À l'époque, ça me faisait rire et c'était aussi un super moyen de gagner de l'argent. J'avais déménagé à Londres quelques années plus tôt, débarquant du train en provenance directe de la banlieue nord, des rêves de paillettes plein la tête et pas un sou en poche. Je me suis accrochée et, de fil en aiguille, j'ai réussi à faire ma place pour ne pas avoir à acheter de billet retour. J'ai saisi toutes les occasions qui se présentaient, je me suis engouffrée par toutes les portes que je trouvais ouvertes, portée par ma jeunesse et par la certitude inébranlable que j'avançais dans la bonne direction. Petit à petit, de canapé en chambre de bonne, de boulots minables en boulots un peu moins minables, j'ai fini par atterrir dans la ligne de mire d'Alison Stone. Elle a décelé l'ambition et le courage là où d'autres, dont ma famille, ne voyaient que naïveté et inconséquence. En réalité, peut-être qu'elle avait simplement besoin d'une chroniqueuse pour sa rubrique rencontres et que j'ai franchi la porte de son bureau au bon moment. Mais peu importe : j'avais trouvé mon nid, et j'entendais bien le protéger pour qu'aucune pie ne puisse m'en déloger. Durant les quatre années et demie qui ont suivi, Cléo Wilder est devenue une femme en quête de son flamant rose. J'ai vécu des moments extraordinaires : certaines rencontres se sont transformées en amitiés, j'ai visité des endroits que je n'aurais jamais pu découvrir autrement, et j'ai ri aux larmes. J'ai pleuré aussi parfois, bien sûr, car il est arrivé que quelqu'un ait l'air du parfait flamant rose avant de se révéler n'être qu'un vulgaire pigeon de passage. Mais si je devais décrire ma vie aujourd'hui, je dirais que je suis épuisée. C'est une fatigue que je ressens au plus profond de moi. Alors l'idée qu'un bon lit douillet m'attend quelque part sur cette île est plus que réconfortante.

Ma priorité numéro un est de trouver le magasin de Brianne – à l'intérieur des terres d'après la feuille de route d'Ali – puis de récupérer les clés et de me rendre dans mon nouveau chez-moi temporaire : Otter Lodge – le lodge des loutres. Avec un nom pareil, c'est le genre d'endroit qui promet des oreillers duveteux. Motivée par cette seule pensée, j'avance d'un pas déterminé sur la piste de la civilisation.

La civilisation s'avère être fermée. Sur la porte de la petite boutique en bardeaux blancs, une pancarte indique qu'elle est ouverte seulement quelques heures par jour. Heureusement, je découvre une enveloppe portant la mention « Clés Otter Lodge » punaisée dessus.

OK… Si je faisais la même chose à Londres, quelqu'un aurait emménagé et monté son petit commerce de marijuana dans l'heure. Je retire l'enveloppe et déchiffre le mot griffonné au dos.

Hello !

Désolée d'avoir manqué votre arrivée. Voici la clé de la porte d'entrée d'Otter Lodge. Vous trouverez celle de la porte de derrière sous l'escargot. Suivez cette route jusqu'à ce qu'elle s'arrête, puis gravissez la colline, d'où vous apercevrez le toit du lodge, au bord de la plage, en contrebas. Ça grimpe un peu. J'ai mis quelques provisions dans le frigo. À bientôt !

Brianne

Je vide le contenu de l'enveloppe dans le creux de ma main : une clé argentée accrochée à un porte-clés soleil en plastique jaune. Ça, c'est de l'optimisme. D'après ce que j'ai lu, le soleil ne se montre que très rarement dans les parages, mais le guide prétend que, quand c'est le cas, Salvation et les îles voisines se transforment en joyaux bleus et verts qui s'égrènent sur l'océan comme les perles d'un collier brisé. Dans l'immédiat, aucune chance d'assister à un tel spectacle : j'ai consulté la météo ce matin et, aussi loin que les prévisions puissent aller, c'est ciel gris, froid et vent au programme. Ce n'est pas grave ; je ne suis pas là pour faire bronzette.

*

Brianne a oublié de mentionner que la route est très, très longue. C'est peut-être seulement l'impression que ça donne quand on marche contre le vent avec un jean mouillé et des jambes de plomb, en traînant une énorme valise. Quoi qu'il en soit, moins j'en dis sur l'ascension de cette colline (ou plutôt : montagne), mieux ce sera. « Ça grimpe un peu » – Brianne a vraiment minimisé. Mais peu importe à présent, car je me tiens au sommet, le regard plongé en contrebas, et même en ce milieu d'après-midi maussade, la vue est sublime – de la magie à l'état pur. De grandes étendues vertes et rocailleuses s'étirent à l'horizon, sillonnées de murets de pierre irréguliers et de quelques cottages abandonnés d'un côté, tandis que de l'autre, un chemin descend en pente douce vers une jolie crique bordée de sable. Et voici Otter Lodge, petit abri au toit de bardeaux niché entre les rochers, entouré d'un porche en bois comme l'on en voit dans les films américains. Si personne n'y a encore installé de rocking-chair, je m'en chargerai.

En tant que chroniqueuse, j'ai souvent été amenée à utiliser le qualificatif « époustouflant » au cours des dernières années, mais cette fois, j'en ai littéralement le souffle coupé. Je pose mes fesses sur un rocher particulièrement bien placé, prends une profonde inspiration et essaie de saisir l'immensité du regard. Mes yeux sont frappés par la beauté majestueuse et solitaire de ce lieu ; j'ai la sensation d'avoir été engloutie, comme si je venais de me jeter à corps perdu dans les bras de l'île du Salut. J'écoute le son saccadé de ma propre respiration tandis que les rafales de vent tourbillonnent autour de moi, et un phénomène aussi étrange qu'inattendu se produit : je me mets à pleurer.

MACK

Vous me prenez pour votre valet ?

2 octobre, Salvation Island

Aucune trace de clé. J'ai pris trois avions, deux bateaux, fait 5 000 kilomètres, et une fois arrivé à l'ultime étape, je dois me traîner à quatre pattes dans la boue à la recherche d'une fichue clé. Pourtant, je suis sûr de l'endroit que m'a indiqué Barney. Ses termes exacts étaient : « sous un caillou près de la porte ». Je me redresse, gravis les larges marches en bois qui mènent au porche et secoue la poignée. Fermé. Comme ça l'était déjà lors de ma première tentative, il y a deux minutes. Avec un soupir, je m'appuie contre la balustrade, le regard tourné vers la baie, et je réfléchis aux différentes alternatives. Je pourrais entrer par effraction. Après tout, j'ai le droit d'être ici, et réparer un carreau de la porte d'entrée n'aurait pas un coût exorbitant. Ce serait plus gênant qu'autre chose. Mais étant donné que l'île ne compte qu'une centaine d'âmes, je doute qu'il y ait un vitrier. J'abandonne l'idée et décide de faire le tour du cottage, dans l'espoir de tomber sur une fenêtre ouverte. Sinon, eh bien… je n'ai pas beaucoup d'options. Il est sans doute trop tard pour aller jusqu'au village – je ne pourrais pas être de retour avant la nuit.

Pour la seconde fois de la journée, je suis bien content d'avoir laissé le vendeur me convaincre d'acheter cette énorme veste. Elle est certes un peu ridicule, mais si je devais dormir dehors, je pourrais toujours m'y emmitoufler et m'installer sous le porche. Ceci dit, j'ai déjà vécu pire : quelques années plus tôt, un séjour dans les rues de New York pour un reportage sur les sans-abri m'a fait brutalement prendre conscience du luxe que représentent quatre murs et un toit. C'est pendant ces nuits glaciales que j'ai pris certains de mes meilleurs clichés, mais mon ventre se noue chaque fois que je regarde les photos de ces visages émaciés. La frontière entre la réussite et l'échec est ténue, et j'ai compris à ce moment-là qu'il suffisait de quelques revers de fortune pour se retrouver à la rue, avec un sac plastique pour tout bagage et un matelas calé contre les portes d'un magasin en guise de lit. Certains des sans-abri que j'ai rencontrés ont disparu depuis, et je sais pertinemment que chacun d'eux échangerait volontiers sa place avec moi ce soir, avec ou sans clé. La roue du destin a tourné et m'a parachuté ici, à Otter Lodge ; à moi d'en tirer le meilleur parti.

Je ne peux m'empêcher d'admirer le courage de la personne qui a décidé de construire ce petit avant-poste là, au milieu de nulle part. Tout en pierre, grise et austère, provenant sans doute des environs, son aspect est bien loin de la charmante cabane en rondins que nous avions louée près du lac Michigan, il y a quelques années. Des images des garçons refont surface : Nate, les jambes maigrichonnes dans son short rouge tout délavé, et Léo, bien plus sage, qui le dépasse déjà d'une tête. Leur joie quand ils bondissent hors de la voiture et filent à toute allure vers le lac, les rayons du soleil caressant leurs têtes blondes. Nos descentes en roue libre dans la forêt, sur les sentiers ombragés, et Susie, qui nous crie de ralentir. Mais je suis seul ici, et je décide de fermer la porte à ces souvenirs pour le moment. *Concentre-toi sur l'instant présent. Trouve un moyen d'entrer.*

Dans le ciel, juste au-dessus de moi, les coutures des lourds nuages viennent de céder et une pluie cinglante se mêle au vent. Je cours de fenêtre en fenêtre mais elles se révèlent toutes fermées et restent insensibles à mes secousses. Je soupire et esquisse un plan dans ma tête : la partie avant du porche sera la plus à l'abri des éléments, et mon sac à dos peut faire office d'oreiller. La porte arrière est fermée elle aussi. *Attends une minute… la porte arrière…* Sur la gauche, une lueur argentée étincelle sous un escargot en pierre. Je l'écarte du pied et ris presque de soulagement. Je ne cherchais pas devant la bonne porte, voilà tout ! La perspective d'une nuit à la dure s'évanouit lorsque je tourne la clé et entends le doux déclic de la serrure.

Je ne sais pas à quoi je m'attendais ; je n'ai pas cherché une seule photo du lodge sur Internet et Barney ne m'a envoyé aucune information. Pour moi, Otter Lodge n'est rien d'autre qu'un endroit où manger, dormir, travailler. Et où me retrouver avec moi-même. Mais en poussant la porte, je suis agréablement surpris. Tout tient dans une seule pièce : une kitchenette a été installée dans l'angle et un large canapé trône devant la cheminée en ardoise à foyer ouvert qui occupe presque tout l'espace. Au fond, le coin chambre, où des plaids en fourrure et des couvertures à carreaux apportent une touche chaleureuse au vieux cadre de lit en laiton.

Je me débarrasse de ma veste mouillée et baisse la tête pour franchir l'unique porte intérieure, derrière laquelle je découvre une salle de bains, petite mais jolie, avec une haute baignoire en cuivre qui semble n'attendre que moi. Avant tout, il faut que je mange quelque chose. Susie dit toujours que je suis le genre d'homme qui a besoin d'un plan pour avancer. Derrière cette observation sarcastique se cache sans doute une part de vérité et, pour l'heure, mon plan est le suivant : bien manger, prendre un bon bain, me coucher tôt, et j'ajouterais volontiers une bière à un moment ou un autre. Je sors de la salle de bains en faisant rouler mes épaules endolories quand, soudain, la porte d'entrée pivote sur ses gonds.

Un hurlement retentit et je reste pétrifié, sonné par l'effet de surprise. Une femme se tient là, dans mon cottage.

— Désolée, vous m'avez fait sursauter, s'excuse-t-elle, la main sur le cœur.

Puis, voyant que je ne dis pas un mot, elle poursuit :

— Hmm… bonjour.

— D'où est-ce que vous venez ?

Je suis sûr de l'avoir déjà vue quelque part. Elle retire son bonnet rouge trempé et me fixe :

— Londres.

— Non, je veux dire…

— Attendez, m'interrompt-elle en plissant les yeux. Ce n'était pas vous sur le bateau tout à l'heure ? « Si vous avez envie de vomir, visez par-dessus bord » ?

Elle vient de changer sa voix pour un faux accent américain épouvantable.

— Ah. Vous êtes donc la charmante jeune fille qui a proposé de me vomir à la figure, je réplique en feignant un sourire.

Elle soupire.

— Je ne suis pas d'humeur à être traitée de haut par un…

Sa main fend l'air pour désigner ma lampe frontale.

— … cyclope.

Et moi, je ne suis pas vraiment d'humeur à avoir de la visite, je songe en tirant l'élastique qui enserre mon crâne. *Que fait-elle ici ? Est-ce qu'elle s'est perdue ?*

Elle me fixe quelques instants puis défait la fermeture Éclair de son petit anorak, bien trop mince vu la météo.

— Écoutez, c'est vraiment gentil de votre part d'être venu vous assurer que tout allait bien, mais je n'ai besoin de rien. J'ai traîné ma valise jusqu'en haut de cette montagne, je suis parfaitement capable d'allumer un feu, et je saurai me débrouiller côté électricité. Je peux me passer de la visite guidée.

— Vous me prenez pour votre valet ?

— Gardien ? Ami de Brianne ? continue-t-elle en arborant un sourire résolu, clairement prise entre l'envie d'être polie et celle de me dire d'aller me faire voir.

— Écoutez, j'étais sur le même bateau que vous. Demandez-moi plutôt d'où je viens.

— Je m'en fiche complètement.

Bon sang, qu'elle est bornée.

— Boston.

— Je ne vous ai rien demandé.

— Eh bien, quoi qu'il en soit, maintenant, nous savons donc tous deux que j'ai voyagé bien plus longtemps que vous pour arriver ici, et vous serez soulagée d'entendre que, moi non plus, je n'ai pas besoin d'une visite guidée.

Je l'observe et, au-delà de son exaspération, je vois sur son visage qu'elle commence à comprendre. Nous nous regardons en chiens de faïence, chacun à un bout de la pièce, dans un silence que seul vient troubler le bruit de la pluie contre les vitres. Au bout d'un certain temps, ses traits semblent s'adoucir.

— Nous sommes à Otter Lodge, ici, dit-elle.

— Je sais.

— Je l'ai réservé à partir d'aujourd'hui.

— Moi aussi.

Elle frotte énergiquement son pouce contre son front, comme si elle frictionnait mes mots pour leur donner un autre sens.

— Impossible.

— Je vous promets que si.

Elle se penche, fouille dans son sac et en sort une liasse de documents soigneusement pliés.

— Là. C'est écrit noir sur blanc.

Elle lisse la feuille qu'elle pose sur le plan de travail en bois et fait courir son index jusqu'en bas de la page, en soulignant les informations principales :

— Otter Lodge. Réservation à partir du 3 octobre. Payée d'avance. Validée par Brianne, gestionnaire du bien. Ah, et j'ai la clé, ajoute-t-elle.

Elle saisit sa clé du bout des doigts et l'agite devant mon nez, triomphante.

— Je n'ai pas besoin de papier pour prouver quoi que ce soit, ce lodge est à moi. Et voici ma clé, je riposte, la brandissant à mon tour.

— Ah oui, à vous ? réplique-t-elle, impassible.

Elle ne me croit pas, c'est évident.

— À mon cousin, pour être exact.

Bon, c'est un peu exagéré : Barney est mon cousin au deuxième degré, et nous ne nous sommes jamais vus. À l'origine, le lodge était à sa tante, la cousine de ma mère, et il appartient désormais à Barney et à sa sœur, qui vit au Canada. Il a en effet mentionné qu'il le louait de temps à autre, en revanche je n'ai jamais entendu parler de cette Brianne.

— J'ai tout ça dans mes e-mails, mais mon portable n'a plus de batterie.

— Comme c'est pratique.

Je ne sais pas quoi faire. Il est dix-sept heures passées, la nuit est déjà tombée, et aucun de nous ne connaît l'île. Sortir serait dangereux, d'autant plus par ce temps. Le magasin d'alimentation de tout à l'heure est fermé depuis longtemps, et les seules véritables habitations se situent au nord de l'île, tandis qu'Otter Lodge se trouve bien plus loin, à la pointe sud.

— C'est peut-être pratique, mais c'est vrai.

Un silence écrasant s'installe. Mon plan apéro-bain-dodo se désintègre sous mon nez, et je n'aime pas ça du tout. Elle sort son téléphone de sa poche, fixe l'écran quelques secondes et lève les yeux au ciel. On dirait qu'elle marmonne ou qu'elle compte entre ses dents, comme pour maîtriser sa colère.

— Hors de question que je refasse cette montagne-là aujourd'hui, affirme-t-elle en redressant ses épaules.

— Je comprends. Moi non plus. Même si, techniquement, c'est une colline.

Sa bouche se tord en une grimace, lèvres serrées, exactement comme Nate lorsque les choses ne se passent pas comme il l'espère.

— On ne peut pas avoir tous les deux raison. Or je sais que j'ai raison.

Bon sang, ce qu'elle peut être exaspérante. Elle continue à piquer sa crise, alors que je m'efforce de trouver une solution.

— Nous allons tous les deux devoir passer la nuit ici.

Elle étouffe un hoquet, tout sauf élégant.

— Je ne crois pas, non.

— Très bien, dis-je en croisant les bras. Dans ce cas, vous savez où se trouve la porte.

Bien sûr, je ne m'attends pas à ce qu'elle sorte par ce temps, je cherche seulement à lui faire comprendre que partir n'est pas une option, y compris pour moi.

Elle jette un coup d'œil en direction de la porte.

— Oui, et je la fermerai à clé dès que vous serez parti.

— Je ne vais pas partir.

— Mais… si ! gémit-elle.

On dirait une enfant. Je soupire et passe une main sur mes paupières. Je sais que la situation est plus difficile pour elle que pour moi. Je ne suis pas idiot au point de ne pas comprendre qu'une femme puisse sérieusement hésiter à passer la nuit sous le même toit qu'un parfait inconnu.

— Je suis marié, si ça peut vous rassurer.

Je sors mon portefeuille de la poche arrière de mon pantalon et l'ouvre sur la photo de Susie et des enfants :

— Ma femme et mes deux fils.

— En quoi ça me rassurerait ?

— Hmm… quelqu'un m'a jugé assez digne pour accepter de m'épouser ?

Elle parcourt ostensiblement la pièce du regard.

— En attendant, elle n'est pas là pour le prouver, n'est-ce pas ? Enfin, si elle existe.

— Bien sûr qu'elle existe, je bougonne. C'est juste qu'elle est à 5000 kilomètres d'ici, avec mes enfants.

— Désolée, mais je ne peux pas. Je ne vous connais pas, vous êtes un homme et…

Elle lève le bras.

— ... vous êtes très grand.

Je hausse les épaules. Comme si je pouvais y faire quelque chose.

— Juste pour que vous soyez au courant, poursuit-elle, je fais du krav maga.

Je doute fort qu'elle dise vrai, mais je ravale mon rire.

— Entendu.

— Je pourrais vous mettre K.O. en un rien de temps.

— Ça ne sera pas nécessaire.

Je pense à Susie, et à la manière dont j'aimerais qu'on se comporte avec elle si elle se retrouvait dans la même situation.

— Écoutez, je vais dormir sous le porche ce soir. Je ne suis pas en train de dire que vous avez raison, ni que je m'en vais, mais je peux comprendre : il fait nuit, et on ne se connaît pas. On trouvera une solution demain, quand il fera jour.

Elle me fixe, indécise.

— Il faut que je réfléchisse, marmonne-t-elle en ouvrant la porte pour passer une tête dehors.

Le vent lui arrache presque la poignée des mains, tandis qu'au loin, un grondement de tonnerre retentit. La tempête s'intensifie. Elle claque aussitôt la porte, s'y adosse et déglutit péniblement.

— Où est la salle de bains ?

Je m'écarte pour la laisser passer et, une fois qu'elle est hors de vue, je pousse un soupir de soulagement. Je crois que j'aurais bien besoin d'une bière.

CLÉO

Coincée au bout du monde avec Han Solo

2 octobre, Salvation Island

JE NE SAIS PAS QUOI FAIRE. Enfin si, je sais : je n'ai pas d'autre choix que de partager Otter Lodge avec un Américain sorti de nulle part. Vu la violence de l'orage, si j'accepte qu'il dorme sous le porche comme il me l'a proposé, ça pourrait virer au drame. Il pourrait mourir, par exemple. Me voilà donc contrainte à me planquer dans la salle de bains, assise sur les toilettes avec mon jean trempé sur les chevilles. Je n'ai jamais eu autant envie de rentrer dans mon appartement londonien. Et tant pis pour la beauté solitaire.

Je lutte pour enlever mes bottes, puis mon jean et, de rage, j'envoie valser la boule de denim mouillée de l'autre côté de la pièce. Mon Dieu, plonger dans cette baignoire doit être un délice. Ce lodge est peut-être isolé mais la personne qui l'a aménagé avait un vrai don pour la décoration intérieure ; c'est une merveille. Je n'ai pas pu apprécier pleinement la pièce principale à cause de l'Américain d'un mètre quatre-vingts planté en plein milieu mais, ici, tout me plaît : les tons neutres et apaisants, la baignoire rétro en cuivre, les produits de toilette haut de gamme, et la grande bougie cierge accompagnée d'une boîte de longues allumettes. Le sol d'ardoise réchauffe agréablement mes pieds et des serviettes d'un blanc immaculé sont empilées sur une étagère en bois flotté. Si je cherchais ce genre d'inspiration sur Pinterest, je taperais « rustique-chic ». C'est une ambiance typique cottage, j'adore. Vivement que je puisse en profiter sans étranger dans mon champ de vision.

— Vous pourriez me passer ma valise ? je crie, en espérant qu'il ne mette pas un point d'honneur à refuser.

— C'est fait.

J'entrebâille prudemment la porte pour m'assurer qu'il n'est pas tapi derrière. Aucun Américain en vue : je tire ma valise dans la salle de bains et l'ouvre par terre.

« *Je suis marié, si ça peut vous rassurer.* » Je lève les yeux au ciel en y repensant. Il a cru que j'avais quoi en tête au juste pour me sortir un truc pareil ? D'ailleurs, est-ce que tous les meurtriers sont célibataires ? Je ne crois pas. Et puis comment peut-il être certain que ce n'est pas moi qui vais l'assassiner ? Je vérifie une nouvelle fois que la porte est bien verrouillée puis je fais couler l'eau et y verse quelques gouttes d'une huile de bain somptueuse. Un doux parfum s'exhale et apaise aussitôt mes nerfs à vif : c'est l'odeur caractéristique des spas de luxe et des lointaines plages ensoleillées.

— Je prends un bain !

Je crie pour qu'il m'entende de l'autre côté de la porte, tout en faisant passer mon pull par-dessus ma tête. Chaque couche que je retire est comme un poids en moins. L'hiver, ce n'est vraiment pas mon truc ; je n'ai jamais compris les gens qui disent préférer le froid et la neige à la chaleur de l'été. Moi, je suis faite pour vivre dans un endroit où l'on passe ses journées en tongs sans jamais avoir besoin d'enfiler une veste. Tout le contraire d'ici, en somme. J'allume la bougie et me glisse dans l'eau brûlante ; la sensation de réconfort est si envoûtante que j'ai presque envie de pleurer. Mais j'ai déjà une crise de larmes impromptue à mon actif pour aujourd'hui. D'ailleurs, c'était vraiment étrange. Ça n'avait rien à voir avec l'ascension infernale de cette fichue montagne. Au contraire, j'étais même aux anges à l'idée d'être arrivée au sommet. Et puis tout à coup, sans prévenir, l'émotion m'a submergée.

Je retiens ma respiration et plonge la tête sous l'eau. Je crois que cet endroit me dépasse complètement. Enfin, c'est plutôt cette journée qui a duré une éternité. Le voyage n'a été qu'une succession de dangers et ma parenthèse de solitude tant attendue s'est vue perturbée par une intrusion des plus fâcheuses. De manière générale, j'essaie d'être flexible et de tirer le meilleur parti de chaque situation mais, cette fois, je n'arrive pas à me défaire de l'impression d'avoir échoué dès le premier obstacle.

— J'ai préparé du café.

J'esquisse un signe de tête, incapable d'articuler le moindre remerciement, même si je me sens un peu plus humaine maintenant que je suis bien au chaud dans mon pyjama, les cheveux enveloppés dans une serviette.

— Il y a aussi du pain. Je me suis fait des tartines, vous devriez en faire de même.

— Je n'ai pas besoin qu'on me rappelle de manger.

— Comme vous voulez, marmonne-t-il. Je vais me faire couler un bain.

Est-ce très mal d'espérer qu'il n'y ait plus assez d'eau chaude ?

Je jette un coup d'œil aux vitres lacérées par la pluie et je soupire : c'est le moment de me comporter comme une adulte.

— C'est bon, vous pouvez dormir à l'intérieur.

— Merci, dit-il en se retournant. Vous aussi.

— Vous êtes toujours insupportable, comme ça ?

— Il faut croire.

Il me fixe et, l'espace d'un instant, son visage me rappelle quelqu'un, sans savoir qui.

— Prenez le lit, je dormirai sur le canapé, ajoute-t-il.

Une fois seule, je me sers du café, m'assois à la petite table carrée, et réchauffe mes mains autour de ma tasse. Je me sens piégée dans la scène d'ouverture d'une vieille comédie romantique un peu cliché ; on vient de vivre une première rencontre typiquement hollywoodienne entre lui, le jeune Robert Redford et moi, la naïve Jane Fonda qui n'attend qu'une chose : tomber follement amoureuse. Sauf que ce n'est pas le cas. Malgré mon boulot de chroniqueuse spécialiste des histoires d'amour, je suis loin d'être une ingénue, et notre rencontre n'a rien de romantique. Cet Américain est corrosif. Barbu. Tout à coup, je sais à qui il me fait penser ; je ferme les yeux et soupire. Mon frère est un fan absolu de *Star Wars*, il a passé son adolescence à regarder en boucle tous les films de la saga. Je ne peux pas dire que je partageais son enthousiasme mais impossible de nier qu'Harrison Ford donnait l'impression d'avoir avalé un concentré de charisme au réveil et de pouvoir sauver la galaxie avant la pause déjeuner. Je suis coincée au bout du monde avec Han Solo.

Mon seul espoir est de voir Dark Vador débouler de la montagne, pardon colline, et le décapiter d'un coup de sabre laser.

Je ne me suis pas couchée à sept heures du soir depuis que je suis assez grande pour décider seule de l'heure à laquelle je me mets au lit. J'ai toujours été plutôt couche-tard que lève-tôt, sans parler des innombrables sorties du samedi soir avec Ruby qui se sont soldées par une nuit blanche ou un douloureux réveil dans un appartement inconnu. Mais après la journée qui vient de s'écouler, mes paupières se ferment d'elles-mêmes.

Perchée au bord du lit, je viens de me verser une seconde tasse de café dans une dernière tentative de rester éveillée. L'Américain est toujours dans son bain ; j'entends l'eau couler de temps à autre, donc je suis sûre qu'il n'a pas piqué du nez et fini par se noyer.

Oh, mon Dieu, ce lit est absolument di-vin. Les plaids en fausse fourrure doublés en daim et les couvertures en grosses mailles contribuent clairement à l'ambiance *hygge* qui règne ici. Profitant de la lumière tamisée de la lampe de chevet, je m'allonge, le dos contre les oreillers, et ferme les yeux. C'est de loin le moment le plus agréable de la journée. Malheureusement, je ne vais pas dormir ici. Merci, mais non merci, c'est moi qui prends le canapé, et la position surélevée qui va avec. J'aurai droit au confort du lit demain, une fois qu'il aura décampé d'ici.

Cela ne m'empêche pas de piquer quelques oreillers et une épaisse couverture pour faire de mon canapé un nid douillet. Je m'y installe pour finir tranquillement mon café et me prélasser devant le feu de cheminée qu'il a dû allumer pendant que je prenais mon bain. La chaleur engourdit mes membres. Je repose ma tasse, ferme les yeux et sursaute aussitôt car la porte de la salle de bains s'ouvre grand ; je ne suis plus seule.

— Je prends le canapé, dis-je d'un ton pincé en ramenant les couvertures jusqu'à mon menton.

Son regard passe du lit au canapé et, pendant quelques instants, il semble sur le point de discuter. Il finit par lâcher un « comme vous voulez » dans un haussement d'épaules que je m'empresse d'imiter en retour. On dirait deux gosses en train de se narguer et de jouer à qui prendra l'air le plus détaché possible.

— Je me prends une bière, dit-il en fouillant dans son énorme sac.

— Faites-vous plaisir.

— C'est pour ça que je suis là.

— Je vous demande pardon ?

Il sort un pack de quatre Budweiser, en ouvre une et range les autres dans le frigo.

— C'est pour ça que je suis venu jusqu'ici. Pour me faire plaisir.

Je suis à deux doigts de m'intéresser à son cas, mais je m'arrête et prends une profonde inspiration. Je n'en ai rien à faire.

— Vous pouvez rester ici ce soir mais à partir de demain, il faudra que vous alliez vous faire plaisir ailleurs.

Il regarde dehors à travers les fenêtres obscures de la cuisine et, après une longue gorgée, marmonne « sacrée journée ».

Il vient de détourner la conversation et je n'aime pas vraiment ça, mais je suis trop épuisée pour mener cette bataille-là maintenant. Ça attendra demain matin. J'éteins la lampe, plongeant soudain la pièce dans l'obscurité et tant pis si cela fait de moi quelqu'un d'horrible mais je ressens une pointe de satisfaction quand il se cogne contre la table en se dirigeant vers le lit.

Je reste immobile tandis qu'il jure et avance à tâtons. Je l'entends ôter ses vêtements, tirer les couvertures et retaper les oreillers.

Une fois que tout est silencieux, je demande :

— Vous voulez peut-être que je rallume une seconde ?

Il ne daigne pas répondre.

CLÉO

Il faut que je me débarrasse de l'alien

3 octobre, Salvation Island

VOUS VOYEZ, ce genre de matin où vous vous réveillez doucement, comme si vous émergiez à travers des couches de brume, quelques fragments de rêves encore en suspension qui essaient de vous entraîner de nouveau vers le sommeil ? Eh bien, rien à voir avec ce matin. Je me réveille en sursaut et me redresse brusquement : ça sent le brûlé.

— Vous êtes réveillée.

Tout me revient alors en mémoire et mon cœur retrouve peu à peu un rythme normal. L'odeur de fumée, ce sont les bûches qu'il vient de jeter dans la cheminée.

— Et vous, vous êtes toujours là.

Je m'affale sur mes oreillers, fatiguée, d'une humeur de chien. Niveau confort, ce canapé n'est pas fait pour plus qu'une simple sieste.

— Vous avez cru que tout ça n'était qu'un cauchemar ?

Son ton est bien trop guilleret, comme si la situation était amusante, alors qu'elle est incroyablement gênante. Il est déjà habillé, prêt à commencer la journée, sans doute dans le but d'avoir une longueur d'avance sur moi.

— Il y a du bacon dans le frigo si ça vous dit, ajoute-t-il. Et bizarrement, du champagne. Bacon, lait, et champagne.

Je fixe le plafond. Maintenant qu'il l'a dit, j'ai bien envie de bacon. Je réfléchis : il est sept heures et demie, dehors il fait à peine jour. Mon unique plan, en l'état, est d'aller au magasin de Brianne dès l'ouverture et de trouver quelqu'un qui connaît l'île. Il y a sûrement d'autres hébergements disponibles pour l'Américain. J'en profiterai pour faire quelques provisions, puis je reviendrai ici et revendiquerai l'occupation de ce lodge. Je saute sur le lit, me prenant tout à coup pour l'héroïne d'un film d'aventures, j'efface la journée d'hier de mon esprit et décide de repartir du bon pied. En attendant qu'il s'en aille, inutile de me montrer grincheuse.

— Vous savez quoi, je crois que je vais faire du bacon. Vous en voulez ?

Je me lève, ravie d'arborer mon pyjama en jersey noir. Il me regarde du coin de l'œil, comme si je venais de poser une question piège.

— OK.

— Au moins, le temps semble s'être amélioré.

Je fais la conversation tout en allumant la bouilloire, debout devant la fenêtre de la cuisine qui donne sur la petite baie. Quelle vue ! Le lodge est suffisamment en retrait du rivage pour que l'on s'y sente en sécurité, mais assez près pour que la plage de sable humide et doré fasse office de jardin. Tout à fait le genre d'endroit où des artistes en mal d'inspiration pourraient séjourner, le temps de se reconnecter à leur créativité.

— C'était vraiment incroyable, ce matin, renchérit-il. Je suis sorti pour regarder le soleil se lever depuis la plage.

Évidemment.

À Londres, je n'ai même pas de jardin ; la différence entre ici et là-bas est à peu près celle entre Jupiter et Mars. D'ailleurs, c'est peut-être comme ça qu'il faut que j'aborde ce séjour : comme un alien en mission de reconnaissance cherchant à déterminer si cette nouvelle planète vaut mieux que l'ancienne. Pour l'instant, ce n'est pas le cas, mais donnons sa chance à l'île du Salut. Avant tout, il faut que je me débarrasse de l'alien qui a atterri juste avant moi, parce que Dark Vador tarde un peu à venir lui couper la tête. Je soupire ; je sais que cette analogie est stupide mais je ne peux pas m'en empêcher, une manie d'écrivaine. Je fouille dans les placards à la recherche de vaisselle et d'une poêle ; tout est ordonné, à la fois simple et soigné. Chez moi, ma collection de tasses est ce que l'on pourrait qualifier d'« éclectique », pour être gentille. Elle est principalement constituée de tasses dépareillées, offertes au fil des ans. Une tasse « Meilleure Tata », de la part d'un de mes neveux ; un gros mug « *Hug Me* » avec une tête de chiot carlin reçue lors d'un *Secret Santa* au bureau – même si je ne suis pas particulièrement fan de cette race ; une tasse-écureuil du *National Trust* et sa soucoupe assortie, offertes par ma mère ; une chope couverte de traces de doigts colorées, décorée avec les enfants de mon frère pendant les vacances d'été dans l'un de ces cafés branchés qui proposent des activités manuelles à faire en famille.

Quelques minutes plus tard, assise à la petite table, en face de l'Américain, je lance :

— Je me disais qu'on pourrait aller au magasin ce matin, pour tenter de démêler cette histoire.

Je fais de mon mieux pour être polie.

— Ça me va, répond-il, son sandwich au bacon à la main. Merci, c'est super bon.

— Ce n'est rien. C'est moi qui vous remercie, d'accepter de partir comme ça, sans en faire tout un plat.

Je l'observe par-dessus ma tasse, cherchant à évaluer à quel point il va me compliquer la tâche.

— Oui, d'ailleurs, à ce propos.

Je ne dis pas un mot, je vais essayer d'adopter la tactique d'Ali – garder le silence pour obtenir ce qu'on veut.

— Je sais bien que ce n'est pas ce que vous avez envie d'entendre, mais je n'ai pas prévu de partir, déclare-t-il en sortant son téléphone de sa poche avant de le tourner vers moi. Voici les mails de confirmation que vous vouliez voir hier.

Je ne bouge pas, mais je distingue quelques dates, assez récentes, et le début d'échanges du type « Reste autant que tu veux », « tu vas adorer l'île » ou encore : « Dis bonjour à Raff de ma part. »

— Ce n'est pas vraiment ce qu'on appelle une réservation, non ? Moi, j'ai payé pour être ici.

— Barney, le propriétaire, *mon cousin*, m'a personnellement offert ce séjour.

— Le même propriétaire qui a encaissé mon argent, donc ?

— Par l'intermédiaire de cette Brianne, qui a clairement fait une erreur. Je m'assurerai que vous soyez remboursée au centime près, je vous le promets.

— Mais je n'ai aucune envie d'être remboursée ! Maintenant que je suis ici, j'ai bien l'intention d'en profiter.

Nous nous jaugeons quelques instants.

— Vous pourriez appeler ce fameux Barney, voir ce qu'il a à dire pour sa défense ?

— Je n'ai pas de réseau.

C'est la première fois que je perçois une once d'angoisse dans sa voix.

— J'ai réussi à capter en haut de la colline hier.

Je le sais parce qu'au moment où j'étais en train de sangloter comme un bébé sur le rocher, j'ai reçu un message de Ruby – « Rappelle-moi vite pour me raconter » –, un petit signe du cosmos pour m'aider à me ressaisir.

Il écarquille les yeux et je m'aperçois que ses pupilles n'ont pas la même couleur ; l'une est couleur noisette, l'autre vert translucide. Il s'aperçoit de mon étonnement et s'explique, du ton las de celui qui s'est habitué aux questions :

— Hétérochromie.

— Je n'ai vu ça qu'une seule fois, et c'était un chien, dis-je sans réfléchir, tout en repliant mon lit de fortune. Quand j'étais petite, notre voisin avait un husky avec des yeux bizarres. Un bleu ciel et un marron. Il était assez méchant d'ailleurs ; un été, il est passé dans notre jardin et a mordu mon frère au mollet. Dès qu'il a eu l'âge, mon frère a décidé de cacher la cicatrice en se faisant tatouer. Il a choisi un husky qui hurle à la lune, pour l'ironie. Ça a rendu ma mère dingue.

L'Américain me dévisage avec ses yeux vairons, pris de court, et émet un petit rire jaune, incrédule.

— OK, j'essaierai en haut de la colline tout à l'heure. Ça vous dérange si je m'assois sur votre lit ? demande-t-il en désignant le canapé.

— Allez-y. Je vais faire un tour dehors.

Je me lève, enfile mon manteau et glisse mes pieds dans une paire de bottes en caoutchouc rayées blanches et jaunes, posées près de la porte. Dans un panier qui contient chapeaux, écharpes et parapluies en tous genres, je choisis un bonnet en laine bleu que j'enfonce sur ma tête, et laisse l'Américain derrière moi.

Londres a une odeur bien particulière. Un mélange de vapeurs de diesel que recrachent les bus de nuit et les camions poubelles au petit matin, de chemises d'employés de bureau moites de sueur, d'impatience, de craintes et d'ambition. Tout tourne et palpite, la chaleur du métro, la symphonie des sirènes, le sentiment mêlé de confiance et de danger, un rythme, un mouvement précipité, un tambour battant.

Salvation ne ressemble en rien à Londres. Je me fraie un chemin le long de la plage aux contours irréguliers et écoute le bruit de l'océan qui se rue sur les galets. J'avale de grandes bouffées d'air, aussi pur qu'un verre d'eau de source glacée. Hier, le sable semblait une masse grise et solide mais ce matin, la lumière lui fait prendre une teinte pâle, argentée, presque poudreuse. Un oiseau de mer tourne dans le ciel et se pose sur un rocher voisin pour m'observer ; gris, coiffé de plumes noires, il pointe son bec orange vif dans ma direction – je suis comme une invitée dans son salon.

— Bonjour, dis-je, me sentant soudain un peu bête.

C'est assez présomptueux de penser que je suis capable de passer l'hiver ici, pâle et fragile comme je suis. Chétive même, a dit un jour l'une de mes sœurs ;

comme une héroïne des Brontë, a répliqué l'autre. Toutes deux plus âgées que moi, cheveux blonds contre mes cheveux noir bleuté, elles m'ont toujours vue comme leur petite poupée qu'elles aimaient gâter et dorloter. Mais contrairement aux vraies poupées, j'ai grandi, et j'ai fini par me sentir étouffée à force d'être considérée comme le bébé de la famille. Bien sûr, ça avait de bons côtés ; j'étais choyée, aimée, et j'aimais mes frères et sœurs tout autant en retour. Mais je me souviens encore de la sensation que j'ai éprouvée, adolescente ; c'était comme si leur cocon me serrait de trop près, empêchant mes ailes de se déployer tandis qu'en moi, la pression grandissait, ne demandant qu'à être libérée. Je croise le regard de l'oiseau et lui demande gentiment de réserver son jugement ; il ne me connaît pas encore.

Toute ma vie, on m'a sous-estimée. J'ai appris à en faire abstraction et à utiliser ce fait à mon avantage. Ali, elle, ne s'est jamais arrêtée au fait que j'apprécie les jolies robes ou que j'éprouve une certaine satisfaction à réaliser un *smoky-eye* parfait, et c'est l'une des nombreuses raisons pour lesquelles j'aime travailler avec elle. Elle ne me trouve pas « chétive » et ne m'imagine pas errant dans les landes à la recherche de mon Heathcliff. J'étais une page blanche et elle m'a permis de la remplir à ma guise.

Bon, je ne suis pas aux Maldives, mais je dois admettre que, dans son genre, cet endroit est d'une beauté à couper le souffle. Par temps clair, ce doit être fabuleux. Peut-être que je me plairai tellement ici que j'y reviendrai en plein été pour découvrir l'île baignée de soleil. Mais chaque chose en son temps. Il faut d'abord que je sécurise ma location.

MACK

À quelle heure part le prochain bateau ?

3 octobre, Salvation Island

— Je n'ai pas réussi à joindre Barney.

Ce n'est pas un mensonge ; j'ai bien essayé de le contacter, sans succès. Je tais le fait que j'avais peu d'espoirs : il est en voyage et vu le peu que je sais de lui, j'aurais tendance à le classer dans la catégorie « insaisissable ». Je n'avoue pas non plus que j'ai passé la dernière demi-heure à tourner en rond au sommet de la colline pour tenter d'envoyer un message aux garçons, bien qu'il soit encore tôt pour eux. Si je ferme les yeux et que je me concentre, je parviens presque à sentir le parfum du shampoing de Nate quand je l'embrasse pour lui souhaiter bonne nuit, et les petits doigts de Léo qui pressent ma main, dans le noir, lorsque j'éteins sa lampe de chevet. Ils me manquent terriblement ; c'est comme si j'avais laissé des fragments de moi-même sur un autre continent.

— Bon sang, jure-t-elle en jetant son bonnet dans le panier avec une force superflue. Vous avez vraiment essayé, au moins ?

Je ne suis pas d'humeur à me faire engueuler par une inconnue.

— Ça me regarde, OK ?

C'est un peu brusque, je sais, mais je n'ai aucune envie de m'excuser. Sa manière de croire que tout lui est dû commence à me fatiguer.

— Le magasin ouvre à onze heures, lâche-t-elle d'un ton neutre.

L'espace d'un instant, elle me rappelle l'ancienne maîtresse de Nate, à l'école maternelle : une femme au visage angélique qui semblait toujours être à deux doigts de péter les plombs.

— Je propose qu'on y aille pour essayer de trouver une solution. Je crois que c'est Brianne qui tient cet endroit, et avec un peu de chance, elle parviendra à joindre Barney.

— Très bien.

Elle me lance un regard en biais.

— Très bien.

Si j'avais emporté un livre, je l'ouvrirais à l'instant même et me plongerais dedans, ne serait-ce que pour créer un petit effet dramatique : ça fait bien dix minutes que j'attends devant le magasin, et je viens seulement d'apercevoir au loin son énorme bonnet rouge avancer dans ma direction. Nous sommes partis du lodge en même temps, mais la balade a été tout sauf agréable. Elle était de mauvaise humeur car ses bottes de pluie flambant neuves lui avaient causé des ampoules et, de mon côté, j'étais préoccupé, repensant à Susie et aux garçons. Comme je ne suis pas totalement sans cœur et que, soyons francs, je n'arrivais plus à supporter ses jérémiades, je lui ai même proposé de la porter sur mon dos. Elle est partie en tapant du pied, alors je l'ai laissé se débrouiller toute seule.

— Vous avez fini par arriver.

Si un regard pouvait tuer, je serais déjà mort. Je fais un signe de tête en direction de la porte.

— Après vous.

Elle comptait sans doute entrer en premier de toute façon, mais je préfère faire comme si j'avais le choix. Je n'en suis pas sûr, mais au moment où elle passe devant moi, je crois l'entendre marmonner : « Putain de montagne de merde. »

À l'intérieur, la boutique me rappelle le camping du lac où je passais tous mes étés, quand j'étais enfant. Des rayonnages remplis d'articles de toutes sortes empilés les uns à côté des autres : les lampes de poche côtoient des boîtes de soupe, le gel douche est à côté des croquettes pour chiens, et une plaque cartonnée proposant des peignes en plastique est suspendue au-dessus d'un présentoir de cartes de vœux. L'endroit semble désert, mais lorsque nous nous approchons de la caisse, une femme surgit de derrière un rideau de perles, un sandwich à la main. Visage d'elfe, taille de lutin, elle dégage une énergie digne d'une ampoule à incandescence.

— Oh, bonjour, dit-elle tout en faisant disparaître son en-cas derrière le rideau avant de s'essuyer les mains sur son jean. Je suis désolée, je m'attendais à voir quelqu'un d'autre.

Je me radoucis immédiatement ; je ne connais pas d'accent plus chaleureux que l'accent irlandais.

Elle nous regarde tour à tour, puis ses yeux bleu pâle s'illuminent et son sourire s'élargit.

— Vous devez être nos jeunes mariés en lune de miel.

— En lune de miel ? je répète.

— Oui, à Otter, c'est ça ? Désolée de ne pas avoir pu vous accueillir et vous remettre la clé, je le fais toujours d'habitude mais c'était l'anniversaire de mon mari hier.

Nous parlons d'une seule voix :

— On n'est pas en lune de miel.

— Je ne le connais même pas.

— Et je ne la connais pas non plus.

La femme derrière le comptoir plisse les yeux, confuse.

— Oh, très bien. Alors, dans ce cas, je vais commencer par me présenter. Brianne, enchantée. Et vous êtes… ?

Son ton enjoué lui donne un air d'animatrice télé pour enfants. Elle nous dévisage, attendant que l'un de nous s'exprime. Pendant quelques instants, nous restons silencieux, sans doute pour les mêmes raisons : j'ai fait exprès de ne pas lui demander son nom, et elle ne m'a pas demandé le mien non plus. Difficile de dire pourquoi, mais connaître ne serait-ce que son nom me paraîtrait déjà trop. Elle deviendrait alors *quelqu'un* et je préfère qu'elle reste *personne*, aussi dur que cela puisse paraître.

Je m'apprête à répondre mais elle plonge la main dans la poche intérieure de sa veste et en sort un papier qu'elle donne à Brianne.

— Donc vous êtes Cléo ?

Cléo. Et voilà. Je secoue la tête, dans un soupir : elle est devenue quelqu'un.

Le regard de Brianne se pose alors sur moi, hésitant, percevant sans doute l'étrange tension qui s'est installée entre nous.

— Et vous êtes… ?

Je m'éclaircis la gorge sans le vouloir, avec la vague impression d'avoir de nouveau treize ans et d'avoir fait une bêtise à l'école.

— Mack.

Je sens Cléo se hérisser à côté de moi, et je m'efforce de ne pas la regarder.

— Écoutez, reprend Brianne en ouvrant un agenda noir rangé sous le comptoir. Je n'ai aucune idée de ce qui se passe, donc vous allez devoir m'éclairer. (Elle feuillette les pages en même temps qu'elle parle.) Voyons voir ce que j'ai écrit là...

Je retiens mon souffle. *S'il te plaît, Barney, viens à ma rescousse.*

— Cléo Wilder, dit-elle. Mais la personne qui a fait la réservation a coché la case « forfait lune de miel, champagne inclus », donc j'ai supposé que vous seriez deux.

Même moi, je ne comprends plus rien. Je me tourne vers Cléo :

— C'est votre lune de miel ?

— Oh, la ferme, lâche-t-elle, irritée. Vous savez très bien que non. C'est sûrement une plaisanterie de ma boss, tout à fait son genre d'humour.

Brianne se crispe et fronce les sourcils. Cela ne me surprend pas qu'elle ait du mal à suivre ; moi aussi.

Cléo, ostensiblement agacée, pousse un long soupir qui signifie sans doute « est-ce que vous pourriez juste arrêter de parler et m'écouter ? ». Eh bien, non. Moi aussi, j'ai mon mot à dire.

— Mon cousin Barney est le propriétaire d'Otter Lodge.

Le visage de Brianne s'illumine.

— Vous êtes le cousin de Barney Doyle ? Nous étions dans la même classe, à l'école. J'étais même amoureuse de lui en secret quand j'avais six ans.

Elle m'adresse un large sourire, les joues soudain roses. Voilà enfin la preuve irréfutable de ce que j'avance. La seule personne qui n'apprécie pas cette séquence nostalgie, c'est Cléo.

— C'est mignon, dis-je avec un enthousiasme un peu trop appuyé. Barney m'a gentiment proposé d'occuper le lodge jusqu'au Nouvel An, du coup Cléo cherche un autre hébergement sur l'île.

— Attendez une minute, intervient Cléo qui arrache son bonnet et le fait claquer sur le comptoir. Ce n'est pas moi qui cherche un nouvel endroit où dormir.

— Vous ne vous en rendez peut-être pas compte, mais vous exprimez souvent votre colère à travers les bonnets. Vous les enfoncez, les arrachez, les jetez.

— Oh, allez vous faire voir ! lance-t-elle, incapable de dissimuler son agacement.

— Ma famille est propriétaire d'Otter Lodge, je renchéris, histoire de pousser mon avantage. Et vous avez entendu Brianne : elle en pince pour mon cousin.

— En pinçait, rectifie Brianne. Je n'ai pas vu Barney depuis au moins quinze ans.

— Donc il ne vit pas ici ? interroge Cléo.

— Plus depuis des années, répond Brianne en posant son regard sur moi, comme si j'allais poursuivre à sa place. Si je me souviens bien, sa mère a déménagé à Donegal, après la mort de son père, c'est ça ?

J'acquiesce vaguement, je ne voudrais pas qu'elle s'aperçoive que je ne maîtrise pas vraiment les détails.

— Alors comment savez-vous qui loue le lodge ? demande Cléo du tac au tac, et se moquant bien de l'histoire familiale.

— D'habitude c'est Alice, la sœur de Barney, qui m'envoie un mail. Quand ils ont hérité d'Otter Lodge, elle est revenue s'installer quelque temps ici. Aujourd'hui, elle me donne juste le nom de la personne qui arrive et je m'occupe de préparer le lodge, de remettre les clés, ce genre de petites choses. Je ne gère pas vraiment… les conflits.

— Pourtant mon nom est inscrit sur votre carnet, insiste Cléo.

Brianne acquiesce, légèrement troublée :

— Oui, en effet.

— Et mon cousin est propriétaire du lodge, je rétorque.

— Oui, en effet, admet Brianne dans un haussement d'épaules, se gardant bien d'arbitrer. Ce qui est sûr, c'est que c'est un sacré bazar.

— OK. Donc l'un d'entre nous doit trouver un autre endroit où dormir ce soir, dis-je en lançant un regard éloquent à Cléo.

— Oui, vous ! lance-t-elle avant de se tourner vers Brianne. Pourriez-vous nous indiquer les autres hébergements disponibles, s'il vous plaît ?

Une grimace plisse le front de Brianne, qui semble soudain embarrassée.

— J'ai bien peur qu'il n'y ait aucun autre hébergement sur l'île.

— Ça n'a pas besoin d'être luxueux, ajoute Cléo. N'importe quel endroit fera l'affaire.

Parle pour toi, je pense, mais je garde cette réflexion pour moi.

— C'est juste que nous ne sommes pas équipés pour accueillir des touristes, explique Brianne, navrée. C'est comme ça depuis toujours. À vrai dire, votre famille a créé la polémique en ouvrant Otter Lodge aux étrangers, explique-t-elle en me regardant. Ça n'a pas fait l'unanimité, même si la plupart des visiteurs sont des artistes ou des gens qui viennent travailler au calme.

— Il y a forcément un endroit.

J'insiste car je commence à comprendre que la solution n'est peut-être pas toute trouvée. Jusqu'à présent, j'étais relativement confiant, persuadé que mes liens familiaux l'emporteraient sur son bout de papier à elle. Mais sans autre endroit où aller, cela pourrait vite tourner à la guerre de territoire.

— Un logement vide ? Une chambre d'amis chez l'habitant ?

Brianne réfléchit puis secoue lentement la tête.

— Honnêtement, je ne vois rien. Personne n'a de chambre prête juste au cas où un visiteur se présenterait sans prévenir, puisque ça n'arrive jamais. Vous aurez plus de chance sur l'une des îles voisines, qui sont plus grandes, ou sur le continent, bien sûr.

— Je n'ai aucune envie d'aller sur l'une de ces îles, lâche Cléo, bornée. J'ai payé pour être à Otter Lodge, et je compte bien y rester.

— Est-ce que votre mari vous rejoint bientôt ? demande Brianne.

Cléo tourne lentement sa tête. En d'autres circonstances, je lui aurais fait remarquer qu'elle me fait penser aux bébés raptor de *Jurassic Park*.

— Je pensais que nous avions clairement établi que je n'étais pas en lune de miel, marmonne-t-elle entre ses dents.

— Ah oui. Alors… est-ce que c'est vous qui êtes en lune de miel ? m'interroge Brianne. Peut-être que la confusion vient de là ?

— Non. Aucun de nous ne l'est.

OK. Ce n'est pas si drôle en fait. Il est temps d'en finir. S'il n'y a vraiment aucun autre endroit, l'un de nous doit quitter l'île, et ce ne sera pas moi.

— À quelle heure part le prochain bateau ?

Brianne ferme lentement l'agenda, paumes sur la couverture.

— Onze heures…

Cléo pose son regard sur l'horloge juste derrière le comptoir et pousse un soupir théâtral. Il est presque midi.

— Super.

— Vendredi, ajoute Brianne.

Impossible d'en être certain, mais j'ai l'impression qu'elle a marqué une pause dans le seul but d'amplifier le côté dramatique de son annonce.

— Vendredi ? s'exclame Cléo. Vendredi comme ni aujourd'hui, ni demain, ni après-demain, parce qu'on est seulement samedi ?

Brianne recule d'un pas.

— Le bateau ne passe qu'une fois par semaine, sauf urgence. Médicale. Un décès, ou ce genre.

Bien joué, Brianne. Je suis à peu près sûr qu'elle a parlé de décès pour dissuader Cléo de déclarer que notre situation était un cas d'urgence.

— Et il n'y a vraiment aucun autre hébergement sur toute l'île ?

On dirait qu'elle va se mettre à pleurer.

— Non, je suis désolée. Je vous aurais volontiers proposé mon canapé mais mes chats y dorment et l'un d'entre eux fait de l'arthrite, alors…

Cléo me toise.

— Vous avez l'air tout à fait capable de nager jusqu'à l'île la plus proche, dit-elle d'un ton désespéré en se tournant vers Brianne. C'est à combien ?

— Il mourrait à coup sûr ! proteste Brianne, en écarquillant les yeux.

Un plan, Mack, vite. Réfléchis.

— OK. On va avoir besoin de quelques provisions pour tenir jusqu'à vendredi.

Comme la veille, Cléo croise les bras, refusant d'accepter la réalité.

— Il nous faut de quoi manger ! Et je ne sais pas vous, mais moi, je vais avoir besoin de bière.

— Je peux faire déposer vos courses au lodge tout à l'heure si vous voulez, propose Brianne. Mon mari livre sur toute l'île l'après-midi après la fermeture du magasin.

— Merci, Brianne, ce sera bienvenu.

Je réponds en mode pilote automatique, tout en lançant un regard noir à Cléo, lui intimant d'être un peu plus reconnaissante. Elle me le rend.

— Vous devriez acheter du chocolat, il paraît que ça rend aimable, dis-je entre mes dents, fatigué de sa tête de cochon.

Je prends du fromage, du lait, et d'autres aliments de base, avant de m'interrompre.

— Vous êtes végétarienne ?

— Vous m'avez littéralement regardée manger du bacon ce matin, réplique-t-elle en attrapant des tomates et du poulet.

Nous remplissons notre panier dans un silence glacial : pâté, œufs, côtelettes d'agneau, pommes de terre. Brianne encaisse nos achats et je me mets à chercher mon portefeuille ; je suis certain de l'avoir pris, mais cette fichue veste a bien trop de poches.

— C'est pour moi, intervient Cléo en ajoutant une bouteille de vin et en tirant une liasse de billets de son manteau.

— Pas question ! je riposte. C'est moi qui paie. Ou on partage, si vous y tenez.

Cléo vérifie le total affiché sur l'écran de la caisse et met ses billets dans la main de Brianne, qui n'a d'autre choix que d'accepter. Je sais bien qu'on ne peut pas attendre d'une parfaite inconnue de prendre parti, mais tout de même… Moi qui pensais qu'une certaine complicité s'était établie entre nous, apparemment non. Je ne peux pas me défaire de l'idée que Cléo vient de marquer un point contre moi.

— Savez-vous où je pourrais trouver du réseau ? On ne capte absolument pas au lodge.

— Au village, répond Brianne. Le café et le pub ont tous deux une connexion wi-fi. Si besoin, Delta a installé un ordinateur qu'on peut louer à l'heure.

En vacances, j'aurais sans doute trouvé du charme à un système aussi archaïque mais pour l'heure, ça ne fait qu'allonger ma liste croissante de contrariétés.

Je récupère le bonnet de Cléo et lui lance :

— Tenez, enfilez ça, vous retrouverez peut-être le sourire. Moi, je vais faire un tour.

CLÉO

Je n'aime pas le riz au lait

3 octobre, Salvation Island

QUELQU'UN EST ASSIS SUR LE ROCHER.

J'ai remonté cette foutue colline pour pouvoir consulter mes e-mails, ma cheville me fait horriblement mal et maintenant que je suis là, à bout de souffle, je découvre que j'ai été devancée. La bonne nouvelle, c'est que ce n'est pas l'Américain avec son manteau ridicule.

Je traîne un peu, à distance suffisante du rocher pour que la femme à la veste en jean qui se tient là, de dos, ne m'entende pas. Impossible de savoir si elle est au téléphone ou si elle est seulement en train de s'aérer. *S'aérer*... j'utilise des expressions dignes d'une lady, maintenant ! Voilà ce qui arrive quand on se fait un marathon de séries historiques au lieu de travailler. Je déculpabilise en me disant que ça fait partie de mon boulot de documentation, mais force est de constater que les corsets et les chevauchées en amazone ne font pas vraiment partie de mon quotidien. Même si, finalement, on pourrait dire que nous ne faisons tous que chercher notre flamant rose, n'est-ce pas ?

Bon sang, est-ce qu'elle en a encore pour longtemps ? Je me sens un peu ridicule, à faire la queue devant un rocher comme si c'était une cabine téléphonique.

Je n'ai pas l'impression qu'elle parle, du moins je ne l'entends pas. Elle semble très calme. Puis, soudain, elle met ses mains en porte-voix et pousse un cri ; ou plutôt, pour être précise, un hurlement à vous glacer le sang. Je sursaute et recule de quelques pas dans l'intention de m'éloigner discrètement mais un *bip* retentit au fond de ma poche : mon téléphone portable vient tout juste de se connecter à ce fichu réseau.

Prise de panique, je tâte mon manteau pour l'éteindre alors que la femme se retourne. Je suis surprise : elle est plus jeune que je ne le pensais – environ mon âge –, ses yeux sont aussi verts que l'herbe de l'île, et elle est vraiment très, très enceinte. Ça fait beaucoup de détails à assimiler, et c'est sans parler de son immense écharpe en maille à rayures arc-en-ciel et des multiples boucles d'oreilles argentées qui dépassent de son bonnet à pompon.

— Vous étiez en train de m'espionner ?

Elle me fusille du regard, l'air suspicieux, et pile au moment où je commence à bredouiller des excuses, elle éclate de rire.

— C'est toi qui es à Otter ! lance-t-elle, ce qui ne me surprend pas vraiment maintenant que je sais que le lodge est le seul hébergement de l'île ouvert aux étrangers – et il est évident que je ne suis pas d'ici.

— Oui, oui. Et hmm… sinon, tout va bien ?

Elle me regarde un instant, décontenancée, puis son visage s'éclaire.

— Ah, tu veux parler du cri ? C'est juste un moyen d'extérioriser ma colère envers ma mère, elle me prend la tête en ce moment. Il paraît que c'est bien pour le bébé, de pousser un cri primal de temps en temps.

Elle pose une main sur son ventre rond et m'adresse un large sourire.

— Moi, c'est Delta, rebelle dans l'âme et fille de Slánú, de retour sur l'île avec un polichinelle dans le tiroir, histoire de faire honte à toute ma famille.

— Cléo.

C'est la première que j'entends prononcer le nom ancestral de l'île.

— Slánú ? je répète, hésitante. Je l'ai prononcé correctement ?

Elle hausse les épaules.

— Pas mal. Mais restez-en à Salvation, seuls les anciens emploient Slánú.

— Et vous.

— Seulement quand cette histoire me tape sur les nerfs, dit-elle en souriant.

Nos regards se croisent, et je ressens une forme de complicité féminine. Peut-être est-ce seulement parce que nous avons le même âge, mais quelque chose en elle résonne en moi. Certes, son côté haut en couleur et débordant d'énergie me rappelle un peu Ruby, mais j'ai aussi le sentiment qu'elle se connaît très bien, et je ressens soudain une pointe de jalousie assez inattendue. La plupart du temps, j'ai l'impression d'être une enfant qui joue à l'adulte en espérant que personne ne le remarquera tandis que cette femme semble savoir exactement où elle va. Elle s'apprête à dire quelque chose mais mon téléphone sonne à nouveau : une salve de messages vocaux réclamant mon attention.

— Le boulot, dis-je en voyant le nom d'Ali s'afficher sur l'écran, suivi de celui de Ruby.

— Vous êtes écrivaine ?

— Oui, je réponds du tac au tac, tout en me demandant ce qui a bien pu lui faire penser ça.

— J'en étais sûre. Je l'ai perçu dans votre aura. Vous avez l'air du genre à écrire des romans à l'eau de rose.

Je suis à deux doigts de protester, mais après tout… c'est ce que je fais non ? Peut-être pas dans le sens conventionnel du terme mais, finalement, tout ce que j'écris tourne autour de l'amour. Ou alors, le destin a voulu que je rencontre cette femme aux yeux verts ici et maintenant ; comme un signe de l'univers qui m'encouragerait à persévérer et terminer l'écriture du roman que j'ai commencé il y a une éternité. Franchement, je n'en suis pas très fière : la journaliste qui se rêve romancière, c'est tellement cliché. Mais au fond de moi, dès qu'Ali m'a parlé de ce voyage, j'ai pensé que ce serait peut-être enfin le moment d'aller au bout de ce rêve secret.

Je bredouille, mal à l'aise. Delta se lève pour s'étirer.

— Ça a toujours été l'un de mes endroits préférés de l'île, dit-elle en contemplant la mer. Bon, je ferais mieux de redescendre au village et de vous laisser travailler.

— Ne vous sentez pas obligée de partir à cause de moi.

— Oh, j'ai assez extériorisé pour aujourd'hui. Vous devriez essayer, personne ne peut vous entendre, d'ici.

Sauf Mack, je pense, en la regardant s'éloigner. Je ne m'attendais pas à rencontrer quelqu'un comme elle sur cette île : ni pull en tricot traditionnel *Fair Isle*, ni teint rougeâtre. Tout ce que je m'étais imaginé n'était qu'une série de terribles stéréotypes, je m'en rends compte à présent.

Je m'assois sur le rocher et écoute le premier message. La voix pétillante d'Ali s'élève dans l'air. Évidemment, elle veut le récit complet de mes aventures. Je l'appellerai lundi. Je pourrais essayer maintenant – la notion de week-end lui est étrangère – mais je n'en ai pas très envie : je ressens encore la fatigue du voyage et je commence tout juste à décompresser, comme un accordéon qui se déplie lentement.

Avant mon départ, nous avons dressé ensemble une liste des choses à faire ici. La plupart des idées venaient de moi mais Ali a apporté ses petites touches personnelles qui, selon elle, plairaient aux lectrices. J'ouvre l'application Notes de mon téléphone et parcours l'écran du regard, en me demandant ce que je vais cocher en premier.

Nager dans la mer – ça, c'est mon idée.

J'adore nager ailleurs que dans des piscines chlorées mais je n'en ai que rarement l'occasion. J'espère qu'il y aura au moins un jour de beau temps où la mer sera calme et me permettra de nager sans risquer d'y laisser ma peau.

Passer vingt-quatre heures nue.

Pour ça, j'étais un peu réticente. Ce n'est pas que je sois particulièrement prude ou que j'aie de gros complexes, mais ça me paraissait un peu factice, comme si l'unique but était de mettre un peu de piment dans ma chronique. Ali m'a convaincue en me le présentant comme le moyen le plus évident de se connecter à la nature ; et je la rejoins là-dessus. Bon, en revanche, je vais attendre que Mack ne soit plus dans les parages.

Je continue.

Faire un feu sur la plage.

Préparer un repas à base d'aliments cueillis par mes soins.

Prendre une décision qui changera ma vie.

Dormir à la belle étoile.

Ça, je le retire. Je n'avais pas pensé à la météo.

Écrire un poème, ou une chanson.

Fabriquer quelque chose de mes mains.

Organiser ma cérémonie de mariage.

Je m'arrête sur ces mots et tapote l'écran du doigt. Ce que j'ai en tête n'est pas vraiment abouti, il s'agit plus d'une ébauche que d'un plan définitif. Comme j'ai envie de marquer le coup pour mes trente ans, la cérémonie aura lieu le jour de mon anniversaire ; ce sera une sorte de célébration symbolique de moi-même. Ali tient à l'annoncer comme mon « mariage », c'est plus vendeur – d'où la réservation d'un séjour avec forfait « lune de miel ». Je préfère considérer que c'est un engagement envers moi-même, un moment qui me permettra d'affirmer que j'assume la femme que je suis, que je me sens bien dans ma peau, même célibataire. Dire adieu à la vingtaine en sablant le champagne, et démarrer la trentaine du bon pied. Avant de partir, j'ai acheté un bol en balsa sur eBay, avec la vague idée d'y mettre des objets, des mots, et de le faire voguer sur la mer. Ou de le brûler sur la plage. Pour l'instant, je n'en sais trop rien, je dois encore y réfléchir. Mes yeux remontent la liste et se posent sur « Prendre une décision qui changera ma vie ». Ça, Ali ne l'a pas vu ; je l'ai ajouté après avoir quitté Londres. C'est une idée qui me revient régulièrement en tête, dès que j'ai un peu de temps. Comment est-ce que j'envisage les prochaines années ? Qui suis-je, sans flamant rose à mes côtés ? Je pousse un long et profond soupir. Allez, petite île, fais honneur à ton nom. Sauve-moi. Ou aide-moi à me sauver.

J'hésite quelques instants en fixant le nom d'Ali sur l'écran de mon téléphone, puis me résous à l'appeler. Il faut que je lui raconte ce qui se passe ici, que l'on fasse le point et qu'elle me dise comment elle voit les choses. Mon portable tente d'établir une liaison entre les coteaux verdoyants de Salvation et la capitale. Une série de clics et de bips se succèdent mais au moment où la connexion aboutit, un violent coup de vent me fait trébucher, et je perds le signal. Merde. Je réessaie en m'efforçant de rester immobile, mais je tombe sur son répondeur. Un stress familier m'envahit à nouveau. *Laisse tomber. Prends du recul.* Je roule mes épaules pour les détendre et, dans un soupir, je raccroche sans avoir dit un mot, en serrant les dents pour me retenir de jeter mon téléphone au fond de l'océan.

J'appuie ensuite sur le nom de Ruby pour écouter son message, et sa voix jaillit de mon téléphone telle un torrent de lave.

« Cléo, chérie ! »

J'approche le téléphone de mon oreille, car l'endroit d'où elle m'appelle est bruyant ; j'entends un brouhaha de musique et de voix.

« Je suis dans un bar ! Tu te souviens, celui avec les néons bleu et les serveurs en pantalon en latex ? Tu ne devineras jamais qui est là. Le mec de l'été dernier... merde, c'est quoi, son nom déjà ? Tu sais, celui qui était figurant dans *Hunger Games.* Il nous avait même dit qu'il avait rencontré le prince Harry ! »

Quelqu'un hurle quelque chose à Ruby, et le son est tellement perçant que je dois éloigner le téléphone de mon oreille.

« Désolée, Cléo, c'était Helena, tu sais, celle qui fait des remplacements au boulot de temps en temps ? Un type a renversé son verre sur sa robe et il vient d'offrir des shots à tout le monde pour se faire pardonner. Pas sûre que ça couvre les frais de pressing ; je sais pas ce qu'il buvait mais c'était hyper orange ! Mais bon, de toute façon, elle est tellement bourrée qu'elle s'en fout. »

Derrière, quelqu'un compte à haute voix, en hurlant, et je grimace en entendant les gens ivres et surexcités, autour de lui.

« Faut que j'y aille, Cléo ! lance Ruby. Je boirai un shot à ta santé ! »

Et puis plus rien, le silence s'abat et j'expire lentement. Je regarde mon souffle qui s'éloigne, glisse à flanc de colline, et je ne regrette pas un seul instant d'avoir raté la soirée de la veille et les shots qui m'auraient valu une migraine ce matin. Je repense au message de Ruby. Elle ne m'a même pas demandé comment ça se passait, ni si j'étais bien arrivée. Ça ressemblait plus à un appel du genre « regarde tout ce que tu rates » plutôt que « tu me manques, tu sais ». Ce n'est pas mal intentionné de sa part, je le sais, c'est plutôt sa manière de me rappeler ce qu'est le rythme effréné de la vie à Londres, et que l'on peut vite se retrouver entourée de néons bleus et de pantalons en latex.

C'est étrange. J'ai passé la majeure partie de mon adolescence avec une idée fixe en tête : m'installer à Londres, côtoyer le gratin des écrivains et des éditeurs, fréquenter les soirées chic où des agents littéraires en richelieu vernies riraient à mes traits d'esprit. Mais on finit par changer, et nos rêves aussi. Le rythme de la ville convient à certaines personnes, comme Ruby par exemple, tandis que d'autres comprennent, au fil du temps, qu'elles n'y vivront pas éternellement. Est-ce que j'en fais partie ? C'est difficile à accepter. Et si c'est le cas, où irai-je ? Que vais-je devenir ?

Je glisse mon téléphone dans ma poche, m'assure d'un coup d'œil que Mack n'est pas dans les parages, et je place mes mains autour de ma bouche pour pousser un cri primal. Il est presque inaudible. C'en est gênant. Je m'éclaircis la gorge et retente ma chance. Cette fois, j'y mets toutes mes forces. Le son qui s'échappe de mon corps est à mi-chemin entre le chat qui s'étrangle et Hulk pris d'une quinte de toux. Ce n'est pas vraiment ce que je cherchais. Alors, je me relève, je m'étire et rugis, si fort que je sens l'air se déplacer autour de moi comme une onde de choc. Waouh, ça fait du bien. Je recommence et rugis telle une lionne des montagnes (OK, des collines), laissant mes frustrations s'éloigner en même temps que mon cri, jusqu'à ce que ma voix s'éraille et que mes épaules me fassent mal.

Le cri primal n'était pas sur ma liste, mais il aurait dû.

Je redescends la colline d'un pas lent, résolue à adopter un état d'esprit plus positif. Plus qu'une semaine avant que Mack ne fiche le camp. Évidemment, c'est à lui de partir : moi, je suis littéralement là pour décider ce que je vais faire de ma vie. Pour lui, ce n'est rien de plus que des vacances. Mais en attendant, je vais tâcher d'être polie, peut-être même gentille, afin de le rallier à ma cause.

Je n'aurai qu'à faire comme si on m'avait imposé un coloc un peu pénible pour la semaine ; ça arrive, parfois, dans les universités américaines.

*

La pluie reprend de plus belle. À partir de maintenant, je ne vais même plus prendre la peine de noter le temps qu'il fait, mes lectrices devront partir du principe qu'il pleut, sauf mention contraire. Cela fait quelques heures que j'ai le lodge pour moi toute seule, un avant-goût divin de ce que seront mes journées une fois que Mack sera parti. J'ai passé une éternité dans le bain et je viens de m'installer dans le fauteuil en velours rouge près du feu – l'endroit idéal pour lire ou pour songer à l'avenir, un verre de vin à la main. La bibliothèque est bien fournie, j'ai hâte de l'explorer plus en détail, et le placard sous la télévision contient quelques jeux de société – des cartes, un Monopoly, une boîte de craies – ainsi que de la tequila, des whiskies divers et variés, et d'autres alcools forts. La télé ne fonctionne pas ; une petite note sur le manuel indique qu'il s'agit uniquement d'un écran destiné à visionner les DVD. C'est fou, de vrais DVD ! Je n'ai pas encore regardé ce qu'il y avait, j'espace au maximum les petites découvertes de ce genre, et le plaisir qui va avec.

Le mari de Brianne a déposé les courses il y a un peu plus d'une heure ; un homme de l'île, taillé dans la roche, au visage marqué par une longue barbe et un immense sourire. Ce serait bien le genre à porter des Lycra et à faire des concours de traction de camions pour s'amuser. Je m'assois, sirote mon vin, et essaie de me détendre. En ouvrant la bouteille, j'ai aperçu Mack par la fenêtre de la cuisine ; il faisait les cent pas sur la plage. Comme ses mouvements laissaient transparaître une certaine agitation, je me méfie : je n'ai aucune envie de devoir gérer les problèmes de quelqu'un d'autre. Alors, quand la porte s'ouvre et qu'il entre dans la pièce avec son air renfrogné et son grand manteau ruisselant, je ne bouge pas d'un pouce. Il se débarrasse de son attirail et me lance un étrange regard en coin, mais je reste muette, jusqu'à ce qu'il prenne une bière et vienne s'asseoir sur le bord de la table basse, juste en face de moi.

C'est inattendu et, surtout, je n'ai pas d'autre choix que de l'écouter. Bien sûr, je pourrais me lever et m'en aller, mais ce serait me montrer ouvertement hostile, et ça ne me ressemble pas vraiment. Je fais tourner le vin dans mon verre, et j'attends.

— Je suis désolé si j'ai été dur avec toi, finit-il par dire. Tu n'y es pour rien.

Ça alors ! Je ne m'y attendais pas. Je croise son regard, perplexe, et pendant quelques instants, nous ne sommes rien d'autre que deux personnes tout à fait normales, face à une situation complexe.

— Je te propose de recommencer à zéro. Moi, c'est Mack Sullivan, trente-cinq ans, photographe. Je vis à Boston et j'ai deux garçons, Nate et Léo. J'aime la bière, surtout si elle est fraîche, les Red Sox et le camping.

Il s'interrompt pour réfléchir, puis reprend :

— Je préfère l'été à l'hiver et si j'étais condamné à mort, je voudrais des *lobster rolls* et du *cheesecake* pour mon dernier repas.

Il avale une grande gorgée de bière, et je remarque la rougeur qui colore son cou.

C'est un tel revirement que j'en suis bouche bée. Il y a quelques heures à peine, connaître son prénom me paraissait déjà trop, mais alors là… Je ne sais pas ce que je suis censée faire de toutes ces nouvelles informations. Il ne peut plus être « l'Américain » désormais. C'est un photographe, un père, et un amateur de *cheesecake.*

— Eh bien, enchantée, Mack.

J'esquisse un sourire, et je me dis que c'était précisément ce que je voulais – faire ami-ami. Je suis juste légèrement contrariée qu'il m'ait devancée.

Il fait tinter sa bière contre mon verre.

— Enchanté, Cléo Wilder.

Je n'avais jamais entendu mon nom prononcé avec l'accent américain, ça sonne vraiment différemment ; comme si, tout à coup, j'étais une fille beaucoup plus cool et super courageuse. Mais à cet instant précis, c'est la pression qui prend le dessus : il a fait le premier pas, je dois faire le deuxième. Pour lui, c'était facile, il a cette espèce d'assurance innée typiquement américaine, tandis que moi, j'ai tout de la Britannique coincée.

— Donc, comme tu le sais, je m'appelle Cléo, j'ai vingt-neuf ans, je vis à Londres et je suis… euh… écrivaine.

Ses sourcils se lèvent et je m'interromps :

— Quoi ?

Il hausse les épaules.

— Rien, continue.

J'essaie de deviner :

— Tu pensais que j'étais plus âgée ?

Il ne réagit pas.

— Plus jeune ?

Il secoue la tête.

— Tu es surpris que je sois écrivaine ?

Il finit sa bière et me fixe, coudes sur les genoux.

— Non, non. Continue, vas-y.

Mon Dieu, que c'est difficile. J'aimerais tellement que mon verre soit encore plein.

— Eh ben, je ne sais pas trop quoi dire. À part écrire, je n'ai pas d'autres passe-temps. Ni animaux ni enfants. J'ai peur des chevaux et… je n'aime pas le riz au lait.

Je n'aime pas le riz au lait ?

— Eh bah… ça en fait, des choses négatives. Pourquoi tu as peur des chevaux ?

Ses yeux étranges me fixent quelques longues secondes et, bizarrement, je me sens gênée à l'idée de lui répondre. Je crois qu'il s'en rend compte parce qu'il se lève pour reprendre une bière. J'expire lentement, profitant de l'espace qu'il vient de libérer.

— Du vin ?

— Je veux bien.

J'ai répondu d'un ton sec. Il apporte la bouteille, remplis mon verre, et je me sens à la fois un peu stupide et un peu dépassée. Je ne peux même pas m'éclipser dans ma chambre puisque je suis déjà dans ma chambre. Et dans la sienne en même temps. *Grr.*

— Ta promenade était sympa ? je lance, soulagée qu'il s'installe au bout du canapé.

Il acquiesce.

— Cette île surpasse toutes mes attentes et, pourtant, j'en avais beaucoup.

J'ai presque honte de reconnaître que je n'ai fait aucune recherche approfondie sur Salvation avant de partir. Dans ce voyage, ce qui comptait avant tout, c'était moi, plus que le lieu, mais maintenant que j'y pense, ça fait très superficiel.

— Ici, c'est la terre natale de ma grand-mère, l'endroit où se déroulaient toutes les histoires que ma mère me racontait avant de dormir quand j'étais petit. J'ai toujours su que je viendrais ici un jour.

OK. Il veut que je comprenne à quel point il est lié à cette île et a besoin de passer du temps ici. Mais impossible de lui raconter pourquoi je suis là : c'est bien trop intime, et je suis moi-même encore en train d'essayer de comprendre pourquoi ce voyage semble revêtir un peu plus d'importance d'heure en heure.

— Je ne peux pas partir vendredi, finit-il par lâcher. Je sais que c'est ce que tu attends, je sais que tu as payé ce lodge, mais il faut que je reste.

Ah, *voilà* où il voulait en venir.

— Je vois, dis-je en poussant un long soupir. Et comme maintenant je sais que tu es un supporter des Red Sox, que tu adores le *cheesecake* et que ta mère te racontait des histoires sur cette île avant de t'endormir, je suis censée te comprendre et considérer que tes motivations valent mieux que les miennes, c'est ça ?

— Alors, vas-y, dis-moi quelles sont tes motivations ! Comment je pourrais le savoir, sinon ? Tout ce que je sais, c'est que tu as peur des chevaux et que tu n'aimes pas le riz au lait. Rentre chez toi et va voir des gens, Cléo. Cet endroit est bien trop isolé pour quelqu'un comme toi.

Ces mots touchent une corde sensible.

— *Quelqu'un comme moi ?* Tu n'as pas la moindre idée de qui je suis, ni de ce qu'est ma vie.

— Alors, convaincs-moi que tu as davantage besoin de ce lodge que moi.

— Non, je rétorque, à bout de nerfs. Écoute, Mack, dis-je en m'avançant un peu sur le bord de mon siège, mon verre à la main. Tu as fait un long voyage pour arriver jusqu'ici, je comprends. Tu as envie d'approfondir ton lien à cette île, je comprends aussi. Mais tu sais quoi ? Tu peux très bien faire ça sur l'île d'à côté. Vas-y, va voir des gens toi aussi. Va manger des steaks, boire des Guinness et leur parler de tes ancêtres autant que tu veux. Avec un peu de chance, ils auront même du wi-fi.

Et voilà, retour à la case départ, chacun d'un côté du ring. Je finis mon verre tandis qu'il se dirige vers la salle de bains, en emportant sa bière. Je l'entends tourner les robinets de la baignoire et pousse un soupir de soulagement.

L'atmosphère est bien trop glaciale pour partager un repas ou avoir une quelconque conversation. Quelques heures plus tard, Mack est assis sur le lit, moi sur le canapé, chacun devant son ordinateur portable. Le tapotement de nos claviers respectifs est le seul bruit que l'on entend de toute la soirée. Il est d'une rapidité déconcertante. Je suis sûre qu'il tape des lettres au hasard juste pour m'impressionner. Quant à moi, je dois effacer les mots mal orthographiés car tapés trop vite, dans le seul but de paraître efficace. J'abandonne et décide d'entamer un livre pris au hasard dans la bibliothèque juste au moment où il sortait de la salle de bains ; c'est un thriller de guerre plus aride que le désert du Sahara.

Vers vingt-trois heures, il sort et arpente le porche en tenant son téléphone en l'air, signe qu'il n'a pas réussi à trouver le fameux rocher-cabine téléphonique. Cet échec a un petit goût de victoire territoriale qui n'est pas pour me déplaire. Quelqu'un de plus généreux lui montrerait sans doute où aller et comment faire, mais je ne suis pas d'humeur généreuse pour le moment.

Je n'arrive pas à dormir. J'ai fait de mon mieux pour compenser les irrégularités de terrain du canapé en plaçant des coussins à des endroits stratégiques, mais je perds espoir de passer une bonne nuit. L'idée qu'il m'en ait dit plus à son sujet que je ne l'ai fait m'agace. J'ai l'impression de devoir lui fournir le même genre de détails afin d'égaliser le score, mais je n'ai aucune envie de rentrer dans ce petit jeu de déballage des émotions, je cherche trois bribes d'informations les plus anecdotiques possible, histoire de ne pas trop me dévoiler.

Le lodge est plongé dans l'obscurité la plus complète. Je change de position et me mets à parler :

— Mon premier petit ami, Lewis Llewellyn, était gothique. Il écrivait des scénarios de films d'horreur complètement nazes. Il avait seize ans, moi quinze.

Il m'a demandé de lui dire ce que je pensais franchement de ce qu'il considérait comme son chef-d'œuvre, et comme je n'ai pas pris de gants, il m'a larguée. Ma grand-mère m'a appris à tricoter. Et... quand j'avais huit ans, je suis tombée de cheval. Depuis, ça me fait peur.

— Il est devenu scénariste ? lance Mack, après un long silence.

— Vendeur de jacuzzi, aux dernières nouvelles.

Je l'entends pouffer.

— Tu n'as pas parlé de ta femme.

J'embraie avant qu'il ait le temps de poser plus de questions.

— Tu as dit que tu avais deux garçons, que tu aimais les *lobster rolls* et le camping, mais pas un mot sur ta femme.

— C'est compliqué, soupire-t-il.

— C'est ton statut Facebook, ça ?

— Non, Cléo, c'est ma vie.

Je vois. Malgré sa petite session bien orchestrée du genre « apprenons à nous connaître », je ne suis pas la seule à taire ce qui me tient le plus à cœur. Garde donc tes secrets, Mack Sullivan, c'est ton droit. Tout comme je garderai les miens, ainsi que les clés d'Otter Lodge.

MACK

Amis ou amants

4 octobre, Salvation Island

Je n'ai pas encore sorti mes appareils photo de mes bagages. Ça me démange, mais cette situation ridicule me donne l'impression d'avoir une épée de Damoclès au-dessus de la tête. Pour moi, venir ici, c'est le voyage d'une vie. Je n'ai pas l'esprit assez disponible pour cohabiter avec une Britannique bornée qui m'observe et m'échauffe les oreilles. Je suis ici pour des raisons personnelles et, en la matière, je suis quelqu'un d'assez réservé.

« *Tu n'as pas parlé de ta femme.* » J'entends encore la voix grinçante de Cléo dans ma tête, et je repose la bouilloire d'un geste trop brusque. Non, je n'ai pas parlé de ma femme, parce que ça ne te regarde pas, en fait. Je t'ai raconté un tas d'autres trucs dans l'espoir que tu comprennes que ce séjour représente bien plus que des vacances pour moi. Cette île est dans mes gènes et, que ça te plaise ou non, Cléo Wilder, cela me donne la priorité. Je jette un regard de l'autre côté de la pièce ; elle est encore endormie et ses cheveux noirs cascadent sur l'oreiller de lin blanc. Cette fille semble tout droit sortie de *Blanche-Neige*. De nouveau, je brûle d'envie de refermer mes doigts sur la forme familière de mon Leica. Impossible de contempler quoi ou qui que ce soit sans imaginer ce que rendrait le cliché : j'ajuste mentalement l'objectif et choisis le moment précis où appuyer sur le déclencheur, pour capturer la scène telle que je la perçois. Je ne m'en lasse pas. Le jour de mon mariage, j'ai pris plus de clichés que le type qu'on avait payé pour ça. Au fil des ans, nous avons ressorti ces images bien plus souvent que l'album officiel en cuir blanc, avec nos noms en lettres dorées sur la couverture, parce qu'elles ont saisi les gens que nous aimons de manière spontanée. La mère de Susie, tenant le visage de sa fille adorée entre ses mains. Daryl, mon meilleur ami et témoin, dans l'église baignée de soleil, qui lance un premier regard éperdu à Charlotte, la collègue de Susie, et maintenant la mère de ses filles. Sur cette image, c'est comme si des fils passaient au-dessus de l'assemblée et tissaient la toile de leur amour naissant. Un instant plus tard, elle tournait la tête et lui rendait son regard. Ça aussi, je l'ai saisi : la photo est accrochée sur le mur de leur chambre.

J'ai vécu chaque événement important de ma vie avec un appareil photo autour du cou, et j'ai toujours su qu'un jour, je viendrais sur cette île pour immortaliser ses paysages et rencontrer ses habitants, dans l'idée de créer un recueil visuel de ce lieu qui coule dans les veines de ma grand-mère, de ma mère, et dans les miennes. Quelques jours avant mon départ, Susie a qualifié ce voyage de « vain ». Difficile à entendre. Je sais qu'elle a choisi ces mots tranchants pour me blesser, me rabaisser, soulignant ainsi la distance qui s'est installée entre nous. Elle me connaît pourtant mieux que quiconque. Elle m'a écouté raconter à nos enfants les histoires de cette île lointaine, celles que ma mère me racontait autrefois, le soir, avant de dormir. Elle sait à quel point cela me tient à cœur. Vain, *hmm* ? Pour l'instant, je dirais surtout qu'il s'agit d'un projet très sain – pour nous, pour moi.

*

J'ai suivi le sentier qui mène au point le plus au nord de l'île. C'est la première fois que j'aperçois l'église en pierre sèche et son cimetière attenant : une série de croix en granite blanc, toutes simples, disséminées au sommet de la falaise et dont les épitaphes sont tournées vers la mer. Je déambule entre elles, les mains dans les poches, les épaules voûtées face au vent du large. Bon sang, ici, on lutte en permanence contre les éléments. Les derniers noms gravés dans le granite me sont inconnus et pourtant familiers – Macfarlane, Campbell, Sweeney, Macdonald. Ils font écho aux récits de ma grand-mère et aux visages sur les photographies noir et blanc un peu passées, rangées dans une vieille boîte à biscuits au fond du placard, dans sa cuisine. Je regrette de ne pas avoir pris le temps de lui poser plus de questions à leur sujet, de ne pas avoir pris de notes au dos des clichés, avant que les premiers signes de sénilité ne soient venus couvrir ses souvenirs d'un voile de poussière. Je m'arrête devant une croix portant l'inscription « Elizabeth Doyle, décembre 1907 » à côté de celle de son mari « Henry Doyle, mars 1909 ».

Je déchiffre les autres bribes d'informations, curieux d'en apprendre davantage sur ces ancêtres de Barney, décédés depuis bien longtemps. Ce sont aussi les miens. Elizabeth est morte à soixante-dix-neuf ans, Henry l'a suivie seulement quinze mois plus tard, à l'âge de quatre-vingt-quatre ans. Ils ont passé cinquante-six ans ensemble. Debout derrière leurs tombes, je regarde l'horizon, une main posée sur chaque pierre. *Cinquante-six ans, les gars. Joli score.* La vie ici n'a pas dû être facile pour eux, surtout à l'époque, sans le confort moderne. Ou peut-être que c'était mieux, au contraire : plus bucolique, romantique, loin des foules hystériques. *Moins compliqué, en tout cas.* Je songe à mon propre mariage, qui bat de l'aile avant même d'avoir atteint deux chiffres. Jour après jour, semaine après semaine, mois après mois, Susie a systématiquement défait chacun des liens qui nous unissait, s'éloignant chaque fois un peu plus de moi. Elle m'a assuré qu'il n'y avait personne d'autre, qu'elle avait juste besoin de quelque chose de différent, et se demande si nous ne serions pas meilleurs amis qu'amants. Le simple fait de se poser la question lui fait mal ; elle me l'a confié. En ce moment, nous ne sommes ni l'un ni l'autre. Voilà, Elizabeth, Henry, voilà pourquoi je suis ici, à 5 000 kilomètres des personnes que j'aime le plus au monde. J'entends un craquement ; le vent dans les arbres sans doute. Ou peut-être Henry qui se retourne dans sa tombe à l'idée qu'un Doyle soit assez négligent pour laisser sa famille lui filer entre les doigts.

— Bonjour.

Une femme se tient derrière moi. Je dirais qu'elle a une soixantaine d'années à vue de nez, même si c'est un jeu auquel je préfère ne pas jouer ; on finit toujours par perdre. Quoi qu'il en soit, elle a la soixantaine cool.

Des mèches de cheveux bleus dépassent de son bonnet en laine orné de grosses fleurs cousues sur le côté, et son manteau rayé alterne couleurs et matières extravagantes. Je meurs d'envie de la photographier.

— Vous devez être notre jeune marié, lance-t-elle.

La lueur qui brille dans ses yeux noisette m'indique que la nouvelle de notre mésaventure est parvenue à ses oreilles, et probablement à celles de tous les autres habitants de l'île.

— Je l'ai appris en même temps que vous, dis-je, et elle se met à rire.

— Ça fait longtemps qu'on n'a pas eu de Doyle par ici, reprend-elle en désignant la croix devant laquelle je me tiens.

Note pour plus tard : ne jamais confier de secret à Brianne.

— J'ai pris le nom de Sullivan, mais en effet, l'une des cousines de ma mère est une Doyle. Lauren Doyle.

— Je me souviens du jour où Lauren est partie avec les petits, confie-t-elle me tendant sa main gantée. Ailsa Campbell.

— Enchanté.

— De même. Alors, qu'est-ce qui vous amène à Slánú ?

Je savoure la sonorité de ce nom, qui me rappelle les contes de ma grand-mère.

— Oh, ça me va si vous préférez ne pas en parler, poursuit-elle, voyant que je ne réponds pas sur-le-champ. C'est juste que rares sont les personnes qui choisissent de venir ici sans raison. On a eu de tout : citadins tape-à-l'œil épuisés, romanciers du dimanche essayant de vaincre le syndrome de la page blanche. Sarah, la secrétaire du médecin, est venue ici pour fuir son mari violent il y a une vingtaine d'années et n'est jamais repartie. Vous allez rester longtemps ?

Je n'ai pas la réponse.

— Rien n'est vraiment arrêté, mais je pense, oui. Quelques mois. Peut-être même jusqu'à Noël.

Elle recule, croise ses bras sur sa poitrine et me jauge du regard.

— Reporter intrépide en quête du scoop de sa vie ?

Je crois bien qu'elle se moque de moi. Je secoue la tête, même si j'espère pouvoir poser deux trois questions par-ci par-là et faire quelques recherches pour mon projet photographique. Mais pour ça, il me faudra gagner la confiance des habitants.

— Vous n'êtes pas l'un de ces explorateurs parti pour faire le tour de l'archipel à pied ? On en a eu pas mal ces dernières années.

— Non, non. Salvation est la seule île qui m'intéresse.

Ailsa plisse les yeux, puis hausse les épaules et déclare :

— OK, Doyle. Vous avez gagné. Qu'est-ce qui vous amène, alors ?

Je lui donne quelques éléments, conscient que révéler à une personne la raison de mon voyage, c'est la révéler à toute l'île. « Un photographe, s'empressera-t-elle de raconter en faisant ses courses. Il veut immortaliser la terre de ses ancêtres : les gens, la faune, la flore. » Je la vois d'ici lever ses sourcils en sifflant un verre dans le minuscule pub du coin. « Un fragment d'histoire, à la fois la sienne et la nôtre. C'est pour une exposition à Boston, l'été prochain », confiera-t-elle à la voisine en promenant son chien sur la plage.

— Vous devriez venir boire un verre au pub, un de ces jours. C'est ouvert quasiment tous les soirs, si la météo le permet, dit-elle en regardant les nuages à l'horizon. Il n'y a pas meilleur endroit pour rencontrer les gens d'ici.

— Avec plaisir.

C'était plus ou moins ce que j'avais l'intention de faire ; il est plus facile de faire parler les gens autour d'un bon whisky que devant une pierre tombale.

— Et la fille ? Qu'est-ce qu'elle fait dans un endroit pareil ?

— Cléo ? Allez savoir. Elle dort dans mon lodge, se prélasse dans mon bain et…

— Et elle mange dans votre assiette ? me lance Ailsa, amusée.

Je lui rends son sourire, conscient de mon ridicule.

— Franchement, je n'ai aucune idée de ce qu'elle fait ici. J'espère juste qu'elle reprendra le bateau vendredi.

Les sourcils d'Ailsa disparaissent derrière sa frange bleue.

— D'après ce que je sais, elle est bien décidée à rester, elle aussi.

Eh bien… une chose est sûre, les informations circulent vite, par ici. Je n'ai pas envie de continuer à parler de Cléo. Le flou qui l'entoure commence à me rendre dingue.

— Je ferais mieux d'y aller et de vous laisser tranquille, dis-je en désignant les fleurs qu'elle tient dans sa main.

— La tranquillité, c'est rarement ce dont on manque dans le coin, répond-elle, un doux sourire aux lèvres.

Je lui adresse un signe de tête et prends le chemin du retour.

CLÉO

Et s'il n'embarquait pas ?

5 octobre, Salvation Island

— CLÉO, C'EST TOI ?

Je sais que ça fait un peu mélo, mais je suis à deux doigts de pleurer en entendant la voix d'Ali.

Je dois crier pour couvrir le bruit du vent :

— Oui… écoute, ça va peut-être couper parce que je suis assise au sommet d'une colline et que le réseau est super mauvais, mais j'ai un vrai problème.

La veille, j'ai réussi à lui envoyer un texto pour qu'elle ait un aperçu de la situation, mais j'ai laissé entendre que tout allait rentrer dans l'ordre d'ici un jour ou deux. À présent, je lui donne la version complète ; il faut qu'elle ait conscience que c'est le projet dans son ensemble qui est potentiellement compromis. Je suis censée tester le concept de couple avec moi-même, mais si je ne suis pas toute seule, ça risque d'être difficile.

— Il ne veut pas partir, je gémis au bout du fil. Et s'il refuse, je vais devoir partir, moi.

— Non ! Cléo, c'est impossible. Que vont penser nos lectrices ? Tu sais très bien que quatre-vingt-quinze pour cent de leur fidélité repose sur la confiance qu'elles ont en toi. Si tu la perds, tu ne la retrouveras jamais. Tiens bon, et joue au plus fin. C'est lui qui partira.

J'étais sûre qu'elle dirait ça.

— Mack Sullivan est têtu comme une mule.

— Eh bien, sois plus têtue que tout un troupeau de mules, s'il le faut ! Voyons, Cléo, où est passée la plus obstinée de mes chroniqueuses ? La fille sur laquelle je peux compter pour que le boulot soit fait, quoi qu'il en coûte ?

— Arrête de me flatter pour obtenir ce que tu veux. C'est gênant.

Son rire me fait l'effet d'un baume. Elle me manque.

— Prends ton mal en patience, et écris-moi cette fichue chronique.

Voilà tout le talent d'Ali : elle réussit à éclater de rire tout en lançant un ultimatum.

— Et s'il n'embarquait pas ?

— Alors, c'est qu'il a plus de cran qu'on le pensait, réplique-t-elle. Allez, détends-toi. Il va le prendre, ce fichu bateau.

Je raccroche, en songeant que j'adorerais avancer dans la vie avec ne serait-ce que la moitié de l'assurance d'Ali.

CLÉO

Le bateau part demain

8 octobre, Salvation Island

— On peut parler ?

Je lève les yeux de mon ordinateur. Mack vient de rompre le silence du lodge. Il est quinze heures, et nous sommes tous deux cloîtrés ici à cause du vent qui souffle en rafales. La pluie cingle les vitres. En d'autres circonstances, avec d'autres personnes, regarder la tempête blottie au coin du feu aurait été agréable. Malheureusement, ce n'est pas le cas, même si nous nous efforçons de faire preuve de courtoisie : « Du café ? Je fais chauffer l'eau. » ou : « Tu veux prendre ta douche en premier, ou j'y vais ? » Pas vraiment ce qu'on peut qualifier de conversation. Chacun de nous semble faire l'autruche, en espérant que l'autre reconnaisse sa défaite. Nous sommes jeudi. Plus qu'un jour.

— Bien sûr. Je finis juste ça.

Il referme son livre.

— Qu'est-ce que tu fais ?

J'hésite. Je n'ai pas vraiment envie de lui parler du contenu de mon prochain billet spécial Flamant Rose.

— Je tiens une sorte de journal de bord, disons.

— Je suis dedans ?

J'ai décidé d'être honnête avec mes lectrices et de leur parler de l'épine que j'ai dans le pied. Enfin, à ce stade, on pourrait carrément parler de cactus, non ? Un cactus en provenance directe d'Amérique. Je ris intérieurement et décide de le surnommer comme ça lors de ma prochaine chronique, avant de refermer mon ordinateur. Il se tient à l'autre bout de la pièce.

— Oui, tu es l'Américain rasoir qui fait une brève apparition.

— Mâchoire carrée ?

Je fais semblant de regarder mon écran puis secoue ma tête lentement.

— Aucune mention de cette caractéristique-là.

— Quelle négligence.

— C'était de ça dont tu voulais me parler ?

Les coudes posés sur les accoudoirs, il enfouit sa tête entre ses mains, puis enfonce ses doigts dans ses cheveux – ce qui me laisse penser qu'il est un peu nerveux.

— Je me demande ce qui t'amène réellement ici.

Ah.

— L'observation des loutres ? dis-je, en essayant d'adopter le ton léger typique d'Ali.

Ce n'est même pas un vrai mensonge, puisque tous les matins, je regarde le spectacle que m'offre la famille de loutres près du lodge : une cascade de fourrures soyeuses aux reflets brun argenté qui roule sur les rochers glissants. Ce n'est pas une légende, les loutres dorment sur le dos et se tiennent par la main pour ne pas se perdre. C'est peut-être là que je me suis trompée : j'aurais dû partir en mission loutre, et non flamant rose.

Mack patiente en me fixant. Je m'aperçois soudain qu'il fait partie de cette catégorie de personnes, comme Ali, qui utilisent le silence pour parvenir à leurs fins. C'est assez frustrant car, moi, je suis plutôt du genre nerveuse, à me sentir obligée de combler le silence, quitte à raconter n'importe quoi.

— Je suis en congé sabbatique. Je récupère d'une opération des… euh… des genoux !

Je ferme les yeux ; j'ai l'air ridicule, je le sais.

— Des deux genoux ?

Je soupire.

— Écoute, on sait très bien que j'ai pas été opérée des genoux. Tu me rends nerveuse, c'est le premier truc qui m'est passé par la tête. Je n'ai peut-être pas un nom de famille irlandais, ni de parents éloignés originaires de l'île, mais ça ne rend pas mon séjour ici moins important.

— Je te rends nerveuse ?

— Je déteste devoir me justifier.

— Ce n'est pas ce que je te demandais. Je faisais juste la conversation. Quelqu'un m'a posé des questions à ton sujet l'autre jour, et je ne savais pas quoi répondre.

— Qui ça ?

— Une femme nommée Ailsa Campbell que j'ai rencontrée en me baladant.

Depuis mon arrivée, je ne me suis pas aventurée plus loin que la plage et la colline. Je sais qu'il y a un village à l'autre bout de l'île – je ne me serais sans doute pas sentie capable de venir ici sans être assurée de la présence d'autres personnes. Mais une fois seule, j'enfilerai mes bottes et partirai explorer les environs.

Comme je devine le sujet que Mack veut aborder, je me lance :

— Il faut qu'on parle de demain.

— En effet, dit-il en se levant de son fauteuil pour se planter devant la fenêtre de la cuisine.

Je me prépare mentalement à contre-attaquer.

— Cléo, je… Il s'interrompt au milieu de sa phrase, s'appuie sur le plan de travail et se penche pour regarder par la fenêtre. Il y a quelqu'un sur la colline. Il vient par ici.

Surprise, je le rejoins près de l'évier. Il dit vrai : quelqu'un se dirige vers nous, d'un pas rapide.

— Je crois que c'est Cameron, le mari de Brianne, dis-je, persuadée qu'aucun autre habitant de Salvation ne puisse aussi bien porter ce genre de parka.

Nous sortons tous deux sous le porche tandis que Cameron nous rejoint pour s'abriter, ruisselant.

— Mauvaise nouvelle, annonce-t-il, pouce vers le bas en allant droit au but.

Je m'enveloppe un peu plus dans mon long cardigan, les bras croisés, l'estomac noué.

— Vous voulez entrer ?

— Je préfère rester dehors si ça ne vous dérange pas, il vaut mieux que je me dépêche et que je file à la maison.

Il marque une pause, et ni Mack ni moi ne disons mot, puis il reprend, criant à moitié pour se faire entendre au milieu du vacarme des éléments :

— La tempête ne semble pas s'apaiser. En fait, il est probable qu'elle redouble. Le bateau de demain est annulé.

Mack passe une main sur sa nuque.

— J'ai regardé les prévisions ce matin, c'est ce que je craignais.

Je lui lance un regard noir qui signifie « tu as fait *quoi* ? », en regrettant intérieurement de ne pas avoir pensé à faire de même.

— Les conditions sont trop mauvaises. Il n'y a pas la moindre chance d'effectuer la traversée en sécurité. C'est assez courant à cette période de l'année, conclut-il en haussant les épaules.

J'essaie de digérer la nouvelle sans laisser mes émotions transparaître. J'imagine qu'avec un peu de bon sens, j'aurais dû avoir des doutes, moi aussi. Même si je n'ai bénéficié ni d'alerte météo ni d'un colocataire jugeant bon de partager ce genre d'informations.

— Est-ce qu'il y a une chance que ça s'arrange dans le week-end ? je demande, en croisant discrètement les doigts.

Cameron essuie la pluie qui perle sur son front.

— Ça m'étonnerait. Il faudra attendre la semaine prochaine, à moins qu'il y ait une urgence ou quelque chose comme ça.

— Une urgence vitale, murmure Mack.

— D'accord. Bon. Merci beaucoup d'être venu jusqu'ici pour nous prévenir, c'est vraiment très gentil de votre part.

Mack me jette un regard de biais puis s'avance et donne une petite tape sur l'épaule trempée de Cameron.

— Ouais, merci. Vous êtes sûr que vous ne voulez pas entrer prendre un café ? Ou une bière, pour la route ?

Cameron remet sa capuche.

— Brianne va garder les yeux rivés sur la pendule jusqu'à mon retour. Je ferais mieux d'y aller.

De nouveau seuls, nous le regardons s'éloigner, déjà presque au sommet de la colline. Je retourne à l'intérieur, suivie de Mack, qui ferme les verrous pour empêcher le vent de faire claquer la porte sur ses gonds.

— Tu étais au courant ?

Je ne peux pas m'empêcher de penser que nous avons passé l'après-midi ensemble, dans la même pièce, et qu'il ne m'a rien dit.

— J'allais t'en parler. Je ne savais pas si le bateau passerait mais, pour ma part, je ne voudrais pas embarquer par ce temps-là. Toi si ?

Bien sûr que non. Mais je n'ai pas vraiment étudié la question des risques que comportait cette traversée, puisque je ne comptais pas être celle qui l'effectuerait. C'était une erreur de débutante, surtout dans un endroit comme celui-ci, où tout dépend constamment de la météo.

Nous nous fixons, et je sens la colère monter en moi.

— Et merde ! je lance, à l'adresse de cette foutue tempête.

Tandis que Mack remplit la bouilloire, je m'effondre dans un fauteuil, le visage enfoui dans mes mains.

— C'est un complot. Ils sont tous de mèche pour retenir le bateau à quai sur le continent.

— À moins que quelqu'un ne meure, me rappelle Mack.

— J'en serais bien capable.

— Ça m'étonnerait.

— Toi ?

— Peu probable.

— Mais je ne peux pas travailler avec toi ici ! J'ai besoin d'être seule…

Si je me regardais, vue de l'extérieur, je crois que je rirais bien de mon petit mélodrame à la Greta Garbo, mais en cet instant précis, j'ai vraiment l'impression que la seule présence de Mack réduit à néant tous mes espoirs pour ce séjour.

— Tu sais quoi, Cléo ? Je ne te trouve pas si facile non plus. Tu te plains beaucoup trop.

Je lève lentement la tête et le dévisage, alors qu'il ouvre le placard.

— Du café ? demande-t-il, comme s'il ne m'avait pas insultée deux secondes plus tôt.

— Je me plains trop ? je répète, les yeux écarquillés. *Je me plains trop ?*

Il hausse les épaules, remplit deux tasses de café – même si j'ai dit que je n'en voulais pas – et poursuit :

— Je n'ai pas envie de te voir ici, tu n'as pas envie de me voir ici non plus. OK. Crois-moi, personne n'espérait plus que moi voir le bateau arriver demain.

— Parce que tu penses que je l'aurais pris ?

— Cléo, j'aurais chargé tes bagages moi-même, s'il l'avait fallu.

Il se baisse, fouille dans un placard, en ressort une bouteille de whisky, et en verse une bonne rasade dans sa tasse. Il me jette un coup d'œil et désigne la bouteille ; j'accepte d'un signe de tête.

J'en suis certaine à présent, Ali se trompe : Mack Sullivan ne prendra jamais ce fichu bateau, que les vagues déferlent ou que la mer soit d'huile. Partir ou rester : ce sera donc à moi de choisir.

Il me tend la tasse ; je ne dis pas merci, mais je ne la refuse pas non plus. Après tout je suis coincée dans une cabane au large des côtes irlandaises, en pleine tempête – ça justifie bien un whisky.

Cela fait plus d'une heure que nous sommes assis autour de la table à siroter du whisky pour tenter de faire passer la nouvelle : nous sommes coincés ensemble ici pour une semaine de plus que prévu. Et encore, si le bateau finit par venir. Ou si l'un d'entre nous meurt. Malheureusement, pour une fois, nous sommes d'accord : il vaudrait mieux que ça n'arrive pas.

— Tu es déjà allée à Boston ?

Je cherche la réponse dans les recoins de mon cerveau confus et imbibé de whisky.

— Non. New York oui, mais pas Boston.

— Tu sais ce qu'il y a de bien là-bas ? dit-il, un verre de whisky sec à la main. On a une gigantesque tour, avec une lumière tout en haut qui indique la météo.

Je fronce les sourcils.

— Une tour ?

— Lumière bleue quand le ciel est dégagé, rouge quand la tempête s'annonce.

— Ah. Pas besoin de colosses qui escaladent les montagnes pour jouer les messagers, alors.

— Exactement. Tu sais que ce n'est pas une montagne, hein ?

Je lève les yeux au ciel.

— Depuis le temps, tu devrais avoir compris qu'il m'arrive parfois d'exagérer. Surtout quand je suis stressée.

Il plaque le dos de sa main contre son front :

— « J'ai besoin d'être seule ! » gémit-il d'un ton dramatique en se moquant de moi.

Je lui jette un regard noir et il éclate de rire, le nez dans son whisky.

— Tu veux savoir ce qu'il y a d'autre à Boston et nulle part ailleurs ? demande-t-il. Mes deux merveilles de fils.

La conversation, légère jusqu'à présent, devient soudain plus grave. Nous n'étions pas encore allés sur le terrain des confidences.

— Ils doivent beaucoup te manquer.

Ce n'est pas tant une question qu'une affirmation, car ses enfants figurent à la fois sur le fond d'écran de son téléphone portable et sur celui de son ordinateur. Il fait défiler quelques photos et s'arrête sur l'une d'elles, qu'il me tend, de l'autre côté de la table.

— Nate a huit ans, Léo en a douze mais… bientôt dix-sept, ajoute-t-il, un demi-sourire aux lèvres, le regard triste.

J'observe attentivement l'image ; Mack et son plus jeune fils sont pliés de rire et celle que j'imagine être sa femme passe le bras autour des épaules de l'aîné.

Je lui rends son téléphone.

— Tu as une très jolie famille.

— J'avais, marmonne-t-il en faisant tourner son whisky dans son verre. *J'avais* une très jolie famille.

Un sentiment d'effroi m'envahit. Je frissonne. Quelque chose de tragique est-il arrivé à sa femme ? Ces deux garçons ont-ils dû faire face à la perte de leur mère adorée ? Mon Dieu, j'espère que ce n'est pas ça. Il finit son verre, le repose, vide, sur la table et pousse un soupir – une sorte de râle profond qui parcourt tout son corps. Si c'est ça, alors d'accord, je monterai sur ce fichu bateau et je lui laisserai le lodge.

— Maintenant, je ne peux voir mes garçons que lorsque Susie le permet. De temps en temps, elle me laisse leur donner un coup de main pour leurs devoirs sur FaceTime. Sinon, je vis seul, dans un petit studio et le silence qui m'entoure est tellement assourdissant que je n'arrive même pas à m'entendre penser.

Bon, le point positif, c'est qu'il n'est rien arrivé de terrible à sa femme. En revanche, le point négatif, c'est qu'il est aussi malheureux chez lui que loin de ceux qu'il aime.

— Mais alors… pourquoi tu es venu ici ? Et pourquoi maintenant ? S'ils te manquent tant que ça, je veux dire.

Vu tout ce qu'il vient de me confier, je ne comprends pas pourquoi il s'est embarqué dans un périple à 5 000 kilomètres de ses fils, ni pourquoi, si la situation est si désespérée qu'il le dit, il ne s'est pas servi du problème de réservation comme prétexte pour rentrer chez lui.

Il expire et son corps s'effondre dans le fauteuil, las, gagné par l'abattement.

— Avec Susie, la situation s'est tellement envenimée que j'en suis arrivé à penser qu'en restant, je leur faisais plus de mal que de bien.

— Qu'est-ce que tu as fait, pour avoir cette impression-là ?

Je ne sais pas quoi dire d'autre. Mon propre père est mort quand j'étais bébé – tout ce que je sais, c'est qu'il m'a manqué.

Il secoue la tête.

— Qu'est-ce qui te dit que c'est moi qui suis responsable ? Susie a toutes les cartes en main, et je n'en ai plus aucune. Ma vie était absolument parfaite et, tout à coup, *boum*, elle lâche une bombe. Ça faisait à peine une semaine que j'étais rentré de mon dernier reportage, et elle m'annonce qu'elle n'est pas heureuse, qu'elle a besoin d'autre chose. Elle m'a demandé de me mettre en retrait pendant quelque temps, pour lui permettre de réfléchir. J'ai accepté, parce que, tu vois, le type que tu as en face de toi (il pointe sa poitrine du doigt) a pensé que la seule façon de s'accrocher à ce qui lui tient à cœur, c'était de dégager.

— Tu t'étais absenté longtemps pour ton reportage ?

— Cette fois-ci, deux mois, je crois. C'est aléatoire, je n'y peux rien, c'est la nature même de mon métier. Je passe autant de temps que possible à la maison.

Il serre les mâchoires et soupire :

— Je ne suis juste pas fait pour travailler dans un bureau.

Je sais que c'est un sujet délicat pour un couple. Ma sœur aînée a épousé un militaire, et elle avait si souvent l'impression d'être seule à assumer le rôle de parent que leur mariage a bien failli voler en éclats.

— Ça ne doit être facile pour aucun de vous.

— Je sais. Susie m'a demandé un peu d'espace, et je lui en ai donné. Mais désormais, c'est elle qui mène la danse et moi, je reste là, à attendre qu'elle me laisse entrer, jamais bien loin au cas où elle déciderait qu'elle a besoin de moi. Voilà. Alors, oui, ma relation avec mes enfants en a pris un sacré coup, et avec Susie…

Il roule sa tête sur le côté, comme s'il essayait de se débarrasser d'une vieille douleur lancinante, avant de poursuivre :

— Quand mes parents ont divorcé, j'avais l'âge de Nate. J'ai passé des années à me sentir coupable vis-à-vis du parent avec lequel je n'étais pas. Ils n'ont jamais vraiment réussi à me protéger et à masquer leur animosité. J'étais la balle de tennis de leur match affectif. J'avais la boule au ventre dès que je les voyais ensemble dans la même pièce.

Il déglutit, le regard perdu dans le vide.

— Je tremble à l'idée que mes enfants puissent ressentir ça un jour, alors je passe autant de temps que possible à rire, plaisanter avec eux et à sourire à Susie. Je crois qu'ils vont bien, surtout parce qu'ils pensent – du moins, je l'espère – que je vais bien.

Il fixe la table. Malgré nos différences, il est évident qu'au fond, c'est un homme bien, surtout avec ceux qu'il aime. Je crois que, sans savoir exactement ce que ça représente, je l'envie de connaître un amour si grand qu'une rupture puisse laisser des blessures aussi profondes. Nous sommes à l'opposé l'un de l'autre : sa vie n'est que complications, attaches et exigences, tandis que je tourne lentement autour du même point solitaire. Deux problèmes, une même solution : Otter Lodge.

— C'est étrange, reprend Mack. Je n'avais jamais eu conscience de l'impact que le divorce de mes parents a eu sur moi avant de devenir père. J'ai tenu à mettre la main à la pâte et à m'occuper de mes enfants, du moins autant que les contraintes de mon métier me le permettaient. De ce point de vue là, l'année qui vient de s'écouler a été la plus difficile de ma vie. J'ai soif de temps avec eux, mais dès que nous sommes ensemble, je ne peux pas m'empêcher d'orienter la conversation vers Susie, de chercher la moindre information et d'interpréter leurs réponses pour me faire une idée de l'état de notre couple. Évidemment, ils me percent à jour, moi et mes questions faussement désinvoltes. C'est comme un écho à ma propre enfance…

Il pose les yeux sur moi, de l'autre côté de la table, le regard sombre, avant de continuer :

— J'imagine que c'est pour ça que je suis là. Je m'efface, parce que, pour l'instant, c'est la seule façon que j'ai d'être un bon père. Je ne sais pas si partir, c'est faire preuve de courage ou de faiblesse, si c'est un risque, mais au moins cela donne à mes enfants quelques mois durant lesquels ils ne sont pas au milieu de tout ça. Si je leur parle au téléphone, je leur donnerai des nouvelles de Salvation, et ils me raconteront leurs journées à Boston – sans que je ne pose de questions au sujet de leur mère. Tu sais, c'est un sacré coup dur de réaliser que la meilleure chose que je puisse faire pour eux, c'est d'être ailleurs.

Waouh. Après un verre de whisky, c'est un vrai moulin à paroles. Je ne sais absolument pas quoi répondre.

Jamais je ne me serais attendue à ce qu'il s'ouvre comme ça, qu'il se montre aussi vulnérable. J'aimerais savoir ce qu'il faut dire dans ces cas-là. Loin de moi l'envie de lui servir des platitudes, mais ma seule expérience qui puisse se rapprocher du rôle de parent s'arrête aux fêtes et aux vacances en compagnie de mes neveux et nièces – et encore, ce n'est pas moi qui en suis responsable. Mes frères et sœurs me considèrent comme le bébé de la famille, alors ils ne me confieraient jamais leurs enfants.

— Zut alors.

C'est tout ce que mon cerveau embrumé par les vapeurs d'alcool trouve à dire. Je n'en suis pas très fière.

— Zut ?

Mack me dévisage quelques instants, silencieux, puis il se met à rire de façon aussi soudaine qu'un bouchon de champagne qui saute.

— « Zut », vraiment ?

Je le fixe à mon tour, horrifiée, et je suis prise d'un accès de rire, sans doute dû à l'ivresse procurée par le whisky, à tel point que je dois essuyer quelques larmes au coin de mes yeux. Ça ressemble à la rupture d'un barrage : la tension liée à l'incertitude du départ de l'un d'entre nous cède la place à un sentiment d'euphorie passagère. Et maintenant que l'urgence à régler notre différend s'est éloignée, aucun de nous ne sait plus quoi faire.

— Je suis désolée que ta situation familiale soit difficile, je reprends, une fois qu'on s'est tous deux calmés. Mais malheureusement, je n'ai rien de plus utile à dire.

— « Zut », c'était pas mal. Je devrais songer à l'utiliser plus souvent.

Mes questionnements plus immédiats refont soudain surface.

— Je ne peux pas me permettre de passer encore une semaine ici, à attendre. La vie est trop courte pour laisser le temps filer comme ça.

— Et qu'est-ce que tu attends, Cléo ?

L'atmosphère entre nous a changé ce soir ; une sorte de trêve fragile. Puisqu'il m'a donné un aperçu de son monde, je décide de ne pas éluder sa question. Je saisis mon verre, histoire de savoir quoi faire de mes mains, et je me mets à parler, incapable de le regarder droit dans les yeux.

— Je travaille pour *Women Today*.

Vu son absence de réaction, il n'en a jamais entendu parler. Ce n'est pas ça qui va me vexer ; il vit sur un autre continent, et ne fait pas partie de notre public cible.

— C'est un magazine en ligne. De loin le plus populaire du Royaume-Uni.

D'accord, j'ai dit ça pour l'impressionner, ou du moins pour éviter son mépris. En revanche, je n'ai pas envie de savoir pourquoi son opinion compte.

— Je tiens une chronique en ligne, dont le principal sujet est la vie d'une célibataire à Londres – et plus précisément, la recherche du grand amour.

Je m'interromps et le regarde un instant. Comme je ne décèle aucune lueur d'ironie dans ses yeux, je poursuis :

— Je ne sais pas si c'est seulement parce que j'ai cherché aux mauvais endroits, mais je me retrouve toujours dans une impasse. Ça fait quelques années maintenant que je tourne en rond. C'est devenu… monotone. Usant. Et vain, aussi. Comme si je m'éteignais lentement.

Lorsque je lève les yeux, je vois qu'il m'observe, plein de bienveillance. Il m'écoute vraiment.

— J'ai bientôt trente ans, et plus la date fatidique de mon anniversaire approche, plus je suis anxieuse. Alors j'ai essayé de comprendre pourquoi, parce qu'au fond, le chiffre en lui-même ne fait pas plus peur que ça, ni le fait d'être célibataire et de ne pas avoir encore d'enfants.

— Eh bien… Comme tu le dis, c'est le mauvais endroit pour chercher l'amour.

Je souris, un peu triste.

— Mais, au moins, je suis sûre que c'est le bon endroit pour ne pas le trouver ! Et à vrai dire, c'était le but.

— Du coup, tu es quoi… une chroniqueuse anti-amour ? Parce que, dans ce cas, tu n'auras pas meilleur allié que moi pour t'encourager dans cette voie. Je pourrais te donner un million de raisons d'arrêter tes recherches sur-le-champ, Cléo. L'amour, ça te pourrit la vie.

Je laisse échapper un éclat de rire.

— Je crois que je vais le noter pour ma prochaine chronique. C'est d'une concision remarquable, merci.

— De rien ! dit-il en levant la bouteille et en remplissant nos verres. Attache ta ceinture, j'en ai encore plein d'autres en stock.

— Ah, tu vas me dire que je suis mieux toute seule, c'est ça ? Tu sais, tu ne serais pas le premier à me sortir cette vieille rengaine.

— C'est dans les vieilles marmites qu'on fait les meilleures soupes ! s'exclame-t-il. Je ne vais pas te mettre en garde contre l'amour, Cléo. Peut-être que tu rencontreras quelqu'un qui aura envie de passer sa vie avec toi. Mais je ne suis pas le mieux placé pour dispenser des conseils dans ce domaine. Il se trouve que, pour certaines personnes, toute une vie, c'est trop long.

Après autant de whisky, les mots qui me viennent à l'esprit sortent de ma bouche sans que je puisse les contrôler :

— Mais l'amour avec un grand A, ça ne peut pas s'arrêter comme ça, si ?

— Pas tout à coup, non. Mais graduellement peut-être ? Oui, peut-être. Merde, Cléo, je n'en sais vraiment rien. Il y a une différence entre ce qu'on dit et ce qu'on fait, j'imagine que c'est là que tout se joue.

Je ne l'interromps pas, car il semble avoir besoin de continuer. Il cherche seulement ses mots.

— J'aurais sans doute dû refuser certaines missions, faire passer ma famille avant tout, mais… De toute façon, Susie est une vraie pile électrique. Elle a besoin d'être entourée, et dès qu'elle se retrouve dans une pièce, elle en devient immédiatement le centre d'attention. Je crois qu'avoir deux enfants de moins de cinq ans et un régime forcé de *Peppa Pig* n'a pas comblé ses besoins de ce côté-là. Je ne suis pas du tout en train de dire que c'est une mauvaise maman. Elle est phénoménale. Mais si l'on ne se sent pas regardé, ou si l'on ne passe pas assez de temps ensemble, peut-être que même l'amour avec un grand A finit par s'estomper.

— Susie me fait penser à mon amie Ruby. Une vraie luciole ; c'est toujours au milieu d'une foule qu'elle brille le plus fort.

Mack lève un doigt vers moi – cette description lui est familière.

— C'est drôle, dis-je en repensant à la première fois que j'ai vu Ruby.

Ou plutôt, que je l'ai trouvée, assise sur les marches de mon immeuble à deux heures du matin, les bras autour de ses genoux teintés à l'autobronzant, chaussures à la main, ses cheveux rouge vif rassemblés en queue-de-cheval haute : elle avait perdu ses clés. Elle vit au dernier étage, moi au premier. Je ne compte plus les fois où elle a fait descendre son pot de fleurs au bout d'une ficelle pour un approvisionnement urgent en gin ou en cigarettes – même si je ne fume pas, j'en garde un paquet sur le rebord de la fenêtre, prête à réagir en cas de détresse.

— Quand nous nous sommes rencontrées, on se ressemblait comme deux gouttes d'eau, toujours partantes pour sortir, tenter une nouvelle aventure, tester la dernière boîte de nuit. Mais aujourd'hui… je ne sais plus. Si Ruby est une luciole, moi j'ai l'impression d'être un… un ver luisant.

Mack rit malgré lui.

— Tu es tout sauf un ver.

— Je crois que c'est le truc le plus gentil qu'on m'ait jamais dit, je lâche, avant de me mettre à rire à mon tour, parce qu'on est saouls et aussi parce que ça fait du bien de ne plus être en colère contre lui.

Le silence s'installe, et je me demande si c'est une bonne idée de continuer à boire du whisky.

— Je crois que ce dont j'ai vraiment peur, c'est de ne plus être amoureuse de l'amour.

J'expulse tout l'air de mes poumons, comme un ballon qui se dégonfle, car cette pensée-là me trottait dans la tête depuis un moment. Je dis à tout le monde que je suis une grande romantique, que je pleure devant les films, les mariages, les histoires d'amour mais, si ça a été vrai un jour, je ne suis plus tout à fait sûre que ça le soit encore.

— Alors je suis venue ici pour essayer de penser à moi, d'entamer ma trentaine en m'aimant moi, j'ai peur soit de ne pas me suffire à moi-même, soit au contraire, d'y parvenir et de finir seule.

— Bon sang, Cléo, ça fait beaucoup à intégrer pour quelqu'un qui a bu autant de whisky que moi ce soir, marmonne-t-il en fronçant les sourcils. Si j'arrivais à me souvenir de tout, j'essaierais de dire quelque chose qui t'aiderait un peu.

— Ce n'est pas grave. Je ne me souviens pas moi-même de ce que je viens de dire. C'est dommage, je crois que c'était important.

— Il n'est que dix-huit heures ! Comment c'est possible ? s'étonne Mack en jetant un coup d'œil à son téléphone portable. J'ai l'impression qu'il est minuit.

— C'est à cause de cette foutue tempête.

— Et si je cuisinais quelque chose ?

C'est moi qui ai préparé le repas hier soir, donc j'imagine que, techniquement, c'est son tour.

— On devrait instaurer un roulement, je lance. Pour éviter les disputes.

— Un roulement ? demande-t-il, dubitatif.

— Lundi, c'est toi qui t'occupes du dîner. Mardi, c'est moi qui nettoie la cuisine. Ce genre-là.

— Ah ! Un planning.

— Très bien ! J'appelle ça roulement, toi planning.

— *Let's call the whole thing off*, se met-il à fredonner en se prenant pour Fred Astaire.

Il pose ses coudes sur la table.

— Organise donc ton roulement, dit-il d'un ton ivre et décidé. Vas-y, Cléo.

— Ce serait peut-être plus facile si on se voyait davantage comme voisins que comme colocataires. Toi, tu vis par là-bas, dis-je en désignant le lit, et moi je vis par là, je continue en agitant mon bras en direction du canapé. Et ça… (je désigne la table). Ça, là, c'est… le square.

— Ça me va, répond Mack. Mais pour être honnête, tu es un peu bordélique.

— Bordélique ? Certainement pas !

Nos regards parcourent la pièce en même temps. Certes, mes affaires sont éparpillées un peu partout.

— Très bien, je déclare en me relevant. Je peux arranger ça en un… comment on dit déjà… en un clin d'œil !

Mince. Fichu whisky.

Il se lève à son tour et s'adosse contre la porte, mains tendues devant lui, paumes jointes, à la manière d'un compas. Il n'a jamais autant ressemblé à Han Solo, mais je le garde pour moi.

— C'est là, indique-t-il. Ta fameuse limite tombe juste là.

Je la suis des yeux.

— Ta valise est de mon côté, ajoute-t-il.

Je la fais rouler sur les dalles, en direction du canapé.

— Et tes bottes du mien, je renchéris, en les envoyant d'un coup de pied de l'autre côté de la ligne imaginaire.

— Je ne crois pas, s'oppose-t-il en regardant dans le prolongement de son bras comme s'il visait avec un fusil.

— Eh bien, moi, j'en suis sûre !

— Litige territorial.

— Déjà ? Tu comptes jouer au voisin pédant qui mesure son carré de gazon au millimètre près ?

— Et toi à la voisine sans gêne qui laisse son chat pisser sur ma pelouse immaculée ?

— Tu me déçois, dis-je en secouant la tête. Je te croyais un peu plus… facile à vivre.

— Hé ! Bien sûr que je suis facile à vivre. J'aime juste que les choses soient ordonnées.

Je marmonne et j'essaie de visualiser la ligne puis, tout en riant sous cape, je me dirige de l'autre côté de la pièce.

— Tu viens d'entrer chez moi, proteste-t-il. Et sans frapper !

— Attends. J'ai une idée. (Je fouille dans le placard sous le poste de télévision.) Et voilà !

Je m'approche de lui et brandis ma trouvaille.

— Des craies ? s'étonne-t-il en prenant la petite boîte bleue.

— Vas-y, dessine la frontière. Mais, attention, je t'observe comme un faucon surveille sa proie.

Je pointe deux doigts, de mes yeux vers les siens, mais je m'interromps une fraction de seconde, à nouveau saisie par leurs couleurs différentes. Je crois que je ne m'y habituerai jamais.

Il prend une craie et se penche, s'apprêtant à tracer la frontière au sol.

— Tu peux me faire confiance, je suis quelqu'un de très réglo.

Je regarde l'épaisse ligne blanche se former, sans avoir à faire une seule réclamation de territoire : fidèle à son engagement, il est très scrupuleux.

— Et voilà, dit-il en se redressant. Chez toi, et chez moi.

Je me rassois à la table, désormais considérée comme notre espace commun. J'acquiesce :

— Je trouve ça bien.

Et bizarrement, c'est vrai. J'ai maintenant un espace à moi, et j'ai l'impression d'avoir suffisamment confiance en Mack pour être certaine qu'il n'empiétera pas sur mon territoire. J'en ferai de même et, avec un peu de chance, cette semaine ne sera pas aussi éprouvante psychologiquement que celle qui vient de s'écouler.

Un peu plus tard, alors que nous sommes couchés, je l'entends s'éclaircir la gorge et mes yeux s'ouvrent dans l'obscurité. La tête me tourne encore légèrement à cause du whisky.

— Je suis plus chats que chiens. Si j'ai envie de me saouler rapidement, la tequila marche à tous les coups et, côté séries, je plaiderai toujours pour *Sur écoute* plutôt que pour *Les Soprano.*

Je ne lui avoue pas que je n'ai regardé aucune des deux, trop contente qu'il ait pris le relais des « trois confidences dans le noir » de la veille. Ça me permet d'en apprendre beaucoup en très peu de mots.

— Ma famille s'est cotisée pour m'offrir un iBook vert citron pour mes quatorze ans, celui à clapet en forme de coquillage, tu te souviens ? C'était le summum de mes rêves d'adolescente. C'est là-dessus que je me suis mise à écrire. J'ai commencé tellement de romans depuis… Il faut absolument que j'en finisse un.

Je ne lui parle pas de l'envie de sentir mon livre entre mes mains, ni de mes fantasmes secrets de fouler le tapis rouge lors des projections officielles, lorsque mon roman sera devenu un film à succès. Je continue la liste :

— Je ne mange jamais les haricots tueurs du *chili con carne*, et Helvetica est la seule police de caractères digne de ce nom.

— Les haricots tueurs ?

— Les haricots rouges peuvent agir comme un poison s'ils ne sont pas cuits correctement. Comment peux-tu être passé à côté de cette info et être encore en vie ? Moi, je n'y touche pas, on ne sait jamais.

Je l'entends rire tandis que mes yeux se ferment, et pour la première fois depuis mon arrivée ici, je n'ai pas envie qu'il fiche le camp.

MACK

Le bateau part aujourd'hui dans sept jours

9 octobre, Salvation Island

— ILS NE S'ÉTAIENT PAS TROMPÉS SUR LA MÉTÉO ! Il est près de huit heures du matin et ni Cléo ni moi n'avons la moindre envie de quitter nos lits respectifs ; il fait à peine jour, le ciel est orageux et le vent claque contre les fenêtres du lodge. Cléo regarde dehors et soupire, le visage illuminé par l'écran de son ordinateur. Je ne sais pas comment elle arrive à trouver la concentration suffisante pour travailler ; pour ma part, le whisky de la veille m'a donné une violente migraine, juste derrière les yeux.

— Ma grande sœur a une peur bleue de l'orage, confie Cléo. Quand on était petites, elle se cachait sous la table de la cuisine.

— Je n'ai jamais compris cette peur-là.

J'adore les extrêmes : que ma cornée brûle et se dessèche ou que la neige tombe dru jusqu'à m'ensevelir, je préfère tout endurer plutôt que des journées grises et sans fin. Malheureusement, depuis que j'ai déménagé dans mon appart, c'est à ça que ressemble ma vie.

— Comment va ta tête ?

Elle balance sa tête de gauche à droite, comme pour la tester avant de répondre.

— On ne peut mieux. Je n'ai jamais la gueule de bois.

— Et voilà, à peine installés, et tu es déjà la voisine la plus ennuyeuse que j'aie jamais eue.

Son regard se pose sur la ligne de craie blanche, qui nous semblait être une excellente idée hier soir.

— Je sais que tu vas penser que c'est bête maintenant qu'on est tous les deux sobres, mais j'aimerais bien la garder, dit-elle.

Je ne vais pas mentir : à tête reposée, je trouve ça peu pratique et assez intenable, mais la façon dont elle relève légèrement le menton suggère une telle détermination que je capitule. Ça ne vaut pas la peine de se battre, tant qu'elle repart la semaine prochaine.

— Très bien.

— D'ailleurs je voudrais aussi mettre en place d'autres règles, reprend-elle en m'observant à travers ses yeux plissés.

J'ai l'impression qu'elle me teste, pour voir si elle ne pourrait pas grappiller encore un peu de terrain.

— Je t'écoute.

Elle redresse la tête, abaisse ses épaules et s'éclaircit la gorge, comme si elle s'apprêtait à monter sur scène pour donner une conférence TED.

— Bien, commence-t-elle. Donc, comme tu le sais, je suis venue ici pour passer du temps seule. Ta présence rend cela quasiment impossible.

Elle marque une pause puis reprend :

— Mais il faut que j'essaie de donner une impression d'authenticité, au moins pour le travail, et dans cette perspective, j'aimerais que l'on considère que cette démarcation à la craie est plutôt une sorte de… eh bien, de mur.

— Un mur ?

Elle acquiesce :

— Un vrai mur de briques.

Je réfléchis, tout en essayant de voir si elle est sérieuse et si cela vaut la peine que je me penche sur sa proposition.

— Donc, quand je suis de mon côté, pas de papotage, de « tu peux me passer ça ? », de « ça te dit un café ? » ou ce genre de trucs.

Et c'est reparti. Elle met ma patience à rude épreuve, tout en affichant un air mi-désolé, mi-provocateur. Je me demande si, chez elle, l'absence de gueule de bois n'est pas compensée par une humeur de chien.

— Et la salle de bains ? je demande, impassible. Tu voudrais mettre en place un système de réservation ?

— Tu te moques de moi ?

Elle est blessée. Quel idiot. J'essaie de me rattraper :

— Cléo, c'est compliqué ce que tu demandes quand on a mal à la tête. Écris tes règles sur une feuille et colle-la sur le frigo. Je ferai de mon mieux. De toute façon, je dois travailler dehors la plupart du temps, donc tu auras le lodge pour toi toute seule.

Elle plisse les yeux, comme pour chercher à déceler le piège. Un de ces jours, je lui dirai peut-être que son visage trahit ses émotions et qu'elle ferait une piètre joueuse de poker. Pour moi, c'est assez inhabituel ; Susie est une dissimulatrice hors pair, surtout depuis quelque temps. Pour être franc, elle en dirait peut-être autant de moi. Nous n'en sommes pas encore au stade où nous ne nous parlons plus que par avocats interposés, mais nous n'en sommes pas si loin non plus. Rien que d'y penser, ça me brise le cœur. Je renonce à faire quoi que ce soit, remonte la couette sur mes épaules et me tourne, tout en calculant l'heure qu'il est à Boston. C'est le petit matin. Les enfants dorment encore ; Léo, bras et jambes écartés dans le grand lit que nous lui avons offert il y a un an après son énorme poussée de croissance, et Nate, roulé en boule, tenant tout contre lui *Stripes*, son tigre adoré et crasseux, acquis lors d'une sortie au zoo de Franklin Park, pour son anniversaire. Je revois sa petite main potelée sortir de la poussette pour l'attraper sur le présentoir et refuser de le lâcher, pas même pour un bonbon. Bon sang, si une simple peluche me rend aussi sentimental, je vais bien plus mal que je ne le pensais. J'enfonce ma tête sous l'oreiller pour repousser les assauts de la tempête et je ferme les yeux, en espérant me réveiller l'esprit apaisé, sous un ciel dégagé.

Je crois que je suis allé un peu vite en proposant à Cléo d'afficher ses règles sur le frigo. Ça me paraissait être le moyen le plus rapide de clore la discussion, mais j'ai l'impression d'avoir de nouveau donné toutes les cartes à quelqu'un. Cela fait un an que je suis les exigences de Susie à la lettre, je ne suis pas venu ici pour rentrer dans le jeu d'une autre. Je lis attentivement, debout dans la cuisine :

« 1. Pas de bavardages inutiles.
2. Pas d'effets personnels au-delà de la frontière.
3. Pas de jugements. »

De jugements ? Qu'est-ce qu'elle a l'intention de faire pour que je sois tenté de la juger ? Au moins, la liste confirme que je peux utiliser la salle de bains à ma guise sans système de réservation, et que les discussions sont autorisées lorsque nous sommes tous deux dans l'espace commun, à savoir la cuisine. Youpi. Je sors un Thermos du placard, le remplis de café et avale deux comprimés d'ibuprofène. La pluie a cessé. Je vais sortir faire un tour, pour voir si le vent parvient à me rafraîchir les idées.

— Est-ce qu'on a le droit de se parler quand on est dehors ?

Perchée sur les marches en bois du porche, emmitouflée dans une grande couverture à carreaux bleue et verte, Cléo lève les yeux vers moi en me voyant sur le seuil. Elle ignore ma pique et la lueur de vulnérabilité que je décèle dans son regard me la fait regretter.

— On dirait vraiment qu'on est au dernier avant-poste de la civilisation, non ? lance-t-elle en tournant son visage vers la plage.

Je suis son regard. À l'horizon, seulement des nuages noirs et une masse d'eau qui tangue, agitée par le vent glacial de l'Atlantique.

— Je peux m'asseoir ?

Elle désigne d'un signe de tête l'espace vide à côté d'elle et garde le silence tandis que je me verse un peu de café dans le capuchon du Thermos. Je lui en propose, elle hésite, puis jette le fond de son mug par terre et accepte.

— Si on nage tout droit dans cette direction, on arrive à New York.

Elle acquiesce, perdue dans ses pensées, se met à siroter son café puis frémit.

— Tu n'as pas mis de sucre ?

— Je l'aime bien un peu amer.

— Et moi doux.

Nous nous taisons de nouveau et je me demande si cet échange n'est pas le parfait reflet de nos différences.

Elle me lance un regard en biais.

— Donc tu as lu les règles ?

— Oui, oui.

— Et ça te convient ?

— Est-ce que j'ai le choix ?

— Bien sûr. Je ne veux pas tout dicter, Mack, j'ai seulement besoin de faire ce pour quoi je suis venue ici. Si c'est trop, dis-moi.

Je soupire et avale une gorgée de café brûlant. Elle n'insiste pas, ne tente pas non plus de se mettre en travers de mon chemin. Elle me parle simplement de son travail et de ses besoins personnels. De toute façon, moi aussi, j'ai **à faire** ; avec un peu de chance, ça m'aidera même à me concentrer.

— Non, c'est bon, dis-je en ravalant mon agacement.

Je sais qu'elle essaie juste de tirer le meilleur parti de la situation inouïe dans laquelle nous nous trouvons.

— Occupe-toi de toi, et je ferai de même.

Elle me sourit et une bouffée de satisfaction m'envahit en voyant la facilité avec laquelle nous venons de résoudre ce désaccord. Pas de crise, pour une fois. Ça fait du bien.

— À la tienne, lance-t-elle en levant son mug, contre lequel je fais tinter ma tasse en plastique.

Elle prend une gorgée de café, puis jette le reste au pied des marches, en grimaçant de dégoût.

— Je suis incapable de boire ça, grommelle-t-elle. On dirait du pipi de chat.

J'étouffe un rire et note dans un coin de ma tête qu'elle prend du sucre dans son café.

*

Nous n'avons pas dîné ensemble ce soir. Je crois qu'après la soirée d'hier, nous avions besoin d'un peu d'espace. Autant éviter que les soirées whisky et confidences deviennent une habitude.

— Je boirais bien un whisky, déclare-t-elle en me rejoignant dans la cuisine sur le coup de vingt-deux heures. Ça te dit ?

Bon, d'accord. Mes résolutions se sont vite envolées. J'arrête de travailler et ferme mon ordinateur.

— Avec plaisir. Tant que c'est en accord avec les règles.

Elle ne se vexe pas, et je la vois passer son doigt sur la liste aimantée au frigo tout en attrapant deux verres dans le placard.

— Non, je crois que c'est bon. Si on reste bien dans l'espace commun.

— Super.

Je l'observe tandis qu'elle pose les verres sur la table et prend le whisky, rangé avec les autres bouteilles, sur le plan de travail. J'ai l'impression de déjà la connaître et, pour être honnête, je suis content d'avoir quelqu'un avec qui passer la soirée en buvant un verre. Je me sens moins seul.

— Un espace commun, hein ?

— Comme à la fac. On travaillait toute la journée et, le soir, on se relâchait dans la cuisine.

— Tu as fait quoi comme études ?

Elle verse une bonne dose de whisky dans chacun de nos verres avant de répondre :

— Anglais.

— J'en étais sûr.

— Vraiment ? s'étonne-t-elle en s'installant sur une chaise en face de moi. Suis-je si prévisible ?

— Mon Dieu, non, dis-je en riant. Les femmes sont un grand mystère pour moi, Cléo. Mais si je tiens compte de ton boulot et du fait que tu… eh bien, à vrai dire, tu as absolument tout de l'ex-étudiante en anglais.

Elle se renverse sur sa chaise et me fixe, l'air amusé.

— Je ne sais pas comment je dois le prendre.

Je la regarde à mon tour, pas tout à fait sûr de ce que j'entendais par là.

— Tu as ce… je ne sais pas, ce petit truc anglais.

— Ce « truc anglais » ? Sache juste que si tu utilises une seule fois le mot « chétive », je quitte la table. Fais bien attention.

— On te le dit souvent ?

Ce n'est pas le premier mot qui me serait venu à l'esprit. Elle est de constitution assez délicate, mais avec ses gestes extravagants, elle prend beaucoup d'espace, et elle déborde d'émotions – on dirait parfois qu'elles crépitent comme dans les sphères plasma que l'on trouve dans les expositions scientifiques. Impossible de ne pas s'apercevoir qu'elle est dans la pièce.

— C'est le mot préféré de mes sœurs.

— C'est toi la plus jeune ?

Elle acquiesce.

— La dernière des quatre. J'ai aussi un frère, Tom. C'est l'aîné, et ça se voit ; c'est le plus grand de nous tous. Nos parents ont eu trois enfants en trois ans et je suis arrivée quatre ans plus tard.

— Ah, donc tu es vraiment le bébé de la famille.

Elle soupire, l'air résigné.

— Encore maintenant, alors que je vais sur mes trente ans.

Ce soir, elle ne fait vraiment pas son âge. On pourrait la prendre pour une de ces étudiantes dont elle parlait tout à l'heure, assise dans notre cuisine commune, sans maquillage, ses cheveux noirs enroulés et relevés au sommet de son crâne.

— À trente ans, j'étais marié et j'avais deux enfants. On venait de quitter notre appartement pour emménager dans une vraie maison ; un endroit où notre famille pourrait s'agrandir, un lieu où les garçons se sentiraient toujours chez eux.

J'essaie de repousser le souvenir du jour où j'ai trébuché sur le seuil, en portant Susie, prétendant qu'elle était trop lourde, alors que je n'avais jamais tenu personne qui épousait aussi parfaitement mes bras, ma vie.

La bouche de Cléo se tord et je m'aperçois que ce n'était pas ce qu'elle avait envie d'entendre.

— Comme tout le monde, non ? lance-t-elle en prenant une grande gorgée de whisky, qui la fait tousser.

— Non, pas comme tout le monde, je réplique en réfléchissant à voix haute. Je n'ai pas dit que c'était mieux ou moins bien. C'était juste comme ça, c'était ma vie.

Je fixe la table, examine le grain du bois pour me concentrer sur quelque chose, et je murmure :

— Enfin, *c'est* ma vie.

Nous sommes assis là, dans le silence du lodge, à siroter un whisky, perdus dans nos réflexions. Je pourrais lui demander à quoi elle pense mais je ne le fais pas, trop absorbé par ma propre mélancolie.

— Je crois que je vais m'arrêter là pour ce soir, dis-je.

Le whisky me laisse la bouche amère.

— Oui, moi aussi.

Elle descend la fin de son verre, se redresse et jette un regard en direction du canapé.

— Il est temps de rentrer chez moi.

Je la salue en levant mon verre presque vide.

— Bonne nuit, voisine.

— Bonne nuit, Mack, répond-elle en réarrangeant les coussins du canapé.

Il y a une intimité surprenante dans sa manière de prononcer mon nom d'une voix fatiguée, embuée de whisky. Je pose nos verres dans l'évier.

— Ça ne sonne pas pareil quand tu prononces mon prénom, je lâche.

Elle s'immobilise, un coussin à la main.

— Le mien aussi.

— Cléo.

Ses lèvres se recourbent en un sourire et, l'espace d'un instant, elle plonge ses yeux dans les miens. OK. Il est tard, et le whisky me monte à la tête. Les premiers jours sous le même toit n'ont été qu'une série de disputes. C'est évidemment mieux pour tout le monde que cela se soit calmé, mais sans cette colère, il va falloir trouver un moyen d'être ensemble vingt-quatre heures sur vingt-quatre.

Je saisis la bouteille de whisky et la range avec les autres, sur le comptoir de la cuisine.

Le silence a envahi le lodge depuis un moment. Dehors, la tempête s'est calmée et j'entends le bruit des vagues. Je ne connais pas de son plus apaisant pour s'endormir.

— Un. Je suis capable de battre n'importe quel homme au concours de mangeur du plus gros burger. Deux. Je collectionnais les boules à neige quand j'étais petite. Trente-sept en tout. Elles sont sûrement encore dans un carton chez ma mère.

Dans ma tête, j'imagine une enfant menue, aux cheveux noirs, retourner les globes dans sa main.

— Et trois. Mon père est mort quand j'étais bébé, ajoute-t-elle. Je n'ai aucun souvenir de lui.

Je sens mon cœur se fendre. Même si je ne vois presque jamais mon père, il y a quelque chose de réconfortant dans le fait de savoir qu'il est là, quelque part en Californie, avec sa quatrième, ou peut-être même sa cinquième femme. C'est un type assez farfelu, qui préfère se faire des teintures plutôt que d'assumer ses cheveux gris, et à ses yeux, rien ne passera jamais avant son propre bonheur. Il envoie des cartes de vœux à Noël, et appelle mes enfants sur FaceTime pour leurs anniversaires. Bien qu'il soit toujours absent, il a l'air de trouver le rôle de grand-père plus facile que celui de père. L'absence de responsabilités, sans doute. Mais peu importe, il est là, et après ce que Cléo vient de me confier, je dois admettre que son existence m'est plus précieuse que je ne le pensais.

— Cléo… je suis désolé.

— C'est ton tour, chuchote-t-elle.

Je fixe le plafond et fouille ma mémoire à la recherche de trois souvenirs qui l'aideront à s'endormir le sourire aux lèvres.

— Quand j'étais petit, j'avais une chatte, une Maine Coon qui s'appelait Blink, entièrement blanche avec un œil bleu et un œil orange. Ma mère l'avait trouvée dans un refuge et l'avait ramenée à la maison parce que ses yeux étaient assortis aux miens.

Cléo ne dit rien, elle attend la suite.

— Je me suis coincé les fesses dans un seau quand j'avais cinq ans, j'ai failli finir aux urgences. Et… j'ai toujours voulu avoir un frère.

Je ne sais pas d'où sort cette dernière phrase. Peut-être est-ce à cause de ce qu'elle m'a confié sur ses sœurs et son frère ? Ou parce que je me suis souvenu à quel point je me sentais seul, enfant, pris entre mes deux parents qui se faisaient la guerre. Je ferme les yeux et songe à mes fils, soulagé et heureux de me dire qu'ils pourront toujours compter l'un sur l'autre.

CLÉO

Vous vous souvenez de *The Truman Show* ?

12 octobre, Salvation Island

« REDESSINER LA FRONTIÈRE DE CRAIE au milieu du lodge » ne faisait pas partie de ma liste des choses à faire sur cette île, mais c'est pourtant bien ce que je fais en attendant que l'eau bouille.

Mack est parti tôt ce matin. Je l'ai entendu se préparer, le plus silencieusement possible, et rassembler son équipement de photographe. Comment peut-on avoir besoin de matériel aussi encombrant à l'heure où les caméras de téléphones portables sont si sophistiquées ? Sadie, ma sœur, m'envoie tout le temps de superbes photos de ses enfants ; on dirait presque qu'un photographe professionnel les suit sept jours sur sept. J'ai moi-même pris tout un tas de photos depuis que je suis arrivée ici et, sans vouloir me jeter des fleurs, certaines sont assez réussies pour être publiées. Je vais sans doute les envoyer à Ali en même temps que ma prochaine chronique.

Aujourd'hui, j'ai décidé de faire un tour dehors : j'abandonne ma fameuse liste, je suivrai mon instinct. Ça fait maintenant dix jours que je suis ici et, hormis le magasin d'alimentation, je n'ai rien vu. Ce n'est pas que je me désintéresse de ce qui m'entoure mais les péripéties des premiers jours (*alias* Mack) m'ont complètement accaparée. Depuis, je me sens comme un plongeur qui remonte doucement à la surface, palier après palier, afin d'éviter l'accident de décompression. Si Londres est une ville trépidante, ici, tout est différent. Il m'a fallu un certain temps mais je crois que suis enfin prête à découvrir ce que l'île me réserve. Un village, c'est certain, une église aussi, ainsi que quelques sentiers tranquilles avec leurs panoramas sur l'océan. Je n'ai jamais vécu près de la mer. Quand on habite à Londres, on a vite fait d'oublier que la Grande-Bretagne est une île mais, ici, la vie bat au rythme des marées. Elles sont le pouls de Salvation, dictent les arrivées comme les départs. Ici, on est à la fois redevable et tributaire de la mer, et dépendre d'un élément aussi incontrôlable a quelque chose d'apaisant.

Même la montagne ne me paraît pas insurmontable aujourd'hui. Le vent est tombé, je ne suis pas trempée jusqu'aux os et, maintenant que j'avance à mon propre rythme, ce n'est pas si terrible. Bon, je suis tout de même contente d'atteindre le rocher et de me poser deux minutes pour faire le point. Mon Dieu, l'air est tellement pur ici ! J'ai l'impression de boire des diamants. Je prends une immense bouffée d'air frais, en imaginant la joie que mes poumons doivent ressentir.

Un bip émane de ma poche, me rappelant que je suis sur le seul coin de l'île où le réseau est à peu près correct. La voix de Ruby surgit soudain, encore plus forte que d'habitude :

« Sérieusement, Cléo, pas un seul message ? Même pas pour demander comment je vais ? Ou me souvenir de ne pas oublier mes clés vu que tu n'es pas là pour m'ouvrir ? »

Elle s'interrompt puis reprend de plus belle, ponctuant son message d'éclats de rire :

« J'ai emprunté ton haut bleu dans ton armoire. Tu sais, celui avec des boutons rouges dans le dos ? J'ai un rencard, ce soir. Enfin, c'est plus un plan cul qu'un rencard, mais tu vois l'idée. C'est Damien, donc bon. Ah, sinon, rien à voir, mais ton yucca est mort. J'ai oublié de l'arroser, il est vraiment foutu, déso. Oh, et attends ! Tu te souviens de Haley, la fille de… »

Je supprime le message sans écouter la suite. Je ne sais pas qui est Haley, Ruby a un cercle d'amis plus grand que le cercle polaire, je n'arrive pas à retenir tous les noms. Ça fait des lustres que j'ai ce yucca, il était déjà là quand j'ai emménagé dans l'appartement, tout desséché et recroquevillé sur lui-même, et j'avais réussi à lui donner une seconde vie. Je sais que ce n'était qu'une plante, mais j'aimais bien m'en occuper et lustrer ses feuilles, c'était devenu un petit rituel. Et puis Ruby sait que j'adore ce haut – je l'ai déniché sur le stand d'un marché vintage sur lequel on est tombées par hasard un été. Je n'aime pas du tout l'idée qu'il soit actuellement par terre dans sa chambre, tout froissé. Quant à Damien, je l'ai croisé deux-trois fois, généralement au moment où j'allais travailler et où il sortait tranquillement de chez Ruby. Un type plutôt correct. Grand, anguleux, des cheveux à la Harry Styles et des chemises moulantes à demi boutonnées. Leur relation implique peu de mots et beaucoup d'action.

Je dois avoir un tas d'e-mails qui s'accumulent, mais je ne suis pas d'humeur à en supporter davantage. Même si je n'y suis pas aussi accro que la plupart des gens que je connais, mon téléphone est malgré tout devenu indispensable à ma vie. Il fait office de réveille-matin, c'est mon passe-temps favori quand je suis aux toilettes, ma musique quand je prends ma douche, mon compagnon de voyages en train. Ça me permet aussi de rester en contact avec ma famille – un « J'aime » pour le bon point que l'aînée de Sadie a reçu pour son projet à l'école la semaine dernière, un smiley avec les yeux en cœur pour la petite souris venue rendre visite à mon plus jeune neveu qui venait de perdre une dent –, de lire les derniers potins des stars de la télé… Pendant un instant, c'est comme si j'entrais dans leur vie. Je dépose un « J'aime » ou un rapide commentaire, pour éviter qu'ils se vexent si on ne s'est pas parlé depuis longtemps. C'est mon portail vers le reste du monde. Je le tourne et retourne entre mes mains. Je pense à Ali, qui attend mes articles. À Ruby, qui porte mes vêtements. Aux tonnes d'e-mails promotionnels que je ne lirai pas. Alors je maintiens mon doigt enfoncé sur le bouton latéral, jusqu'à ce que l'appareil s'éteigne.

Vous vous souvenez de *The Truman Show*, ce film où Jim Carrey découvre qu'il vit dans un monde qui n'existe pas vraiment ? Je suis en train d'arpenter la rue principale de Salvation et de faire exactement la même expérience. Vivre à Otter Lodge donne l'impression de flotter dans une bulle à l'extrémité de l'île, complètement isolée du village pourtant situé à moins d'une heure de marche. Ici, les magasins se succèdent. La boulangerie côtoie la boucherie, et il y a même un cabinet vétérinaire. Les bâtiments, bas et solides, sont faits pour résister aux intempéries. Ils semblent construits avec les mêmes pierres qu'Otter Lodge, grises et polies par les vents. Des volutes de fumée s'échappent des cheminées. Est-ce que je devrais entrer, acheter une miche de pain et me présenter ? Je reste debout, à ruminer, et quelques gouttes de pluie s'écrasent sur mon visage. Cette île doit être l'endroit le plus humide de la planète – il pleut littéralement toutes les cinq minutes ! Je lève les yeux vers le ciel, qui a viré au noir sac-poubelle. Je repense au panier rempli de parapluies à l'entrée du lodge et regrette de ne pas avoir eu la présence d'esprit d'en emporter un. Moi qui me rêvais comme une vraie femme de Slánú… c'est un échec cuisant.

Sur ma gauche s'étend un long bâtiment plat ; la mention « Slánú – salle polyvalente » est gravée sur le linteau de pierre qui surmonte les portes en bois jaune délavé. L'une d'entre elles est légèrement entrouverte. Juste à côté, accroché au mur, un tableau de liège, sur lequel quelques annonces ont été punaisées : cours de yoga le vendredi matin, café et artisanat le mercredi, club de tricot le lundi. Dans la salle de contrôle de Truman, quelqu'un s'amuse à tourner la mollette faiseuse de pluie. Cela suffit à me faire pousser les portes couleur jonquille, en quête d'un abri.

Plusieurs paires d'yeux se tournent vers moi et je reste là, debout, dégoulinante de pluie. Je m'attendais à une salle vide avec un plancher en bois gondolé, usé par les genoux des enfants qui s'y traînent, de vieux rideaux en velours rouge incrustés de poussière courant du sol au plafond et des piles de chaises tout autour. Je m'étais trompée sur toute la ligne. Devant moi, de grandes appliques florales jettent une lueur chaleureuse sur le plafond en lambris. La pièce n'est pas immense, et au lieu de chaises en plastique empilées, quelques fauteuils dépareillés ont été disposés çà et là, formant un vague cercle coloré : chintz rose, coton jaune bouton d'or, lin bleu délavé. Un canapé complète l'ensemble, ainsi qu'une large table basse couverte d'accessoires pour le tricot : un broc contenant de grandes aiguilles à tricoter, un large choix de pelotes de laine, des patrons et de petits carrés de tissu. Il flotte une bonne odeur de café, et la douce chaleur de la salle me rappelle à quel point je suis frigorifiée. Je saisis tous ces détails à travers mes cils mouillés, tout en retirant mon bonnet rouge à pompon.

— *Hmm...* bonjour.

J'essaie d'avoir l'air sûre de moi et finis presque par crier.

— Bonjour, je reprends, un peu plus doucement cette fois, histoire de montrer que je sais me comporter en intérieur.

— Cléo, bonjour ! Viens, entre !

Brianne bondit de son fauteuil et se dirige vers moi. Je souris, soulagée de voir un visage familier.

— Il pleuvait et je...

Je jette un coup d'œil vers la porte.

— Je vais mettre ça à sécher sur le radiateur, déclare Brianne en me prenant mon bonnet des mains. Tiens, donne-moi aussi ton manteau.

Je m'exécute, trop heureuse de cet accueil.

— Mesdames, nous avons de la visite !

Brianne me traîne à travers la pièce jusqu'à un groupe de femmes, comme si j'étais un spécimen rare.

— Voici Cléo. C'est elle qui séjourne à Otter. Je vous en ai parlé, vous vous souvenez ?

Une femme mince aux cheveux noir de jais coiffés à la Jackie Kennedy lève les yeux de son tricot.

— La jeune mariée ?

Brianne me conduit vers un coin libre du canapé avant de se rasseoir dans son fauteuil, à côté de moi.

— Non, Dolorès, justement, répond-elle. Je t'ai parlé de l'embrouille qu'il y a eue à la réservation, tu te souviens ?

Dolorès est une femme d'une soixantaine d'années et, vu son regard, je suis certaine qu'elle se souvient parfaitement de ce que Brianne lui a raconté. Elle pose son regard sur moi, et je remarque les boutons dorés de sa veste en tweed, très Chanel, qui reluisent comme sur un manteau d'officier.

— Je vais te présenter tout le monde, propose Brianne. Voici Erin.

La femme assise de l'autre côté du fauteuil me sourit, tend la main et presse doucement mon genou. Ses yeux bleu clair ont quelque chose de chaleureux et les quelques taches de rousseur sur son nez me rappellent ma sœur aînée.

— Je suis la femme du docteur Lowry, dit-elle. Comme ça, si vous avez besoin d'un avis médical, vous saurez à qui vous adresser.

À côté d'Erin, une petite femme, assez âgée, s'éclaircit la gorge.

— Moi, c'est Carmen. Officiellement la plus vieille habitante de Slánú.

À ces mots, les narines de Dolorès se dilatent très légèrement. Serait-ce parce que Carmen sort toujours la même réplique ? Ou parce qu'elles se disputent ce titre ? Impossible de le savoir pour l'instant. Mais sa mimique n'a échappé à personne.

La femme assise à côté de Carmen lève sa tasse dans ma direction.

— Ailsa, dit-elle.

Je lui donne presque soixante ans. Avec ses cheveux aux pointes bleues et son haut *tie-dye*, elle semble sortir tout droit d'un festival de musique.

— J'ai rencontré le type auquel vous n'êtes pas mariée il y a quelques jours. De jolies petites fesses et un sourire ravageur – si je n'étais pas lesbienne, je vous l'arracherais sans hésiter. Mais je dis ça comme ça.

Je ne m'attendais pas à ça, et un éclat de rire s'échappe de ma gorge. Autour de la table, les autres femmes s'efforcent de ne pas pouffer, hormis Dolorès, qui a l'air affligée.

— Il va falloir que je le voie de mes propres yeux, lance la dernière femme du cercle.

Nous nous connaissons déjà : c'est Delta, la fille enceinte que j'ai croisée au sommet de la colline. Elle lève son verre d'eau dans ma direction pour me saluer, et je remarque le délicat tatouage floral qui danse au dos de sa main et court sur son avant-bras. Maintenant qu'elle n'est plus emmitouflée dans ses rayures arc-en-ciel, d'autres détails me frappent : son incroyable beauté, ses grands yeux verts étincelants et ses boucles sauvages, noir de jais, relevées en un chignon flou au-dessus de sa tête.

— Tu n'as pas besoin de t'attirer davantage d'ennuis que tu n'en as déjà, lance Dolorès, récoltant au passage un regard noir de Brianne.

— Merci, maman, réplique Delta en riant.

Malgré leurs styles pour le moins différents, leur ressemblance est assez saisissante : mêmes cheveux noirs, mêmes yeux d'un vert extraordinaire. Delta se tourne de nouveau vers moi.

— Je ne vais évidemment pas prendre le risque de gravir la colline… au cas où j'accoucherais !

Je me sens instantanément attirée par elle. Son attitude désinvolte me plaît ; ça ne me ferait pas de mal de m'en inspirer.

— Vous savez tricoter ? me demande Dolorès en inclinant la tête.

Tout le monde se tait.

— Oui, oui. Enfin, ça fait longtemps, mais oui. C'est ma grand-mère qui m'a appris.

Merci, grand-mère.

Tout le monde se détend d'un coup : j'ai la sensation d'avoir réussi le premier test initiatique de Dolorès. Si je n'avais pas su manier les aiguilles, je crois que je me serais retrouvée sous la pluie avec ma veste encore humide sur les épaules.

Brianne semble agréablement surprise.

— C'est génial, Cléo ! Les nouvelles adeptes du tricot se font rares par ici.

— La dernière en date faisait du crochet, marmonne Dolorès, l'air aussi sombre que s'il s'était agi d'une meurtrière.

— Quelle audace ! s'exclame Delta, une lueur de malice dans ses yeux verts. Maman, tu sais quoi ? Tu aurais dû lui enfoncer son aiguille à crochet dans…

— Dommage qu'elle ait dû partir pour le continent, intervient Brianne. Heather me manque, elle mettait de l'ambiance.

— Et elle connaissait quelques blagues assez osées, renchérit Ailsa. Voyons si j'arrive à m'en souvenir…

Je m'efforce de comprendre leur dynamique. Dolorès semble être la plus sévère, et sa fille, Delta, ne manque pas une occasion de la charrier. Brianne est la pacificatrice. Ailsa, l'esprit libre, et Erin, la femme du médecin. Carmen est à la fois la doyenne et la rebelle du groupe.

— Laisse-moi te servir du café, propose Erin en dépliant sa longue silhouette élancée du fauteuil. Un peu de sucre ?

— Je veux bien, je réponds tout en me demandant si, avec son statut de femme du médecin, elle désapprouve une telle consommation. Mais juste une demi-cuillerée.

— Tu es sûre ? insiste-t-elle en glissant ses cheveux roux, très clairs, derrière ses oreilles, un sourire aux lèvres. Moi, j'en prends deux.

— Alors, d'accord, dis-je, sentant en elle une alliée.

Je reste assise là quelques instants. Après dix jours de calme absolu, j'essaie de me faire aux bruits des voix qui m'entourent. Rien à voir avec le rythme du bureau et les intonations dramatiques de mes collègues. Il s'agit plutôt d'un brouhaha discret. La douce mélodie de leur accent est une musique en soi. Brianne saisit le broc aux couleurs vives contenant les aiguilles et me le tend.

— Sers-toi. Prends de la laine aussi.

J'hésite. Je n'arrive pas à me souvenir des caractéristiques de chaque taille d'aiguille, et le choix semble être infini.

— Moi, je fais une écharpe, indique Delta en levant le carré bleu-vert qu'elle est en train de tricoter. C'est ce qu'il y a de mieux pour commencer.

Elle fouille dans le broc et en sort une paire d'aiguilles qu'elle me donne, sans plus de commentaire. Cette aide discrète est plus que bienvenue.

Carmen fait un signe de tête en direction d'une coupe contenant des pelotes de laine grise :

— Sers-toi, propose-t-elle en lançant un regard espiègle à Dolorès. Ça vient de mes moutons. C'est la meilleure laine de l'île.

Dolorès grimace comme si elle était en train de sucer une rondelle de citron. Je tends lentement la main et attrape la laine de Carmen.

— Waouh, c'est tellement doux !

Ça m'a échappé. Je n'ose même pas regarder Dolorès. Mais il faut avouer que cette laine donne l'impression de caresser un nuage. En y regardant de plus près, elle est d'un gris couleur ciel d'orage, avec de subtiles touches de couleurs naturelles – vert marin et marron topaze – qui me rappellent les paysages de Salvation.

— Merci, c'est vraiment très joli.

— Maintenant, tu as la laine et les aiguilles, déclare Brianne, soucieuse de m'inclure dans le groupe.

— Et aussi du café, ajoute Erin, une main sur mon épaule, tout en me tendant ma tasse. Tu es fin prête !

Mince, je crois que j'ai le trac. Je ne sais même plus comment monter les mailles. « *Une maille à l'endroit, une maille à l'envers* » – j'entends encore la voix de ma grand-mère, comme quand j'avais huit ans. J'avale une gorgée de café et mes yeux s'attardent sur les différents ouvrages de mes camarades.

Brianne est en train de réaliser un châle blanc en mailles assez complexes et Erin un pompon gris argenté, probablement destiné à orner un bonnet. Je bois doucement et le bruit de leurs bavardages me sert de bouclier, le temps que je me souvienne comment procéder. De temps à autre, Dolorès repose la manche sur laquelle elle travaille et me jette un regard inquisiteur. Je préférerais qu'elle s'abstienne ; ça ne m'aide pas vraiment à sortir mon cerveau de son engourdissement. Ailsa glisse ses cheveux bleus derrière ses oreilles, tend la main vers le sac posé à ses pieds et en sort de grandes aiguilles et une pelote de laine jaune vif.

— Ça m'est presque sorti de la tête, dit-elle. Il faut que je fasse un autre carré pour le tabouret de Julia. Elle ne veut pas s'en séparer. Ma femme a un tabouret qui date de Mathusalem dans son atelier, explique-t-elle à mon intention. Elle refuse de s'asseoir sur quoi que ce soit d'autre pour peindre.

— Encore un carré ? s'étonne Brianne. Je suis sûre qu'il y a plus de carrés que de tissu maintenant.

Ailsa hausse les épaules et m'adresse un clin d'œil discret. C'est à ce moment-là que je comprends : je saisis mes aiguilles et ma pelote de laine et commence à imiter ses gestes, en miroir, jusqu'à ce que mes mains s'en souviennent d'elles-mêmes. Dolorès me jette un coup d'œil et je lui souris, fière de la première rangée de mailles gris orage qui vient de naître au bout de mes aiguilles. Ailsa me décoche un large sourire et se penche pour remettre le début de son carré de laine jaune dans son sac. Je ne crois pas que le tabouret de Julia avait besoin de quoi que ce soit.

— C'est une écharpe ? demande Delta.

Je n'y ai pas réfléchi jusque-là.

— *Hmm,* oui. Je crois.

— Parfait, commente Carmen. Ma laine est la plus chaude de l'île.

À présent, je suis sûre à cent pour cent qu'elle fait exprès de taquiner Dolorès.

— Sinon, on a aussi un panier à carrés ici, dit Brianne en désignant un panier en osier posé par terre. Chacune d'entre nous tricote un carré de temps en temps et le met dans le panier. Quand il y en a suffisamment, on en fait une couverture.

— Excellente idée ! je lance.

Et quel super groupe de femmes. Elles sont toutes différentes de par leur âge, leur vie, leur caractère. Je n'avais pas encore pris le temps de songer aux habitants de l'île mais j'avais bêtement imaginé qu'ils rentreraient dans une certaine catégorie : un peu péquenots sur les bords, et plutôt costauds. Je ne m'attendais pas aux tatouages de Delta, à l'œil de biche parfait de Brianne, ni aux mèches bleues d'Ailsa. Et je n'avais pas non plus prévu de me mettre au tricot.

— Tu fais du yoga ? interroge Erin. Je donne des cours, si ça te dit de venir.

— Ah oui, peut-être, je réponds, réchauffée autant par mon café que par le sentiment de faire partie de la bande.

— Tu vas rester longtemps ? s'enquiert Carmen, en m'observant par-dessus ses lunettes.

— Franchement, je n'en sais rien. J'avais réservé pour un mois, mais tout semble assez incertain, vu que Mack est là aussi.

— Ça doit être agréable d'être coincée avec Luke Skywalker dans un tout petit lodge, dit Delta d'une voix enjôleuse.

— Luke Skywalker ?

— Brianne dit qu'il lui ressemble, lance Delta en la poussant du coude.

— Je n'ai jamais dit ça, rétorque Brianne en rougissant.

— Bien sûr que si ! insiste Delta. L'autre soir, au pub.

— Ce serait plutôt Han Solo, je précise, tout en comprenant que les villageois ont parlé de nous autour d'une pinte.

Les yeux verts de Delta s'illuminent.

— Ah, oui ? Alors il faut vraiment que je passe vous voir un de ces jours.

— Tu ne feras rien de tel, intervient Dolorès. Aucun de mes petits-enfants ne verra le jour sur Wailing Hill.

— La… colline des lamentations ? C'est celle qui est près d'Otter Lodge ?

Mon regard se pose sur Delta. Je me souviens de la première fois où nous nous sommes rencontrées.

Erin, la femme du médecin, lève les yeux de ses rangées de mailles et m'éclaire :

— C'est en référence à une femme qui vivait ici, une certaine Clara. Tous les matins, elle hurlait là-haut à s'en casser la voix. Une prétendue thérapie par le cri venue du Moyen-Orient.

— Elle est morte il y a un moment, enchaîne Delta d'une voix douce. Mais elle était assez vieille, donc peut-être que ça a fonctionné après tout.

Quelque chose me dit que Delta garde ses petites virées sur la colline pour elle.

— Pas aussi vieille que moi, réplique Carmen. Et je n'ai jamais été prise de l'envie de hurler.

— C'est parce que ce sont tes livres, le secret de ta jeunesse, Carmen ! lance Erin.

— Carmen écrit des thrillers érotiques, m'explique Ailsa dans un faux murmure en levant les sourcils. J'ai quand même appris deux-trois trucs en les lisant.

Je regarde Carmen, perplexe.

— Cléo écrit, elle aussi, confie Delta. Des romances.

J'ouvre la bouche pour la reprendre mais je m'entends dire tout autre chose :

— Plutôt des fictions, en fait. Enfin, c'est là-dessus que je travaille. Entre autres.

Même à mes oreilles, ça ne me paraît pas crédible.

— J'aime bien les histoires d'amour, lâche Brianne dans un soupir.

— Il n'y a pas assez de sang pour moi, grogne Carmen en recourbant ses lèvres. Les hommes, je les préfère avec une hache enfoncée à l'arrière du crâne.

— Ce qui explique pourquoi tu as toujours été célibataire, chuchote Dolorès.

Je fais mine de compter mes mailles pour m'empêcher de rire. Péquenots et costauds ? Ces femmes ne rentrent dans aucune catégorie, et tant mieux pour elles. Le silence s'installe et nous nous concentrons sur nos différents ouvrages, perdues dans nos pensées.

— Juste pour que ce soit clair… donc, tu n'es *pas* mariée à Han Solo ? finit par demander Brianne, provoquant l'hilarité générale.

Je me joins à elles, mais garde les yeux rivés sur mes mailles pour éviter de me laisser entraîner sur le sujet.

MACK

Tu arrives à rester en équilibre sur une jambe ?

12 octobre, Salvation Island

Je retiens ma respiration en attendant que la connexion s'établisse.

— Nate ?

— Papa !

Nate crie si fort que j'ai l'impression qu'il est assis juste à côté de moi, sur le rocher.

— Léo ! Viens, dépêche-toi ! C'est papa !

— Salut, fiston, dis-je d'un ton enjoué, même si le fait de l'entendre d'aussi loin me fend le cœur.

Il a beau avoir huit ans, sa voix est encore haut perchée et déborde d'énergie, comme s'il était tout petit.

— Papa ?

Mes épaules se relâchent en entendant Léo rejoindre son frère, sur l'autre ligne.

— Et voilà mon grand garçon ! Comment ça va à la maison ?

Je les écoute me raconter leurs journées, les yeux fermés, le téléphone coincé dans ma capuche pour que le vent n'emporte pas leurs voix avec lui. Il est vingt et une heures ici et il fait nuit noire ; pour eux, c'est la fin de la journée d'école. Nate a cartonné à son contrôle d'orthographe et Léo a réussi à être sélectionné dans l'équipe de baseball. Une somme de petits riens et de grands événements. Mon cœur se fait lourd dans ma poitrine à l'idée de ne pas pouvoir leur taper dans la main et les féliciter. Je donnerais tout pour être avec eux en ce moment même. Juste avant de partir, je les ai serrés très fort dans mes bras, et la fragilité de Léo m'a frappée. Il est encore si jeune. À son âge, j'avais un tel poids sur mes épaules, que c'est un vrai miracle si j'ai réussi à tenir debout. Peu importe ce qu'il se passera entre Susie et moi, je fais le serment que mes garçons pourront se tenir droits, la tête haute, sans entraves.

— Maman dit qu'il faut qu'on aille manger notre glace maintenant ! s'exclame Nate, la voix teintée d'inquiétude.

Cet enfant aime la crème glacée plus que tout au monde. Autant faire en sorte qu'il n'ait pas à choisir.

— Alors, file, mon garçon. Dis à maman que je suis même d'accord pour que tu prennes des vermicelles en chocolat en plus.

Je fais confiance à Susie pour lui accorder ce petit plaisir. Elle ne va pas l'en priver dans le seul but de me contredire, puisque je ne suis même pas là. Nate envoie des baisers à l'autre bout du fil et je l'entends rire au moment où il raccroche, l'esprit déjà à sa crème glacée.

— Tu es sûr que ça va, papa ? demande Léo.

Il me paraît tout à coup si adulte que mon cœur se serre. *Non, mon chéri, ça ne va pas. Je me sens seul et triste loin de vous, et votre maman me manque.*

— Tout va bien, je lui assure en me forçant pour qu'il entende le sourire dans ma voix. J'ai pris de super photos, et je me suis fait quelques amis aussi.

— Tu m'enverras une photo pour que je sache où tu es ?

J'ai l'impression qu'il se retient de pleurer.

— Dès que j'ai raccroché. Promis. Je t'aime fort.

J'entends Susie l'appeler au loin.

— Allez, va vite manger ta glace, sinon elle va fondre.

Je reste assis un long moment après avoir raccroché. Je me demande s'il va bien. Ça me fait mal de l'entendre aussi abattu ; il devrait sauter de joie à l'idée d'avoir été sélectionné dans l'équipe de baseball. J'essaierai peut-être de parler à Susie, pour m'assurer que ça ne cache pas quelque chose de plus profond. La nuit est claire et froide ici, à Salvation. Je regarde vers l'ouest, au-delà de l'océan, dans leur direction, là où ils dégustent leur glace, à trois au lieu de quatre. Puis mon regard se pose sur Otter Lodge, en contrebas, et la lumière accueillante du porche, qui brille comme un phare pour me guider chez moi. Sauf que ce n'est pas chez moi. Je n'ai plus vraiment de chez moi, en ce moment.

Lorsque je rentre, Cléo a son énorme casque plaqué sur ses oreilles. Ses doigts volent sur son clavier, signe certain que ma voisine n'a aucune envie d'être dérangée. Je ne suis pas d'humeur à bavarder de toute façon. Je donnerais tout pour une longue douche chaude, de celles dont on ressort à la fois comme après un massage sportif et un passage à tabac. Prendre un bain ne sera pas suffisant. Je m'y résous quand même, mais je l'écourte ; je suis trop agité pour rester seul avec mes pensées. Au moins, côté boulot, ça a plutôt bien commencé. Voilà enfin quelque chose de positif. Ce matin, j'ai déballé tout mon matériel. Le tenir dans mes mains, tenter de trouver le meilleur angle pour capturer la lumière de l'aube... ça avait presque des vertus thérapeutiques. Et, cet après-midi, la sensation si familière de la courroie de cuir effilochée était semblable à celle d'un vieil ami posant sa main sur ma nuque, tandis que je photographiais les loutres qui émergeaient de leur tanière, les reflets bleutés de l'aile d'un oiseau de mer ou la course un brin cocasse d'un bernard-l'ermite trop grand pour sa coquille. Bientôt, il en trouvera une qui lui conviendra mieux. La vie est décidément bien plus simple pour les crabes que pour les êtres humains.

Une bière à la main, je m'appuie contre le comptoir de la cuisine et regarde Cléo travailler. Elle a passé presque toute la journée dehors. J'imagine que c'est ce qui la pousse à taper sur son clavier avec autant d'ardeur ce soir. Mes doigts se dirigent vers mon appareil photo, posé sur la table, agissant presque par réflexe pour immortaliser l'instant : les flammes basses dans l'âtre, la lumière chaleureuse de la lampe, Cléo absorbée par son travail. Serais-je en train de me transformer en voisin louche, qui épie la fille d'à côté par une fenêtre imaginaire ? Je me ravise et baisse mon appareil ; ça tombe bien, car au même moment, elle ferme son écran d'ordinateur et ôte son casque.

Je me garde bien de dire un mot : la liste des règles est juste sous mon nez. « Pas de bavardages. » Je l'observe se défaire de son plaid, se relever, s'étirer. Est-ce qu'elle est en équilibre sur une jambe ? Vu la manière dont elle oscille, je dirais que oui.

Elle tourne la tête, surprend mon regard et m'adresse un petit signe de la main, un brin gêné ; tout à fait ce qu'on ferait si on s'apercevait que le voisin vient de nous voir faire un truc bizarre.

— C'est du yoga ? je tente, tandis qu'elle entre dans la cuisine et sort le vin du frigo.

— Quelque chose comme ça, marmonne-t-elle en attrapant un verre. Tu arrives à rester en équilibre sur une jambe les yeux fermés ?

— Bien sûr.

Je n'ai jamais essayé, mais bon.

— Vas-y alors.

On dirait une ado qui me met au défi.

— Maintenant ?

— Oui mais plutôt par là-bas, où il y a un peu d'espace, au cas où tu tomberais, dit-elle en faisant un signe de tête vers ma partie de la pièce.

Je ricane. Comme si j'allais tomber. Je n'ai jamais été du genre à reculer devant un défi et celui-ci tombe à pic ; ça me videra la tête.

— Je le fais si tu le fais aussi, dis-je en posant ma bière. Chacun de son côté de la ligne.

Nous traversons la pièce en direction de l'espace derrière le canapé et nous tenons face à face, chacun à quelques mètres derrière notre frontière de craie.

Cléo attache ses cheveux et roule ses épaules ; on dirait une boxeuse qui se prépare au combat.

— J'en connais une qui a trop regardé *Rocky*.

— N'oublie pas de fermer les yeux, c'est important, répond-elle, impassible.

— Pourquoi ?

— Parce que je le dis.

— OK, chef, je grommelle.

— Mon jeu, mes règles.

— Ouverts ou fermés, ça ne fait aucune différence pour moi.

— Oh, si, tu verras.

— Très bien, je les fermerai, je capitule en levant les yeux au ciel.

— À trois ! lance-t-elle, débordant d'assurance. Un, deux et trois.

Je lève une jambe et tends les bras de part et d'autre de mon corps.

Cléo pose un pied sur son mollet et se stabilise, les bras tendus elle aussi.

— Ferme les yeux ! crie-t-elle entre ses dents, tout en fermant les siens.

Je m'exécute et, bon sang, c'est bien plus difficile que je le pensais. Je lui jette un coup d'œil à travers mes paupières mi-closes, je lutte, je la vois qui se tient toujours parfaitement à la verticale tandis que je suis sur le point de tomber et… oh… patatras.

— Et merde.

Les yeux grands ouverts à présent, elle me regarde, toujours sur une jambe, avec l'air de celle qui vient de marquer un point. Je pourrais la laisser savourer sa victoire, mais j'en ai décidé autrement : j'attends et soutiens son regard. Elle devient rouge comme une tomate puis, soudain, elle se met à se balancer comme un palmier dans le vent, et finit par s'étaler par terre.

— Tu as mangé la ligne, cinq secondes de pénalité ! Ce qui, tu l'admettras, fait de moi le grand vainqueur.

Elle s'assoit et ramène son pied vers elle tout en frottant sa cheville.

— Euh… je ne crois pas. Je suis restée debout au moins dix secondes de plus que toi.

— OK, on le fait en trois manches ?

Elle souffle.

— J'aurais bien aimé, mais je crois que je me suis tordu la cheville. Tu peux me passer le vin ? C'est pour atténuer la douleur.

— Tu parles !

Je vais tout de même chercher son verre et prends ma bière au passage : ne jamais laisser quelqu'un boire seul, question de principe. Je m'assois de mon côté de la ligne, et lui tourne le dos.

— Qu'est-ce que tu fais ? demande-t-elle.

— Je m'appuie contre le mur imaginaire.

Je l'entends pouffer, puis grogner, et se plaindre de sa cheville. Après quelques instants, elle s'assoit dos à moi.

— Je suis allée faire un tour au village aujourd'hui.

— Ah oui ?

L'arrière de sa tête touche mon épaule, c'est assez perturbant.

— Je me suis inscrite au club de tricot.

— Au quoi ?

— Au club de tricot, répète-t-elle, et je sens son rire contre mon dos. Ça te dérange, si je fais comme si tu étais vraiment un mur ? Je ne vais pas tenir longtemps si je ne peux pas m'appuyer contre quelque chose.

— Non, non, vas-y, dis-je en fermant les yeux tandis qu'elle repose son dos contre le mien.

À mon tour, je me détends doucement. Nous gigotons quelques instants, jusqu'à ce que nous trouvions la position qui nous convient le mieux.

— Tu es plutôt confortable, comme mur, dit-elle.

Je ne sais pas quoi répondre. Du plus loin que je me souvienne, je n'ai jamais été aussi proche d'une autre femme que Susie et j'ai l'impression de franchir une limite. Ce n'est pas le cas. Je suis littéralement de mon côté de la ligne, Cléo du sien, et jusqu'à présent, notre relation n'a rien du flirt. Mais appuyés ainsi l'un contre l'autre, je prends soudain conscience de la chaleur de son corps, du parfum de ses cheveux lorsqu'elle penche sa tête en arrière et, surtout, de l'immense solitude dans laquelle je vis depuis quelque temps.

— C'est quoi, ce soupir ?

Je ne m'étais pas rendu compte que mes pensées s'étaient échappées.

— Oh, rien. Léo avait l'air triste ce soir, au téléphone.

— Ça ne doit pas être facile de le consoler de si loin.

— Non, c'est vrai. Mais ça va aller. Il a Susie.

Pas moi, je pense.

— Tu as besoin de parler ? demande Cléo. Je t'écoute, si tu veux.

— Ce dos-à-dos est en train de virer à l'opération confession.

J'essaie de gagner du temps ; je me demande si parler de Susie est une bonne idée.

— Pour être honnête, il n'y a pas grand-chose à dire.

C'est un mensonge éhonté, mais je ne sais pas par quoi commencer. Est-ce que Susie pense à moi, à nous ? Est-ce que je lui manque ? Ces derniers jours, elle souffle sans cesse le chaud et le froid. Enfin, plutôt le froid polaire. Et puis, de temps en temps, elle m'envoie un texto ; en général assez tard le soir, et sans doute après un ou deux verres de vin. Ces rares messages suffisent à me garder bien au chaud dans la salle d'attente de sa vie – ou peut-être même de la mienne. La seule chose que je sais, c'est que les sièges y sont bien trop durs et froids, et que je n'ai pas envie de rester là indéfiniment.

— Je dirais que… on fait une pause.

Je préfère sortir la réplique culte de *Friends* plutôt que de faire face à des choses que je ne suis pas prêt à exprimer.

— D'accord, dit Cléo d'une voix calme.

Nous restons silencieux quelques instants. Je ralentis ma respiration pour me caler sur la sienne. J'inspire, j'expire. Ça fait du bien.

— Tu sais que toute l'île ne parle que de nous ? lance-t-elle en plaisantant.

Ce changement de sujet est bienvenu.

— J'imagine qu'il leur en faut peu, par ici.

— C'est sûr. Même si ça m'a surprise. J'ai rencontré un groupe de femmes assez cool aujourd'hui. Je me suis vraiment amusée.

« S'amuser. » C'est exactement ce dont ma vie manque depuis quelques années. Toutes les distractions que j'ai pu avoir tournaient autour des enfants. Voilà, je suis en train de me faire une bonne grosse soirée déprime, et Cléo ne s'en rend même pas compte.

— Comment ça va, ta cheville ?

Elle se penche et s'écarte momentanément de mon dos. C'est étrange ; je me sens à la fois mieux et moins bien.

— Tu crois qu'ils feront venir le bateau si elle est cassée ?

— Seulement s'il faut l'amputer.

— C'est possible qu'on en arrive là.

Je me retourne et je m'aperçois qu'elle me taquine ; elle s'appuie sur une main et tient son verre de vin dans l'autre.

— Ça ne fait presque plus mal. Le vin l'a guérie.

— Et moi qui pensais que c'était ma compagnie.

— Tu ne fais pas un mauvais mur.

— Eh bien, toi, si. Tu ne tiens pas en place, et j'avais tes cheveux dans mon visage.

— Désolée. Je ferai en sorte qu'ils ne dépassent pas la limite à l'avenir.

— Tu pourrais te raser la tête. Toi qui voulais marquer le coup pour tes trente ans.

— Ce serait sacrément risqué, commente-t-elle en fronçant le nez.

— Ça a bien marché, pour Sigourney Weaver !

— Sauf qu'on l'a payée des millions pour faire ça. Et puis, j'aime bien mes cheveux.

D'après ce que j'ai pu observer, la chevelure de Cléo est un excellent baromètre de ses humeurs. Lorsqu'elle est plongée dans son travail, ordinateur sur les genoux et carnet grand ouvert à côté d'elle, elle enroule ses cheveux, les relève au-dessus de sa tête et les fixe à l'aide d'un crayon. Parfois, quand elle est assise au sommet de la colline sur le fameux rocher-antenne, ils ondoient autour de sa tête, comme à la recherche d'un signal, lui donnant un air de Méduse. Quand l'envie lui prend de se retirer, ils deviennent un rideau, derrière lequel elle s'abrite, et enfin, les rares fois où je l'ai vue baisser la garde, ils se transforment en une mer agitée.

— Je ne sens plus mes fesses.

Je me lève et lui tends la main pour l'aider à se relever.

— Merci, dit-elle en époussetant son jean pour ôter les traces de craie.

— Non, merci à toi pour la distraction. Ridicule, certes, mais j'en avais bien besoin.

— Quand tu veux. Peut-être que ça devrait être ça, mon profil, sur les sites de rencontre : « Besoin d'une distraction ridicule ? Je suis la femme qu'il vous faut. »

En tant qu'homme, je vois immédiatement ce qui cloche dans ce genre de description.

— Si je peux me permettre, je te conseille d'être prudente. D'autres n'ont peut-être pas tout à fait la même idée que toi de ce qu'est une « distraction ridicule ». Surtout sur un site de rencontres.

— Tu veux dire que tenir en équilibre sur une jambe le plus longtemps possible n'est pas forcément le passe-temps favori de tout le monde ?

— Pas habillé, en tout cas.

Je regrette ces mots à l'instant même où je les prononce. Cléo sourit, le nez dans son verre et il me semble même qu'elle rougit un peu.

— Ne laisse pas cette image s'installer dans ton esprit, c'est difficile de s'en défaire après, prévient-elle en vidant son verre de vin. Allez, il est l'heure de se coucher, avant que je me torde l'autre cheville.

— Pourquoi tu ne prendrais pas le lit, cette nuit ?

Elle fronce les sourcils et pose sa main sur le dossier du canapé.

— Non, ça va. Je me suis faite à cette bête-là, maintenant, je sais exactement comment me positionner pour compenser ses irrégularités de terrain.

— Tu es sûre ?

— Oui, certaine.

— Bon, OK.

— OK.

Nous sommes bloqués dans un dialogue sans fin. C'est un peu gênant.

— C'est toi qui raccroches.

Elle éclate de rire, et passe de l'autre côté du canapé pour faire son lit.

— D'accord, je raccroche, parce que je suis vraiment crevée.

— Sans doute le tricot.

— Ne critique pas avant d'avoir essayé.

Je ne sais pas pourquoi, mais j'ai l'impression que ça n'arrivera jamais.

Allongé dans le noir, je pense à mes enfants, aux doigts osseux de Léo, aux genoux écorchés de Nate.

— Un. Être père est ce qu'il y a de plus important pour moi, je commence, rompant ainsi le silence. Deux. Ma relation à mon propre père est assez compliquée. Mais je garde cette histoire-là pour plus tard. Et trois…

Je cherche ce que je pourrais bien ajouter à ma liste. Je ne sais pas comment c'est arrivé, mais ces confessions nocturnes sont devenues une sorte de rituel et, étrangement, elles m'apaisent beaucoup. Dans la journée, je pense parfois à ce que Cléo m'a dit et à ce que j'ai choisi de lui confier… ce sont comme les pièces d'un puzzle qui, une fois assemblées, forment un être à part entière.

— Je n'aime pas le beurre de cacahuètes.

Oui, je sais que c'est une chute un peu minable, mais je n'ai pas réussi à trouver autre chose.

— Moi non plus, avoue Cléo. Cette espèce de pâte à tartiner pleine de grumeaux qui croustille, c'est vraiment bizarre.

S'il était livré à lui-même, Nate pourrait descendre un pot entier de beurre de cacahuètes à la petite cuillère. Dans la vie, il y a les gens qu'on qualifie de « becs sucrés », et puis il y a mon plus jeune fils, qui pourrait se shooter au sucre à s'en rendre malade si on le laissait faire. C'est le genre d'enfant qui tourne tout le temps à plein régime. Je devais être comme ça, moi aussi, à son âge, avant que la vie ne m'apprenne à me tenir à carreau.

— Un. Mon tout premier boulot, c'était dans un *fish and chips*, le week-end. Je passais mes samedis soir à faire frire du haddock pendant que mes potes buvaient des coups au pub.

Elle s'interrompt.

— Deux. Je suis la seule femme de ma famille à avoir les cheveux noirs ; les autres sont toutes blondes.

Je l'entends souffler dans l'obscurité.

— Trois. J'ai perdu ma virginité quand j'avais dix-sept ans... avec le prof d'anglais.

— Tu sais qu'il va falloir que tu me racontes cette histoire ?

— C'était le remplaçant. Notre prof habituel s'était fait opérer. Je suis entrée dans la salle et, quand je l'ai vu, c'est comme si j'étais en feu. Cet été-là, je me suis donné un mal fou pour l'impressionner. Je me suis pris la tête sur chaque mot de mes dissertations, l'imaginant les lire et tomber amoureux de moi au fil des pages.

— Ça a marché ?

— Oh, oui, il m'a bien remarquée : au bout de quinze jours, on faisait de la buée sur les vitres de sa Mini toute cabossée et on occupait les placards de l'école à faire bien autre chose que ce pour quoi ils avaient été conçus, dit-elle en riant. Mais contrairement à ce qu'on pourrait penser, il n'y avait aucun rapport d'autorité malsain ; il avait vingt-trois ans, n'y connaissait pas grand-chose, et moi, je n'avais rien d'une ingénue !

— Au moins, tu n'as pas perdu ta virginité avec le vendeur de jacuzzi. Bon, et avec le prof, vous avez fini par vous faire pincer et vous enfuir ensemble à la *Bonnie and Clyde* ?

— Malheureusement, ça n'a pas été aussi romantique. Au bout de quelques semaines, son remplacement s'est achevé, et notre histoire avec.

— Ton pauvre petit cœur d'ado a dû être brisé.

Elle se retourne et soupire dans son oreiller.

— Non, pas vraiment. Quelqu'un d'autre s'en est chargé. Mais je garde cette histoire-là pour plus tard.

CLÉO

Single ladies, Beyoncé, c'est moi

14 octobre, Salvation Island

— COUCOU, me lance Delta en levant les yeux de son magazine quand j'entre dans le café et m'approche du comptoir.

Elle porte une salopette en jean et un tee-shirt blanc qui mettent en valeur son ventre rond. Une barrette rouge cerise à paillettes empêche ses cheveux noirs de tomber sur son visage.

Je retire mes gants en laine et remue mes doigts engourdis par le froid.

— Salut ! dis-je, contente de la revoir. Je crois que j'ai besoin d'un café bien chaud.

— Et d'une part de gâteau, peut-être ? propose-t-elle en désignant un présentoir en verre. C'est Erin qui l'a fait. À Salvation, tout le monde la considère comme la Nigella Lawson locale.

J'essaie de visualiser Erin : grande, des taches de rousseurs, une silhouette athlétique. Et aussi, femme du médecin et bec sucré. Le genre de femme qui semble réussir tout ce qu'elle entreprend, que ce soit en pâtisserie ou en neurochirurgie.

— Noix de coco et confiture de framboises. Tu me rendrais service si tu en prenais, le bébé a déjà réclamé beaucoup trop de parts, ajoute Delta en caressant son ventre.

— Alors, OK.

— Deux parts ? demande-t-elle en me glissant un regard en coin. Comme ça, tu en rapportes une à Han Solo ?

— Une seule suffira, je réplique en levant les yeux au ciel, sourire aux lèvres. Dommage que tu te cantonnes à travailler ici, tu ferais fortune comme commerciale sur le continent.

Delta fronce le nez, tout en faisant glisser mon café sur le comptoir, accompagné d'une grosse part de gâteau.

— Non, j'ai déjà donné. Je préfère avoir une vie tranquille, surtout maintenant avec le bébé qui arrive.

— Sérieusement ?

Je pensais qu'elle était revenue sur l'île à titre temporaire. Elle déborde d'énergie, et quelque chose dans son fascinant regard vert invite au voyage, à l'aventure.

Delta contemple la pièce calme et chaleureuse.

— Quand j'étais petite, je venais ici tous les samedis avec ma mère. La propriétaire de l'époque était une très mauvaise cuisinière. La seule chose qu'elle savait faire, c'étaient des tartes à la confiture – et encore, parfois, elles étaient brûlées. Mais ce que je préférais, c'était le trajet pour arriver jusqu'ici : maman et moi faisions un long détour par la plage pour ramasser des coquillages.

J'ai du mal à imaginer Dolorès en jeune femme insouciante, passant le sable au peigne fin avec sa fille.

— Et maintenant, le café t'appartient ?

L'influence de Delta est dans chaque détail, de la musique de fond ambiance Ibiza-cool aux murs blanchis à la chaux, jusqu'au panneau de vitrail accroché à une des fenêtres, qui éclabousse de lumière colorée les lattes claires du plancher.

— En quelque sorte, oui. C'est mon oncle Raff, le propriétaire officiel, mais il n'a pas envie de gérer ça tout seul.

L'indulgence dans sa voix me fait penser qu'elle adore son oncle.

— C'est lui qui a le pub aussi, poursuit-elle. Même si on ne peut pas dire qu'il y travaille beaucoup non plus. Tu ne vas sans doute pas tarder à le rencontrer. Passe, un de ces soirs ; tu le trouveras toujours du mauvais côté du bar.

— Je viendrai.

Intérieurement, je me demande ce que ça fait d'appartenir à une communauté comme celle-ci, de faire partie de son histoire.

— Waouh, ce gâteau est une tuerie.

— Ah, tu vois !

— Brianne m'a dit qu'il y avait du wi-fi ici.

Delta acquiesce.

— Cette semaine, le mot de passe est « vodka ». La semaine dernière, c'était « pinot ». Si seulement… soupira-t-elle en regardant son ventre rond.

— Ça ne vaut pas un bon gâteau, je lance dans un éclat de rire, tout en sortant mon téléphone.

Delta n'a pas l'air convaincue. Elle fait un signe de tête vers le fond du café.

— Il y a un ordinateur derrière la cloison là-bas si tu as envie d'avoir un vrai clavier. Il est réservé à partir de quatre heures. Tu peux l'utiliser gratuitement jusque-là, mais ne le dis pas à M. Quatre-heures.

Son amitié naturelle et spontanée me fait chaud au cœur.

— Top, merci.

C'est bête, mais la simple idée d'avoir une heure de connexion correcte me met en joie. C'était ça ou être assise au sommet de Wailing Hill à la merci de la météo et des dieux du réseau. C'est un miracle que j'ai réussi à envoyer ma première chronique à Ali dans ces conditions, et en comparaison ce petit coin Internet bien au chaud est un vrai luxe.

Je retiens ma respiration en attendant de voir si Ali est disponible, et j'expire un grand coup en voyant soudain son visage apparaître à l'écran, les yeux plissés, jusqu'à ce qu'elle mette ses lunettes.

— C'est bien toi ! crie-t-elle, en affichant un large sourire. Comment ça va la vie, sur ton caillou paumé ?

Je jette un regard par-dessus mon épaule en croisant les doigts pour que personne ne l'ait entendue. Quelques vieilles dames dégustent une part de gâteau à la table près de l'entrée et un type accoudé au comptoir bavarde avec Delta. Je crois que c'est bon.

— Tu n'es pas obligée de crier, dis-je en me penchant vers l'écran. C'est de plus en plus compliqué ici. Je viens de t'envoyer la chronique de cette semaine.

Elle bat des mains comme une gamine de cinq ans surexcitée.

— La première a fait l'effet d'une bombe, m'apprend-elle. Les gens ont complètement adhéré à l'idée de cette expérience de couple avec toi-même ; et cette histoire d'Américain, c'est une vraie pépite.

— À ce point ?

— Oh, oui ! lance-t-elle en faisant mine de me toper dans la main à travers l'écran. L'ironie d'aller s'échouer sur une île déserte pour se retrouver à faire chambre commune avec un type sorti de nulle part… C'est juste hilarant !

— Mais ce n'est pas vraiment l'esprit du voyage !

Je crie en chuchotant et tente de baisser le volume ; elle parle beaucoup trop fort.

— Ne pas être seule, ça rend les choses beaucoup plus compliquées. Surtout pour tester la vie de couple avec moi-même. Franchement, je suis inquiète, Ali. J'ai l'impression que la raison d'être de ce voyage est mise à mal.

— Tu m'en diras tant !

Elle ne compatit pas une seconde et continue sur sa lancée :

— Mais de la craie, Cléo ? Vraiment ? Je n'aurais jamais pu inventer un truc pareil et, pourtant, tu sais que j'ai de l'imagination. Tout le monde ne parle que de toi, ici. Que ce soit au bureau comme dans le reste du pays. Tu fais sensation !

J'ai l'habitude qu'Ali voie « les choses en grand », selon ses propres termes. D'autres appelleraient ça de la pure exagération. D'expérience, je sais que la vérité se trouve quelque part entre les deux.

— C'est juste que… si le temps se calme, le bateau passe dans quelques jours. Et je ne sais franchement pas s'il faut que je le prenne.

— Et lui ?

— Aucune chance.

— Bon. Toi, tu as envie de quoi ?

Je ne dis rien car, pour être honnête, je ne sais pas quoi répondre. Je pourrais lui demander de me trouver un autre endroit, un autre lodge isolé sur une autre île loin de tout. Mais maintenant que je suis ici, après tous ces efforts, il faut admettre qu'il émane de ce lieu une magie indéfinissable – Mack mis à part. Je ne suis pas prête à renoncer à ça. Je sens que je m'attache à Salvation, et même si ce lien est à la fois fragile et inattendu, il existe bel et bien.

— Je vais t'aider, déclare Ali. Reste ici. Au moins jusqu'à ton anniversaire. Si tu reviens avant, tu sais que je n'aime pas dire ça, mais tout ça n'aura été qu'une perte de temps. On a promis à nos lectrices que tu allais te marier, Cléo. *Te marier.* Tu ne vas quand même pas te plaquer toi-même ! Quel genre de message cela enverrait à celles qui sont dans la même situation que toi et cherchent dans ton histoire un signe qu'elles font les bons choix ?

— Là, Ali, tu y vas un peu fort, je marmonne. Je ne suis pas le Dalaï-Lama.

Elle éclate de rire.

— Tu n'as pas totalement tort ! À l'heure actuelle, tu es la sainte patronne des femmes célibataires. Beyoncé menant ses *single ladies.*

— Si tu esquisses un seul pas de danse, je me déconnecte.

— Malheureusement, il faut que je file. Réunion d'équipe à quatorze heures. Je dirai aux autres que j'ai eu de tes nouvelles et qu'ils n'auront pas besoin de te réserver de créneau chez le tatoueur. Tu vas tenir le coup comme un vrai petit soldat !

Elle m'envoie un baiser et disparaît.

OK. C'était donc un ordre, aucun doute là-dessus. Je me connecte aux réseaux sociaux et m'aperçois qu'Ali n'a pas exagéré : notre petite « expérimentation sociale », comme elle l'appelle, fait un sacré buzz. Ma chronique, accompagnée des photos prises la semaine dernière, est partout sur le compte officiel du magazine. Une vague de fierté m'envahit à l'idée d'être leur post le plus vu et le plus liké, impossible de le nier. Mais je ressens aussi la pression qui va de pair. Je fais défiler les milliers de commentaires puis ferme brusquement la page. Mes tempes battent. Il ne s'agit plus seulement de mon propre voyage spirituel. Je prends soudain la mesure des responsabilités qui pèsent sur mes épaules. Ce n'est pas une expérience futile destinée à faire couler de l'encre. Des espoirs et des rêves sont en jeu ; les miens et ceux de tant d'autres personnes…

Mes doigts tapent machinalement sur le clavier et je m'aperçois que je viens d'écrire « Mack Sullivan », « photographe » et « Boston ». Mince. Bon… OK. Je m'étais dit qu'il y aurait des dizaines de résultats sans aucun lien avec l'homme d'Otter Lodge, mais c'est raté : il est là, en tête de liste. Son site Internet. Ses photos. *Jésus Marie Joseph. Il est vraiment incroyable.* Je fais défiler les images de sa dernière exposition ; je ne suis jamais allée à Boston mais, grâce aux photographies et au talent de Mack, c'est comme si j'y étais. Je sens l'odeur des soupes aux palourdes fumantes, j'entends les rugissements des supporters des Red Sox, et je me vois déjà faire un tour en *duck boat* sur la rivière Charles. Je clique sur sa galerie de portraits et les images qui s'affichent me touchent au cœur. Certains clichés sont spontanés, ses sujets ont été pris sur le vif, d'autres sont posés, avec des accessoires, parfois en gros plan ; il a réussi à saisir le caractère de chacun, en un seul regard. L'émotion irradie de chaque pixel. C'est un véritable artiste. Je comprends soudain que nous sommes assez semblables, finalement : il touche les autres à travers ses images comme j'essaie de le faire avec mes mots.

— Il est moins cinq, me prévient Delta, qui surgit de derrière la cloison. Le prochain client attend son tour.

Ses yeux se promènent sur l'écran et je me dépêche de fermer la fenêtre du site de Mack. Je crois qu'une part de moi aurait préféré ne pas l'avoir consulté. *Mack…* Plus je le connais, plus je me sens proche de lui, et c'est bien la dernière chose dont j'ai envie ou besoin en ce moment. Je suis assez adulte pour admettre – à moi-même et surtout à personne d'autre – qu'il est vraiment séduisant. Il a des épaules de bûcheron et, lorsqu'il me regarde, ses yeux étranges semblent me jeter des sorts. Ça se voit même dans la façon dont ses vêtements épousent son corps : on dirait qu'ils essaient de contenir de la dynamite. Vous voyez ces jeans ultra moulants, un peu évasés, carrément anti-sexy ? Ceux de Mack, c'est tout le contraire : ils sont usés, patinés, et tombent de manière sensuelle sur ses hanches. Je me déteste de penser ça. Je me retrouve toujours dans des relations avec des hommes qui ne sont pas faits pour moi et, cette fois, je n'ai même pas le bénéfice du doute : je sais d'emblée qu'il est marié, et toujours amoureux de la femme dont il s'est séparé. Peut-être que c'est sa manière d'aimer, aussi absolue, qui fait son charme. Même si cet amour est destiné à quelqu'un d'autre. Ce qui me déprime, c'est que je sais pertinemment que, si je n'étais pas résolue à passer du temps en solo et à me centrer sur moi-même, Mack ne serait qu'un énième flamant rose raté à inscrire sur ma liste. Tiens d'ailleurs, à quel oiseau pourrait-il bien correspondre ? Parmi les oiseaux américains, l'aigle est le seul qui me vient à l'esprit. Je n'ai vraiment pas besoin d'un aigle : ce sont des animaux trop imposants et en recherche permanente d'attention. Je pousse un long soupir, regrettant d'avoir regardé son site et trouvé de nouvelles raisons de l'admirer. Bon. Il faut que je suive les conseils d'Ali et que je me focalise sur l'essentiel. Que j'arrête de chercher quelqu'un d'autre et que j'essaie de me trouver moi-même. Qu'est-ce que ça peut faire prétentieux ! Et puis, cette histoire de buzz sur les réseaux sociaux ne fait qu'ajouter une dose de stress. Désormais, je dois faire les choses bien, et pas seulement pour moi. Mes chères *single ladies*, Beyoncé, c'est moi. Du moins, temporairement.

Le fameux « M. Quatre-heures » n'est autre que Mack. Je le surprends à table, son appareil photo posé à côté de son assiette, avec une part du gâteau d'Erin déjà bien entamée. Il a l'air étonné de me voir ici et je résiste à l'envie urgente de retourner vers l'ordinateur en courant pour vérifier que j'ai bien fermé son site.

— Salut. C'est pas mal, non ?

— Je ne suis pas un grand amateur de noix de coco d'habitude, mais ça pourrait me faire changer d'avis. D'ailleurs, Delta m'a proposé de t'en rapporter une part.

— Ah, oui ?

Je lui lance un regard à Delta qui veut dire : « Toi, tu ne perds rien pour attendre. » Elle éclate de rire et hausse les épaules.

Mack recule sa chaise et rassemble ses affaires.

— J'y vais, j'ai un appel vidéo avec les garçons.

J'enfile mon manteau et m'approche du comptoir, en fouillant mes poches à la recherche de mon portefeuille.

— Je te dois combien pour le gâteau ?

— Ça dépend, dit Delta avant de se pencher et de chuchoter : Rien, si tu me racontes ce qui se trame entre toi et Han Solo.

Je suis convaincue qu'elle m'a surprise en train de le googler.

— Franchement, il n'y a rien à raconter, je réponds tout en me tournant pour vérifier qu'il est hors de portée de voix. Il est marié, et je suis ici pour faire un travail sur moi-même. On s'est juste retrouvés malgré nous dans cette situation bizarre, alors on essaie de rester à distance l'un de l'autre et de profiter au mieux de notre séjour ici.

— Si j'étais coincée dans une cabane paumée avec un type aussi sexy, ce n'est pas ce que j'appellerais « profiter au mieux » de la situation.

Mon regard se pose ostensiblement sur son ventre rond et nous rions toutes deux en silence.

— OK, tu marques un point, dit-elle.

— Je n'ai pas envie de me lancer dans ce genre d'histoire.

Ce n'est pas un mensonge. Les choses sont trop compliquées et mon cœur n'est pas prêt à être criblé de blessures par un homme marié.

— Tu sais ce que je trouve vraiment dommage ? lance-t-elle, le visage soudain sérieux comme si elle s'apprêtait à me dispenser un conseil de vieux sage. C'est que tu ne te fasses pas la même coiffure que princesse Leïa. À vous deux, vous pourriez vous faire un paquet d'argent sur le marché des sosies.

J'adore Delta, mais elle n'arrête jamais, côté provoc. Elle rit et refuse mes pièces. Un éclat de malice brille dans ses yeux verts au moment où je quitte le café.

L'odeur de poulet rôti est la plus réconfortante du monde. C'est bon, je peux mourir ici : je viens de sortir du four un poulet à la peau dorée et croustillante et son fumet est si alléchant qu'il parvient à me ramener vingt ans en arrière, quand ma mère le préparait et réunissait toute la famille autour de la table pour le déguster.

— Ça sent bon !

Mack surgit devant moi, pieds nus et cheveux mouillés, émergeant tout juste du bain. Nous avons prévu de dîner ensemble ce soir ; un geste stratégique de ma part, car il faut que je lui parle.

— N'est-ce pas ! dis-je en plaçant des plats de pommes de terre rôties et de haricots verts sur la table.

Il ouvre une bouteille de vin et sort deux verres.

— Et voilà, le Bistrot de Cléo est ouvert. Tu veux que je t'aide à découper ?

Nous nous affairons et la pièce résonne de bruits familiers : le doux tintement des assiettes que l'on remplit, le glouglou réconfortant du vin dans les verres, le raclement des chaises quand nous passons à table.

— Un peu de *yorkshire pudding* ? je propose en fin de repas, tout en me servant.

C'est la spécialité de ma mère, et elle s'est bien assurée que ses enfants maîtrisent correctement la recette. Mack a l'air sceptique.

— Tu n'as jamais goûté ? Oh, Mack Sullivan ! Où donc étais-tu ?

Il s'en sert une part qu'il pose sur le rebord de son assiette, comme s'il espérait le voir tomber par terre.

— Ça ressemble un peu à un pancake, non ? demande-t-il après sa première bouchée.

— Alors, verdict ?

Il avale une gorgée de vin, et hoche lentement la tête.

— Pas mal du tout, admet-il en reprenant une bouchée pour conforter son jugement.

Je rougis discrètement de fierté.

— Parfait ! Je ne suis pas sûre de pouvoir passer beaucoup de temps sous le même toit que quelqu'un qui refuse de goûter au *yorkshire pudding* de ma mère.

Bon, cette entrée en matière est un peu maladroite, mais je n'ai pas mieux, alors je me lance :

— D'ailleurs, il faut qu'on parle de ça. Du fait que nous allons passer du temps sous le même toit.

Aucun de nous n'a évoqué l'arrivée du bateau dans quelques jours à peine.

— J'ai discuté avec mon éditrice tout à l'heure et elle m'a fait comprendre que je n'avais pas le choix et que je devais rester ici au moins jusqu'à mon anniversaire. Ce serait tout sauf professionnel de laisser tomber nos lectrices à ce stade.

Il continue à manger sans lever les yeux de son assiette.

— Tu me rappelles quand c'est ?

— Le 24 octobre. Dans dix jours.

— OK.

— OK ?

— Tu sais que je ne partirai pas, dit-il en posant ses couverts. Ce système de frontière de craie, ça fonctionne plutôt bien, je trouve. Et si ça te va, alors, ça me va aussi.

En fait, ce n'est pas seulement parce qu'Ali m'a demandé de rester que je fais tout ça. Quelque chose me dit que cette île est le bon endroit pour moi en ce moment ; et l'un des objectifs de cette mission n'est-il pas de me faire davantage confiance, de croire en mes intuitions et de les suivre ?

— Alors, c'est d'accord, je réponds, un peu perplexe de voir l'obstacle qui se dressait entre nous disparaître aussi facilement.

J'avale une longue gorgée de vin, en essayant de comprendre ce que je ressens. Du soulagement, je crois. Mais… malgré Mack, ou grâce à lui ? Je laisse cette question s'immiscer dans mon esprit et s'y tapir.

— La trentaine n'a que l'importance que tu lui donnes, me dit Mack.

C'est une nuit claire et fraîche. Nous avons pris le reste de vin avec nous pour le finir sur les marches du porche, emmitouflés dans des couvertures. À Salvation, les nuits comme celles-ci sont un cadeau inestimable. Au-dessus de nous, les étoiles sont toutes là et rivalisent de scintillements. J'ai passé un nombre incalculable d'heures à essayer de les graver dans ma mémoire pour le jour où je serai rentrée sous le ciel noir de Londres. Bien sûr, Londres n'est pas toujours dénuée d'étoiles, mais ici, c'est différent : un véritable spectacle d'astres qui étincellent dans les ténèbres. Comme dans les concerts, quand les gens lèvent leurs téléphones portables et que des millions de petites torches s'allument soudain. La lune, pleine et basse, jette une douce lueur argentée sur l'eau qui ondule à l'horizon, et j'entends les vagues se précipiter sur les galets du rivage, en contrebas.

Je pense à ce que Mack vient de dire ; je sais qu'il essaie de m'aider.

— Je ne voulais pas y accorder trop d'importance, tu sais. C'est juste que…

Je m'interromps et fais rouler le pied de mon verre entre mes mains. La plupart des gens profiteraient de ce silence pour deviner ce que je m'apprête à dire et parler à ma place, généralement pour sortir une platitude. « C'est normal qu'être célibataire t'inquiète, tu as encore quelques années devant toi pour avoir des enfants, si tu décidais d'en avoir… » Mack, lui, ne dit rien ; il est là, assis à côté de moi, et regarde la plage. Il attend que je sois prête. Sa patience me fait l'effet d'un baume. Je bois encore un peu de vin ; certaines choses sont plus difficiles à exprimer que d'autres.

— Mon père n'a pas été jusque-là. Il est mort à vingt-neuf ans.

Mack pousse un long soupir et pose son verre au sol.

— Mince, Cléo. Je suis désolé. C'est tellement jeune.

J'acquiesce, consciente que je touche là au cœur de ma problématique, à la raison même de mon besoin de changement. L'exposer me fait aussi mal que si j'arrachais la croûte d'une vilaine cicatrice.

— Je n'ai aucun souvenir de lui, rien que j'aurais pu garder précieusement pour l'invoquer en secret. Je ne me rappelle même pas le son de sa voix, que j'aurais aimé faire résonner dans ma tête lorsque j'ai besoin de conseils. Il a été le grand amour de ma mère. Quand ils se sont rencontrés, ce n'étaient encore que des enfants mais, entre eux, c'était déjà du sérieux. Tom est né juste avant que ma mère ne fête ses vingt et un ans, et mes sœurs ont suivi peu de temps après.

Trois bébés en trois ans. Difficile pour moi de m'imaginer faire la même chose, d'autant plus au début de ma vingtaine : à cet âge-là, je n'arrivais déjà pas à m'occuper de moi-même.

— Je crois qu'ils ont juste gagné très tôt à la grande loterie de l'amour. Ma mère parle toujours de ces années-là comme sa décennie magique. Et puis elle l'a perdu, à vingt-huit ans, et s'est retrouvée seule avec quatre enfants.

J'ai une admiration sans bornes pour ma mère. Je n'avais qu'un an quand c'est arrivé, et nous étions tous trop jeunes pour prendre conscience du fardeau qu'elle portait.

— Mon père est mort dans un accident de voiture, sur le chemin du travail. Il est parti un mercredi matin avec dans son sac le déjeuner que ma mère lui avait préparé, comme d'habitude. Il n'est jamais rentré. Je sais que ça a l'air bête, mais l'idée d'avoir trente ans, d'être plus âgée que mon père, ça me fend le cœur.

Je ne peux pas empêcher ma voix de se briser, et Mack se rapproche pour passer son bras autour de moi. J'appuie ma tête contre son épaule, contente de sentir un peu de chaleur.

— Je comprends, maintenant. Ça se tient. Toute cette histoire à propos de tes trente ans.

— Je n'ai jamais confié ça à personne. C'est plus facile de laisser les gens penser que j'ai peur de devenir « vieille fille ».

Je soupire en mimant des guillemets pour encadrer cette expression, à la fois trop banale et complètement dépassée.

Mack presse doucement mon épaule.

— Je suis certain que ça n'arrivera pas.

— Peut-être que si. Mon palmarès amoureux n'est pas franchement remarquable.

— C'est vrai que ce vendeur de jacuzzi avait l'air d'un crétin.

— Non, tu crois ? dis-je mi-sourire, mi-soupir. C'était juste le premier d'une longue liste de mauvais petits copains.

— C'était qui, le dernier ? Celui qui t'a vraiment brisé le cœur ?

Waouh. Il lit en moi à livre ouvert. Je n'ai pas l'habitude de parler de mon père, et encore moins de George Portman.

— George.

Mon flamant rose raté, le dernier que j'ai laissé entrer dans mon cœur. Le simple fait de prononcer son nom suffit à rouvrir d'anciennes blessures.

— Nous avons grandi dans la même rue, à trois maisons d'écart. Il n'avait pas de frères et sœurs et, quand nous étions petits, il passait plus de temps chez nous que chez lui. Ma mère s'en amusait et disait même qu'elle allait devoir lui faire payer un loyer.

Je ferme les yeux, j'ai de nouveau huit ans ; je traverse le jardin en courant et je me cache derrière la vieille cabane, prête à bondir sur George. Puis j'ai treize ans, et je surveille son sac à dos rempli de bombes de peinture pendant qu'il recouvre de graffitis les arcades, sous les voies ferrées.

— Nous étions amis. Les meilleurs amis du monde, en fait. Au lycée, il n'y a jamais rien eu de plus que de l'amitié entre nous ; il avait des petites copines, et moi j'avais…

— Le vendeur de jacuzzi ?

— Et le prof d'anglais, j'ajoute avec une pointe d'ironie. Tout a changé quand nous sommes entrés à l'université. Au bout du premier semestre, il m'avait incroyablement manqué. Alors, quand on s'est retrouvés à la maison pour Noël, on a… grimpé dans mon petit lit à une place. George Portman et moi. Ça semblait tellement évident et, en même temps, je n'en revenais pas. Lui non plus, je crois.

— Ça ressemble à de l'amour… souffle Mack en continuant de masser mon épaule avec son pouce.

— Oui, ça en avait tout l'air. Pendant un certain temps, en tout cas.

— Qu'est-ce qui s'est passé ?

Je croise mes mains, le regard perdu dans l'océan.

— C'était une personnalité assez compliquée. Un artiste exceptionnel.

Je me souviens du studio miteux que George a loué juste après notre diplôme : les effluves de peinture à l'huile qui me prenaient à la gorge, la chaleur étouffante de l'été, le matelas affaissé dans un coin entouré de verres à shot vides.

— Il est passé de l'enfant égocentrique à un homme narcissique, jaloux du succès des autres, qui calme son ressentiment avec de la vodka.

Mack ne dit pas un mot quand je m'interromps pour reprendre mon souffle. Il attend la suite de l'histoire.

— Je me voyais comme la muse d'un grand artiste menant une vie de bohème, comme une romancière en herbe qui enchaînait les remplacements dans les rédactions de magazines et de journaux. Qu'est-ce que j'ai pu me prendre au sérieux. George devenait dingue au moindre signe d'intérêt qu'on me portait. Pour sa défense, ses tableaux étaient vraiment incroyables ; ça doit être difficile d'avoir autant de talent et que personne ne vous remarque.

Dans mon esprit, je ferme la porte à ces souvenirs pénibles ; je ne veux plus y penser.

— Pour faire court, mon frère a débarqué aux aurores un dimanche matin : je venais de l'appeler, bouleversée, après une énième crise de George. Il a mis toutes mes affaires dans le coffre de sa Mini, et m'a dit que c'en était trop. Une intervention, rien de mois. Et c'était ce qu'il me fallait, car je n'avais pas réalisé à quel point la situation était devenue toxique, jusqu'à ce que mon frère me répète mes propres mots : « J'ai peur de ce que George serait capable de faire. » Alors il lui a laissé une enveloppe avec de l'argent, pour qu'il se fasse soigner, et nous sommes partis.

— Et il l'a fait ?

— Je ne sais pas. Je l'espère. Il a déménagé dans le Nord peu de temps après et a coupé les ponts avec sa famille. Moi, je me suis installée à Londres. Le laisser partir a été douloureux, mais je crois que c'était ce dont j'avais besoin pour enfin poursuivre mes propres rêves. Tels qu'ils étaient à l'époque, en tout cas. Je continue à espérer voir l'une de ses toiles dans une exposition un jour, ou repérer son nom dans le journal. Mais ce n'est pas encore arrivé.

— Ce n'est pas facile de lâcher prise, compatit Mack d'une voix calme.

Pendant quelques instants, nous restons silencieux, à siroter notre vin en regardant la surface de l'eau. Je renvoie alors tous ces souvenirs au passé, là où ils doivent se trouver, et je me concentre sur le moment présent. Peu à peu, je sens la chaleur de Mack, je prends conscience de son cou contre ma tête, de son bras protecteur autour de mes épaules, du parfum de mousse et d'agrumes de sa peau.

— Tu as réussi à parler à tes enfants, aujourd'hui ?

Je sens son souffle caresser mes cheveux.

— Oui. Quand je les vois et que je les entends… ça me donne envie de plonger dans l'écran pour les serrer dans mes bras.

— Tu es un bon papa, tu sais. Tes enfants ont beaucoup de chance.

J'aurais tellement aimé que mon père m'aime comme ça.

Le silence s'installe de nouveau entre nous. Quel chemin parcouru… Nous avons commencé par nous détester et nous voici à présent aussi proches que des amis peuvent l'être. Des amis aux besoins diamétralement opposés : lui veut retrouver sa famille tandis que je m'efforce de sortir la tête du tas de plumes de flamants roses sous lequel je suis ensevelie et de m'épousseter afin de constater les dégâts.

— J'ai l'impression qu'on est comme deux puzzles qui auraient été mélangés. L'une de tes pièces vient d'apparaître sur mon plateau et je n'arrive pas à trouver à quoi elle correspond.

— Ça doit être mes yeux bizarres. Tu n'arriveras jamais à me faire rentrer. D'ailleurs, toi non plus tu ne vas nulle part dans mon puzzle, ajoute-t-il au bout de quelques secondes. Je n'ai absolument pas de place pour une Anglaise bornée qui se tient en équilibre sur une jambe et mange du *pudding* au dîner.

— Avoue que tu as adoré, dis-je avec un petit rire.

— C'est vrai. Aussi surprenant que cela puisse paraître.

— On devrait ajouter ça à ma description : « Anglaise bornée et surprenante. » Voilà qui me rend beaucoup plus intéressante.

J'ai relevé la tête pour le regarder. La lune éclaire les traits de son visage, à quelques centimètres du mien.

— Cléo, tu m'as surpris dès le premier instant où je t'ai vue.

Assis sur les marches en bois de notre lodge, le temps semble s'arrêter tandis que nous nous observons. Même si Mack n'a rien à faire dans mon puzzle et qu'il n'y a pas de place pour moi dans le sien, je ne crois pas avoir déjà ressenti une connexion plus profonde et absolue qu'à ce moment précis. Je vois la peur scintiller au fond de ses yeux, et je suis certaine que lui aussi perçoit ma confusion. Ses mains caressent mes cheveux, ses gestes sont doux et, soudain, je vois son appréhension se muer en désir. Je retiens ma respiration ; il déglutit, nerveux, penche sa tête vers moi. Nos lèvres se touchent à peine. Il fait une chaleur torride ; une envie violente, presque douloureuse, s'empare de moi. Nos corps se touchent, brûlants, et ses doigts saisissent l'arrière de ma tête. L'espace qui nous sépare disparaît brusquement. Mes mains enlacent son cou et nous échangeons le plus doux et le plus sincère des baisers. Je le sens aussi surpris que moi. Peu importe si cela va à l'encontre de tout ce que je suis venue chercher à Salvation. D'ailleurs, je crois que lui non plus ne pense pas une seconde à la somme de problèmes non résolus qui l'ont mené à Otter Lodge. Une force muette nous a attirés l'un vers l'autre, sous ce clair de lune idyllique, pour échanger ce tendre baiser. C'est comme s'il était là depuis le début, tapi dans l'ombre, à attendre patiemment son heure. L'avons-nous contourné, enjambé, piétiné, pendant tout ce temps ? Je ferme les yeux et me laisse aller à la douce pression de sa bouche de Mack contre la mienne.

— Cléo.

Il murmure mon nom, ses mains pressent ma nuque, sa langue caresse mes lèvres, suggestive. Je me sens comme électrocutée, de la manière la plus voluptueuse qui soit. J'espère vraiment qu'il n'y a pas de bateaux qui passent au large, car je crois que nous éclairons le rivage à peu près autant que la lumière d'un phare. Je glisse ma langue dans sa bouche et il me répond en m'attirant contre lui, le souffle court. Notre lent baiser devient profond, brûlant, entrecoupé de mes halètements silencieux et des battements de son cœur. J'ouvre les yeux et contemple les siens, fermés, me cachant ainsi leurs couleurs magiques. Ses paupières frémissent lorsque mes doigts effleurent sa peau veloutée à la base de son tee-shirt. Son pouls s'accélère sous mes caresses. L'espace d'un instant, nos bouches l'une contre l'autre, ses yeux dans les miens, j'aperçois les milliers de questions qui se bousculent dans nos têtes, mais déjà il me presse de tout son poids contre les marches de l'escalier. Ses mains se glissent sous mon pull et il m'embrasse, passionné. J'ai envie de lui, une envie brusque, irrépressible, comme jamais je n'en ai ressenti. Je sens que lui aussi. Il passe son tee-shirt par-dessus sa tête et la lune jette une lueur argentée sur ses larges épaules. Je sens les marches en bois contre mon dos lorsqu'il appuie son torse sur moi, ses lèvres à mon cou, et je me cambre sous lui, fiévreuse. Sa bouche rejoint la mienne tandis qu'il cherche à défaire mon soutien-gorge. Je soupire de soulagement lorsqu'il y parvient, de plaisir lorsque sa main caresse ma poitrine. Il mord ma lèvre inférieure et m'arrache un cri de surprise, tandis que mes ongles s'enfoncent dans son épaule. Je ne suis pas certaine de pouvoir survivre au sexe avec Mack Sullivan, mais je veux bien tenter le coup parce que je viens déjà de vivre un moment incroyablement érotique et bestial. Pardon pour ce moment d'égarement, Emma Watson, mais pour l'heure, tout ce que je veux, c'est la partie de jambes en l'air la plus torride et la plus renversante de toute ma vie.

— Viens, rentrons, je chuchote, à bout de souffle, plus audacieuse que jamais.

Mack me fixe de ses yeux magiques, son regard plonge au fond de mon âme et je perçois le moment précis où la réalité s'immisce dans son esprit, et où le rideau se ferme sur notre rêve. Il enfouit son visage dans ses mains.

— Merde, Cléo. Je ne sais pas ce qui m'a pris. Je suis désolé.

Je caresse ses cheveux, émue par l'anxiété que je lis sur son visage, mais il saisit mon poignet.

— Arrête, dit-il, encore essoufflé par notre baiser. Je ne veux pas de ça… de toi, de nous. On ne devrait pas.

C'est dur à entendre, et surtout, c'est un mensonge : son corps m'indique tout le contraire. Soudain, je ressens la fraîcheur de la nuit. Quelle idiote. Je m'éloigne de lui, me débattant pour remettre mes vêtements, en vain. J'abandonne et me dirige vers le lodge, aussi dignement que possible. Je claque la porte et m'y adosse, poings serrés. Une partie de moi voudrait la rouvrir et le tirer à l'intérieur, mais une autre partie de moi, bien plus grande, a très envie de l'enfermer dehors et de le laisser geler.

MACK

Donc, on est deux burgers ?

14 octobre, Salvation Island

Il me faut plus d'une heure pour me calmer et retourner à l'intérieur. Quel con. On venait à peine de déposer les armes et voilà que quelques verres de vin et la chaleur de son corps près du mien me font perdre mon sang-froid. Cléo s'est couchée et a éteint toutes les lumières ; je me déplace sans bruit, frustré et encore à fleur de peau. Je suis au fond de mon lit, et je sais que la meilleure chose à faire est de dormir, mais après quelques minutes de tension extrême, j'essaie de dire quelque chose, n'importe quoi, pour m'expliquer.

— Je n'ai embrassé personne d'autre que Susie depuis plus de quinze ans. C'était la fille de ma prof de photographie. J'ai passé des jours entiers à étudier son visage sous tous les angles, tous les éclairages.

Cléo reste muette mais elle bouge juste assez pour que je sache qu'elle ne dort pas et qu'elle m'écoute.

— C'est important pour moi d'être un homme bien, Cléo. Je veux être capable de me regarder dans le miroir quand je me brosse les dents. Mon père a trompé ma mère un nombre incalculable de fois. Je ne suis pas mon père, je ne lui ressemble en rien, mais je sais très bien qu'on dit « tel père, tel fils », alors j'ai toujours peur de merder.

Je n'ai pas besoin qu'un psy me dise que j'ai des problèmes de ce côté-là. Je suis tellement engoncé dans ma volonté d'être un père exemplaire et d'éviter à tout prix de répéter ses erreurs que c'est un miracle que je tienne encore debout.

— Ce qui vient de se passer m'a fait peur. Tu m'as fait peur. Je me suis fait peur. J'avais oublié que désirer quelqu'un comme ça pouvait même exister. Et, pour être honnête, je ne crois pas avoir déjà ressenti ça. J'ai été pris de court.

Cléo soupire, et j'attends.

— Écoute, c'est gentil d'essayer de t'expliquer, et peut-être que d'ici demain je me sentirai plus calme et plus disposée à te comprendre. Mais pour l'instant, je suis trop remontée pour adopter une attitude aussi adulte que je le voudrais, alors je préférerais qu'on s'endorme.

— OK.

Elle a raison. Je le savais avant même d'ouvrir la bouche.

— Tu sais ce qui m'ennuie, Mack ?

Sa voix s'élève comme le bruit d'une Cocotte-Minute qui s'apprête à déborder et, à ce moment précis, je regrette de ne pas avoir laissé tout ça reposer jusqu'au matin.

— C'est qu'on avait enfin atteint cet état de trêve, aussi mince et fragile que du papier à cigarette. Je commençais même à me dire qu'on arriverait à tirer le meilleur parti de cette situation stupide et ridicule et, d'un coup, tout vole en éclats. Alors, je sais, nous sommes deux adultes consentants, mais je n'aime vraiment pas la façon dont tu m'as fait passer pour une conne, c'est tout.

— Tu es loin d'être conne, Cléo.

Elle m'interrompt.

— Je suis déçue de moi-même. Déçue d'avoir baissé la garde au point d'avoir encore une fois fait le mauvais choix. J'étais assise là, à te raconter que j'ai le chic pour me rapprocher des hommes qui ne sont pas faits pour moi et ça me déprime de voir que, même quand j'en suis consciente, j'arrive à reproduire ce foutu schéma. Alors, la prochaine fois, garde ton tee-shirt, OK ? Résister à tout ça, là... à cette peau, à ces muscles, à cette chaleur... C'était trop me demander.

Je ne sais pas quoi répondre. Est-ce que je devrais lui répondre que je n'ai pas pu m'en empêcher, que la chaleur de son corps contre le mien m'a rappelé à quel point je me sens seul, que quelque chose dans le parfum de sa peau met à mal toutes mes défenses, que la lueur de désir dans ses yeux m'a bouleversé ?

— Le plus important, et écoute-moi bien, Mack, c'est que je refuse d'endosser une quelconque culpabilité mal placée pour avoir embrassé un homme marié. Vous êtes séparés depuis presque un an maintenant, je suis désolée pour toi si ton cœur n'a toujours pas capté le message. Mais tromper, c'est une question de choix, pas de prédispositions génétiques. Tu n'es pas ton père. Je sais, c'est dur. J'ai bu trop de vin. Alors, non, je ne vais pas m'excuser parce que, au fond, tu as peut-être besoin d'entendre ça. En revanche, maintenant, je vais la fermer jusqu'à demain.

— Bonne nuit, Cléo...

Ça pour être dur, c'était dur. Est-ce que je le méritais ? Peut-être qu'elle a raison, après tout. Je ferme les yeux et m'efforce d'oublier la saveur de ses lèvres.

— Encore une chose, reprend-elle et mes yeux s'ouvrent grand. La raison pour laquelle ce genre de passion dévorante n'existe pas, c'est que c'est dangereux. Quand on joue avec le feu, on finit par se brûler et par devoir passer le reste de sa vie avec la sensation d'être passé sous le gril.

Je laisse l'analogie s'immiscer dans mon cerveau fatigué et embrouillé.

— Donc, on est deux burgers. C'est ça que tu es en train de dire ?

Elle pousse un soupir exaspéré.

— Reste de ton côté du barbecue, et je resterai du mien. C'est tout ce que je dis.

Il est tard et nous nous sommes plus qu'éloignés du sujet, alors j'essaie de nous y ramener doucement et de voir comment limiter les dégâts.

— Pour info, le seul qui puisse passer pour un con ce soir, c'est moi, OK ? Tu étais à fleur de peau, je me sentais seul, et on s'est trompés. Est-ce qu'on pourrait juste se mettre d'accord pour effacer tout ça et ne plus jamais en parler ? C'est nous qui établissons les règles ici. Alors, si on décide d'appuyer sur le bouton « rembobiner » et d'effacer ce qui s'est passé, on peut le faire.

L'idée de pouvoir choisir quels chapitres de son histoire garder est assez séduisante.

— OK, acquiesce-t-elle d'un ton épuisé. Alors faisons comme ça.

CLÉO

Désolé

15 octobre, Salvation Island

Des fragments de la veille défilent sous mes paupières closes tandis que je me réveille doucement. Je risque un regard de l'autre côté du canapé et je suis soulagée de découvrir le lit vide, soigneusement fait. Je me prépare un bon litre de café et sors sous le porche, ravie d'avoir la chance de commencer la journée seule et de remettre un peu d'ordre dans mes pensées. Le vent frais qui vient de la mer emporte avec lui les vestiges de la soirée d'hier. Les oiseaux tournoient au-dessus de ma tête comme pour me dire bonjour ; j'aime penser qu'ils se sont faits à ma présence. Je parcours la plage et cherche des yeux le banc de dauphins qui s'amuse habituellement dans les vagues, si bien que j'ai fini par les considérer comme appartenant au lodge. Certains jours, ils habillent la mer d'écume argentée, mais à l'évidence, ce matin, ils ont décidé d'aller ailleurs. Les loutres aussi m'ont abandonnée ; leur grappe de rochers humides et battus par les vents est déserte. Bon sang, ce qu'il fait froid, ce matin ! Je suis obligée de marcher la tête baissée pour me protéger des rafales un peu trop vivifiantes. Il émane de cette île quelque chose d'ancestral et de mystique, qu'elle offre en retour à ceux qui se donnent à elle. Sous mes pieds, le sol semble vivant ; je suis persuadée qu'il existe un cœur qui bat quelque part dans les profondeurs de la Terre, sous la roche. Si on tend l'oreille, on peut presque l'entendre, accompagné par le bruit de l'océan.

Je prends une gorgée de café bien chaud quand, soudain, sur la plage, quelque chose attire mon attention. Je plisse les yeux et pousse un léger soupir en découvrant six grandes lettres majuscules tracées dans le sable humide : *DÉSOLÉ*. Je détourne le regard, un peu dubitative, et resserre ma couverture autour de mes épaules.

MACK

Je n'avais rien vu venir

18 octobre, Salvation Island

SALVATION SEMBLE M'AVOIR PÉNÉTRÉ jusqu'aux os. J'ai tellement entendu parler de cette île que je pensais savoir à quoi elle ressemblait ; mais toutes les images et tous les contes du monde n'auraient pas pu me préparer à ce que je découvre ici. Le sol me donne l'impression d'ondoyer sous mes pieds ; de grandes collines verdoyantes déferlent, tantôt entrecoupées de murs en pierre sèche et de tourbières terreuses, tantôt bordées de sable aussi étincelant que des cristaux de sel. C'est une terre impitoyable, à la beauté sauvage, un lieu complètement coupé du monde. Tout doit être si différent l'été, lorsque ses paysages sont baignés de soleil. Ses senteurs m'enivrent, un mélange de sel, de terre humide et de pureté. Cléo trouve que l'air a un goût de diamant.

Elle a raison. L'air ici est unique, rare. Jamais mes doigts n'ont autant eu envie d'appuyer sur le déclencheur de mon appareil photo ; la lumière et l'atmosphère sont incroyables, quels que soient les courants, froids ou chauds, qui se succèdent. Le parfait décor de cinéma pour un polar oppressant ou un film d'horreur bien sombre. À Otter Lodge aussi, l'ambiance est sombre et oppressante. Laisser la situation déraper ainsi mercredi soir était une énorme erreur. Nous sommes dimanche, et la tension qui règne dans le lodge m'épuise. Je me suis comporté comme un con, mais ce que Cléo m'a dit – le fait que je n'ai pas capté que mon mariage était bel et bien fini – m'a fait l'effet d'un coup de couteau dans le cœur. Ça m'énerve qu'elle se soit permis de porter un jugement sur ma vie privée. Après tout, elle ne me connaît pas, ni Susie, ni tout ce que nous partageons à Boston. Ce que nous *partagions*. Je n'ai pas besoin que quiconque me dise qu'il est temps de lâcher prise. Je suis peut-être coincé dans cette foutue salle d'attente, mais c'est à moi de décider quand je passerai la porte. Moi, ce que je pense, c'est qu'on n'abandonne pas sa famille. Jamais.

Les lumières chaleureuses du village se profilent au loin. Il est à peine plus de midi mais le ciel est tellement gris qu'on dirait que le jour ne s'est pas levé. C'est le genre de journée à rester chez soi, au coin du feu. Malheureusement, je ne peux pas vraiment faire ça à Otter Lodge ; depuis cette fameuse soirée, Cléo et moi rôdons dans la pièce, comme deux bêtes farouches. Passer du temps dehors est un vrai soulagement.

À force de mitrailler les alentours du village, j'ai perdu toute notion du temps. Mon imagination s'est laissé entraîner par les fondations, non loin de là, qui remontent à plusieurs siècles, et par la certitude que mes ancêtres ont foulé ces mêmes rues, touché ces mêmes pierres. Je comprends soudain qu'il est quatorze heures passées et que je n'ai rien mangé. La vitrine illuminée du Salvation Arms m'appelle comme les sirènes attirent les matelots. Je n'essaie même pas de résister. L'accueil chaleureux de ces étrangers vaudra mieux que celui de Cléo, de toute façon glacial. Parfois, il n'y a rien de mieux à faire que de boire un coup en bonne compagnie. Et puis le nom est prometteur… l'Armée du Salut, c'est tout ce dont j'ai besoin aujourd'hui.

Je pousse la lourde porte en bois noir et me retrouve dans une pièce bondée. C'est comme si tous les habitants de l'île avaient trouvé refuge ici. Je suis déjà venu savourer une bière en semaine, lors d'après-midi tranquilles, et j'ai eu la chance de trouver une place au comptoir chaque fois, ce qui m'a permis de prêter l'oreille à ce que raconte le propriétaire, Rafferty – ou Raff comme on le surnomme –, sur l'histoire de l'île. Difficile de lui donner un âge : les quelques rides qui sillonnent son visage indiquent soixante-dix ans, mais ses éclats de rire spontanés et la lueur joviale qui brille au fond de ses yeux lui confèrent un air de jeunesse.

— Mack ! Entre, décharge-toi un peu de tout ton barda, me lance Raff depuis un coin du pub, près du feu. Par là ! Poussez-vous, on a un invité.

J'entends une voix avant d'identifier à qui elle appartient :

— Laisse tes affaires près de la porte, Mack, sinon tu risques d'éborgner quelqu'un.

C'est Ailsa, en compagnie de Julia, sa femme. Toutes deux sont en train de dévorer leurs assiettes de rosbif. Ailsa lève son verre à ma santé tandis que je retire mon énorme doudoune. Elle a raison, impossible de circuler sans faire voler quelques pintes au passage. Je garde tout de même mon appareil avec moi et me fraye un chemin entre les tables pour rejoindre Raff.

— Tu as faim ? me demande-t-il, une main sur mon épaule, tandis que je m'assois.

Je ne sais pas pourquoi, mais son geste me touche ; il est plus paternel que mon propre père.

— Tu lis dans mes pensées !

— C'est rosbif ou rosbif. Ou rosbif, si tu préfères.

J'éclate de rire.

— Rosbif, ce sera parfait.

Raff attire l'attention de la serveuse, derrière le comptoir :

— Tara, apporte une assiette à Mack, s'il te plaît !

J'apprécie cette simplicité : le fait de ne pas avoir le choix, la manière dont il m'a invité à venir et m'a fait une place parmi les habitués. Je sens en lui quelqu'un qui a passé sa vie à faire ça. Mettre les autres à l'aise, ça ne s'apprend pas, c'est inné.

En un rien de temps, une pinte de Guinness et une assiette de rosbif atterrissent devant moi et je me laisse porter par le brouhaha des conversations. Les gens se parlent d'une table à l'autre, et Raff me présente à ceux que je n'ai pas eu l'occasion de rencontrer lors de mes balades sur l'île.

— Alors comme ça, tu es photographe ? me lance Julia en désignant mon appareil. Moi aussi, je prends quelques photos. Il faudra que tu passes me voir à l'atelier.

— Avec plaisir.

Le courant passe tout de suite avec Julia, comme avec Ailsa, la dernière fois. Des éclaboussures de peinture vert pâle égayent ses cheveux et ses mains sont bariolées ; on dirait qu'elle vient tout juste de poser ses pinceaux et de sortir pour aller manger au pub. J'aime bien cet état d'esprit.

— Fais attention, elle va essayer de te faire boire son vin fait maison, me prévient Ailsa.

— Ah, ça, avec grand plaisir !

— Oh, non, crois-moi, intervient Raff. On dirait de la pisse de chèvre bouillie.

Julia n'a même pas l'air de le prendre mal.

— Tout finit toujours au même endroit de toute façon, non ?

— Fais attention, Mack. Je n'en ai bu qu'une seule fois et, après, je n'ai plus senti mes jambes pendant deux jours, renchérit Delta en se penchant à l'autre bout de la table – un exploit vu la taille de son ventre. Et je n'avais que seize ans ! Quelle idée de filer un carburant pareil à une gamine.

— Dans mon souvenir, tu t'es servie toute seule, rétorque Raff. Ma nièce était l'adolescente la plus mal élevée que cette île ait jamais vue, dit-il en désignant Delta. Boire l'alcool de contrebande de Julia n'était pas le dernier de tes exploits, ma petite. Tu as épuisé cette pauvre Dolorès.

Son visage ne laisse pas transparaître la moindre compassion pour sa sœur, et la malice dans le regard de Delta me confirme qu'elle et Raff font la paire. Je n'ai rencontré Dolorès que très brièvement, mais Cléo m'a prévenu que c'était une dure à cuire. Je réserve mon jugement. Je sais d'expérience qu'il faut parfois endosser ce rôle par nécessité : être celui ou celle sur qui les autres peuvent s'appuyer, qui ramène les autres à la fin d'une soirée et veille sur tout le monde. Il est bien plus facile d'échapper aux responsabilités, n'est-ce pas ? L'image de mon père plane, et je décide de le reléguer aussi loin que possible à l'arrière de ma tête ; ces derniers jours, il a eu bien trop de temps d'antenne.

— Tu fais des portraits, Mack ? me demande Raff en tapotant mon appareil photo, l'air canaille. Il m'en faut de nouveaux, pour mon agent.

— Tu es comédien ?

Il fronce les sourcils et pose une main sur son cœur, la mine grave.

— Tu ne m'as pas reconnu ?

Le silence s'abat tout à coup sur nous, tout le monde me fixe, et un frisson de panique me parcourt l'échine. Je n'ai aucune envie de vexer ces gens, alors que je commençais tout juste à me sentir à l'aise avec eux.

— Je…

Ils éclatent tous de rire et je comprends qu'ils viennent de me jouer un tour.

— Vous m'avez bien eu ! je m'exclame en secouant la tête.

Un type assez âgé à quelques tabourets de moi louche sur mon assiette.

— Tu vas le manger, ton *yorkshire*, l'ami ?

Je crois que j'en ai envie.

— J'ai goûté ça pour la première fois la semaine dernière. Cléo en a cuisiné.

En fait, il est loin d'avoir l'air aussi bon que le sien. Je fais signe à mon voisin de table de se servir.

— Elle est où, au fait ? interroge Delta. Il faut qu'elle ramène ses fesses ici, je lui ai déjà dit.

— Je pense qu'elle est restée au lodge, je réponds du ton le plus nonchalant possible. On fait chacun notre vie.

Je vois très bien qu'ils se lancent des regards entre eux, en évitant soigneusement de croiser le mien.

— C'est une jolie fille, lance Julia.

— Des cheveux magnifiques, ajoute Delta en m'observant en coin. Un peu à la princesse Leïa.

Je fais la moue, néanmoins troublé par la comparaison.

L'assiette que je viens de terminer disparaît comme par magie et mon verre vide est immédiatement remplacé par une pinte de bière fraîche sans même que j'aie eu besoin d'en commander une. La Guinness est la sève de cette île. La première fois que je suis venu au pub, j'ai voulu commander une bière en bouteille, Raff a purement ignoré ma demande et m'a tendu une pinte de liquide noir de l'autre côté du comptoir en disant :

— Ici c'est Guinness, Guinness, ou Guinness.

Un rapide coup d'œil autour de moi confirme ses dires.

— Delta ! crie la fille derrière le comptoir en riant et en fendant l'air de ses mains comme si elle tenait une épée. Non !

J'ai l'impression d'avoir raté quelque chose.

— Les filles se demandent si tu as utilisé la force, à Otter Lodge, explique Raff qui tente de m'éclairer.

En vain ; je ne comprends rien à ce message crypté.

— Si tu as… brandi ton sabre laser ?

— Ne fais pas attention à ces crétins, intervient Ailsa. Tu ne veux pas plutôt prendre quelques photos ? Je suis sûre que tu meurs d'envie d'immortaliser cette bande de fous.

Heureusement, la conversation s'écarte vite du sujet Otter Lodge et je peux dégainer mon appareil. J'essaie de saisir la chaleur qui règne parmi cette communauté : Raff riant à gorge déployée, la tête renversée. Delta entourant son bébé d'un bras protecteur. Ailsa se penchant vers Julia et s'esclaffant à ce qu'elle vient de lui dire, les pointes bleues de ses cheveux caressant les joues de sa femme. Ces gens sont les descendants de mes propres ancêtres, nos histoires sont intimement liées. Un sentiment d'appartenance s'empare de moi, comme si des racines invisibles serpentaient autour de mes chevilles. C'est agréable et étrange à la fois, car je sais très bien où se trouve mon vrai chez-moi : à Boston, avec ma famille. Et je ne vois pas comment on peut appartenir à plus d'un endroit.

Sur le chemin du retour, le vent souffle par rafales et, même en marchant tête baissée, j'ai le visage transi de froid. D'habitude, je gravis facilement la colline mais, cette fois, je lutte. Je repense à cet après-midi placé sous le signe de la Guinness en si bonne compagnie. Ces gens sont fiables, soudés. Une vraie famille. Je suis assez content des images que j'ai prises au pub et j'ai hâte de les transférer sur mon ordinateur pour mieux les regarder. Quelque chose de spécial est en train de prendre forme ; chaque fois que je télécharge mes photos du jour sur mon ordinateur, je ressens une impatience un peu fébrile. Ces clichés sont bons. Plus que ça. J'ai suffisamment d'expérience pour savoir quand un projet se passe bien. C'est comme si cette terre inhospitalière m'avait ouvert les bras. Ses habitants font de fascinants sujets. Après des années de pratique et de perfectionnement, j'ai l'impression que tous mes efforts étaient destinés à me mener ici et maintenant, sur cette île : l'apogée de ma carrière de photographe. Ce qui m'attriste, c'est que ma vie familiale ait dû s'effondrer pour que j'atterrisse ici. Jeux d'ombres et de lumières, comme toujours dans ma vie, personnelle ou professionnelle. Je m'apprête à redescendre vers le lodge mais mon téléphone vibre dans ma poche ; Wailing Hill a encore fait des miracles en termes de réseau, malgré la météo désastreuse. Je sors mon portable et fixe l'écran lumineux. Mon estomac se noue en voyant le nom affiché sur l'écran. *Susie.*

Mes doigts tremblent. Susie n'envoie jamais de messages, c'est notre accord. Sauf urgence. J'appuie pour lire son message, le cœur battant :

Salut, Mack, est-ce que tu peux m'appeler ?
Il faut que je te parle.

Mes yeux le parcourent d'abord rapidement, puis je me force à le relire, plus lentement. Qu'est-ce que ça signifie ? S'il était arrivé quelque chose à l'un des garçons, elle me l'aurait dit, c'est sûr. Mais si ça ne concerne pas les enfants, alors quoi ? *Mon Dieu.* J'aimerais tellement être à la maison, pouvoir les voir, et la voir, elle. Ça me tue. J'analyse de nouveau son message, essayant de détecter s'il s'agit d'un de ces moments de faiblesse, où Susie a besoin de s'assurer que je suis toujours là, à l'attendre. Impossible d'empêcher mon cœur de bondir dans ma poitrine lorsque je presse l'écran pour la rappeler, en croisant les doigts pour que la connexion soit stable.

— Mack ?

Entendre sa voix me donne immédiatement envie de rentrer.

— Salut, Susie.

— Je n'étais pas sûre que tu reçoives mon message.

Sa voix laisse transparaître une certaine nervosité, ce qui m'inquiète encore davantage.

— Les enfants vont bien ?

— Oui, oui, ne t'inquiète pas.

Elle hésite et marque un temps.

— Ce n'est pas à propos des enfants… pas directement, en tout cas.

— Je ne te suis pas.

— Est-ce que tu as remarqué que Léo est un peu troublé, depuis quelque temps, quand tu l'appelles ?

J'ai des sueurs froides. Elle ne va quand même pas me demander de ne plus appeler mes enfants ? Parce qu'autant me demander d'arrêter de respirer.

— Oui, je sais, dis-je du ton le plus calme possible. Je voulais t'en parler, pour voir si tu savais ce qui le chagrinait.

Le silence s'installe à l'autre bout du fil, à tel point que je me demande si nous n'avons pas été coupés.

— C'est tellement difficile, reprend-elle d'une voix douce.

— Pour moi aussi, c'est difficile d'être loin de vous.

J'ai fait un sacré bout de chemin pour donner à Susie l'espace dont elle avait besoin, mais je serais prêt à faire encore des milliers de kilomètres, pourvu que ça lui permette de savoir ce qui est bien pour nous. Est-ce qu'elle va me demander de rentrer ? L'appréhension me ronge. Difficile de dire précisément pourquoi. C'est peut-être l'appel que j'attendais, les mots que j'espérais entendre.

— Je vois quelqu'un d'autre, Mack. C'est... c'est du sérieux.

J'ai l'impression que mon monde s'écroule. Douze mois à me rejeter, à me rattraper, à me faire attendre encore et encore, et malgré tout, je n'ai rien vu venir. Quel idiot.

— Léo nous a surpris. Te le cacher a été terriblement difficile pour lui.

Mon pauvre petit garçon.

— Depuis combien de temps ?

Elle sombre de nouveau dans le silence mais, cette fois, j'entends sa respiration saccadée. J'ai dormi à côté de cette femme pendant des années, je l'ai écoutée respirer au cœur de la nuit ; elle respire plus vite que d'habitude, et son cœur bat à cent à l'heure, je le sais. Le mien aussi. C'est comme si je l'entendais rugir dans mes oreilles.

— Quatre mois. Peut-être cinq, je ne sais pas, Mack. Ça fait un petit moment, mais Léo l'a découvert la semaine dernière.

— Cinq mois ?

Cinq mois qu'elle couche avec quelqu'un d'autre. Ça me fait l'effet d'un coup de massue. Je me plie en deux de douleur. Je n'arrive pas à comprendre. Cela fait à peine quelques semaines que je suis parti, ce n'est pas comme si elle n'avait pas eu le temps de m'en parler quand j'étais encore à Boston.

— C'est qui ?

— Mack, s'il te plaît. Ce n'est pas ça, le sujet.

— Je le connais ?

Elle pousse un soupir résigné.

— C'est Robert.

L'espace d'un instant, je n'arrive pas à remettre le nom, et puis soudain, ça fait tilt.

— Robert, ton boss ?

Robert, l'homme aux innombrables gilets et aux cravates ridicules ? Celui qui a la fâcheuse habitude d'appeler ma femme « Susie Sausage », parce qu'il la trouve aussi mignonne que la figurine pour enfants en forme de saucisse ? Putain. J'ai bien envie de lui casser la mâchoire. C'est donc ce Robert qui va briser le cœur de mon petit garçon ?

— Passe-moi Léo.

— Mack, je ne crois pas que…

— Merde, Susie, passe-moi mon fils.

Je sais qu'elle pleure, je l'entends. Jusqu'à aujourd'hui, je ne crois pas que ses larmes m'aient déjà laissé indifférent. Comme quoi, il y a une première fois à tout.

Au bout de quelques instants, j'entends Léo.

— Papa ?

Le tremblement dans sa voix me lamine le cœur.

— Coucou toi, dis-je en m'efforçant d'adopter un ton dégagé. Écoute, ta maman et moi, nous venons de parler de ce qui se passe à la maison.

— Je sais.

On dirait qu'il a cinq ans. Je donnerais tout pour le serrer très fort contre moi.

— OK. Alors, écoute-moi, d'accord ?

— *Hmm hmm.*

— Où es-tu ?

— Dans ma chambre.

— Tout seul ?

— Oui.

Je l'imagine parfaitement. Il y a quelques années, quand il s'est pris de passion pour l'astronomie, on a décoré sa chambre avec un papier peint cosmique, des draps et des lampes assortis et tout le tralala. Pour ses neuf ans, je lui ai offert une maquette du système solaire que j'ai fixée au plafond dans la nuit, tandis qu'il dormait, ses cheveux clairs éparpillés sur son oreiller. Je voulais que, lorsqu'il ouvrirait les yeux le jour de son anniversaire, il voie Jupiter, Mars et la Lune.

— Tu vois la Lune que j'ai accrochée ?

— Oui.

— Moi aussi, je regarde la Lune, ici. Je suis assis au sommet d'une colline, sur une île au milieu de la mer, et je regarde la Lune.

— Je voudrais que tu sois là, papa.

— Je sais. Moi aussi. Plus que je ne peux le dire.

— J'aurais dû t'en parler, non ?

— Non, dis-je en passant une main sur mes yeux. Non, tu as fait ce qu'il fallait. Tu sais fiston, parfois, certains sujets doivent être traités entre grandes personnes. C'est le cas, cette fois-ci. Je suis désolé que tu aies dû affronter ça tout seul.

— Ce n'est pas ta faute.

Il parle vite, et la colère fait monter sa voix d'une octave.

— C'est la faute de maman. Et de Robert.

— Hey, écoute-moi. Je sais que tu es en colère et, crois-moi, c'est normal de ressentir ça, mais ta maman n'est pas une mauvaise personne. Tu sais à quel point elle t'aime. On t'aime tous les deux, plus que tout.

— Ils s'embrassaient dans la cuisine, grogne-t-il, comme pour se débarrasser de son secret au plus vite. Je suis entré pour prendre un jus de fruits et je les ai vus.

Ses mots me déchirent le cœur. J'ai construit cette cuisine. J'ai fait tournoyer Susie autour de l'îlot central quand elle m'a annoncé qu'elle était enceinte de Léo. J'ai nettoyé les enfants dans l'évier quand ils étaient petits et s'étaient fait mal aux genoux.

— Je sais que ta maman ne voulait pas que tu l'apprennes comme ça, j'affirme d'une voix douce, tentant de l'apaiser du mieux que je peux, à des milliers de kilomètres de lui. Tu devrais lui parler. Tu sais, je pense qu'elle se sent encore plus mal que toi.

— Mais, papa… Je ne veux pas de Robert. C'est toi que je veux.

Être parent est parfois ce qu'il y a de mieux au monde et parfois ce qu'il y a de plus difficile.

— Léo, tu ne devras jamais choisir. Tu m'auras toujours moi, et tu auras toujours ta maman, même si d'autres personnes font partie de nos vies.

— C'est promis ?

— Bien sûr. C'est promis. Et nous, on se voit bientôt.

— N'oublie pas qu'on va au lac, demain, dit Léo. Si tu n'arrives pas à me joindre, c'est pour ça.

— Oui, je me souviens.

Susie et ses parents ont l'habitude de passer quelques semaines ensemble au bord du lac, une tradition à laquelle j'ai toujours pris part. Est-ce que Robert sera de la partie, cette fois ? La question s'immisce sournoisement dans mon esprit, mais le côté rationnel de mon cerveau connaît déjà la réponse. Susie est une maman attentionnée, et je suis proche de sa famille. Elle ne leur fera jamais rencontrer Robert dans ces circonstances-là. Égoïstement, une petite part de moi se réjouit qu'ils soient forcés à être séparés pour un certain temps.

— Tu ne te fais plus de souci, d'accord ? Ça va aller.

Je crois que c'est le plus gros mensonge de toute ma vie.

— Je t'aime, papa.

Sa voix est plus légère, et je sens qu'il va déjà un peu mieux, comme si j'avais ôté un poids de ses épaules. Je veux bien le porter à sa place.

— Amuse-toi bien au lac. Et sois prudent. Dis-le aussi à ton frère.

— D'accord.

— Dis bonjour à ta grand-mère et à Walt de ma part.

Walt, c'est le père de Susie. Tout le monde l'appelle comme ça, même sa propre fille.

— OK.

Je meurs d'envie de le retenir au téléphone aussi longtemps que possible, mais je me raisonne.

— Écoute, mon grand, il fait nuit ici et j'ai tellement froid que je ne sens même plus mon nez, alors il vaudrait mieux que je file.

— Moi aussi. Maman n'arrête pas de râler pour que je trouve mon maillot de bain.

— C'est sûr que tu vas en avoir besoin au lac.
— Je t'aime, papa.
— Moi encore plus.
J'entends son rire, si doux, à l'autre bout du fil et je ris aussi, même si au fond, je me sens dévasté.

CLÉO

Je me sens comme Winona Ryder

19 octobre, Salvation Island

— Je crois que j'ai envie d'accoucher sur la plage, déclare Delta en me donnant un coup de coude dans les côtes et en m'adressant un clin d'œil, comme une sirène.

En face du canapé sur lequel nous nous prélassons, Dolorès lève lentement les yeux de son tricot et fixe sa fille.

— Tu ne feras rien de tel, Delta Sweeney.

— Je me demande comment les sirènes font pour accoucher, intervient Brianne en souriant, un bonnet à pompon rose tout juste achevé dans les mains. Par le nombril ?

Delta hausse les sourcils.

— Le plus important, Brianne, c'est surtout comment le bébé s'est retrouvé là ? Grâce à un triton ?

Dolorès rabat le carré vert pomme qu'elle vient de tricoter et l'ajoute à la boîte commune.

— Les filles, s'il vous plaît, ça suffit.

— J'ai vu *Aquaman* au cinéma, dis-je, me sentant désormais assez à l'aise pour intervenir. Un vrai colosse, et… quel trident !

De l'autre côté de la table, je croise le regard de Brianne, qui s'efforce de ne pas rire.

— J'ai déjà embroché quelqu'un avec un trident dans l'un de mes livres, lance Carmen, à la fois minuscule et imposante dans son fauteuil en chintz.

Elle est en train de tricoter un gros pull-over avec sa laine couleur gris orage.

— Je crois que je l'ai lu, celui-là, ajoute Ailsa. Carrément obscène. L'un des pires que tu aies écrits.

— J'ai reçu tellement de plaintes, poursuit Carmen, en haussant les épaules. Je ne sais pas à quoi les gens s'attendaient, en lisant l'histoire d'un psychopathe accro au sexe. C'était pourtant écrit sur la couverture ! Ils étaient prévenus.

— Moi, je ne m'en suis pas plainte, dit Ailsa en lui tapotant le bras.

— Mesdames, ça suffit ! s'emporte Dolorès.

Elle presse le dos de sa main contre son front, un geste tout droit sorti d'une adaptation télé de Jane Austen.

— Delta, tu accoucheras allongée sur le dos, dans un lit, comme chacune des femmes de cette île avant toi.

— En fait, j'ai lu qu'en étant debout, l'accouchement peut s'avérer beaucoup plus facile, dit Erin. La gravité aide le bébé à sortir.

Dolorès lui jette un regard noir. J'imagine qu'elle adorerait pouvoir la contredire mais son statut de femme du médecin l'en empêche.

— Il faut juste que la sage-femme ait de bons réflexes, dit Delta.

— J'imagine que c'est un peu comme attraper un ballon de rugby mouillé, renchérit Erin.

— Quelqu'un veut du café ? demande Brianne en se levant de son siège d'un bond, pour essayer de changer de sujet.

Cela fonctionne et tout le monde se tait, tricotant au doux son des aiguilles, enveloppé de l'odeur divine du *carrotcake* de Brianne, qui trône au milieu de la table.

— Alors, Cléo, reprend Ailsa en posant son tricot au profit d'une part de gâteau. Mack s'en sort avec ses photos ?

Je me concentre sur les dix centimètres d'écharpe gris orage suspendus à mes aiguilles.

— Honnêtement, je n'en sais rien. On ne se parle pas beaucoup.

— Ah. Il a dit la même chose sur toi hier, au pub.

— Ah oui ?

Brianne me fait passer le plat à gâteau.

— Il a dit que chacun faisait sa vie.

— Enfin, il nous a quand même raconté que tu lui avais fait goûter le *yorkshire pudding*, ajoute Delta.

— Rien ne reste secret bien longtemps ici ! je m'exclame en engloutissant une énorme bouchée de gâteau afin d'échapper aux éventuelles questions.

— Eh non ! réplique Delta. Je ne comptais pas informer tout le monde de qui était le père du bébé quand je suis revenue ici, mais figure-toi que je n'ai pas eu le choix. Sa mère est la cousine éloignée de Ted Murphy, le propriétaire de la boulangerie du village. Je n'étais pas encore sur le bateau qu'elle était déjà pendue au téléphone en train de tout déballer. Oui, je sais, j'ai une brioche au four, et il se trouve qu'elle a des gènes de boulanger, poursuit-elle en levant les yeux au ciel, n'hésite pas à souligner l'ironie de la chose, personne ne s'en prive par ici !

Dolorès renifle, désapprobatrice.

— On aurait pu avoir une ristourne sur le *soda bread*, au moins.

Je ne crois pas qu'elle ait voulu faire de l'humour, alors je réprime mon rire.

— Maman, s'il te plaît, soupire Delta. Ce n'était pas une histoire d'amour. Ryan Murphy est peut-être agréable à regarder mais il passe ses journées à jouer aux jeux vidéo et à faire vrombir le moteur de son scooter. Tu me vois vraiment dans un side-car ?

La mère et la fille se jaugent du regard de part et d'autre de la table, et un silence pesant s'installe. J'ai l'impression que cette conversation revient régulièrement sur le tapis.

— Bon, pas un mot à Julia, mais tu sais quoi, Cléo, je crois que j'en pince pour ton homme, intervient Ailsa, sans doute pour faire diversion. Ça doit être les épaules carrées.

Brianne rougit légèrement et baisse les yeux sur son assiette.

— Fais la queue, Ailsa ! lance Delta, ravie de cette petite diversion. Allez, Cléo, crache le morceau.

Je bredouille, prise de court.

— *Hmm…*

Delta me fixe avec un air malicieux.

— Tout se passe bien à Otter ?

Tous les regards se tournent vers moi, même celui de Dolorès.

— Oui, oui, bien sûr, je bredouille, les joues en feu. C'est juste… un peu difficile parfois, tu sais ?

— Non, mais j'adorerais savoir, s'exclame Delta, pressentant que quelque chose se trame et se laissant emporter par son imagination. Oh, mon Dieu ! Vous avez couché ensemble ?

Je me couvre le visage avec les mains et gémis.

— Non, bien sûr que non ! Il est toujours obsédé par son ex-femme et moi, je suis venue ici pour être seule.

Pour l'instant, entre les habitants de l'île et Mack, je suis tout sauf seule, ça ne m'a pas échappé.

— Mais… ? commence Erin en se penchant, ses yeux bleu pâle rivés sur moi comme si je ménageais un suspense digne des meilleurs épisodes d'*EastEnders.*

À Londres, j'ai pris l'habitude de garder mes sentiments pour moi. Ici c'est différent. L'atmosphère est bienveillante et chaleureuse, empreinte de solidarité féminine. Je me sens un peu comme Winona Ryder dans ce film où des femmes vont au club de patchwork toutes les semaines et en profitent pour se livrer et se conseiller les unes les autres.

— Il… je veux dire, on…

J'hésite à continuer. Est-ce que j'ai vraiment envie de parler de ça ? On dirait que oui.

— On se sentait tous les deux déprimés l'autre soir, pour des raisons différentes, et ce qui devait juste être un câlin s'est transformé en… euh… On s'est embrassés. C'était un accident. On s'est sentis super mal après coup et depuis, rien ne va plus.

Delta émet un léger sifflement.

— Waouh. Mais un accident du genre frôlage de lèvres ou vrai roulage de pelle ?

Tous les regards sont braqués sur moi. Je crois qu'elles retiennent toutes leur respiration. Je pose ma cuillère à côté de ma part de gâteau à moitié entamée et je réponds :

— Un vrai roulage de pelle.

— Et… ?

— Incroyable, je ne pensais pas ça pouvait exister.

Un frisson parcourt l'assemblée. Carmen ouvre le fermoir doré de son sac à main en cuir noir rigide.

— Je vais noter ça pour mon prochain livre.

Ailsa tend la main et referme doucement le sac de Carmen.

— Première règle du club : nulle ne parle de ce qu'elle entend ici, assène-t-elle, provoquant un petit souffle de désapprobation de la part de la doyenne de l'île.

— J'étais sûre qu'il embrassait comme ça, lâche Brianne avant de mettre la main devant sa bouche.

Delta me regarde.

— Cléo, ce type est un vrai étalon. S'il embrasse comme ça, alors imagine comment il…

— On s'est promis de ne pas parler de ce qui s'est passé, je l'interromps. On va faire les burgers : chacun reste de son côté du barbecue, ou un truc du genre.

Erin éclate de rire puis plonge le nez dans son assiette. Quand elle lève de nouveau les yeux, elle semble incapable de garder son sérieux.

— Qu'est-ce qui t'amuse ? demande Delta.

Erin fait de son mieux pour réprimer son rire, à tel point que ses épaules en tremblent, mais elle finit par craquer :

— Big Mack ! hurle-t-elle, en pleurant de rire. Des burgers !

Elle s'interrompt et me lance un regard penaud.

— Désolée.

Cette sortie ne ressemble tellement pas à la personnalité douce et calme d'Erin que tout le monde se met à rire, rendant l'atmosphère un peu plus légère.

C'était sans compter sur Dolorès.

— Mais tu as dit qu'il avait une femme.

Ses mots me font l'effet d'un seau d'eau glacée.

— Une ex-femme, la corrige Ailsa, toujours prête à prendre la défense de Mack.

— C'est encore sa femme, dis-je. Ils sont séparés, mais je ne crois pas que ce soit ce qu'il veuille.

Carmen repose son sac à main par terre. Je remarque la façon dont elle triture son annulaire nu lorsqu'elle me regarde.

— Fais attention à toi, ma petite. Sauf si tu veux avoir le cœur brisé, je te conseille de te tenir à distance d'un homme qui en aime une autre.

Après ça, plus personne ne dit un mot. Je ne leur en veux pas. Je reprends mes aiguilles, en espérant que le doux rythme du tricot apaise mon esprit.

Je crois que le rocher au sommet de Wailing Hill est mon endroit préféré de l'île. Pour le réseau, bien sûr, mais surtout pour la vue : elle me rappelle le décor d'une boule à neige que j'avais, enfant.

Cet après-midi en compagnie féminine a calmé mes nerfs à fleur de peau ; j'en avais bien besoin. Les femmes de cette île ont les reins solides. Tout les oppose, mais la solidarité semble être ancrée en elles. J'envie leur manière de se parler et de se comprendre en peu de mots, qui est bien loin des textos ou des GIF que j'utilise avec mes propres amies. C'est justement à ce moment-là que mon téléphone vibre.

J'ouvre le message de Ruby et découvre une photo de mon haut bleu, désormais dépourvu de ses boutons rouges. En légende, une série de smileys « aubergine » ainsi que d'un mot m'expliquant que Damien s'est révélé une vraie bête de sexe et lui a arraché ses vêtements avec la ferveur d'un homme de Cro-Magnon. J'écris sur-le-champ, agacée :

Autant le mettre à la poubelle.

Franchement, je ne vois pas quoi dire d'autre. Est-ce que c'était censé me faire rire ? Ruby me répond dans la seconde ; cette fille ne lâche jamais son téléphone !

Qu'est-ce qui te prend ? Pas la peine de passer tes nerfs sur moi juste parce que ma vie sexuelle est plus sympa que la tienne. Sauf si me trompe ? Tu t'es déjà tapé l'Américain ou pas encore ? Parce que, oui, j'ai lu tes chroniques. Comme tout le reste du pays !

Je lis et relis son message. Pas de « désolée d'avoir abîmé ton haut préféré » ou de « comment tu vas ? tu me manques ». Sans doute est-ce parce que je viens tout juste de quitter le cocon du club de tricot, mais son manque d'intérêt me blesse.

Je ne suis pas venue ici pour le sexe, Ruby. Tu le sais très bien.

Je vois qu'elle l'a lu. Sa réponse met quelques minutes à arriver.

Mais bien sûr ! Tu annonces que tu te mets en couple avec toi-même et toutes ces conneries genre remake de *Mange, prie, aime* et, dès que tu arrives, tu te tapes un homme marié. Morte de rire !

Elle finit son message par deux smileys, un aux yeux en forme de cœur, l'autre qui pleure de rire – sa manière à elle de dire qu'elle m'aime vraiment et qu'elle ne fait que me taquiner. *Morte de rire ?* À vrai dire, Ruby, je suis bien loin de cet état-là. Ça me fait mal.

Je sais qu'elle attend que je réponde, mais je ne le fais pas. Au bout de quelques minutes, elle m'écrit de nouveau.

Tu vois ce que je veux dire, Cléo, non ? Tu as fui tous tes problèmes, mais même sur ton île déserte, tu réussis à te retrouver dans une situation de merde. Vie de merde un jour, vie de merde toujours ! Du grand Cléo !

Elle ajoute deux smileys « crotte » et « soleil », cette fois.

Même si je considère Ruby comme une amie proche, cela me saute aux yeux : passer du temps loin l'une de l'autre révèle les failles immenses de notre amitié. En quelques textos, elle a réussi à réduire à néant tout ce que j'essaie de faire. Je trouve ça méchant. Je me demande même si ce qui nous lie est sincère, ou si nous ne sommes pas plutôt devenues amies par pure commodité : même adresse, même âge, même ville. Je ne réponds pas, alors elle fait une nouvelle tentative.

Au moins, côté boulot, c'est le jackpot : ton histoire de flamant rose raté vaut de l'or !

J'essaie de deviner ce que représente le smiley qui suit, mais un second message arrive, accompagné d'un smiley qui pleure de rire :

Désolée ! Je me suis trompée d'oiseau en cherchant le flamant rose, mais ça marche aussi !

En regardant de plus près, je m'aperçois que c'est une poule. *Oh, va te faire voir, Ruby. Je ne suis pas une poule mouillée. Je suis venue ici pour faire quelque chose qui me tient à cœur, ce n'est pas ma faute si Mack est là aussi.*

Je la connais suffisamment pour savoir qu'elle n'avait pas l'intention de me blesser, mais si elle savait que c'était le cas, je ne suis pas sûre qu'elle s'en inquiéterait plus que ça.

Moi qui suis venue ici pour apprendre, je viens peut-être de recevoir ma première leçon : savoir à quel moment laisser tomber une relation est aussi important que savoir quand s'y accrocher.

Je décide de ne pas répondre à Ruby. Aussi longtemps que je serai ici, je me comporterai comme les femmes de cette île, comme quelqu'un qui passe un bras autour de l'épaule de son amie, au lieu de lui envoyer des smileys stupides et des séries de points d'exclamation.

Quand j'arrive au pied de la colline, je suis soulagée de découvrir Otter Lodge déserte. J'avais une petite idée en tête, mais il me faut le lodge pour moi toute seule. Une fois rentrée, je mets la bouilloire en marche et j'enfreins les règles en passant la frontière du territoire de Mack, juste le temps de récupérer ma valise, quasiment vide, rangée sous son lit.

Je l'ouvre sur le tapis près de la cheminée, et j'en sors l'unique chose qui se trouve encore à l'intérieur : une robe, trouvée il y a quelques années, que je n'ai encore jamais eu l'occasion de porter. Vintage, en coton blanc immaculé, avec de petits mancherons à volants et une jupe en dentelle mousseuse qui s'arrête juste en dessous du genou. Je l'ai achetée sur un coup de tête, mais elle a un côté un peu trop Jane Austen pour que j'ose sortir de chez moi avec. Je ne saurais pas expliquer pourquoi, mais elle me semble parfaite pour fêter mes trente ans. Emma Watson serait superbe dedans. Espérons que moi aussi. Plus qu'une semaine avant le grand jour. D'un côté, j'ai hâte, car ce sera le point culminant de cette expérience. De l'autre, c'est comme si la cérémonie en soi avait perdu de son importance, tant chaque moment passé ici me transforme. Je pense beaucoup à mon père, à la trace indélébile qu'il a laissée sur Terre malgré sa courte vie. Que resterait-il de mon passage dans ce monde si je disparaissais demain ? Les articles de magazines ne valent rien, les chroniques publiées sur Internet finissent rapidement ensevelies derrière des millions d'autres clics et buzz en tout genre. Les heures passées au club de tricot m'ont rappelé l'importance de créer quelque chose de tangible, de mes mains. Une manière de témoigner de ma présence ici. Je ne sais pas qui portera cette écharpe, mais je la fais dans l'espoir qu'elle apportera un peu de réconfort à cette personne. Je me suis aussi souvenue à quel point écrire me procure de la joie. Je ne parle pas des chroniques « Flamant Rose » de ces derniers temps, mais des dizaines de romans inachevés qui envahissent mon ordinateur : des débuts et des milieux de récits, dépourvus de fins. Je connais quelques personnes qui sont passées du journalisme à la fiction ; j'ai assisté à leur fête de lancement avec un petit pincement de jalousie secrète. Ici, à Salvation, j'ai enfin le temps et l'espace pour m'y mettre et, dans ma tête, une petite voix me répète : « Si ce n'est pas maintenant, alors quand ? »

J'enfile la robe sur le cintre rembourré que j'ai apporté avec moi dans l'idée de la suspendre pour la contempler chaque jour jusqu'à mon anniversaire. Évidemment, avec Mack dans les parages, je n'ai pas pu le faire plus tôt. Je passe mon doigt sur les minuscules boutons en coquillage qui descendent le long du corsage. La dentelle, finement ouvragée, me fait penser qu'il s'agissait d'une robe de mariée. Qui a bien pu la porter ? Je l'imagine, amidonnée, flambant neuve, reposant dans un tiroir au milieu d'autres vêtements tout aussi délicats. J'imagine la femme qui a attaché ces boutons par le passé, et je me demande quelles pensées lui traversaient alors l'esprit. Cette idée, certes un peu fantaisiste, plaît beaucoup à mon cœur – sans doute mon côté romantique.

Je pousse un long soupir, parce que ce cœur en question me cause beaucoup de chagrin. Je suis restée longtemps éveillée la nuit dernière et, pour être honnête, j'ai passé la majeure partie de cette insomnie à résister à l'envie de me glisser dans le lit de Mack. Avant notre baiser, j'arrivais très bien à rationaliser notre étrange statut de faux couple. J'avais même commencé à apprécier notre petit système de frontière tracée à la craie. En quelques semaines ici, j'ai appris à connaître Mack Sullivan mieux que je ne l'aurais fait en des années dans le monde réel. Je lui ai confié davantage sur moi-même qu'à n'importe qui d'autre. Nos « trois confidences » dans le noir étaient devenues une sorte de thérapie, nous partagions des choses importantes et des petits riens, qui ont fait les personnes que nous sommes aujourd'hui. Mais voilà, il aura suffi d'un baiser pour qu'Otter Lodge, notre boule à neige à nous, se retrouve sens dessus dessous, comme si quelqu'un l'avait secouée. Il a fichu en l'air toute cette expérience. Non, en fait, c'est moi. C'est moi qui l'ai fichue en l'air. Je n'arrive même pas à imaginer ce que je vais bien pouvoir écrire dans mes chroniques des prochaines semaines. Mais j'ai au moins une certitude : nous n'avons aucun avenir ensemble. Il rentrera à Boston, et moi à Londres. Voilà deux faits totalement indiscutables.

J'accroche ma robe sur l'étagère, et bien qu'il ne soit que dix-sept heures, je délaisse mon café et me sers un verre de vin.

MACK

Ce qui est sûr, c'est que tu n'as rien d'une sirène

19 octobre, Salvation Island

— JE VAIS ALLER FAIRE UN TOUR SUR LA PLAGE tout à l'heure pour prendre quelques photos de la baie.

Je jette un coup d'œil par la fenêtre de la cuisine tout en essuyant la vaisselle du dîner.

Les nuages s'amoncellent rapidement dans le ciel et semblent jouer à cache-cache avec la pleine lune. La pluie a cessé, le vent est tombé – selon les prévisions météo, il est passé de « violent » à « frais ». Moi, je le trouve toujours bien vivifiant, mais c'est vrai qu'à l'échelle de Salvation, ce n'est rien.

— Ça t'embête si je viens avec toi ? demande Cléo tout en me tendant la poêle.

Elle avait une mine sombre et a passé le dîner à triturer sa nourriture du bout de sa fourchette. Si elle est préoccupée, on est deux.

— Tu es sûre ?

Je suis surpris qu'elle ait envie de mettre le nez dehors ; il fait nuit noire.

— Oui, oui, ça me fera éliminer un peu le dîner.

— Tu n'as presque rien mangé.

Elle soutient mon regard l'espace d'une seconde, comme si elle s'apprêtait à dire quelque chose, puis se ravise et hausse les épaules.

— Je vais chercher mon pull.

— Ça caille !

Cléo sautille pieds nus sur le rivage, le bas de son jean retroussé sur ses chevilles. Ça fait une demi-heure qu'elle ramasse des coquillages et les recueille dans l'ourlet de son gros pull ample. Elle a l'air d'avoir seize ans. Ses cheveux volent autour de son visage tandis qu'elle crie et court vers moi pour échapper à l'écume glacée.

— Allez, viens ! s'exclame-t-elle dans un éclat de rire, en me faisant un signe de la main.

Le clair de lune se reflète sur son visage ; il jette une lueur argentée sur ses pommettes, danse dans ses yeux. Je tourne mon objectif vers elle, incapable d'arrêter mon geste. D'instinct, je sais que ce sera l'une des plus belles photos que j'ai prises ici.

— Je ne peux pas risquer de le mouiller, dis-je en prenant mon appareil photo comme excuse.

— Laisse-le sur le sable, alors ! Il n'y a que nous ici, ça ne risque rien.

Elle a raison, bien sûr, mais ce n'était pas vraiment pour mon appareil que je m'inquiétais.

— Tu vas te retrouver en hypothermie si tu restes dehors plus longtemps !

— Ça, ça m'étonnerait ! lance-t-elle en dansant d'un pied sur l'autre, insouciante.

Au lieu de surveiller la mer, elle me regarde et ne remarque pas l'énorme vague qui arrive derrière elle, se brise sur ses mollets et la happe. Elle perd l'équilibre et crie, les yeux écarquillés. Je ne suis pas assez rapide. Elle se retrouve les fesses dans l'eau glacée, hurlant comme si on lui avait tiré dessus, quand une seconde vague surgit et s'écrase sur elle.

Je laisse mon appareil par terre et me précipite vers elle tandis qu'elle se débat à grand renfort de jurons et en crachant de l'eau de mer. J'attrape fermement ses mains et la relève.

— Tu es trempée.

C'est un euphémisme : ses vêtements sont plaqués contre son corps et ses cheveux dégoulinent comme des cordes le long de son visage blême.

— J'ai tellement froid, Mack, bégaie-t-elle en claquant des dents et en s'accrochant à moi.

— Il faut qu'on te ramène à l'intérieur.

Je la soulève, comme je le ferais avec l'un des garçons. Elle résiste un instant mais le cœur n'y est pas ; elle qui s'amusait tout à l'heure, elle est au bord des larmes, à présent.

— J'ai perdu mes coquillages, murmure-t-elle d'une voix plaintive.

— Ça, c'est le moins qu'on puisse dire.

Je remonte péniblement la plage en direction d'Otter Lodge, ramasse mon appareil et le pose maladroitement sur elle.

— Tu es tout chaud, murmure-t-elle en se blottissant contre moi comme un animal qui cherche un refuge.

— Pas toi, en revanche.

Je gravis deux par deux les marches qui mènent à la porte d'entrée et la dépose à l'intérieur du lodge avant d'ôter mon manteau. Elle est pâle comme un linge, je n'aime vraiment pas ça.

— Assieds-toi près du feu, je vais te faire couler un bain. Il faut vite que tu te réchauffes.

Elle acquiesce, tremblante.

Dans la salle de bains, j'ouvre à fond les robinets de la baignoire et sors deux serviettes propres. Quand je reviens dans le salon, elle se tient toujours devant le feu et grimace de douleur en essayant de remuer ses doigts rouges et engourdis.

— Je me sens tellement bête.

— Je regrette juste de ne pas avoir appuyé sur le déclencheur à temps, dis-je pour tenter de lui redonner le sourire.

— Mes doigts me font vraiment mal.

— Ils se réchaufferont dans le bain. Allez, file, c'est prêt.

Elle est dans la salle de bains depuis quelques minutes quand une pensée me traverse soudain l'esprit. Je toque à la porte.

— Cléo ? Tu t'en sors avec tes habits ?

Elle ne répond pas immédiatement. A priori, elle a réussi à retirer son pull mouillé, puisqu'elle l'a jeté devant la porte.

— Je n'arrive pas à défaire les boutons de mon jean, marmonne-t-elle. Fichus doigts.

— Tu as besoin d'aide ?

J'essaie d'adopter un ton détaché.

La porte s'ouvre. Je déglutis en la voyant debout devant moi en soutien-gorge noir transparent, et je m'efforce de ne pas baisser les yeux. Cette salle de bains a-t-elle toujours été aussi exiguë ? J'ai l'impression que les murs se rapprochent de nous. Mes doigts défont le premier bouton de son jean, puis le suivant et ainsi de suite jusqu'au dernier. Je sais que c'est complètement déplacé d'être excité dans ce genre de circonstances, mais il faut avouer que déboutonner le jean d'une fille a quelque chose d'incroyablement intime. J'ai l'impression d'être un ado qui n'arrive pas à se contrôler.

— Je t'aide à l'enlever rapidement ? dis-je, le souffle saccadé.

Elle acquiesce.

J'agrippe son jean à la taille, de part et d'autre, et le fais descendre aussi rapidement que possible, sans être brutal. Mon visage se retrouve presque au niveau de sa culotte, et je dois fermer les yeux.

— Mack, ça va aller. Je peux y arriver toute seule maintenant, dit-elle en s'asseyant sur les toilettes et en faisant descendre son jean sur ses mollets.

Elle a une peau si pâle, de si jolies courbes.

— Bonne idée, je grommelle en marchant à reculons vers la porte. Si tu as besoin de quoi que ce soit, tu cries.

Je me précipite dehors pour prendre une bouffée d'air frais.

— Ça va mieux ?

Cléo a émergé de la salle de bains quelques minutes plus tôt, les cheveux mouillés, et est allée se pelotonner à l'autre bout du canapé avec un verre de rouge.

— Je me sens humiliée, répond-elle en se frottant les cheveux. Je n'arrive pas à croire que j'ai fait un truc pareil.

— C'était assez spectaculaire, comme chute, dis-je en ravalant mon rire. Ce qui est sûr, c'est que tu n'as rien d'une sirène.

— Totalement d'accord.

— J'ai pris quelques jolis clichés ce soir, avant que tu ne te fasses balayer par la vague.

Je les ai regardés pendant que Cléo était dans la salle de bains ; certains auraient vraiment leur place dans l'exposition. La nuit, la baie abritée a plus que jamais cette aura d'avant-poste. Je n'étais pas sûr de parvenir à en saisir l'atmosphère mais ce soir, la lune m'a offert le meilleur éclairage naturel qui soit, meilleur que n'importe quel flash. Doux, vintage, intemporel. Je crois que ces images font partie de celles dont je suis le plus fier depuis que je suis arrivé ici. Ce sont aussi les premières vraies photos que j'ai prises de Cléo. Elle n'est absolument pas consciente de son charisme, de sa manière de fixer l'objectif avec son regard pétillant, l'air presque effronté.

— Je pourrai les voir ? demande-t-elle en coinçant ses jambes sous ses fesses.

— Peut-être. D'habitude, je ne montre jamais mon travail tant que je n'ai pas fini de le retoucher.

— Si tu préfères ne pas me les montrer, je comprends. Moi aussi, je suis comme ça avec mon boulot.

Je me penche et jette une autre bûche dans l'âtre.

— C'est quoi, cette robe ?

Elle pose les yeux sur la robe blanche suspendue à l'étagère.

— C'est la robe de mes trente ans. Ça fait un siècle que je l'ai, mais je ne l'ai jamais portée. Ce n'était jamais le bon moment. Quand j'ai su que j'allais venir ici pour me retirer dans la solitude la plus absolue…

Elle s'interrompt et me lance un regard appuyé, avant de poursuivre :

— Alors j'ai su que c'était exactement ce qu'il me fallait pour me marier avec moi-même.

— Te marier avec toi-même ?

— C'est comme ça que ma boss qualifie cette expérience. Pas un vrai mariage, bien sûr. C'est plutôt quelque chose de symbolique, une façon de m'accepter en tant qu'individu à part entière, sans attendre que ma moitié se présente.

Elle avale une gorgée de vin.

— Je sais, ça fait un peu hippie.

— Tu as une bague ?

— Non. Merde, j'aurais dû y penser. Dire que j'aurais pu me l'acheter et la faire passer en note de frais.

Elle sourit, l'air dépité, et je devine que cette cérémonie signifie beaucoup pour elle, à bien des égards.

— Tu sais quoi, Cléo, tu n'as pas besoin de bague ou de n'importe quel autre symbole pour prouver ton engagement. Le mariage, c'est ici que ça se passe, dis-je en posant une main sur mon cœur.

— C'est qui le hippie, maintenant ?

Je lève les yeux au ciel.

— Je suis désolée si ce que je t'ai dit l'autre soir était déplacé, déclare-t-elle alors. À propos de ton mariage, et du fait que tu n'aies toujours pas capté.

Sur le coup, ses mots m'ont énervé mais, depuis, les révélations de Susie m'ont fait comprendre que Cléo avait vu juste.

— Ne t'excuse pas. Je sais très bien que tout ça doit te sembler pathétique. C'est comme si je m'accrochais à quelque chose qui ne m'appartenait plus, dis-je, l'air sombre. Surtout maintenant.

— Pourquoi ? demande-t-elle en fronçant les sourcils.

J'ai peur de l'énoncer à haute voix.

— J'ai parlé à Susie. Elle… elle voit quelqu'un d'autre. Son boss. Ça fait cinq mois.

Cléo me fixe, les yeux écarquillés.

— Eh oui…

— Son boss ? répète-t-elle en secouant lentement la tête, pleine de compassion. Eh bien… ce type manque cruellement d'imagination.

— Oui, le bon vieux cliché. J'imagine que j'aurais dû le voir venir. Il a toujours été un peu trop amical avec elle. Le type l'appelle quand même « Susie Sausage ». Putain.

— Ça ne durera pas, décrète Cléo en levant les yeux au ciel. D'après les sondages, les surnoms cucul sont en tête parmi les causes de rupture. Je le sais, c'est moi qui écris ce genre de sondages.

— Ah, et il porte aussi des boutons de manchette à l'effigie de personnages de dessins animés.

— OK, alors oublie ce que j'ai dit et mets plutôt « ridicule » à la place.

— Non, non, on garde les deux et on ajoute…

— Tête de nœud ?

J'éclate de rire.

— Tête de nœud ? Alors ça, Cléo, fallait le sortir ! Ça fait un siècle que je n'avais pas entendu cette expression.

— C'est encore plus drôle venant de toi !

— OK. Ce type est donc une tête de nœud ridicule qui manque cruellement d'imagination. Je lui dirai la prochaine fois que je le verrai.

Même si, au fond de moi, je préférerais ne plus jamais le revoir. Je bascule la tête en arrière et l'appuie contre le canapé, le regard tourné vers Cléo.

— Je n'avais jamais rencontré quelqu'un comme toi avant, tu sais. Tu as le don de rendre les choses plus légères qu'elles ne le sont. Tu vas me manquer quand je partirai.

Elle me fixe, l'air soudain sérieux.

— Tu pars ?

À la minute où j'ai entendu la voix de Léo à l'autre bout du fil, j'ai su que je devais être là quand les enfants rentreraient de leurs vacances au bord du lac.

— Dans huit jours. J'ai pris mes billets cet après-midi. Que mes enfants doivent apprendre à vivre sans moi, c'est une chose, mais ça… cette histoire avec ce… ce Robert. Il faut que je sois là pour eux, que je les rassure, et qu'ils sachent que je reste leur papa même si un autre homme est entré dans leur vie.

— Oui, je crois que tu as raison, dit-elle en soutenant mon regard.

Elle me surprend, je ne m'attendais pas à ce qu'elle réagisse comme ça.

— J'ai grandi sans père, tu sais. Il y a tellement de fois où j'aurais voulu qu'il soit là, pour pouvoir lui parler. À mes yeux, il est devenu une sorte de superhéros toujours absent.

— Ça, c'est de l'admiration.

— Mais toi, Mack, tu as le choix. Tu peux être là pour eux. Tu peux être leur superhéros.

Bon sang, cette femme est incroyable.

— Ce qui est certain, c'est que ton superpouvoir à toi, Cléo, ce sont les mots. Ça ne m'étonne pas que tu sois écrivaine.

Elle fait glisser son verre de vin sur la table et passe ses mains sur son visage. Au fil du temps, j'ai appris que ce geste signifie qu'elle réfléchit, et s'apprête à dire quelque chose d'important.

— Tu sais quoi ? Tu as raison. Les mots, c'est mon truc. Et pourtant, là, au moment où j'en ai le plus besoin, ils m'échappent.

Je ne suis pas sûr de comprendre.

— Tu n'arrives pas à écrire ta chronique ?

— Non, ce n'est pas ça.

Elle fixe le plafond quelques secondes, comme si elle espérait voir les mots qu'elle cherche imprimés sur les vieilles poutres en bois, puis elle se tourne vers moi.

— Bon. C'est… C'est à propos de toi. Et de moi. J'ai besoin de te dire quelque chose, et je voudrais vraiment que tu me laisses aller jusqu'au bout sans m'interrompre.

À son regard, je comprends que ça risque de ne pas être facile à entendre, mais j'acquiesce malgré tout.

— Je sais qu'on s'est juré de ne pas reparler de notre baiser, mais j'y pense souvent. Tout le temps, en fait. Et si on met de côté toutes les raisons pour lesquelles on n'aurait jamais dû s'embrasser et qu'on se contente de penser au baiser lui-même, c'était, enfin pour moi en tout cas, un baiser qui avait la force et l'intensité de mille soleils réunis. Si je faisais une liste de tous les baisers de ma vie, le nôtre serait à la première place, entouré d'un tas de lumières clignotantes. Je sais qu'en dehors de cette île, on a tous les deux des vies compliquées et bien occupées, Mack. Je le sais. Et on va y retourner, je ne me fais aucune illusion là-dessus. Après avoir quitté Salvation, on ne se reverra plus jamais. Mais on est ici tous les deux, et je crois être assez adulte pour pouvoir m'asseoir là, te regarder en face, et te dire que j'ai envie de toi. Ça ne sera pas pour toujours. Tu ne seras pas mon grand amour. Je ne te demande pas ça. Je ne te demande pas de m'aimer, Mack. Mais j'ai envie de toi. Rien que pour cette semaine. Une semaine d'amour intense et éphémère.

Elle s'interrompt, le souffle court.

— Je sais que je suis venue ici pour être seule. Mais aujourd'hui, ce dont je crois avoir besoin… ce dont j'ai besoin, c'est de vivre un amour de vacances libre et sans retenue. Ni culpabilité. Ni attentes.

Elle se tait et plonge son regard sombre et brillant dans le mien. Je perçois sa nervosité et je sais ce que ça a dû lui coûter d'exposer ainsi ses sentiments. Elle n'a vraiment pas froid aux yeux. Mais je ne suis pas comme elle, je n'arrive pas à dire quoi que ce soit. Je ne trouve pas les mots justes. Les secondes s'étirent et se transforment en une minute entière de silence. Soudain, je pose mon verre et je me lève.

— J'ai besoin d'air.

Alors je sors, et je la laisse assise là, seule.

CLÉO

Deux cents heures à nous

19 octobre, Salvation Island

JAMAIS JE NE ME SUIS SENTIE AUSSI CRUCHE... Je partirais bien, mais je n'ai nulle part où aller. « Un amour de vacances libre et sans retenue » ? Qu'est-ce qui m'a pris ? On aurait dit une gamine de dix-sept ans. Moi qui visais la femme mûre et sophistiquée, j'ai manqué ma cible d'environ une décennie. Il part dans huit jours. Pourquoi n'ai-je pas réussi à me taire ? On aurait pu passer cette semaine ensemble et se quitter bons amis. Sommes-nous au moins amis ? Presque ; avant le baiser, en tout cas. Maintenant, je ne vois pas comment on va faire pour survivre à ce cataclysme. Ça fait près d'une demi-heure que Mack est dehors, et je me demande si je ne devrais pas... Oh mince. Il rentre.

La porte s'ouvre en grand. Il reste une seconde sur le seuil à me fixer ; je n'ai pas la moindre idée de ce qui se trame derrière ses yeux vairons. J'ai l'impression qu'il va dire quelque chose, mais rien. Il claque la porte, passe son tee-shirt par-dessus sa tête et se met à genoux. Il me faut quelques instants pour comprendre ce qu'il fait : il se sert de son tee-shirt pour effacer la ligne de craie.

Je ne bouge pas d'un pouce. Il s'assure qu'il ne reste pas la moindre trace de craie avant de se relever et de jeter son tee-shirt par terre.

— La ligne…

— On l'a déjà franchie. Viens…

En entendant sa voix légèrement éraillée, un frisson me parcourt tout le corps. Je me lève et contourne le canapé, nerveuse, les mains moites.

— Je n'ai jamais eu d'amour de vacances, confesse-t-il quand j'arrive devant lui.

— Moi non plus.

Il caresse ma joue ; j'embrasse son pouce quand il le passe sur ma bouche.

— Je ne sais pas comment m'y prendre avec toi, Cléo. Mais j'en ai envie.

S'il y a un moment de ma vie où je dois tenter le tout pour le tout, c'est maintenant. J'attrape la ceinture de ma robe, et tire pour en défaire le nœud, la laissant entrouverte. Mack suit mes gestes du regard et plonge ses yeux dans les miens. Je lui fais de l'effet, je le vois.

— Enlève-la, murmure-t-il, à mi-chemin entre l'interrogation et l'ordre.

Vous voyez, dans les films, quand la fille fait tomber sa robe d'un mouvement d'épaule ? Eh bien, je me lance, et par un coup de bol extraordinaire, ma robe glisse et tombe à mes chevilles – une vraie starlette.

— Quelle maîtrise.

— J'en suis assez fière, je souffle en faisant courir ma main sur son torse, jusqu'au bouton de son jean.

— J'ai eu tort de dire que tu n'avais rien d'une sirène.

Il enroule quelques mèches de mes cheveux autour de ses doigts, tandis que son autre main descend le long de ma gorge, entre mes seins, sur mon ventre.

— Tu dors avec moi ce soir ?

Comme s'il avait besoin de demander.

Je l'attire si près que nos corps se touchent. Un gémissement s'échappe de sa gorge et il se penche vers moi, son front contre le mien. Je tressaille quand ses mains effleurent mon dos et se posent doucement sur mes fesses.

— Cléo… chuchote-t-il, tu es sûre ?

Je dessine les muscles de ses épaules et prends son visage entre mes mains.

— Je suis plus que sûre, Mack.

— Je ne peux rien t'offrir d'autre que cette semaine, tu sais, murmure-t-il tendrement.

Moi non plus, je n'ai rien d'autre à lui offrir.

— Alors, tu as intérêt à ce qu'elle soit mémorable !

— Ça, c'est dans mes cordes.

Il baisse la tête et attrape mon téton entre ses lèvres chaudes et humides, je halète et mes doigts s'enfoncent dans ses cheveux ; ce qu'il me fait avec sa langue est de la magie pure.

Le plaid en fourrure caresse mon dos lorsqu'il m'allonge sur le lit, me fixant de son regard brûlant. Je comprends à sa respiration saccadée qu'il est dans le même état que moi. Pendant quelques minutes, nous n'écoutons plus que notre instinct. Ses lèvres s'emparent des miennes, avides – il a un goût de sel, de vin rouge, de désir – et je sens sa langue, ses mains sur ma peau. J'en ai le souffle coupé, ma gorge se noue ; j'ai tellement envie de sentir le poids de son corps sur le mien que c'en est presque douloureux.

— J'ai essayé de ne pas penser à ça, chuchote-t-il en ôtant ses derniers vêtements et s'allongeant, nu, près de moi. J'ai essayé de ne pas imaginer comment ce serait entre nous.

— Je n'ai pas pu penser à quoi que ce soit d'autre depuis qu'on s'est embrassés.

Nos souffles s'accélèrent et se mêlent lorsque nos ventres se pressent l'un contre l'autre.

— Seulement depuis qu'on s'est embrassés ? Moi, ça fait bien plus longtemps.

Il saisit mes mains, les place sur l'oreiller juste au-dessus de ma tête, puis écarte doucement mes jambes. Il semble comme possédé.

— Cléo.

Sa voix, presque brisée, me touche plus que tout. J'enroule mes doigts dans ses paumes, sa bouche contre la mienne, tandis qu'il se penche sur moi et se glisse entre mes cuisses.

Ses lèvres entrouvertes effleurent mon front, ma joue, suivent les traits de ma mâchoire. Il me regarde droit dans les yeux lorsqu'il appuie ses hanches dans un mouvement lent et profond, mordant sa lèvre inférieure, comme pris de douleur. Je peins ce moment-là dans le carnet à dessin imaginaire de mes souvenirs les plus précieux.

— Tu es magnifique, murmure-t-il d'une voix sexy, tandis qu'il va et vient contre moi, en moi.

Sa bouche descend le long de ma gorge, ses mains agrippent les miennes et mon corps se cambre tandis que ses hanches continuent leur mouvement souple. Je suis en nage, la chaleur qui m'envahit est telle que je pourrais exploser. Alors je me laisse aller. L'intensité me fait crier et des larmes roulent sur mes joues. Mack les couvre de baisers, il serre mes mains si fort que ça fait presque mal, et je sens qu'il lâche prise à son tour. Je presse mes cuisses autour de son corps. C'est un moment unique, puissant. On ne peut pas dire qu'on vient de faire l'amour puisqu'il n'y a pas d'amour entre nous, mais ce n'était pas juste du sexe. Nous avons atteint un degré d'intimité et de passion que je ne connaissais pas, une émotion nouvelle, pour laquelle je n'ai pas encore trouvé les mots.

— Mon Dieu, Cléo, c'était dingue.

Un rire tremblotant me secoue ; c'est un euphémisme.

— Pendant une minute, j'ai cru que j'allais mourir.

Son cœur bat à mille à l'heure. Il pose son front contre le mien, reprend son souffle et m'embrasse doucement.

— Je suis content que ça n'ait pas été le cas.

— Au moins, ils nous auraient envoyé ce fichu bateau.

Je laisse mes mains courir sur son corps, découvrir la courbe de ses épaules, le relief de son dos. Je ferme les paupières. Certains baisers ont une fin. Pas celui-ci. Il s'éternise, comme si c'était devenu notre nouvelle façon de communiquer. Ma langue caresse la sienne, ses mains plongent dans mes cheveux, nous roulons sur le côté. Il murmure mon nom comme on prononce un sortilège. Je me décale un peu pour trouver une position confortable dans ses bras et nous nous embrassons. Il tire la couverture sur nous, nos jambes s'enchevêtrent, et nous nous embrassons encore, et encore.

Pour quelqu'un comme moi, qui a trouvé sa place dans le monde grâce aux mots, voici un tout nouveau langage.

Je suis à moitié endormie lorsque Mack se met à parler. Je sens son souffle chaud sur mon front.

— Un. Je suis venu ici en ayant peur que Susie tourne la page, mais là, tout de suite, j'ai peur que ce soit moi qui sois en train de la tourner.

Sa poitrine se soulève et s'abaisse rapidement, signe de son agitation.

— Deux. J'ai bu ma première bière à dix ans. Je l'ai volée dans le frigo de mon père après être rentré à la maison et l'avoir surpris en train de coucher avec son assistante sur le fauteuil réservé aux patients – il était dentiste. Il ne m'a pas vu ; elle, oui, mais je crois qu'elle ne lui a jamais dit. Et trois… je ne regrette pas, pour nous.

Je prends sa main dans la mienne.

— Et c'est moi qui suis censée être douée avec les mots, je chuchote en embrassant son torse. Un. J'ai peur de rentrer à Londres. Je n'avais pas envie de venir ici, mais à présent, partir de cette île m'effraie plus qu'y rester. Mon objectif n'est plus le même et j'essaie de comprendre ce que ça représente pour moi.

Parfois, c'est comme ça, non ? La vie, c'est peut-être justement ce qui passe entre les failles des plans qu'on échafaude ; ce qui déjoue nos attentes. Je réfléchis à quelle banalité je pourrais bien dire en numéro deux…

— Deux. Je n'ai pas détesté le dernier épisode de *Lost*, même si j'aurais préféré que Kate et Sawyer finissent ensemble.

Comme d'habitude, j'avais un faible pour le mauvais garçon.

— Et je ne comprends toujours pas d'où sortaient ces ours polaires, j'ajoute.

Mack éclate de rire. Dehors, le vent hurle et claque contre les fenêtres du lodge tandis que nous sommes à l'abri dans le lit, bien au chaud.

— Trois. Moi non plus, je ne regrette pas, pour nous.

Les doigts gris de l'aube caressent de leur ombre le visage de Mack tandis que je m'éveille et l'observe. Il respire la tranquillité ; je ne l'ai jamais vu comme ça. Est-il toujours aussi paisible lorsqu'il dort ? Ou notre nuit ensemble lui a-t-elle permis, comme à moi, de relâcher la tension ? Je n'ai pas menti la veille, je ne regrette pas ce qu'il s'est passé entre nous. J'espère qu'il ressentira la même chose lorsqu'il se réveillera, et que la honte ne viendra pas atténuer le feu céleste de la nuit passée. C'était si évident entre nous, si sincère, que dans les heures qui ont suivi, un sentiment de calme profond nous a envahis.

Lui demander de passer la semaine avec moi, c'était un pari risqué. Je n'avais pas de plan B, pas d'endroit où aller s'il me rejetait. Mais, au fond, je crois que la décision était plus difficile à prendre pour lui que pour moi. Ma vie amoureuse n'a jamais été qu'une succession de commencements et de fins tandis que Mack, lui, a passé toutes ces dernières années marié, à tenir la même femme dans ses bras chaque soir. Impossible de faire plus différents, et pourtant… Il y a un je-ne-sais-quoi dans l'air de cette île, de ce lodge, une atmosphère de bout du monde digne d'un conte de fées. C'est comme si une bulle s'était posée sur la cheminée la nuit dernière et avait décidé de nous envelopper, à la manière d'une boule à neige. J'espère qu'elle restera pour les huit prochains jours, suspendue telle une fine toile de protection iridescente, jusqu'à ce que le vent du nord l'emporte vers la mer et Mack avec elle, me laissant seule ici. Huit jours et sept nuits. Combien d'heures ensemble ? Je me serre contre la chaleur de son corps et il passe son bras autour de mes épaules, ses doigts dans mes cheveux. Je ferme les yeux et tourne mon visage vers son torse.

— Deux cents heures à nous, je murmure.

J'entends déjà le tic-tac de l'horloge.

MACK

Le meilleur moyen de ne pas couler, c'est de nager

20 octobre, Salvation Island

— QU'EST-CE QUE TU FAIS LÀ ?

C'est le début d'après-midi, et ça fait un moment que Cléo est assise dehors, sur les marches du porche. Ses cheveux bruns fouettent son visage. J'ai envie de lui dire qu'elle me fait penser à une déesse de la mer, mais je me retiens de peur d'avoir l'air ridicule.

— Je pense, répond-elle, comme perdue à des milliers de kilomètres de là.

— À quoi ? dis-je en m'asseyant près d'elle.

Bon sang, il fait froid ici sans pull.

— Je me demandais s'il fallait qu'on établisse de nouvelles règles.

Elle sourit et cogne doucement son épaule contre la mienne.

— Ou alors, on les abolit toutes.

— Cette ligne de craie avait quand même du bon.

— OK. Alors, que dirais-tu de la règle suivante : interdiction de s'espionner sur les réseaux sociaux ?

— Après, tu veux dire ?

J'acquiesce. Je voulais dire tout le temps mais, oui, surtout après.

Elle tourne la tête et m'observe quelques instants, en silence.

— Toujours pas de regrets ?

Je ne lui en veux pas de vouloir s'en assurer de nouveau. Ce matin, je l'ai laissée dormir, j'avais besoin de marcher et de me rafraîchir les idées.

— C'est difficile de regretter quelque chose d'aussi bon.

Elle sourit à moitié.

— C'est vrai que c'était assez incroyable.

Je tire sa couverture pour qu'elle recouvre aussi mes épaules ; nous sommes blottis l'un contre l'autre.

— Ce n'est peut-être pas la bonne façon de le dire, mais j'avais besoin de ce qui s'est passé la nuit dernière. J'avais besoin d'être avec quelqu'un d'autre que Susie.

— Et il se trouve que j'étais là ? dit-elle d'une voix neutre.

— Non, non. Ce n'est pas ça du tout. C'est juste que… il se trouve que tu es toi. Je m'étais mis dans le crâne que je ne pourrais jamais désirer quelqu'un d'autre comme ça.

Un souvenir du matin de mon mariage me revient à l'esprit : ma mère réajuste soigneusement ma cravate et j'ai le ventre noué à tel point que je ne suis pas loin de renvoyer mon petit déjeuner.

— Je me suis marié, tu sais. J'ai prononcé des vœux, j'ai promis d'aimer quelqu'un pour l'éternité. Ça avait un sens pour moi. Tout ce que j'ai fait, à ce moment-là, avait un sens, et c'est difficile de se défaire de tout ça, tu comprends ?

Évidemment, elle ne peut pas comprendre. Comment le pourrait-elle ? J'espère seulement qu'elle saura voir que ma vie est compliquée. Même si, en cet instant précis, plus rien ne me paraît compliqué. Elle m'a dit ce qu'elle attendait : tout partager, vivre à fond pendant huit jours, et ne jamais se revoir. C'est clair et net.

— Tu es sûr que c'est ce que tu veux ?

— Si je suis sûr ?

Je secoue la tête ; je n'ai pas envie de mentir à Cléo, pas même un petit peu.

— Ça fait bien longtemps que je me considère avant tout comme un mari et comme un père, alors je crois que j'essaie surtout de comprendre comment continuer à être l'un sans être l'autre. L'année qui vient de s'écouler, je l'ai passée accroché à un radeau de sauvetage, à dériver, en priant pour qu'on me ramène à bord, même si je voyais très bien que les lumières du navire s'éloignaient et… je sais que la comparaison est un peu minable, mais venir à Salvation, c'est le seul moyen que j'ai trouvé pour ne pas me noyer. Tu comprends ?

— Oh, oui. Plus que tu ne le crois. Moi aussi, j'étais en train de me noyer, à Londres. Au milieu de relations sans intérêt et de rêves inachevés. Venir ici, c'était une sorte de remise à zéro.

Je crois que j'aime assez cet état d'esprit. Il faut que je lui dise encore quelque chose.

— Je veux que tu saches que si j'ai couché avec toi, ce n'est pas pour être quitte avec Susie, par rapport à Robert.

— Ah non ?

Je secoue la tête.

— Le meilleur moyen de ne pas couler, c'est de nager. Je crois que tu m'as prouvé que ça valait le coup de continuer à battre des pieds.

Elle reste silencieuse, essayant sans doute de comprendre mes tentatives un peu bancales de lui expliquer ce qu'il se passe dans ma tête et dans mon cœur. Une chose est sûre, pour la semaine à venir, ma tête et mon cœur ne tourneront plus qu'autour d'elle. Ce sera ma remise à zéro à moi.

— Je suis une bonne nageuse, tu sais, dit-elle en posant sa tête sur mon épaule. Tu peux compter sur moi. Je suis là.

Dans la vie, j'ai toujours été celui sur lequel on s'appuie : les garçons, ma mère, Susie. Alors entendre quelqu'un me dire « tu peux compter sur moi » me procure un immense réconfort. Ma gorge se serre et nous restons là, assis en silence, à regarder les dauphins jouer dans la baie.

CLÉO

Ils ne font pas ça chez Starbucks

21 octobre, Salvation Island

Ces dernières années, j'ai eu plus que mon lot de mariages, à raison de dizaines de cérémonies chaque été depuis mes vingt-cinq ans. On pourrait donc penser que je saurais par quoi commencer pour écrire mes propres vœux. Peut-être que j'y arriverais s'il s'agissait d'une cérémonie traditionnelle, mais il est difficile de savoir quoi dire quand on n'a personne à qui s'adresser. Les grands classiques du genre « dans la santé comme dans la maladie » et « dans la richesse comme dans la pauvreté » sont disqualifiés d'office. Ai-je seulement besoin de prononcer des vœux ? Peut-être pas. D'un autre côté, j'aime assez l'idée de me faire des promesses à moi-même. J'en ai toute une liste ; il va falloir élaguer un peu. Certaines sont carrément futiles :

« Je promets de ne pas regarder plus de trois épisodes à la suite de *Say Yes to the Dress* tout en mangeant de la crème glacée dans mon bain et en criant : “On dirait des rideaux !” à l’attention de la mariée. » D’autres sont un peu plus sérieuses : « Je promets de ne pas me forcer à finir un livre si je sais dès la page 59 qu’il ne me plaira pas. » Ne me demandez pas pourquoi la page 59, c’est juste que ça paraît suffisant pour m’être fait une idée. Et puis, il y a les grandes promesses, au sommet de la liste, les plus importantes et sans doute les plus difficiles à tenir. Celle-ci, par exemple : « Je promets de repenser ma vie professionnelle et d’envisager sérieusement de quitter Londres. » Je me donne jusqu’à Noël pour franchir le pas. C’est ce qu’il me faut. Je le sais car, au moment où je l’écris, je suis envahie d’une douce sensation de soulagement et j’ai l’impression de sortir d’un massage relaxant, comme lorsque tous les nœuds de tension se défont et qu’on peut enfin desserrer les dents.

— Du café ?

Mack fait glisser un mug sur la table, juste à côté de mon ordinateur. Il pose sa main chaude sur mon épaule et se tient juste derrière moi. Je ferme les yeux et m’appuie contre lui. Il écarte mes cheveux, passe ses lèvres sur ma nuque, et un soupir m’échappe. C’est d’une sensualité incroyable. Un prélude. Ses doigts s’enroulent autour de mes bras et je penche la tête vers l’avant. Il parvient à me couper le souffle avec une facilité déconcertante. Je l’entends rire tout bas contre mon oreille, tandis qu’il me maintient immobile sur mon siège, fait glisser mon chemisier sur mon épaule et suit le mouvement du tissu du bout des dents : il sait très bien l’effet qu’il me fait. Il effleure ma poitrine et attrape mon visage, qu’il tourne vers le sien. Nous nous embrassons à pleine bouche, haletants, puis il recule et me sourit.

— Tu devrais continuer à travailler.

— Tu viens de me distraire.

— Je n'ai fait que t'apporter du café, dit-il en haussant les épaules.

— Ils ne font pas ça chez Starbucks, quand ils me l'apportent.

— J'espère bien.

— Tu as déjà fait de la cueillette sauvage ?

Si ce brusque changement de sujet le surprend, il n'en dit rien.

— À part quelques mûres avec les enfants, non. Tu pensais à quoi ?

— J'ai fait une liste de choses à faire pendant que je suis ici, et la cueillette en fait partie.

— Qu'est-ce qu'il y a d'autre ?

Je clique et fais apparaître la liste sur mon écran.

— « Faire un feu sur la plage. Écrire un poème. »

— « Passer vingt-quatre heures nue », lit-il par-dessus mon épaule, en levant les sourcils.

— C'était quand je pensais être seule.

— J'adore cette idée, dit-il en souriant.

— Tu crois qu'il y a des choses à cueillir sur l'île ?

— Tu préfères ça plutôt que te mettre toute nue ?

— Je ne crois pas que les deux soient compatibles. Les épines, tout ça…

Mack grimace.

— Tu viens de me faire passer l'envie.

J'avale une gorgée de café tandis qu'il continue à lire.

— Tu peux cocher « se baigner dans la mer », après ton petit plongeon de l'autre soir.

Je frissonne en y repensant.

— Franchement, je ne crois pas avoir vu quoi que ce soit de comestible par ici, reprend Mack. Il fait trop humide. À part peut-être… des algues ?

Je me revois tomber dans l'eau et sentir ces liens épais et huileux s'entortiller autour de moi. Je secoue la tête.

— Peut-être que j'ai été un peu optimiste.

— Surtout, continue, souffle-t-il d'une voix tendre. Ça fait bien longtemps que je n'arrive plus à l'être.

Parfois, il me laisse entrevoir la faille béante qui entache son bonheur : c'est comme si quelqu'un avait tiré un boulet de canon dans sa poitrine. Je voudrais me blottir dans cet espace et faire disparaître ce vide en lui, pour qu'il se sente à nouveau entier. Cela ne tient pas du sacrifice, je prends autant que je donne – quand il a effacé la ligne de craie, un peu de ma résilience s'est immiscée en lui et un peu de son courage en moi. L'osmose parfaite, et réciproque. Du moins je l'espère.

J'ai fait un feu : une case de plus à cocher sur ma liste. Enfin, j'ai suivi les instructions de Mack, mais le plus important, c'est que de vraies flammes ont jailli du petit bois que j'ai ramassé. Je me sens pleine de gratitude, en harmonie avec la nature.

Nous sommes assis sur le sable l'un à côté de l'autre, les fesses au sec grâce à une vieille nappe de pique-nique à carreaux, et de gros plaids sur les épaules pour nous tenir chaud. La nuit est claire, le ciel constellé d'étoiles et la pleine lune se reflètent sur l'océan qui ondule à l'horizon. Tout semble vivant et, à chaque instant passé ici, je me sens moi aussi un peu plus vivante. J'espère ne jamais oublier la beauté de cette nuit. L'appareil photo de Mack oscille autour de son cou, comme toujours ; on dirait qu'il fait partie de lui.

— Tu avances sur l'organisation de ta cérémonie ? demande-t-il d'un air sérieux, en me fixant de ses yeux étranges.

J'apprécie le fait qu'il ne prenne pas cette expérience à la légère. J'espère surtout que je ne me brouillerai jamais avec moi-même parce qu'une « séparation en pleine conscience » à la Gwyneth Paltrow et Chris Martin est inenvisageable.

— Doucement, oui. J'ai pris des notes, mais je crois que je vais improviser. Ce n'est pas comme si quelqu'un allait être là pour m'écouter.

— Tu veux dire que je ne suis pas invité ? dit-il, le sourire aux lèvres. Moi qui pensais mettre ma plus belle chemise pour toi.

— Évidemment que tu n'es pas invité !

— Je pourrais officier, par exemple ?

— Ça dépend… Tu sais imiter Elvis ?

Il s'éclaircit la gorge et entonne quelques vers de *Are you Lonesome Tonight*, d'une voix éraillée et terriblement sexy, puis éclate de rire.

— Arrête, tu vas me faire craquer. N'empêche, tu n'es toujours pas invité.

— Bon, d'accord. Mais je peux au moins venir à la réception ?

— Je dois faire une réception ?

— Bien sûr ! lance-t-il en levant yeux au ciel comme un ado. Un DJ un peu douteux, un gâteau, des discours. Tu n'as qu'à demander, je m'occupe de tout.

— Tu es bête.

— Laisse-moi au moins être ton photographe officiel !

— Si je dis oui, on laisse tomber la réception ?

— Si tu insistes.

— OK, marché conclu.

— Je prendrai mon téléobjectif. Je serai discret, c'est promis. Tu ne me remarqueras même pas.

— Espèce de paparazzi...

Je le taquine tout en songeant qu'Ali sera ravie d'avoir des photos professionnelles.

Il m'imite et pose son menton sur ses avant-bras.

— Mon père n'est même pas venu à mon mariage. Il participait à un congrès dentaire.

— Je n'aime pas beaucoup ton père.

— Il est difficile à aimer.

— Pourtant son fils est vraiment cool.

— C'est ma mère qui m'a élevé. C'est elle qui est cool.

Je connais bien ce sentiment.

— Quand j'avais cinq ans, ma mère a cousu les costumes du spectacle de Noël pour toute ma classe. Marie, Joseph, les Rois mages et les bergers. Elle a même fait l'âne, ça lui a pris des semaines.

— Ça, c'est cool, en effet. Et toi, tu avais quel rôle ?

— L'aubergiste, je soupire. Ma mère est une excellente couturière mais moi, une très mauvaise actrice.

— Peut-être, mais je suis sûr que tu es une romancière géniale.

Mack a une façon bien à lui de plaisanter puis de passer tout à coup à un sujet sérieux ; ça me déstabilise chaque fois. J'arrête immédiatement de rire, je contemple la lueur des flammes sur son visage et décide de graver cette image dans mon esprit.

— Dis-moi… est-ce que « faire l'amour sur la plage » faisait partie de ta liste ? demande-t-il en passant sa main dans mon dos.

— Non, dis-je en me débattant sous la couverture pour retirer mon pull. Mais maintenant, oui.

*

Il est une heure du matin. Mack presse ses lèvres contre mon front. Le lit a atteint une sorte de confort ultime ; sous les draps, la température est exactement la même que celle de nos corps. Le bonheur. Là, lovés l'un contre l'autre, les jambes enchevêtrées et les mains enlacées, les brumes du sommeil nous enveloppent doucement. On ne dirait pas que ça fait seulement trois jours. Ni trois semaines ni même trois mois. On dirait que l'on est comme ça depuis presque toujours, comme si l'on se connaissait par cœur. Comment est-ce possible ? On a passé des jours dans ce lodge sans se toucher. Ou peut-être que nous nous sommes touchés, mais autrement : en partageant nos secrets dans le noir et en nous lançant des regards à travers la pièce. Je ne me suis jamais sentie aussi proche de quelqu'un et je dois avouer que ça me déstabilise.

— Un. Ma première voiture était une Chevy Camaro d'occasion. Un engin de rêve, tout argenté, avec des sièges en skaï blanc. Ce n'est pas un hasard si c'est là que j'ai perdu ma virginité. À seize ans, j'avais fait un pacte avec une fille, Alison Green. On avait tous les deux envie que cette histoire de première fois soit derrière nous. C'est dans cette voiture que je suis devenu un homme.

— Les hommes et leurs voitures ! je chuchote.

— Deux. J'ai vu Bruce Springsteen sept fois en concert. Je ne m'en lasse pas. Ma mère est une fan absolue. Quand j'étais petit, elle me berçait tous les soirs au son de *Thunder Road.*

— Est-ce que c'est possible d'être plus américain que ça ?

— Et trois, souffle-t-il. Je ne regrette toujours pas, pour nous.

Quelque chose dans sa voix un peu éraillée et fatiguée me fait frissonner. Nous sommes trop proches du sommeil pour faire de nouveau l'amour ce soir, mais je savoure notre intimité, la caresse de ses doigts sur ma peau. Pour moi, le sexe a toujours commencé par un baiser et s'est toujours achevé par un passage aux toilettes, une cigarette ou, pire, une épaule tournée. Avec Mack, c'est sans fin, comme un feu qui se consume en braises et ne s'éteint jamais.

— Juste pour que tu saches, dis-je. Je n'ai pas l'intention de regretter un jour, pour toi et moi.

Il me serre fort dans ses bras et prend une profonde respiration.

— C'était le numéro un ? demande-t-il en me faisant rouler sur lui.

— Ce soir, c'était un, deux et trois en même temps.

Et en un clin d'œil, les braises endormies se transforment en brasier ardent.

MACK

Parfait, mais temporaire

22 octobre, Salvation Island

— C'est ouvert, dis-je en apercevant les fenêtres éclairées du pub, en bas de la rue.

Cléo et moi avons profité du beau temps pour passer l'après-midi à vadrouiller sur l'île. Bilan : échec de la cueillette pour elle, mais superbe séance photos pour moi. Je me suis surpris à souvent pointer mon objectif vers elle ; elle illumine mon viseur comme les feux d'artifice du 4 juillet. Je ne sais pas trop comment je regarderai ces photos lorsque je serai rentré à Boston. Peut-être que cela me fera plaisir ou que, au contraire, j'aurai l'impression qu'elles constituent un livre que je ne dois pas ouvrir, un chapitre secret dont seuls elle et moi connaissons l'existence. D'un point de vue artistique, ce serait dommage ; certaines font partie de mes meilleurs clichés.

Cléo se tourne vers moi, en tapant dans ses gants pour se réchauffer.

— Dieu merci. Je meurs de faim.

Nous avons traversé l'île à notre rythme avec l'idée de dîner au pub, mais au moment où je pousse la porte, je me dis que nous avons peut-être été trop optimistes. C'est bondé comme le soir du réveillon.

— Il n'y aura que des places debout, murmure Cléo en retirant son bonnet rouge.

Elle se glisse derrière moi et ferme la porte.

— Cléo !

Derrière le comptoir, la serveuse lève la main pour nous saluer, un torchon à carreaux sur l'épaule.

— Vous venez pour le quiz ?

Je me tourne vers Cléo et nous échangeons un regard éloquent : comment va-t-on se sortir de là ?

— Cléo, Mack ! On est sauvés ! crie Delta, assise à l'autre bout du pub, en agitant le bras comme si elle aidait un avion à atterrir. Venez dans notre équipe, qu'on ait au moins une chance de gagner. Ailsa et Julia n'ont pas pu se libérer.

Raff lève un pouce. Aussitôt, un grand verre de vin rouge et une pinte de Guinness arrivent devant nous.

— Eh bien… on dirait qu'on va jouer, marmonne Cléo en défaisant sa veste. Et on peut toujours rêver pour le dîner.

— Je crois que je vais littéralement mourir de faim, je chuchote à son oreille.

— Moi aussi. J'ai les crocs.

— Ce n'est pas moi que tu voudrais croquer par hasard ?

— Oh si ! dit-elle en riant, tout en se frayant un chemin entre les tables, son verre en l'air.

Je lui emboîte le pas. La camaraderie qui règne ici me va droit au cœur : je suis accueilli comme un vieil ami par les habitants que j'ai croisés et photographiés ici et là au hasard de mes balades. Tous se sont montrés bienveillants envers moi, peut-être en partie grâce à mes origines, mais aussi parce qu'ils sont fiers de leur terre, à juste titre ; ils ont envie de contribuer à l'exposition, de s'assurer que l'histoire de leur île et de leurs familles respectives sera bien documentée. Ils m'ont offert leur temps, sans jamais me presser, ont partagé avec moi les récits et le folklore de cet endroit et c'est cela qui rendra mes images vivantes lorsque je les exposerai, à des milliers de kilomètres d'ici. Je partirai de Salvation en sachant un peu mieux qui je suis, et d'où je viens. Grâce à ma mère et à ma grand-mère, j'ai toujours eu le sens de la famille, mais passer du temps ici a imprégné mes anciennes histoires du soir de la saveur salée de la mer et de la sensation, un peu rugueuse, de la pierre de l'île sous mes doigts. J'emmènerai mes enfants ici un jour, et mes petits-enfants aussi, si j'ai la chance d'en avoir. Sentir que j'appartiens à un tel endroit a fortifié mon âme.

Delta se serre sur le banc pour faire de la place à Cléo, et Raff fait apparaître une chaise comme par magie, qu'il place à côté de lui. Sous la table, nos jambes se bousculent un peu pour se faire de la place ; Cléo rit et glisse son genou entre les miens. C'est purement pratique mais on ne se comporte pas comme ça avec quelqu'un dont on n'est pas proche. Je ne bouge pas, mais j'ai l'impression que je devrais. Comme si ce n'était pas bien. Ce n'est pas que j'ai honte ; en tout cas, pas de Cléo. De moi-même, peut-être un peu. J'imagine ce que ma mère dirait si elle regardait à travers les vitres embuées du pub à ce moment précis. Elle n'est pas prude, mais elle a un sens moral très développé – c'est sans doute de là que ça me vient. Ce qui est sûr, c'est que je ne le tiens pas de mon père.

— Hey, Mack, s'écrie Delta, c'est quoi ta chanson préférée pour le karaoké ?

Je croise furtivement le regard de Cléo.

— Tu ne penses quand même pas que je vais chanter ?

Delta prépare un mauvais coup, c'est écrit sur son visage.

— La soirée ne fait que commencer…

— Malheureusement, je ne sais pas chanter, dis-je en riant, histoire de changer de sujet.

À la maison, je chante tout le temps, mais c'est plutôt parce que je considère qu'embarrasser les garçons est l'un de mes devoirs de père.

— Euh… je ne suis pas vraiment d'accord. Et Elvis, alors ? intervient Cléo, tout sourire.

— De quoi parle-t-elle ? interroge Delta en se penchant, nous dévisageant avec malice. Mack, aurais-tu chanté la sérénade à Cléo ?

— Je peux faire une version passionnée de *All Shook Up*, lance Raff. Ça m'a sorti d'affaire plus d'une fois.

— Et ça t'a aussi mis dans de beaux draps plus d'une fois, réplique Delta, faisant tout à coup plus tante que nièce.

La conversation suit son cours, et je me gratte la tête en évitant le regard de Cléo. Je commence à penser que venir ensemble ici n'était pas une si bonne idée.

— J'espère qu'il n'y aura pas trop de questions liées au sport, dit Cléo. Le seul dans lequel je sois bonne, c'est la natation.

— Tu es allée à la grotte ? demande Raff. Ça fait des années que je n'y ai pas mis les pieds.

Cléo et moi nous tournons pour le regarder, et parlons d'une seule voix :

— La grotte ?

— J'adorais y aller quand j'étais petite, soupire Delta.

— Elle est tout au bout de la plage d'Otter Lodge, explique Raff. À marée basse, on peut y entrer à pied : elle renferme une piscine naturelle qui ne se vide jamais. Vous ne trouverez pas d'eau plus pure au monde.

— Ni plus froide, ajoute Delta. J'aurais bien aimé vous montrer, mais je ne peux même plus grimper au sommet de la colline, alors l'eau glacée…

Raff frissonne malgré le feu qui crépite dans l'âtre.

— Suivez les rochers lorsque la marée est basse et vous tomberez dessus.

— Merci pour le tuyau, dis-je en hochant la tête, séduit par l'idée d'un nouvel endroit secret à photographier.

— Et toi, Cléo ? s'enquiert Delta. Faire trempette toute nue, il n'y a rien de mieux pour la santé ! Personne ne va là-bas, sauf en plein été, donc tu seras à l'abri des regards indiscrets, lance-t-elle en riant. Des regards irlandais, du moins.

Ça recommence : cette sensation de malaise à l'idée que quelqu'un puisse savoir ce qu'il se passe entre Cléo et moi. Je ne peux pas m'empêcher de passer une main sur ma nuque et de rouler les épaules, gêné. Cléo me sourit lorsque je croise son regard, et je détourne rapidement la tête vers Raff, en espérant qu'il me tire de là.

— *Heartbreak Hotel*, dit-il. Et aussi *Wooden Heart*. Ce type savait comment séduire les filles, on ne peut pas lui enlever ça.

Et nous voici revenus à Elvis.

— Rien de tel qu'un homme en uniforme, affirme Delta.

— Comment va ta mère ?

Ce n'est pas que je m'attende à des nouvelles surprenantes de Dolorès, mais je me raccroche à ce que je peux.

— J'ai pris de très belles photos d'elle en train de travailler à la bibliothèque l'autre jour, j'espère qu'elle acceptera que je les expose.

De tous les habitants de l'île, Dolorès a été l'une des plus difficiles à convaincre d'être photographiée.

— Elle est en pleine forme, répond Delta. Même si elle se plaint beaucoup trop de ses jambes.

— Laisse-la tranquille, elle a toujours aimé râler, c'est sa manière d'exister, intervient Raff. Ma sœur est une femme super.

— Ce n'est pas toi qui vis avec elle, grogne Delta.

— Non, c'est toi, et tu as de la chance, assène Raff en regardant par-dessus ses lunettes, rétablissant ainsi la relation oncle-nièce.

Je les aime bien, ces deux-là ; ils s'aiment, c'est indéniable, et n'ont pas peur de se dire ce qu'ils pensent.

— Les femmes… soupire Raff en me regardant avec un air résigné. Un vrai mystère pour moi…

Je doute fort que ça l'ait freiné ; sous ses airs de crapule, je suis sûre que c'est un bourreau des cœurs, c'est écrit sur son front.

Cléo sourit et, au moment où j'attrape mon verre, elle fait de même, effleurant ma main au passage. Je la retire rapidement, sans doute trop, car je renverse la fin de ma bière sur la table. Ce n'est pas bien grave, c'est vite essuyé et mon verre est rempli en un rien de temps, mais je sais que Cléo a senti mon malaise. J'aimerais tellement qu'on soit au lodge. Je suis affamé, stressé, et de mauvaise humeur. Cléo croise mon regard tandis que la conversation va bon train autour de nous ; elle glisse sa main sous la table et la pose sur mon genou. Je ne peux pas m'en empêcher ; j'écarte brusquement ma jambe et lui adresse un signe d'excuse, à mi-chemin entre le sourire et la grimace.

Elle recule sur le banc et m'observe, la tête légèrement inclinée, puis descend ce qu'il lui reste de vin sans me lâcher du regard.

— Je suis désolée, je crois que je vais devoir vous laisser, déclare-t-elle en se levant et en récupérant son manteau. Je ne me sens pas très bien, c'est peut-être un début de migraine.

Raff bondit de sa chaise.

— C'est sans doute à cause du feu, et de tout ce monde ; j'avais bien dit qu'il ne fallait pas l'allumer. Je vais l'éteindre, comme ça tu restes, d'accord ?

Elle sourit et lui tapote le bras.

— Franchement, je ne crois pas que ce soit le feu ; c'est moi. Avec un ou deux cachets et une bonne nuit de sommeil, tout ira bien.

— Attends, je viens avec toi, dis-je en avalant ma bière en vitesse.

— Non, non, reste ici, marmonne-t-elle en évitant mon regard. Je serai mieux toute seule.

Pas question de la laisser traverser l'île en pleine nuit, c'est trop dangereux. Au moment où elle se penche pour dire au revoir à Delta, j'ai presque réussi à descendre toute ma Guinness.

Sans se retourner, elle se fraie un chemin vers la sortie, alors que quelqu'un m'interpelle et me serre la main. J'aime beaucoup l'aisance innée avec laquelle la plupart des habitants de Salvation engagent la conversation. En revanche, il est difficile de s'en défaire rapidement. Le temps que je sorte du pub, mon manteau à la main, Cléo est déjà à l'autre bout de la rue. Je la rattrape sous le dernier réverbère, avant que la rue ne devienne un sentier obscur.

— Cléo, attends.

Elle s'arrête et se retourne pour me regarder.

— Qu'est-ce qui t'a pris là-bas, Mack ?

Je joue au lâche, et fais semblant de ne pas comprendre.

— Qu'est-ce que tu veux dire ?

Elle me fixe quelques instants, attendant sans doute que mon honnêteté refasse surface.

— Écoute, je suis désolé.

La lumière pâle du réverbère en fer forgé éclaire son visage.

— Tu avais honte, lâche-t-elle.

Ce n'est pas le mot que j'aurais choisi.

— Pas de toi, je réponds, essayant de mettre des mots sur mes sentiments.

— De nous, alors.

Je passe une main sur mon visage.

— Cléo, s'il te plaît. Je n'ai pas honte de nous. C'est juste que… quand il n'y a que toi et moi, c'est facile. Je sais que les gens d'ici ne vont pas nous juger, mais…

— Nous juger pour quoi, au juste ? me coupe-t-elle, cinglante. Cette île a beau être en dehors des sentiers battus, elle n'est pas restée coincée au XVIIIe siècle, Mack. Je crois que tout le monde ici se fiche bien de savoir si on a une aventure ou pas.

— Moi, je ne m'en fiche pas, je rétorque, sur la défensive. Je suis encore marié.

Elle lève les yeux au ciel et pousse un long soupir qui reste en suspens dans l'air glacial.

— Tu sais quoi, Mack ? Fais comme tu veux. Continue à être un homme marié, même si tu es séparé de ta femme depuis plus d'un an et qu'elle a clairement tourné la page. Continue à prétendre que tu es un homme marié, jusqu'à ce qu'un bout de papier te dise que ce n'est plus le cas. Et tu sais quoi ? Même après ça, tu auras peut-être encore l'impression d'être marié, parce que ce n'est pas toi qui as voulu cette séparation. Et tu sais où ça te mènera ? Sur le banc de touche, d'où tu regarderas la vie poursuivre son cours, amer, et seul.

Elle respire bruyamment. Le tranchant de ses mots me déchire.

— Tu veux savoir, Cléo ? Tu devrais peut-être garder tes conseils de gamine pour tes lectrices, parce que, en ce qui me concerne, je suis un adulte.

— Alors comporte-toi comme tel ! me renvoie-t-elle, en levant le menton.

Nous nous toisons du regard ; ses yeux brillent d'une fureur noire, sa poitrine se soulève et bon sang… j'ai tellement envie d'elle, c'est incontrôlable. Je perçois ce désir en elle aussi ; le trop-plein de colère se transforme en autre chose. Je l'attire vers moi, nos bouches se cherchent, haletantes, elles se disputent, s'embrassent fougueusement.

— Je n'aurai jamais honte de ça, je chuchote, les yeux clos.

Cléo caresse doucement ma nuque.

— Je ne pensais pas ce que j'ai dit.

— Viens, rentrons, dis-je en posant un doigt sur sa bouche.

Plus tard, dans le lodge, j'essaie de nouveau de m'expliquer en enroulant une boucle de ses cheveux sur mon doigt :

— Être marié est une habitude dont il est difficile de se défaire, Cléo. Je suis plutôt du genre fidèle. J'aime tout ce qui est certain, irrévocable, l'idée d'un « nous contre le reste du monde ». Perdre ça a été comme me perdre moi-même. Je me suis senti seul, incroyablement seul. Et puis je suis venu ici, et tu es arrivée, tombée du ciel, avec tes boucles folles, ton intelligence et ta finesse, et un cœur gros comme Jupiter. Mais ce soir, être avec toi, devant tout le monde… J'ai eu l'impression de faire quelque chose d'interdit, de mal. Ça m'a immédiatement ramené en arrière, à l'enfant qui est entré dans le bureau de son père et l'a découvert en train de se taper son assistante. Ce qui me perturbe, au plus profond de moi, ce n'est pas toi, ou nous, mais c'est ce que représente l'infidélité. À quel point ça peut bousiller une famille.

Allongé sur le lit, je sens la chaleur de son corps contre le mien. Cléo se tait pendant un moment ; je sais qu'elle essaie d'intégrer tout ce que je viens de dire.

— Tu ne vas pas bousiller la vie de tes enfants. Ce qui se passe ici, entre nous, c'est temporaire. Parfait, mais temporaire. Tu ne fais rien de mal, et tu ne trahis aucune promesse. Après, quand tu seras rentré chez toi… ce sera à toi de décider si tu en parles à quelqu'un ou si tu le gardes pour toi, non pas parce que c'est une aventure dont tu devrais avoir honte, parce que c'est tout le contraire. Mais ce qui se passe ici et maintenant n'appartient qu'à nous.

Ça me fait un bien fou de savoir qu'elle me comprend.

— Parfait, mais temporaire. J'aime bien cette idée.

Lentement, elle dessine des cercles sur mon torse.

— Si tu as vraiment besoin que tout ça reste entre nous, y compris ici, sur l'île, je peux comprendre. Aucun problème. On a qu'à dire que ce lodge est notre boule à neige à nous.

Sa compassion me va droit au cœur et, dans ma tête, je fais descendre un dôme protecteur sur le lodge, la baie et la colline.

— Tu sais quoi ? Je crois que tu es la fille la plus cool du monde.

— Ouais, je sais.

Je sens ses paupières se clore, comme de petites ailes de papillon contre mon torse, et je ferme les yeux à mon tour, épuisé. J'ai l'impression de marcher sur une corde raide entre deux chapitres de ma vie, et Cléo est mon filet de sécurité. Je lui dirai demain, si j'arrive à trouver une manière de dire ça sans passer pour un con.

CLÉO

Suis-je vraiment assez courageuse ?

23 octobre, Salvation Island

AUJOURD'HUI, c'est le dernier jour de ma vingtaine. Le moment de dire adieu à la jeune fille que j'étais et d'accueillir la femme que je suis en train de devenir. Je ne sais pas encore exactement qui elle est, ce qu'elle va faire ni où elle va aller, mais je sais qu'elle tiendra la barre, que ce soit par temps calme ou en haute mer. Je croise juste les doigts pour qu'elle ne rencontre pas d'icebergs.

Je crois que je suis prête pour ma cérémonie de demain. Aussi prête que possible, en tout cas. J'ai griffonné quelques mots pour mes vœux, ma robe s'est défroissée, et je passe l'après-midi au café avec Delta et Dolorès ; je viens d'essayer de leur expliquer le concept de sologamie. Delta a compris, mais Dolorès semble être à deux doigts de mettre sa main sur mon front pour vérifier que je n'ai pas de fièvre.

— Et tu n'as pas d'alliance ? demande Delta en fronçant les sourcils. Tu t'es bien ratée sur ce coup-là. Tu aurais pu la faire passer en note de frais, non ? Genre, une énorme émeraude.

— Je sais. Je ne sais pas comment j'ai fait pour ne pas y penser.

— Un mariage requiert bien plus qu'un bijou, Delta, déclare Dolorès en pliant sa serviette.

— Comme… un marié, peut-être ?

— Tout ça est très inhabituel, répond Dolorès.

Elle choisit attentivement ses mots, mais il est évident qu'elle pense que j'ai perdu la tête. Je ne peux pas lui en vouloir.

— Moi, je trouve ça plutôt romantique, soupire Delta. Mais je ne m'aime pas assez pour m'épouser.

— Quoi ? Delta, quelle idée !

Je pose ma main sur la sienne, décontenancée par sa réaction. Cette fille respire la confiance en elle, la joie de vivre ! Je ne pouvais pas me douter un seul instant qu'au fond, elle ne se sent pas aussi bien qu'elle le laisse paraître.

Elle repousse ma main dans un éclat de rire, mais je vois le doute poindre sur le visage de Dolorès, face au manque d'amour-propre de sa fille. Je repense au père de l'enfant de Delta, le piètre accro aux jeux vidéo qui fait des virées en scooter, et je me surprends à l'admirer d'autant plus d'avoir eu la force de ne pas se contenter de ça. Rentrer chez elle enceinte et seule n'a pas dû être facile.

— Tu auras un voile ? interroge Dolorès en me regardant, toujours dubitative.

Delta lance un regard noir à sa mère.

— Et qui va bien pouvoir le soulever, maman ?

Impassible, Dolorès passe une main sur son chignon parfait et s'adresse de nouveau à moi.

— Moi, j'avais un voile. D'ailleurs, je l'ai toujours. Tu veux le porter ? demande-t-elle en nous scrutant tour à tour, Delta et moi, avec insistance. Car je doute que quiconque s'en serve avant que je meure.

— Maman, c'est pas sympa. Tu aurais préféré que j'épouse Ryan Murphy juste pour avoir une ristourne sur le *soda bread* ? Pourquoi je ne l'utiliserais pas, moi ? Je n'ai qu'à faire une séance photos de grossesse toute nue, comme les stars. Je serais magnifique. Je pourrais me servir du voile pour couvrir mes parties intimes et éviter à Mack de rougir.

— Mack ?

— Qui sait mieux se servir d'un appareil photo que lui ? dit-elle en riant.

— Tu ne feras rien de tel avec mon voile, tranche Delta. Trois mètres de dentelle de Donegal d'un blanc immaculé. Fabriqué par les meilleures couturières de l'époque. J'avais l'impression d'être une princesse.

— Ah, maman… tu avais l'air d'une vraie star de cinéma.

Ces deux-là se disputent parfois, mais dès que l'on gratte la surface, leur amour saute aux yeux.

— Je ferais mieux d'y aller, dis-je. J'étais juste venue pour le gâteau.

— Le gâteau de mariage ? questionne Dolorès, dans une dernière tentative.

— Non, le gâteau. Ce n'est pas vraiment ce genre de mariage.

— De toute évidence, dit Dolorès, un vague sourire aux lèvres.

Elle semble déçue, comme si elle tenait le rôle de ma propre mère – qui, pour info, pense que toute cette histoire n'est qu'un coup de pub d'Ali et n'y a pas prêté attention le moins du monde. Ce n'est pas sa faute ; je lui en ai parlé dans les grandes lignes, sans évoquer les émotions ou les sentiments enfouis derrière. Je ne sais pas si elle comprendrait que passer le cap des trente ans est pour moi vivre plus longtemps que mon père. Nous avons du mal à parler de lui ; elle le connaissait sur le bout des doigts, tandis que je ne l'ai pas connu du tout. Nous n'avons pas de souvenirs en commun à évoquer. Sans parler de ceux que nous n'aurons jamais : il ne me conduira pas jusqu'à l'autel, et elle ne le verra jamais prononcer son discours de père de la mariée.

Je leur dis au revoir, sors du café et mets ma capuche pour me protéger de la pluie. Le temps d'arriver à Wailing Hill, je vais être trempée.

*

— Tu es mouillée, fait remarquer Mack en levant les yeux de son ordinateur au moment où je rentre.

Je ris et enlève mon manteau ruisselant, mais il se lève d'un bond et tend ses mains pour m'arrêter.

— Que dirais-tu de partir à l'aventure ?

— Ça dépend. Quel genre d'aventure ?

— Une aventure qui comprend baignade et recherche de grotte.

C'est le dernier jour de ma vingtaine, après tout, autant la terminer en beauté.

— Pourquoi pas.

Quand on sait où est la grotte, elle n'est pas si difficile à trouver. La marée est juste assez basse pour en découvrir l'entrée ; nous devrions avoir quelques heures devant nous. Il y a quelque chose d'apaisant dans le flux et le reflux de la mer, constant, qui dicte le rythme de tous les habitants de l'île, sans leur laisser le choix. C'est si différent de Londres, où des milliers de rythmes se mêlent, laissant le choix libre à chacun de suivre celui qu'il veut, à tout moment. J'ai adoré vivre là-bas, mais m'en éloigner m'a permis de comprendre que j'étais prête à en partir. Je crois que j'en ai même besoin. J'ai besoin d'un sanctuaire de tranquillité, de calme, de clarté. Et pour un temps, j'ai besoin de remplacer la tequila par de l'eau minérale.

— Attention où tu mets les pieds, m'avertit Mack en tendant le bras pour attraper ma main. Ça glisse !

Nous avançons pas à pas sur les rochers couverts d'algues et nous enfonçons dans la gueule béante de la grotte, laissant la lumière du jour derrière nous. Alors que mes yeux se font à la pénombre, je remarque des peintures ornant les murs. Rien de rupestre : juste des éclaboussures faites par des enfants et des gribouillages signés d'habitants de l'île, où s'intercalent quelques œuvres un peu plus sophistiquées. Des noms sont inscrits çà et là. Je n'en reconnais que peu. Quelqu'un a peint le nom de Slánú en ornant chacune des lettres de fleurs et de feuillages tressés. Je m'approche pour observer une très belle représentation d'une caravelle aux voiles gonflées par le vent. Elle est signée.

— C'est Julia qui a peint ça, dis-je en effleurant la proue du bateau du bout des doigts. La femme d'Ailsa.

Mack fait courir ses mains sur les couleurs à la surface de la roche.

— On dirait qu'il bouge.

Il a raison : les irrégularités de la paroi donnent vie à l'image. Je recule quand il lève son appareil.

— Je n'aurais jamais cru qu'une piscine pouvait être dissimulée dans un endroit pareil.

Devant nous, la grotte se divise en deux chemins.

— Essaie de ce côté, et moi de celui-ci. Si tu la trouves en premier, tu cries, d'accord ?

— Ne va pas trop loin et ne prends pas de risques inconsidérés.

— J'ai vraiment l'air d'être ce genre de personne ?

— Tu es venue sur une île perdue pour te marier avec toi-même, je te signale.

— Touché. Mieux vaut ça qu'être ennuyeuse à mourir.

— C'est sûr, dit-il en sortant sa lampe frontale et en passant l'élastique autour de mon front. Tiens, sois prudente.

Je soupire en levant les yeux au ciel.

— Je voyais très bien sans.

— Et maintenant tu vois encore mieux.

Il a raison. Au lieu de le contredire, je me hisse sur la pointe des pieds et l'embrasse en attrapant le col de son manteau.

— Cléo, tu m'éblouis ! crie-t-il en riant contre mes lèvres.

— On se rejoint ici dans dix minutes si aucun d'entre nous n'a trouvé la piscine.

Il jette un coup d'œil à sa montre et acquiesce.

C'est moi qui la trouve en premier. Le chemin se resserre, serpente à ma droite, avant de s'élargir pour révéler son secret. Quelque chose m'empêche de crier. Chaque recoin de Salvation est magique, mais ce que je découvre ici est d'une pureté sans pareille. Au-dessus de moi, un mince rayon de lumière vient éclabousser d'étoiles la surface de l'eau et je reste muette, saisie par la quiétude de cet endroit qui semble presque irréel. Une idée germe dans ma tête tandis que j'observe le liquide cristallin. Il fait un froid polaire mais, plus tard, quand je repenserai au dernier jour de ma vingtaine, j'aimerais me souvenir de mon audace.

Je sautille d'un pied sur l'autre, consciente que j'ai peu de temps avant que Mack ne parte à ma recherche. J'ouvre mon manteau d'un coup sec. Je sais que je vais être gelée mais, à cet instant précis, l'adrénaline coule dans mes veines et me réchauffe tandis que je me déshabille. Manteau, pull, bottes, jean, jusqu'à ce que je n'aie plus que mes sous-vêtements. Je m'arrête un instant, hésitante. Suis-je vraiment assez courageuse ? Je repense à la caravelle majestueuse de Julia filant vers des rivages inconnus et cela me donne le petit coup de fouet nécessaire pour me mettre nue. Je me sens euphorique et vivante ; je n'ai jamais rien fait d'aussi libérateur. Je tends une jambe et trempe mes doigts de pied dans l'eau. Mon Dieu, elle est glaciale.

— Cléo, tu...

Je sursaute en entendant la voix de Mack. Je me retourne ; il est encore dans le chemin, juste derrière moi.

— Oh...

Il ouvre la bouche, s'apprêtant à parler, puis la referme aussitôt, pris de court.

— Tu l'as trouvée.

— Eh oui.

— Et tu t'es déshabillée...

— Oui, aussi.

Je souris en voyant ce grand Américain si sûr de lui rester bouche bée et sembler aussi mal à l'aise qu'un adolescent.

Il jette un regard par-dessus son épaule.

— Tu veux que je te laisse ? Tu avais l'air de vivre un moment un peu intime.

Je réfléchis à sa question. Il a raison, je profitais du moment présent. Je rejette mes épaules en arrière et savoure l'air froid qui durcit mes tétons. Je ne me suis jamais sentie aussi femme qu'à l'instant où je retire ma barrette et lâche mes cheveux en les secouant sur mes épaules.

— Mack, j'ai vingt-neuf ans et trois cent soixante-quatre jours aujourd'hui, et je me sens absolument superbe. Alors je vais plonger dans cette piscine, et j'adorerais que tu restes pour me prendre en photo.

— Je crois que je peux faire ça pour toi, assure-t-il d'une voix sexy, dans laquelle je décèle aussi son émotion, touché que je lui demande d'immortaliser ce moment de ma vie. Mais ne reste pas trop longtemps, il ne faudrait pas que te secourir dans l'eau glacée devienne une habitude.

Je souris, soutiens son regard l'espace d'un instant, puis je ferme les yeux et prends une profonde inspiration pour me donner du courage. L'air froid me picote la peau, comme s'il la parsemait de paillettes. Je resplendis de magie. Je me prépare psychologiquement, et plonge tout entière dans l'eau, d'un coup. Je sais d'expérience que c'est la seule façon d'y arriver.

— Mon Dieu ! je crie et ouvre grand les yeux pour chasser les gouttelettes d'eau de mes cils. Mack, c'est vraiment de la glace ! Je crois que je vais mourir !

Accroupi, appareil photo en position, il me regarde et lève le pouce vers moi tandis que j'oscille entre rires et halètements, sous le choc, glacée jusqu'aux os. Je nage et me tourne sur le dos. Je flotte, heureuse, brûlante de désir, vivante. Je voudrais qu'il saisisse chacun de mes mouvements, qu'il voie en moi une femme qui s'est défait de ses vêtements comme d'une peau de serpent. Je voudrais qu'il capture cette sensation enivrante, pour qu'une fois de retour chez moi, je puisse me rappeler la personne que j'étais à ce moment précis – celle que je veux être, pour toujours.

— Je crois que je n'ai jamais eu aussi froid de toute ma vie, dis-je, pelotonnée sur le canapé avec un chocolat chaud.

— Même quand tu t'es fait surprendre par la vague, la dernière fois ?

Mack est assis sur le fauteuil à côté de moi, son ordinateur sur les genoux.

Il a pris soin d'allumer un feu pendant que je prenais un bain brûlant, et je sens que ma température commence à se rapprocher de la normale.

— La dernière fois, le choc était plus saisissant que le froid. Aujourd'hui, c'était un autre niveau.

En silence, il regarde les clichés pris dans la caverne. Je ne les ai pas encore vus. Je ne sais pas si ce que j'ai ressenti en moi transparaît sur la pellicule, ou si j'ai juste l'air d'une folle en train de se noyer dans un étang sinistre. Mack tourne son écran vers moi.

— Celle-ci, c'est ma préférée.

J'en reste muette. C'est sans doute la plus belle photo que l'on ait jamais prise de moi ; je suis en apesanteur dans l'eau, sur le dos, les yeux fermés, les bras écartés, mes cheveux flottent autour de moi et je souris, perdue dans l'intensité du moment. Je suis une femme des cavernes, une reine des mers, une force de la nature.

— Merci. Je suis contente que tu sois resté.

Il referme son ordinateur et vient s'asseoir sur le canapé, près de moi.

— Moi aussi. Je n'avais jamais rien vu de tel.

Je pose ma tasse vide par terre et nous nous allongeons l'un près de l'autre, à la douce chaleur des flammes.

Quand je repenserai à ce jour-là, je me souviendrai du feu et de la glace, de la caravelle de Julia sur les parois de la grotte, et de la femme que je suis devenue en plongeant dans ses eaux.

CLÉO

Chère moi bien-aimée

24 octobre, Salvation Island

LES DIEUX DE LA MÉTÉO ont décidé de chasser les nuages en l'honneur de mon anniversaire. Je suis réveillée depuis une dizaine de minutes mais je traîne au lit, bien au chaud, dans cette sorte de zone tampon entre le sommeil et la fébrilité de la journée qui s'annonce. Mack n'était pas là quand j'ai ouvert les yeux, mais je sens la bonne odeur du café et un feu crépite dans la cheminée.

— Joyeux anniversaire, Cléo, dis-je à haute voix. Je t'aime.

Mes mots résonnent dans le silence du lodge. C'est bizarre. Vraiment bizarre. Mais puisque cette journée est placée sous le signe de l'acceptation de soi, et donc de l'amour, je décide de la démarrer du bon pied.

Ma robe est suspendue, prête. Une cascade de coton blanc vintage. Allongée, encore en pyjama, je sens une pointe d'excitation au creux de mon ventre. Je me demande ce que ça fait, de se réveiller le jour de son vrai mariage. De savoir que, quelques heures plus tard, on fera le serment de passer sa vie avec quelqu'un d'autre. Si ça m'arrivait, est-ce que je serais une vraie pelote de nerfs ou, au contraire, sûre de mon choix et éclatante de joie ? J'imagine que ça dépendrait de la personne que j'épouserais. Au moins, aujourd'hui, une chose est sûre : je ne vais pas me faire faux bond devant l'autel. J'ai déjà assisté à un mariage où la mariée a planté son futur époux. Quel cirque ! Heureusement, ce n'était pas quelqu'un dont j'étais très proche, mais quand même… je ne savais plus où me mettre. Et puis, surtout, j'ai trouvé ça à la fois inutile et cruel d'avoir attendu ce stade pour le laisser tomber ; le pauvre garçon était à ramasser à la petite cuillère. Mais en fin de compte, même les mariages les plus heureux s'achèvent parfois plus tôt que prévu. Ma mère avait dû se réveiller le cœur empli de rêves et d'espoirs le jour de son mariage, sans savoir qu'elle n'aurait que quelques précieuses années avec l'homme qu'elle adorait. Et Mack… visiblement, lui aussi s'attendait à ce que son histoire d'amour dure plus longtemps. Auraient-ils tous franchi le pas s'ils avaient su ce que l'avenir leur réservait ? Ou auraient-ils choisi la solitude pour éviter le chagrin ? Peut-être que je fais le bon choix, finalement ; je crois pouvoir me faire confiance pour ne pas me briser le cœur.

Je traverse la cuisine pour prendre du café, en me demandant où peut bien être Mack. Nous nous sommes endormis sur le canapé hier soir et il m'a réveillée peu après minuit, pour me murmurer « joyeux anniversaire » et me porter sur le lit. Je n'aurais pas pu rêver mieux pour commencer cette nouvelle décennie. J'attrape une couverture que j'enroule autour de mes épaules, enfile une paire de bottes en caoutchouc et sors sous le porche pour emplir mes poumons de l'air frais de Salvation. En m'appuyant sur la rambarde, mes mains autour de ma tasse pour les réchauffer, je m'aperçois que quelqu'un – Mack, évidemment – a inscrit « 30 » sur le sable, tout en coquillages. Ces deux immenses chiffres resteront là jusqu'à ce que les vagues les arrachent à la plage. Cette attention me va droit au cœur. À Londres, mon anniversaire se résumerait à une avalanche de textos, d'appels, de banderoles accrochées à mon bureau et, plus tard, de cocktails dans un bar bruyant. Je suis d'autant plus ravie de ma toute nouvelle décision de ne plus consulter mon portable tant que je suis ici ; je n'ai aucune envie de ce genre d'intrusion aujourd'hui. Je tiens Ali au courant de ce qui se passe par e-mail, et grâce au wi-fi du café, j'ai parlé à ma mère quelques fois sur FaceTime – je ne voulais pas qu'elle se sente délaissée. Mais c'est l'exception. D'ailleurs, j'ai déjà sa carte et son cadeau d'anniversaire ; elle me les a envoyés avant mon départ. En attendant, ici, les dauphins viennent me saluer, comme s'ils savaient que c'est mon anniversaire et voulaient me présenter leurs vœux. Je les observe un moment, le souffle du vent me rafraîchit les joues, tout est paisible. J'ai trente ans.

— Bonjour bonjour !

Je me retourne et j'aperçois Brianne, tenant quelque chose dans ses mains. Je souris, surprise de la voir.

— Joyeux anniversaire ! Je t'ai préparé ça.

Elle me tend un plat contenant un gros gâteau d'anniversaire au glaçage jaune poussin, décoré de fleurs et portant l'inscription « *Cléo* ».

— Brianne, c'est adorable ! Merci beaucoup !

Elle a même pensé à ajouter quelques bougies. Ma mère sera contente lorsque je lui raconterai ; elle dit toujours que ça porte malheur de ne pas souffler de bougie le jour de son anniversaire. Je regarde le gâteau, touchée par son geste. Brianne me sourit, presque timide.

— Viens au club lundi, tu nous raconteras, propose-t-elle.

— Bien sûr.

— Bonne chance pour aujourd'hui ! Je dois filer, je suis déjà en retard pour l'ouverture du magasin.

— Tu as illuminé ma journée.

Je la serre dans mes bras avant qu'elle ne parte. Elle rougit de plaisir et me fait un signe de la main, se remettant déjà en route.

Quelle gentillesse. Le gâteau est magnifique, ça a dû lui prendre un temps fou. J'étais tellement concentrée sur la cérémonie que je n'ai même pas pensé aux petites traditions d'anniversaire.

Je bois une gorgée de café et profite de la quiétude du lieu quelques instants de plus, perdue dans mes pensées.

— Bonjour, Cléo.

Je me retourne et, cette fois, c'est Dolorès que j'aperçois sur le chemin. J'essaie de masquer ma surprise et je descends les marches, le sourire aux lèvres, ne sachant pas si je dois la prendre dans mes bras.

— Dolorès, qu'est-ce qui t'amène ici ?

— Ma satanée fille voulait venir elle-même. Elle aurait fini par accoucher sur cette colline ! J'ai dû lui promettre de t'apporter ça de sa part.

Elle ouvre un joli sac de toile et en sort une couronne de fleurs.

— Elle a pensé que ces couleurs iraient bien avec tes cheveux.

— Tu lui diras que je n'ai jamais rien vu d'aussi beau.

Delta a entrelacé des feuilles de laurier et des fleurs sauvages sur un fil de cuivre. L'ensemble est à la fois baroque et bohème ; c'est tout elle, et ça me correspond parfaitement aussi.

— Je l'adore.

Dolorès hoche la tête, tandis que je pose la couronne sur mes cheveux. Elle m'observe, l'air un peu hésitant, puis fouille de nouveau dans son sac et en sort une petite pochette en coton bleu.

— Cela appartenait à ma sœur aînée. Elle non plus ne suivait jamais les règles. Elle s'attirait toujours des ennuis.

C'est un compliment sans l'être, mais je ne crois pas qu'elle l'ait dit méchamment.

— C'est tellement gentil, dis-je en ouvrant la pochette. Je ne m'attendais pas à ce que quiconque m'offre quoi que ce soit… Il y a un instant, Brianne m'a apporté un gâteau, maintenant toi…

Je m'arrête net à la vue de la bague de Claddagh en or rose que je viens de déposer au creux de ma main. Je lève les yeux sur Dolorès.

— Peut-être qu'elle ne t'ira pas, ma sœur était assez grosse.

J'étouffe un rire qui se mêle à mes larmes ; ça lui ressemble bien d'être si attentionnée et si cruelle à la fois.

— Dolorès, je ne sais pas quoi dire… tu es sûre ? C'est un bijou de famille… C'est tellement généreux de ta part.

— Bernadette avait plus de bijoux que la reine d'Angleterre ; elle en rapportait toujours de ses voyages, et le moins qu'on puisse dire, c'est qu'elle avait la bougeotte. Toujours à penser à sa prochaine aventure, raconte-t-elle d'un ton brusque. Maintenant, c'est à toi de décider où tu la portes : main gauche pour l'amour, main droite pour l'amitié.

Je résiste à l'envie de la prendre dans mes bras car je sais que ce n'est pas vraiment son truc. Ce que j'entends à propos de cette Bernadette me plaît bien, et je note dans un coin de ma tête de demander à Delta de me parler d'elle, à l'occasion.

— Ce sera la main droite, alors.

Nous retenons notre souffle tandis que je passe la bague. Elle est trop grande pour mon annulaire mais va parfaitement au majeur.

— Et voilà, je m'exclame en tendant ma main, doigts écartés, j'ai une bague !

Elle cligne des yeux puis observe mon visage et ajoute :

— Et des fleurs.

Je souris.

— Une vraie mariée en pyjama ! Mais ne t'en fais pas, j'ai une robe digne de ce nom.

Sa manière de me regarder me fait penser à ma mère ; un mélange d'exaspération et de tendresse. Peut-être qu'en me voyant vivre sur son île, elle ressent une forme de responsabilité parentale à mon égard.

— Prends soin de toi, Cléo, dit-elle d'une voix douce.

Je pose mes yeux embués de larmes sur la bague.

— C'est promis.

Je la regarde s'éloigner, le dos bien droit, un foulard de pluie en plastique transparent soigneusement noué sous le menton pour protéger son brushing bouffant à la Jackie O. Cette île et ses habitants n'arrêteront pas de me surprendre.

Je jette les dernières gouttes de mon café froid par-dessus la balustrade, retourne à l'intérieur et pose délicatement la bague et la couronne de fleurs sur la table, à côté du gâteau. Désormais, j'ai tout l'attirail d'un mariage traditionnel, excepté le marié. Mais il est hors de question que je laisse la mélancolie s'installer. Aujourd'hui est un jour de fête. Un bon bain chaud m'attend, et ensuite, je me préparerai pour la cérémonie.

— Ça te dit, un petit déjeuner d'anniversaire ?

J'ai entendu Mack rentrer alors que je me prélassais dans la baignoire. Je viens tout juste d'en sortir. Pendant ce temps, il a pris soin de dresser une table avec des fleurs, du café fumant, des croissants, une carafe de jus d'orange et des tartines. Il y a même du saumon. Mack tire une chaise pour moi et s'incline légèrement.

Nous échangeons un regard et un sourire.

— Joyeux anniversaire, Cléo.

Lorsqu'il se penche pour m'embrasser, je respire pour m'imprégner de son odeur de brise marine et d'épices mêlées.

— C'est un festin, merci beaucoup.

— C'est une journée particulière, dit-il en me regardant par-dessus son épaule tandis qu'il se dirige vers la cuisinière.

Il a mis un tee-shirt blanc à manches longues, le genre de vêtement thermique que l'on porte comme une seconde peau et qui pourrait tout aussi bien dater des années 1930 que d'aujourd'hui. L'espace d'un instant, je nous imagine comme des habitants d'autrefois : un jeune couple assit autour d'une table, avec un simple bouquet de fleurs.

— C'est toi qui les as cueillies ? je demande en caressant les pétales rose pâle d'une fleur que je me souviens avoir aperçue aux abords de la plage.

— Oui, ce matin, dit-il en déposant un œuf dans mon assiette. J'ai pêché le saumon, aussi.

Il mime le mouvement de la canne à pêche tandis que j'examine les tranches de saumon fumé.

— En provenance directe du magasin de Brianne, j'imagine ?

— Eh oui.

Il prend quelques photos de la table dressée, sourit et saisit ses couverts.

Tout en mangeant, nous évoquons la journée à venir. Nous nous passons le sel, partageons la derrière tranche de pain grillé, remplissons nos tasses de café, la radio en fond sonore. Parfois, dans ce genre de moments, j'aimerais pouvoir appuyer sur pause, pour en profiter un peu plus longtemps.

Mack est sorti sous le porche avec son appareil et son trépied. Il m'a dit qu'il avait besoin de s'organiser, mais je crois surtout qu'il me laisse un peu d'espace pour que je me prépare. J'apprécie cette intimité. Je suis toute propre, j'ai séché et coiffé mes cheveux pour qu'ils forment de jolies boucles naturelles. Je me suis maquillée un peu ; même si je suis seule, pas question de me marier sans une touche de mascara !

Je me sens nerveuse ; c'est bête, je sais, mais ce qui m'attend aujourd'hui… c'est pour ça que je suis venue jusqu'ici. Quand Ali et moi avons discuté de cette journée, dans tous les scénarios que nous envisagions, j'étais seule. Pas d'Américain qui me prépare le petit déjeuner ni d'habitants qui m'apportent des surprises. Non, rien que moi, seule, pour organiser et vivre cette journée comme je le sentais. Ce n'est pas que je n'apprécie pas leur gentillesse, ça me touche vraiment ; mais maintenant que je sais que d'autres personnes sont au courant du mariage, c'est comme si j'avais le trac. Je n'ai pas envie que tout ça passe pour un phénomène de mode un brin fantaisiste car, avec le temps, je me suis investie émotionnellement dans cette expérience. C'est important pour moi. Plonger dans les eaux de la grotte hier était la meilleure façon de dire adieu à ma vingtaine. Je veux que cette journée soit tout aussi parfaite, afin d'accueillir mes trente ans à bras ouverts. J'ai longuement réfléchi au lieu où se déroulerait ma cérémonie et, encore une fois, la présence de Mack change la donne. Seule, j'aurais peut-être choisi le porche, mais après les innombrables heures que nous avons passées ici, à boire notre café, à parler de tout et de rien, cet endroit est plus à nous qu'à moi. Il en va de même pour la plage. J'ai songé au rocher au sommet de Wailing Hill, mais je trouve ça un peu trop exhibitionniste. Jusqu'à notre découverte de la grotte hier, je ne m'étais pas encore décidée. Mais en voyant le chapelet de rochers érodés qui abrite un petit coin de plage, juste après l'entrée de la grotte, j'ai eu une révélation. Ils ne forment peut-être pas un cercle parfait, mais ils n'en demeurent pas moins symboliques. L'œil de photographe de Mack a également été conquis, je le sais.

— Un peu de café ? me propose Mack, tout juste rentré.

Cela fait des jours qu'il alimente le feu sans discontinuer, si bien que même les murs de pierre du lodge sont chauds au toucher.

— Ou une coupe de champagne d'anniversaire ?

— Plutôt tout à l'heure.

Nous allons enfin boire cette fameuse bouteille de champagne qui est dans le frigo depuis notre arrivée – celle destinée aux fameux mariés en lune de miel. J'attends la cérémonie de cet après-midi avec une impatience fébrile, mais je me réjouis tout autant de revenir ici après et de passer la soirée dans ce lodge paisible et douillet. Et puis, je suis heureuse de ne pas être seule ce soir. Ces derniers temps, j'essaie de vivre au jour le jour et je me retiens de faire le décompte des heures jusqu'à ce que je me retrouve seule. C'est drôle ; j'ai souhaité le départ de Mack avec tant de rage, et maintenant que ce moment approche, je fais l'autruche. D'ailleurs, ça n'a rien à voir, mais les flamants roses aussi enfouissent leur tête dans le sable.

— Qui êtes-vous, belle créature, et qu'avez-vous fait de Cléo ?

Mack sourit en me voyant émerger de la salle de bains, un peu en retard, mais prête à partir.

Je me sens incroyable. Je me suis accordé du temps pour prendre soin de moi, faisant de mes préparatifs un vrai rituel. Sur cette île, on a vite fait de s'emmitoufler à la hâte et de sortir sans maquillage. Mais aujourd'hui, je me suis rappelé à quel point j'aimais dessiner un trait d'eye-liner sur mes yeux, appliquer un vernis coloré sur mes ongles et hydrater ma peau avec une huile nourrissante. J'ai décidé de lâcher mes cheveux – ici, c'est un luxe –, même si je sais pertinemment qu'ils vont se coller à mon gloss au premier coup de vent.

— C'est trop ? je demande, en tirant sur l'ourlet en dentelle mousseuse de ma robe.

Je la trouve tellement jolie ; dès que je l'ai enfilée, j'ai eu la sensation d'être pile dans la tendance romantique qui fait fureur sur Instagram. Les petits boutons en forme de coquillages qui courent le long du corsage surpiqué soulignent ma poitrine exactement comme dans les films d'époque. C'est à la fois sobre et féminin, un brin nostalgique, bref, parfait pour cette occasion.

— Non, ce n'est pas trop, assure-t-il lorsque je m'avance vers lui.

Il place la couronne de fleurs sur mes cheveux puis recule de quelques pas.

— Laisse-moi te regarder.

Je tournoie lentement sur mes pieds nus et reviens face à lui. Il prend mes mains dans les siennes.

— Tu es resplendissante, Cléo. À la fois douce et pleine de caractère, une vraie femme de Salvation. Allez, vas-y. Fais-le. Tu pourras être fière de toi.

Ce sont les encouragements dont j'avais besoin sans le savoir. Je ne me penche pas pour l'embrasser, car cet après-midi m'est entièrement consacré ; intégrer une autre personne serait presque une trahison. Je glisse mes bras dans les manches de mon large cardigan bleu nuit parsemé d'étoiles argentées, presque aussi long que ma robe. Arrivée sur le seuil, je m'arrête pour enfiler la paire de bottes de pluie rayées jaunes.

— Je ne sais pas comment tu fais, mais ce look te va à merveille, me complimente Mack. C'est un peu comme la rencontre d'une princesse des bois et d'une reine guerrière.

J'aime assez cette description, moi qui craignais qu'avec les bottes, mon look ne passe de « boho chic » à « baba cool ». J'emporte avec moi le panier dans lequel j'ai réuni des objets qui me serviront tout à l'heure : la carte d'anniversaire de ma mère et son cadeau, mon discours, la bague de Dolorès et quelques autres bricoles. C'est une journée claire et venteuse, le ciel est d'un bleu pâle. Il n'a jamais fait aussi beau depuis notre arrivée à Salvation. Au fond de moi, j'y vois un signe de mon père. Et même si l'idée qu'il ait chassé les nuages lourds de pluie peut sembler fantaisiste, j'ai décidé que le jour de mon mariage, j'ai le droit de lui attribuer des superpouvoirs.

— Je suis prête.

— Tu veux que je marche un peu avec toi ?

— Non, ça va aller, dis-je en secouant la tête. Tu seras là quand je reviendrai ?

— Si tu veux, oui.

Il n'attend pas que je lui dise que j'ai besoin de lui. Ce qui l'intéresse, c'est ce dont j'ai vraiment besoin.

— Alors, oui. Sauf si tu es occupé ?

— Pas du tout, répond-il en posant sa main sur la mienne.

En l'observant, je remarque la façon dont les rayons du soleil font briller ses yeux vairons et réchauffent ses cheveux blonds-roux. Debout à côté de moi, stoïque et sûr de lui, il me paraît soudain plus grand et ses épaules semblent plus larges. De nouveau, ce sentiment de déjà-vu. Peut-être marchons-nous dans les traces des habitants d'autrefois ? Si je regardais derrière moi tandis que je m'éloigne, le verrais-je apparaître en bras de chemise et bretelles, les mains crasseuses à force de travailler la terre ? Je rejette mes épaules en arrière et traverse la plage d'un pas assuré, heureuse de savoir qu'il sera là lorsque je rentrerai.

Je sens mon cœur battre de plus en plus vite à mesure que je progresse parmi les flaques d'eau salée et les rochers, plaçant mes pieds de manière à ne pas chanceler ni écraser les escargots de mer à la coquille délicate accrochés aux surfaces glissantes. Mon panier se balance dans la brise. J'avais raison, mes cheveux collent à mon gloss, mais je m'en fiche : le ciel est bleu, mes bottes sont rayées de jaune pâle, et je me sens portée par la gentillesse inouïe de personnes qui n'étaient que des étrangers avant que je n'arrive sur cette île. Voici le moment que j'ai tant attendu. Je touche enfin à mon but, et aucune pluie battante, aucun échec, ne menace cette cérémonie. Elle sera magnifique et plus encore, ce sera tout ce dont j'ai rêvé. Comment pourrait-il en être autrement ? Une sorte d'euphorie silencieuse éclôt dans ma poitrine tandis que je me fraye un chemin entre deux rochers et pose mon panier sur le sable, à l'abri de l'alcôve.

— J'y suis, je murmure. J'y suis.

Je suis venue. Je ne me suis pas fait faux bond. Comme la plupart des femmes célibataires que je connais, j'ai une playlist de chansons inspirantes sur mon ordinateur. Elles me donnent de la force dans les moments de doute et, à cet instant précis, elles résonnent tour à tour dans ma tête : c'est ma marche nuptiale à moi. Oui, Lady Gaga, je suis *on the edge of glory* et oui, Alicia Keys, je suis une *girl on fire.*

Je laisse mes bottes près du panier et avance jusqu'au rivage, pieds nus sur le sable humide et dense. Je reste immobile quelques instants, les yeux fermés, laissant l'écume dentelée recouvrir mes orteils tandis que j'inspire et expire profondément. Je me recentre. J'ai le temps.

Lorsque j'ouvre les yeux, j'essaie de prendre conscience de ce qui m'entoure, des sensations physiques que cela me procure : la caresse d'une brise fraîche sur mon visage, les tourbillons de ma robe, le contact de l'eau glacée sur mes orteils. J'enfonce un peu plus mes pieds dans le sable, pose mes poings sur mes hanches, épaules en arrière, menton relevé. C'est une pose de superhéros que j'ai vue dans un vieil épisode de *Grey's Anatomy* : l'un des médecins l'adopte chaque fois qu'il s'apprête à opérer un patient et tenter de sauver une vie. Je sais que c'est exagéré de dire que venir à Salvation était une question de survie mais, au cours des dernières semaines, j'ai compris à quel point il était essentiel que je me libère de ma prison dorée de Londres. Alors je m'assois, je me verse une tasse de thé, et j'ose une question cruciale : *Que veux-tu faire du reste de ta vie ? Et si c'est trop pour l'instant, alors, au moins, quelle sera la prochaine étape ?*

Je poursuis à voix haute :

— Voici une page blanche, à toi d'écrire ton histoire, Cléo. À toi d'écrire le prochain chapitre. Promets-toi ce que tu veux. Confie tes secrets au vent et tes rêves à l'océan.

En d'autres circonstances, j'aurais sans doute été gênée de me parler à moi-même, mais aujourd'hui, c'est différent. Je me sens pure, sereine, comme si je laissais les énergies et les émotions négatives s'échapper par la plante de mes pieds ; chaque fois que la mer arrive, elle emporte avec elle tout ce qui m'empêche d'avancer. Je ne pratique aucune religion, mais cette communion avec la nature tient de l'expérience religieuse.

Pas un bateau, pas une seule personne à l'horizon. Je sais que Mack voulait trouver un point d'observation en haut des falaises pour prendre des photos mais, comme promis, il reste invisible. Sur le moment, j'ai l'impression que je pourrais avoir la planète entière pour moi toute seule. Je retourne au centre de l'alcôve et ramasse un morceau de bois flotté que j'utilise pour tracer un large cercle dans le sable. J'y place le coussin que j'ai emporté avec moi afin d'éviter de me mouiller, je m'assois en tailleur, et redresse mon dos, vertèbre après vertèbre. Si ma prof de yoga me voyait, elle serait fière de moi : c'est comme si j'avais passé un nouveau cap spirituel. Je sors le contenu de mon panier et le dispose autour de moi : la carte et le cadeau de ma mère, ainsi que la pochette en coton de Dolorès. À ma grande surprise, j'y trouve même une flasque de whisky argentée : une attention de

Mack pour m'aider à me réchauffer. Enfin, je déplie la feuille comportant mes notes, lisse le papier froissé sur mon genou et tiens fermement les coins pour éviter que le vent ne l'emporte vers le large.

— « Chère moi bien-aimée », je commence à déclamer d'une voix claire.

Le simple fait de prononcer ces mots me donne le sourire. Dans ma tête, je suis en train de vivre un moment à la Donna dans *Mamma Mia !* – la version Lily James, de préférence. J'adore Meryl Streep, et je possède même une salopette similaire à la sienne, mais c'est tout de même à la Lily qui est en moi que je décide de faire appel.

— « Je me tiens ici aujourd'hui, devant Mère Nature, Neptune et le peuple des sirènes, pour certifier que moi, Cléo Wilder, considère que moi, Cléo Wilder, suis ma meilleure protectrice et mon amie la plus loyale, ma plus grande supportrice et ma confidente la plus fiable. »

Je m'interromps pour regarder la mer, les cheveux virevoltant au vent. Je dois reconnaître que je n'ai pas toujours été mon amie la plus fidèle ni ma plus fervente supportrice. Je me suis laissée m'installer dans des relations toxiques et je me suis convaincue d'accepter des situations que je ne tolérerais pas pour une amie.

— « Je promets de m'écouter, de prendre le temps de consulter cette petite voix au fond de moi, parce que je me connais mieux que personne et que j'aurai toujours à cœur de défendre mes propres intérêts. Je suis désormais assez avisée pour savoir quand une personne manque de sincérité, et pour savoir quand mettre un terme à une relation. J'ai confiance en moi, en mon courage et en ma réussite. Je promets de ne pas me juger trop durement lorsque je fais une erreur, car cela arrive à tout le monde, mais je ferai en sorte de toujours en tirer les leçons. »

Ça, c'est un point épineux. Je sais, il faudrait être bête pour reproduire les mêmes choix tout en espérant une issue différente, mais je dois admettre que c'est pourtant la trajectoire que suit ma vie sentimentale. C'est comme si j'avais attelé mon chariot à des hommes qui ne sont pas adaptés pour, et que je m'étonnais chaque fois que la roue se détache. Ces derniers temps, j'ai tourné et retourné ce schéma dans ma tête car, en fin de compte, Mack ne fait qu'allonger la liste des hommes qui ne me correspondent pas. Il en aime une autre, impossible de faire pire. Mais c'est différent, nous ne sommes pas vraiment ensemble et nous savons pertinemment que notre histoire ne va nulle part. Nous avons fixé nos règles dès le départ : quand notre temps sur cette île sera écoulé, nous refermerons la porte sur ce que nous y avons vécu et jetterons la clé. Je soupire. Non, je refuse de me laisser perturber par des considérations sur l'état actuel de ma vie amoureuse. Je veux penser à l'avenir, à l'après-Salvation.

— « Ma mission Flamant Rose s'achève ici. Je suis mon propre flamant rose. »

Finalement, je vais peut-être me faire ce fameux tatouage à propos duquel Ali me bassine sans cesse, quand je serai de retour à Londres. Juste un tout petit flamant rose à un endroit visible de moi seule – l'intérieur de ma cuisse ou mon aisselle. Un flamant rose sur l'aisselle. Ça ne donne pas vraiment envie, n'est-ce pas ? En tout cas, si j'écris mon autobiographie un jour, j'ai déjà trouvé le titre ! Au fond de moi, je ris : tout ça est absurde. Mes yeux se posent alors sur les vœux que je tiens dans mes mains. Je touche au but.

— « Je m'engage à me faire confiance. À ne pas avoir peur de faire demi-tour et de naviguer dans une autre direction si les eaux devenaient troubles et agitées, même si, lorsque j'ai levé l'ancre, ma trajectoire semblait la bonne. »

Dans mon esprit, j'invoque l'image de la caravelle de Julia peinte sur les parois de la grotte et la place sur la ligne d'horizon, majestueuse, voguant fièrement sur les mers insondables. Je m'imagine à la barre, une main sur le gouvernail, les cheveux au vent, tenant mon cap à la lumière des étoiles. Voilà la femme que je suis en train de devenir. Je parviens presque à sentir la douceur du bois patiné du gouvernail sous mes doigts, à visualiser la carte des planètes et des constellations que j'ai dépliée pour m'aider à calculer mon itinéraire.

Je garde cette image en tête un moment et la grave dans mon esprit, parce qu'elle me plaît, mais aussi parce que je sais qu'il est temps de changer de cap. Tout ce que j'ai fait depuis que je suis arrivée ici m'a menée à ce point de non-retour, à cette vision de moi-même, capitaine de mon propre navire. J'attrape la pochette bleue de Dolorès, fais tomber l'anneau de Claddagh dans le creux de ma main et caresse l'or rose du bout des doigts.

— « Je m'offre cette alliance, signe de mon engagement, de mon estime envers moi-même, et symbole d'espoir. »

Mes mains tremblent tandis que je la fais glisser sur ma main droite. Mon Dieu. Je suis tellement heureuse que Dolorès me l'ait offerte, c'est comme si elle était absolument essentielle à cette cérémonie. Elle est parfaite, et l'image des mains tenant un cœur est tout à fait à propos, puisque, aujourd'hui, je tiens mon propre cœur au creux des miennes. Quand on a vingt ans, on peut se permettre de négliger ses organes, mais j'ai trente ans à présent, et ils requièrent de meilleurs soins.

Avec l'anneau au doigt, je me sens un peu différente. Pas mariée, évidemment. Mais engagée. Plus forte, aussi. Ça fait du bien. Je reste assise en silence quelques instants, calme, concentrée sur ma respiration, savourant les diamants de sel marin qui emplissent mes poumons. Je ne me suis jamais sentie aussi proche de moi-même. Un oiseau de mer tournoie au-dessus de ma tête, l'un de ceux au bec orange que j'observe régulièrement. Je l'imagine revenir à son perchoir et porter la nouvelle de mon mariage solitaire auprès de ses congénères, qui se mettront sans doute à secouer leur tête au plumage noir et soyeux, stupéfaits.

Ma mère aussi était assez perplexe quand je lui en ai parlé, mais elle n'a jamais connu autre chose que des *save the date* à liseré doré, des pièces montées et des hauts-de-forme : mon frère comme mes sœurs ont fait un mariage en grande pompe, requérant une organisation scrupuleuse et, pour elle, il était naturel que je leur emboîte le pas. Quand je prends sa carte dans ma main, mes yeux se voilent : elle contient un message de ma mère mais aussi de mon frère et de mes sœurs, dont je reconnais la belle écriture penchée et les mots tendres, qui me font sourire. Leurs enfants aussi ont apporté leur petite touche, puisque des cœurs et des baisers aux couleurs vives remplissent le moindre espace libre. L'écriture de Tom, pareille à celle d'un docteur, est plus difficile à déchiffrer et, quand je finis par y arriver, j'éclate de rire :

« Joyeux mariage-anniversaire, espèce de cinglée ! Tu paieras ta Guinness en rentrant. »

J'entends notre mère le sermonner d'ici. Une larme roule sur ma joue, je l'essuie et lis son mot à elle.

« Joyeux trente ans, ma petite fille adorée. Qu'il est terriblement moderne de se marier avec soi-même, mais après tout, tu as toujours été la pionnière de la famille ! J'espère que tout se passera à merveille. Je t'aime, maman. »

Son écriture familière me donne envie de la voir, à tel point que je parviens presque à sentir son parfum – le même, depuis toujours – et à entendre le cliquetis de sa chaîne à lunettes autour de son cou.

— « Moi aussi, je t'aime, maman », je chuchote.

Je dépose un baiser au creux de mes mains et le relâche, en espérant que le vent l'attrape et le lui apporte, passant par une fenêtre ouverte et s'enroulant autour de ses épaules, tel un châle.

« Pionnière. » Lorsque je le prononce à voix haute, le mot vibre sur le sable autour de moi. Cela me surprend, de la part de ma mère, moi qui ai toujours cru que ma famille me considérait comme l'enfant gâtée, un peu fantaisiste – plutôt arme à dispersion que balle directionnelle. Dans ce mot, j'entends à la fois de l'audace, une idée de danger et une forme de courage désinvolte. Je regarde en direction de mon bateau imaginaire, peins le mot « pionnière » en lettres blanches et rondes sur la proue à tribord, puis j'ouvre le cadeau de ma mère.

C'est une boîte assez volumineuse, qui remplit mes mains. Je ne l'avais encore jamais vue mais l'usure du cuir fauve aux angles témoigne de son ancienneté. Je fais pivoter le couvercle sur sa charnière et, à l'intérieur, découvre une montre – encore une fois, je suis certaine de ne l'avoir jamais vue. À la taille, je dirais que c'est une montre d'homme, cerclée d'or, au bracelet en cuir noir. Je pose la boîte et retourne la montre dans ma main. Au dos, elle porte l'inscription du nom de mon grand-père paternel, Abraham Wilder ; les lettres ont été polies par l'usure. Je passe mon pouce dessus et, soudain, je m'aperçois qu'une note a été glissée dans le couvercle de la boîte.

« Cette montre a appartenu à ton grand-père, puis à ton père, qui l'a portée tous les jours, jusqu'à sa mort. C'était l'un de ses biens les plus précieux, et je crois qu'il aimerait qu'elle soit désormais à toi. »

Je remets la note dans la boîte et la referme, la montre encore entre mes doigts. Je ne suis pas assez mystique pour croire aux messages de l'au-delà, mais le cadeau de ma mère a quelque chose de divinatoire, c'est indéniable. Au moment où j'attache le bracelet de cuir à mon poignet, je me laisse aller à croire que mon père m'adresse ainsi un petit encouragement. S'il était encore de ce monde, il se serait assis à côté de moi sur le sable et m'aurait offert cette montre. Il m'aurait dit à quel point il est fier de moi, de ce que je suis, et m'aurait conseillé de toujours garder mes yeux fixés sur l'horizon. Alors, c'est ce que je fais. Je regarde aussi loin que possible et lève la main pour dire adieu à *La Pionnière,* tandis qu'elle fait lentement demi-tour et met les voiles vers d'autres horizons.

MACK

Springsteen et une belle fille dans mes bras

24 octobre, Salvation Island

Cléo devrait rentrer d'une minute à l'autre. Je me suis dépêché pour être en place, pouvoir immortaliser son retour sur la plage et m'assurer que tout est parfait pour sa réception improvisée. Elle m'a dit de ne pas m'en inquiéter, mais je sais que c'est un jour particulier pour elle. Je ne prétends pas comprendre parfaitement cette histoire de mariage solo, mais l'observer sur le rivage aujourd'hui était une sacrée expérience à laquelle je n'étais pas préparé. Elle semblait forte et radieuse, respirait l'indépendance et l'accomplissement. J'espère avoir réussi à capturer cette atmosphère, à saisir le miroitement de son excitation qui faisait littéralement se déplacer l'air autour d'elle. En la voyant se tenir ainsi au bord de l'eau, ma gorge s'est nouée. D'admiration.

Je suis assis sur les marches du porche, une bière à la main, mon appareil dans l'autre et je regarde le crépuscule poindre. Trois jours. Plus que trois jours avant mon départ. D'un côté, je compte les secondes tant j'ai hâte de retrouver mes garçons ; de l'autre, j'essaie de profiter au mieux de chaque minute qu'il me reste sur Salvation. À Otter Lodge. Avec Cléo. Si j'ai de la chance, je reverrai peut-être l'île et le lodge dans les prochaines années. J'adorerais pouvoir y emmener les enfants. Mais Cléo… je sais que je ne la reverrai pas. Notre histoire n'a aucun avenir au-delà des contours de cette île. J'ai du mal à me défaire du sentiment d'avoir été égoïste en acceptant sa proposition « d'amour de vacances ». J'ai trouvé le réconfort en écoutant son rire, l'oubli au contact de son corps et la joie en sa compagnie. Je me suis entouré d'elle comme on se pare d'un bouclier sur lequel j'ai laissé rebondir les flèches, pour éviter qu'elles ne me transpercent le cœur. J'espère qu'elles ne l'auront pas atteinte pour autant. En rentrant chez moi, je retrouverai ma vie, et une chose est sûre, cette fois, il n'y aura pas de bouclier. Pas de Cléo. Si j'ai passé l'année seul, c'était toujours avec l'espoir que la situation n'était que passagère et que si je faisais preuve de patience et de discrétion, alors je finirais par récupérer ma vie d'avant. J'ai été patient. Je me suis effacé. Ça a été terrible à vivre. J'ai lutté chaque jour contre moi-même pour résister à l'envie d'aller voir les enfants, d'aller voir Susie, de la supplier de me laisser rester dîner. De m'inclure. Je frémis et mon cœur cogne quand je pense aux pires moments que j'ai traversés, à ces longues journées et à ces nuits sombres où tout me paraissait insupportable. Je fais rouler mes épaules et avale une longue gorgée de bière pour faire disparaître ces pensées amères. Mieux vaut me concentrer sur le positif, sur ce qui m'entoure, ici et maintenant.

Le temps était radieux aujourd'hui. Cléo n'aurait pas pu rêver mieux. Je suis heureux pour elle, je sais à quel point cette cérémonie comptait à ses yeux. Quand elle m'en a parlé la première fois, ça me paraissait complètement fou, mais au fil des jours, j'ai appris à la connaître, et compris que son travail n'était qu'un prétexte à sa présence ici. Désabusée par sa vie à Londres, elle semblait presque fuir le chaos au profit de tout ce qui aurait pu lui offrir un peu de calme. Je la connais suffisamment à présent pour savoir qu'elle n'est pas du genre à reculer devant quoi que ce soit et, ayant fait les frais de son entêtement, je peux aussi témoigner de son mental d'acier. En revanche, je ne suis pas sûr qu'elle en soit consciente.

Soudain, un éclat de lumière blanche apparaît dans mon champ de vision : Cléo. Sa robe fouette ses genoux, sa chevelure noire flotte derrière elle telle une flamme en tête de mât, son panier se balance au vent. La liberté foulant le sable, éclairée par les reflets dorés du coucher de soleil. Le rêve de tout photographe. Je lève ma bière pour la saluer et elle accélère le pas, riant de surprise quand elle arrive à quelques mètres du lodge. Elle s'arrête, la tête de côté, et observe les ampoules colorées accrochées tout autour du porche.

— Tu arrives pile au bon moment pour en profiter, lui dis-je, sourire aux lèvres, en me levant.

— Comment… ?

Je me suis rendu au village hier pour dénicher de quoi décorer le lodge et, en attendant la réception, j'ai caché mes trouvailles sous les marches du porche.

— Raff me les a prêtées. Il s'en sert pour décorer le pub à Noël.

Des étincelles de couleurs vintage, comme on en voyait dans les anciennes fêtes foraines, illuminent son visage : rose, doré, vert pomme.

— Tu… tu as fait ça pour moi ?

— Hey, on ne se marie qu'une seule fois, pas vrai ? Comment ça s'est passé ?

Elle hoche doucement la tête et me regarde de ses yeux sombres, l'air triomphant.

— Mack, c'était incroyable.

Les mots s'échappent de sa bouche telles de petites bulles de champagne.

— En y allant, je ne savais pas comment je me sentirais, mais dès que j'ai posé le pied sur le petit coin de plage entre les rochers, un sentiment de calme absolu m'a envahie, j'avais l'impression d'être là où je devais être et… je ne sais pas… c'est juste que… j'en avais plus besoin que je le pensais.

— Et te voilà mariée, dis-je en attrapant sa main droite, sur laquelle brille la bague de Dolorès.

— Sans même devoir changer de nom !

— Ça fera moins de paperasse. Tu as faim ?

— Je suis affamée.

— Alors, bienvenue à ta réception de mariage.

— À ma quoi ?

Je la fais attendre une seconde et file dans le lodge. D'une main, je déroule la grande couverture à carreaux sur les planches – sans lui avouer que j'ai passé dix minutes à peaufiner ce geste. J'y jette quelques coussins et dépose le plaid le plus doux sur ses épaules.

— Et voici votre table !

Je lis la joie sur son visage, ça me fait chaud au cœur. Je retourne à l'intérieur, en ressors avec le grand panier de pique-nique déniché par Brianne et le pose par terre, entre nous.

— Mack, murmure-t-elle d'une voix douce. Je ne m'attendais vraiment à rien de tout ça.

— Je sais, dis-je en désentortillant le fil du bouchon de champagne. Je voulais que tu aies quelques souvenirs en plus.

Elle sourit et accepte la coupe que je lui tends.

— Eh bien, c'est réussi. L'anneau de Dolorès, les fleurs de Delta, le gâteau de Brianne et maintenant, ça. Cette journée aura été pleine de surprises.

— Et la soirée ne fait que commencer.

Elle écarquille les yeux.

— Je plaisante. On a un peu atteint le sommet là. À toi, Cléo Wilder, dis-je en faisant tinter ma coupe contre la sienne.

— Tchin !

Elle lance sa playlist de mariage, préparée à l'avance, dont je reconnais certains titres, et me raconte son après-midi tandis que nous mangeons ce que j'ai préparé. Rien de spectaculaire, j'ai fait avec ce que j'ai trouvé : des rouleaux de printemps au poulet, une salade de pommes de terre de chez Brianne, des olives marinées au piment et quelques parts de quiche en provenance du café.

— Je n'ai pas pris de dessert, j'ai vu que Brianne s'en était chargée.

— Je n'arrive pas à y croire ! s'exclame-t-elle en secouant la tête. On ne m'a pas fait de gâteau d'anniversaire depuis que je suis petite.

— Ce qui est sûr, c'est que tu t'es offert un anniversaire dont tu te souviendras longtemps.

— Oui, une véritable opération collective.

— Tu parles, une opération Cléo, oui ! Tu verras, ce sera le hashtag à la mode dès que tu posteras ta prochaine chronique.

— Ma boss adorerait, soupire-t-elle.

— Pas toi ?

Elle réfléchit tandis que je remplis son verre.

— Je suis fière de ce que j'ai fait aujourd'hui et, si cela peut aider certaines lectrices, alors je serai heureuse. Mais toutes ces histoires de buzz sur les réseaux sociaux… je ne sais pas. Je me sens bien ici, déconnectée, loin de ce monde-là. Vraiment bien. Je ne vais pas y retourner.

— À Londres ? dis-je, surpris.

— Je veux dire, si, bien sûr, mais juste le temps de mettre un peu d'ordre dans ma vie pour pouvoir repartir. Il est temps pour moi de changer de cap. Même si je ne sais pas encore bien où aller.

Elle me parle de la caravelle de Julia qu'elle imagine à l'horizon, elle à la barre, et, en suivant son regard, je l'aperçois à mon tour, voiles blanches, ancre jetée, n'attendant qu'elle.

— Je t'envie. Rien ne te retient, tu n'as aucune attache.

— Et moi, j'envie tes attaches…

— On pense toujours que l'herbe est plus verte ailleurs. Mais d'expérience, c'est rarement le cas.

— Mieux vaut arroser son carré d'herbe plutôt que de se rouler dans celui du voisin, énonce-t-elle en riant, ironique. Tu as vu ça ? Une vraie reine de la citation Pinterest.

— Oh, tu sais très bien utiliser les mots à ta façon ; nul besoin d'emprunter ceux des autres.

— Merci.

Elle vide son verre, savoure le compliment.

— Tes photos sont incroyables.

— Je ne sais faire que ça. Parfois, je me demande ce que je serais devenu si je n'avais pas découvert la photographie. Au milieu de tous les changements de ces derniers temps, c'est la seule chose immuable et tangible à laquelle j'ai pu me raccrocher. C'est grâce à des années d'efforts et de pratique. Tout ce que je peux espérer, c'est qu'un jour, mes enfants se découvrent aussi une passion qui donnera un sens à leur vie.

— Je me suis tellement habituée à te voir lever ton objectif vers moi que je ne cille même plus, fait-elle remarquer.

Elle se ressert et boit rapidement, pour éviter que la mousse ne déborde de sa coupe.

J'immortalise cet instant, et aussi le suivant, quand elle lève les yeux au ciel, feignant l'agacement. Je l'observe quelques instants et savoure la façon dont elle rit sans retenue. La lueur dans son regard semble venir du plus profond d'elle-même.

— Tu es une mariée très photogénique. Je suis sûr que les images te plairont.

— Merci. Je les publierai dans ma prochaine chronique. Ce sera la meilleure manière de tirer ma révérence.

— Comment va réagir ta boss ?

— À mon départ ? J'imagine qu'elle va me demander de rester tout en sachant qu'au fond, il est temps que je parte. Nous sommes devenues amies au fil des ans.

— Tu as une idée de ce que tu vas faire ?

— Je n'en suis pas encore sûre, avoue-t-elle en grimaçant. J'ai ce qu'il faut de côté pour me permettre de ne pas travailler pendant quelques mois, donc…

— Donc, tu vas enfin écrire un roman ! Et il aura un succès fou.

Elle me regarde et me gratifie d'un immense sourire. Mes doigts brûlent d'envie de la photographier, mes lèvres de l'embrasser.

— Si tu le dis… peut-être que ça arrivera.

— Je devrais te demander ton autographe maintenant, avant de devoir faire la queue à l'une de tes dédicaces.

— Jamais je ne te laisserai faire la queue.

Elle soutient mon regard, claire et franche, et je prends conscience d'à quel point elle va me manquer.

— Tu m'as fait tellement de bien.

Je prends sa main dans la mienne, et des larmes perlent à ses cils.

— Ne pleure pas, c'est ton anniversaire.

— La mariée pleure toujours, dit-elle en riant à moitié. C'est le trop-plein d'émotions de la journée.

— OK. Dans ce cas, il va falloir prendre des mesures drastiques.

Je me lève et lui tends la main.

— On danse ?

Elle me regarde, surprise, puis glisse sa main dans la mienne.

— Après tout, c'est un mariage. Il faut bien une première danse.

Je pousse le plaid et le panier dans un coin pour faire de la place.

— La piste est à nous.

— Attends une minute. Laisse-moi trouver le bon titre.

Je n'ai aucune idée de ce qu'elle va choisir et en attendant qu'elle me rejoigne, le trac m'envahit, comme un étudiant avant le bal de promo. Elle me jette un coup d'œil par-dessus son épaule, pieds nus, des fleurs dans les cheveux… elle est sublime. Puis les notes familières d'un harmonica s'élèvent. Elle se retourne et s'avance vers moi en riant.

— Springsteen ?

J'ai du mal à masquer l'émotion dans ma voix.

— Tu en as parlé l'autre jour. Alors je l'ai ajoutée à ma playlist quand j'étais au café. C'est comme si j'avais un petit morceau de toi que je pouvais tenir près de moi.

— Viens. Laisse-moi te tenir tout près de moi ce soir.

Nous dansons sous le porche au son de *Thunder Road*, et je ne sens même pas le froid. L'enlacer, c'est enlacer le feu même.

— Tu sais que je l'ai entendue en *live* un sacré nombre de fois, je murmure, mes lèvres frôlant ses cheveux. La foule rugissait dès les premières notes d'harmonica, et des milliers de personnes reprenaient les paroles.

Je connais chaque mot par cœur, chaque accord. Cette chanson fait partie de moi, de ma vie, et à présent, Cléo sera à jamais mêlée à ces notes, à cette mélodie. Bruce chante Mary qui danse sous le porche tandis que je fais tourner Cléo lentement. Sa robe blanche tourbillonne sur ses cuisses, elle bascule sa tête en arrière et rit aux éclats. Si seulement mon appareil pouvait saisir l'éclat des lumières de Noël sur son visage, le mouvement de ses cheveux quand elle danse, la joie qui scintille dans ses yeux. Je la serre contre moi et la fais se cambrer sur mon bras, riant avec elle. Springsteen, une belle fille dans mes bras, et la lune dorée suspendue au-dessus de l'océan. On danse, on s'embrasse et on rit, comme deux ados. Ce soir, on est seuls au monde.

— Joyeux anniversaire, je murmure quand la chanson touche à sa fin.

— J'adore avoir trente ans !

Je touche ma tête de la main, esquissant un salut.

— Dans ce cas, c'est ici que ma mission s'achève, belle demoiselle.

Elle recule un peu pour mieux m'observer, la mine sérieuse, puis m'attire vers elle et passe ses bras autour de mon cou.

— Ça, non !

Ses jambes s'enroulent autour de ma taille quand je la soulève et je suis bien d'accord pour que la soirée se prolonge encore un peu.

Nous sommes allongés, les yeux dans les yeux. Le drap recouvre sa hanche, ses cheveux cascadent sur les oreillers blancs : une peinture, toute d'ombres et de lumières, de courbes et de creux, une image bien trop intime pour qu'un quelconque objectif puisse lui rendre justice. Sa robe blanche est là, jetée sur le canapé, et les fleurs de sa couronne sont joyeusement éparpillées sur la tête de lit en laiton.

— Un, dit-elle. Tu es le meilleur coup de toute ma vie.

— Très drôle, je marmonne en enroulant une mèche de ses cheveux sur mes doigts.

— Trois. Je crois que je t'aime un petit peu.

Elle se relève, s'appuie sur son coude.

— Pas au point de te laisser me briser le cœur. Mais juste assez pour que tu puisses en emporter un petit morceau avec toi. Tu verras que si tu presses tes doigts exactement à cet endroit-là… (Elle pose le bout de ses doigts sur mon cœur.) Alors je le sentirai, et je penserai à toi.

Je la regarde dans les yeux et je pourrais jurer que je viens de sentir l'éclat de son cœur se glisser sous ma peau.

— Tu as sauté le numéro deux.

— Le trois était assez important comme ça.

— C'est vrai.

Je lui souris. Je la trouve tellement courageuse d'avoir l'honnêteté de me confier tout ça alors qu'elle sait que notre histoire n'a pas d'avenir.

— Un. Je promets de prendre le plus grand soin de ce petit morceau de ton cœur. Le mien a tellement été ravagé que cette donation est plus que bienvenue. Grâce à toi, je suis guéri, j'ajoute en tapotant ma poitrine.

— C'est un peu comme si j'étais médecin.

Je fais courir mes doigts le long de sa mâchoire, effleure sa clavicule, dessine la courbe de ses seins.

— Deux.

— Oh, tu fais le numéro deux, toi ? dit-elle en se renfrognant. Je vais passer pour une flemmarde.

— Deux. Je suis fier de te connaître et de ce que tu as accompli aujourd'hui.

— Mack…

Elle se penche vers moi et effleure mes lèvres.

— Merci pour cette soirée. Tu l'as rendue inoubliable.

— J'espère !

C'était vraiment ce que je cherchais.

Elle s'affale sur l'oreiller, reposant son bras au-dessus de sa tête.

— Trois. Je crois que toi aussi, tu es le meilleur coup de ma vie.

C'est difficile de l'admettre. Aux débuts de notre relation, je n'aurais jamais pu imaginer que Susie et moi pourrions un jour être au point mort, que ce soit au lit ou ailleurs. Cette histoire avec Cléo m'a prouvé le contraire ; grâce à elle, je me suis souvenu de ce que ça fait d'être désiré. La sensation est enivrante.

— Et quatre, dis-je, dérogeant ainsi à notre règle puisque, après tout, c'est le jour de son mariage. Tu es la personne la plus fabuleuse que j'aie jamais rencontrée. Et ce que l'on vit, c'est le meilleur amour de vacances de tous les temps.

Cléo sourit et ses paupières se ferment déjà. Je reste allongé à la regarder dormir et je pense au petit morceau de son cœur maintenant lié au mien. Je risque d'en avoir besoin.

CLÉO

J'ai volé la réplique culte de Jennifer Grey

27 octobre, Salvation Island

Je me réveille avant Mack. Pas de tempête à l'horizon ; les prévisions annoncent un ciel clair et calme pour les jours à venir, comme si les dieux de la météo s'accordaient à dire qu'il est temps pour Mack de rentrer. Je le regarde, endormi, paisible, et je n'arrive pas à m'imaginer ici sans lui. Il occupe mes jours et mes nuits, mes pensées, mes bras. Je suis venue ici pour booster mon amour-propre et, l'autre soir, je lui ai avoué que je l'aimais un peu. Je n'avais pas prévu de le lui dire, mais je n'ai pas de regrets, parce que c'est vrai. Je ne m'attendais pas à ce qu'il me le dise en retour, et ça me va.

— C'est un peu flippant que tu me regardes dormir, lance-t-il, les paupières encore closes.

— Je ne te regarde pas, il se trouve que tu es sous mon nez.

— Bien sûr que tu me regardais !

Il me décoche un grand sourire et ouvre grand les yeux. Mon regard passe de l'un à l'autre. Leur différence me plaît.

— Tes yeux te ressemblent tellement. Déroutants. Surprenants.

— Surprenants ? s'étonne-t-il en embrassant le creux de ma main.

— Oui, tu m'as surprise.

Il m'attire vers lui et recouvre mes épaules.

— Ça va aller, dis ?

— Je crois, oui. Toi aussi ?

— Je crois, oui.

— Tu vas me manquer.

Même si j'ai décidé de ne pas laisser place à la mélancolie durant le peu d'heures qu'il nous reste ensemble, je ne peux pas m'empêcher de le lui dire. Je sens sa tête qui acquiesce.

— Toi aussi, tu vas me manquer. Ces dernières semaines font partie des meilleures de ma vie.

Je tourne mon visage vers lui.

— Je sais que tu parles autant de ton voyage à Salvation que du fait de m'avoir rencontrée, dis-je pour détendre l'atmosphère. Mais… je compte un peu plus, non ?

— Oui. Beaucoup plus.

Le temps est inégal. Une minute d'attente sur un quai de gare dans le froid semble durer une heure tandis que certaines heures peuvent passer en un éclair. Ces dernières journées avec Mack ont filé à toute vitesse ; chaque fois que je regarde l'horloge de la cuisine, j'ai l'impression que les deux aiguilles se sont liguées pour progresser sur le cadran plus vite qu'elles ne sont censées le faire. Nous nous baladions sur la plage après le petit déjeuner et, en un clin d'œil, nous étions assis sur le canapé, près du feu, au crépuscule. Nous savourions nos cafés bien chauds dehors, sur les marches, au lever du jour, et rebelote ; je me retrouve au même endroit, avec un verre de whisky, sous le ciel étoilé.

Ce que je ressens s'apparente à une gueule de bois, à un blues post-anniversaire doublé d'un soulagement post-cérémonie, auxquels s'ajoute une angoisse liée aux changements qui s'annoncent.

Assis côte à côte sur la digue, nous scrutons l'horizon, en attendant le bateau qui va l'emmener loin d'ici. Nous sommes mardi, mais le bateau fait une rare escale sur l'île pour livrer une cargaison de citrouilles. Il y en a une pour chaque foyer du village – une tradition de longue date que Raff perpétue. Elles auraient sans doute pu être livrées vendredi dernier, mais je crois que Raff s'est arrangé, pour aider Mack et lui permettre de partir aujourd'hui. C'est bien la seule personne de l'île qui a le pouvoir d'interférer sur les horaires des bateaux. Les sacs de Mack, pleins à craquer, reposent sur le sable humide à nos pieds. Seul son appareil photo est sorti, comme toujours suspendu à son cou par la mince bandoulière de cuir effilochée, qui a laissé une marque pâle sur sa peau. Je doute qu'elle prenne un jour suffisamment le soleil pour s'estomper. Il en sera sans doute de même quand il enlèvera son alliance – enfin, s'il l'enlève. Sa peau est sillonnée de petites traces, comme autant de témoins de son histoire.

— Je ne vais pas pleurer, dis-je, tout en sachant que c'est faux.

— Bon sang, je déteste les au revoir.

— Tout le monde déteste ça.

J'aurais des millions de choses à lui dire, mais les mots restent tous bloqués dans ma poitrine. Cette fin était inscrite noir sur blanc dans les conditions générales de notre accord. Il n'y aura pas de demande d'amis sur Facebook, ni de « tu me manques » envoyés par texto, ivres, en pleine nuit. Ces mots ont plus d'importance que jamais car ce sont les derniers que nous échangeons.

— On se serre la main ?

Il essaie de plaisanter mais son sourire est voilé de tristesse.

— Pourquoi pas.

Je lui tends la main, il la saisit et la garde.

— J'étais un homme brisé et triste quand je suis arrivé ici. Mais plus maintenant. Tu m'as guéri.

— Mon Dieu, Mack.

Je suis si près de pleurer que ma gorge me fait mal quand je parle.

— Et si je ne ressentais plus jamais ça ?

Je sais. On dirait que j'ai volé la réplique culte de Jennifer Grey dans *Dirty Dancing* quand elle dit à Patrick Swayze qu'elle a peur de sortir de la chambre et de ne plus jamais ressentir ce qu'elle ressent, pour personne. Sauf qu'elle prononce la sienne avec bien de plus de passion et beaucoup moins de larmes que moi.

— La nuit de ton anniversaire, tu m'as dit que tu m'aimais un petit peu. Je ne te l'ai pas dit en retour mais j'aurais dû. Tu as été honnête, je te dois de l'être à mon tour. Moi aussi, je t'aime un peu, poursuit-il en déposant un baiser sur mon front. Tu es une femme sacrément attachante, Cléo Wilder.

C'est du Mack tout craché.

— Et tu sais quoi ? ajoute-t-il, m'évitant ainsi d'avoir à me ressaisir pour lui répondre. Peut-être qu'un peu vaut mieux que beaucoup. Ça nous permettra de nous quitter en ne gardant que le meilleur de chacun.

— Une vie entière de micro-histoires d'amour : si ça se trouve, c'est ça la solution !

Je souris, essayant de faire bonne figure. Je l'écrirai peut-être dans ma dernière chronique. Ce sera mon « petit conseil pour la fin ».

— Ça va devenir la nouvelle tendance *dating*. Tu pourrais carrément lancer le mouvement du micro-amour.

— Tu sais, à mes yeux, tu seras toujours quelqu'un de fabuleux.

Il détourne le regard et, à sa respiration pénible, je comprends que ces adieux sont aussi difficiles pour lui que pour moi. Je serre fort sa main. C'est comme si on se passait le relais l'un l'autre, un relais qui nous donnera de la force pour plus tard.

— Je t'ai enlevé à Boston, tu m'as enlevée à Londres. Mais aujourd'hui, là-bas, il y a deux petits garçons qui ont besoin de leur superhéros.

L'image de ses enfants me revient en mémoire, celle de Susie aussi. Ce sont celles que Mack m'a montrées le premier jour, dans une tentative maladroite de me convaincre qu'il n'y avait aucun danger à passer la nuit sous le même toit que lui. Je ne peux pas croire qu'un type qui porte des gilets fantaisistes et l'affuble de surnoms cucul puisse tenir bien longtemps face à un homme aux yeux magiques, qui vous embrasse comme s'il vous confiait une partie de son âme. Mack va rentrer chez lui, et à moins que cette femme soit le sosie sans cœur de l'Homme de fer-blanc du *Magicien d'Oz* ou qu'elle n'ait pas de plomb dans la tête, il lui suffira de le voir pour se rendre compte qu'elle a fait la plus grosse erreur de sa vie. J'imagine ses enfants courir vers lui à l'aéroport, et son regard croiser celui de Susie par-dessus leurs têtes blondes tandis qu'il les serre dans ses bras. Une belle histoire d'amour. Malheureusement, ce n'est pas la mienne. Mack et moi sommes accrochés l'un à l'autre ; il est temps de le laisser partir, à présent.

— Voilà le bateau, je crois, annonce-t-il en se levant.

Je l'aperçois au loin, et tout me semble soudain horriblement réel.

— Mack… Tu pars vraiment…

Il se retourne et me serre dans ses bras pour la plus longue des étreintes, le plus triste des adieux.

— Tu es le micro-amour de ma vie, souffle-t-il en tenant mon visage strié de larmes entre ses mains.

Je plonge une dernière fois mes yeux dans les siens, et j'y décèle déjà une lueur d'ailleurs.

— Toi aussi.

Notre baiser sans fin est d'une beauté douce-amère et a le goût salé de nos larmes. J'entends le moteur du bateau ralentir alors qu'il approche de la plage et je dois me forcer à me détacher de Mack, me retenir pour ne pas le supplier de rester, car je sais que c'est impossible. Je sais aussi qu'être seule est ce qu'il y a de mieux pour moi pour le moment mais, à cet instant précis, rien de tout ça ne compte, car la seule idée de ne plus jamais revoir son visage me brise le cœur.

— Je ne t'appellerai pas, murmure-t-il à mon oreille.

— Moi non plus. Oh, attends.

Je fouille dans la poche de mon jean et glisse quelque chose dans sa main.

— Une craie, constate-t-il, pleurant et riant à la fois. Je la garderai toute ma vie.

— Je penserai à toi chaque fois que j'écouterai Springsteen.

Et tous les jours de ma vie.

— Moi aussi, je penserai à toi.

Nous nous retournons quand le capitaine nous hèle. Il avance péniblement dans le sable, traînant un énorme filet de citrouilles derrière lui.

— C'est juste une personne, c'est ça ?

— Oui, juste moi, acquiesce Mack.

— Je vais charger vos bagages, d'accord ?

S'il a remarqué que nous sommes tous les deux dans un sale état, il a au moins la décence de faire comme si de rien n'était.

Je prends une grande inspiration.

— Bon. Tu ferais mieux d'y aller.

Il approuve d'un signe de tête.

— Je peux pas me permettre de rater cette correspondance, marmonne-t-il en regardant par-dessus son épaule, avant de plonger ses yeux dans les miens. Alors… à la prochaine.

On sait tous les deux qu'il n'y aura pas de « prochaine ». Il tient mon visage entre ses mains une dernière fois. Un dernier instant de complicité.

Je resserre ma veste autour de moi, même s'il ne fait pas si froid, pour Salvation.

— Allez, pars. Pars, et ne te retourne pas.

J'essaie d'avoir l'air courageuse, mais en vérité, je veux juste qu'il ne me voie pas m'effondrer.

Il me fixe d'un regard qui en dit plus que des milliers de mots puis tourne les talons et s'en va, son sac sur l'épaule. Je le suis des yeux jusqu'au rivage, l'observe tendre son sac au capitaine, et hésiter. Il hésite, et quand je le vois remonter la plage en courant vers moi, mon cœur est en chute libre.

— Je t'avais dit de ne pas te retourner, dis-je, tremblante.

— Un, lâche-t-il haletant, en s'accrochant à mes mains, promets-moi d'écrire ce fichu livre.

Je hoche la tête, en larmes. C'est trop pour mon cœur.

— Deux. Tu auras toujours une place ici, poursuit-il en touchant sa poitrine. Et trois…

— Ne dis rien.

Je pose un doigt sur ses lèvres, il ferme les yeux, l'embrasse.

— Pars.

Cette fois, il n'hésite pas. Adossée à la digue, je le regarde monter à bord, et agite la main en signe d'adieu, de salut, et de remerciement.

Il se tient debout à la proue et, tandis que les moteurs démarrent et que le bateau manœuvre, il met ses mains en porte-voix et me crie quelque chose. Le vent attrape ses mots et les porte à mon oreille juste au moment où le bateau s'éloigne vers le large.

— Trois. Je n'ai pas de regrets.

Je reste là à sangloter et crie « moi non plus » à pleins poumons, courbée en deux par l'effort, en espérant que le vent sera un messager aussi fiable pour lui qu'il l'a été pour moi. C'est vrai. Je ne regrette pas une seule seconde de notre histoire même si là, tout de suite, j'ai l'impression qu'en réparant son cœur, j'ai brisé une partie du mien.

*

Huit heures que Mack est parti. Je n'ai pas honte d'admettre que j'ai pleuré comme une enfant perdue dès que je suis revenue dans le havre de paix qu'est Otter Lodge. Il avait pris soin d'allumer un feu avant de partir pour m'assurer un accueil chaleureux à mon retour, mais peu m'importe : il n'est plus là. La pièce a beau être petite, sans ses affaires, elle me paraît insondable. Pas de manteau rouge énorme accroché derrière la porte, pas de pièces détachées d'appareil photo éparpillées sur la table, pas de produits de toilette inconnus mélangés aux miens dans la salle de bains.

Pendant qu'il faisait ses bagages ce matin, je me suis assise sur les marches du porche avec mon café, préférant le spectacle des dauphins à celui du lodge qui se vide peu à peu. Puisque j'ai toujours su que notre histoire allait se terminer ainsi, on pourrait penser que ce serait plus facile. Ça ne l'est pas. Je repense au moment où j'ai eu l'audace de lui suggérer d'oublier toute prudence, et je me demande si je referais la même chose, en sachant ce que je ressens en ce moment. Sans doute, oui. Évidemment. Bien sûr que je le referais, le temps que nous avons passé ensemble était simplement merveilleux. Mais pour cette vague d'amour aussi magnifique que soudaine, il y a un prix à payer. Vous voyez cet instant où vous sortez du bain et attrapez votre serviette pour vous sécher et vous réchauffer ? Eh bien, c'est comme si je venais de sortir, et que je n'avais pas de serviette. Je frissonne, seule, à découvert, condamnée à rester ainsi jusqu'à ce que le soleil finisse par sécher ma peau. Je comprends alors que, sans le vouloir, j'ai déjà brisé l'un de mes vœux : celui de protéger mon cœur. Parce que, soyons francs, j'ai mal. C'est comme si j'étais blessée, amputée d'un membre. Et dire qu'il y a un mois, je ne le connaissais même pas. Un mois, ce n'est rien, et c'est surtout beaucoup trop court pour que quelqu'un ait un tel impact sur ma vie. Ai-je tort d'attacher autant d'importance à notre brève histoire ? Non. Par le passé, j'ai déjà eu des relations où j'ai appris à connaître quelqu'un de-ci, de-là : une sortie au cinéma, un après-midi au musée, avec de longues journées seule chez moi entre chaque rendez-vous. Ces relations ont parfois duré des semaines, des mois, voire des années, mais jamais elles n'ont été aussi intenses émotionnellement. Mack et moi nous sommes disputés et aimés, nous avons ri et pleuré. Et à présent, nous nous sommes dit au revoir. C'était notre histoire à nous, dont le début, le milieu et la fin se sont déroulés à l'abri d'une immense boule à neige. J'attrape le plaid sur le lit et le tire sur le canapé, le regard perdu dans les flammes, et même s'il serait sans doute préférable de tout oublier, je laisse les souvenirs affluer. Je ne veux pas oublier Mack Sullivan. Son image finira-t-elle par s'effacer de mon esprit, quels que soient mes efforts pour l'en empêcher ? Je n'ai pas de photos, moi. Je n'ai rien pour me souvenir de lui. Au moins, tant que je suis ici, sur cette île, je peux l'imaginer partout où mes yeux se posent : sur le rivage tandis que je regarde par la fenêtre de la cuisine, en face de moi, à la table du petit déjeuner, et tout près de moi dans le lit, si je me réveille au milieu de la nuit. Mais une fois que je serai partie, je n'aurai pas ce réconfort. En partant, je laisserai les dernières traces de notre histoire sur le sable, derrière moi. Je ne veux pas partir.

MACK

Je sais à quoi ressemblent les fins

29 octobre, Boston

JE N'AI PRÉVENU PERSONNE que je rentrais aujourd'hui. J'ai passé les deux derniers jours en pilote automatique, m'éloignant de Cléo et me rapprochant des enfants. J'ai récupéré mes sacs dans le hall des arrivées à l'aéroport de Logan, plus conscient que jamais de la démesure de cet endroit, du bruit, de la foule. D'un côté, l'anonymat que m'offre la ville est le bienvenu ; de l'autre, le flux et le reflux de la mer d'Irlande me manquent déjà, tout comme le goût salé et tourbé de l'air de Salvation et le parfum des cheveux de Cléo.

Elle me manque terriblement. J'alterne entre culpabilité – pour avoir laissé la situation déraper – et fatalisme – c'était inévitable. Quel courage de sa part d'avoir joué cartes sur table, sans savoir quelle serait ma réaction. À vrai dire, à l'instant où elle a déposé les armes, les miennes ont été balayées tels des grains de sable à marée haute. Elle se trompe en disant que c'est arrivé uniquement parce que nous étions là au bon endroit, au bon moment. Pour moi, il s'agissait de la bonne personne, et du mauvais moment – autant pour elle que pour moi. J'ai trop de choses à régler dans ma vie pour envisager une relation avec une femme qui habite sur un autre continent. Et Cléo a elle aussi quelque chose à régler vis-à-vis d'elle-même avant de pouvoir se lancer dans une réelle histoire d'amour. Elle a besoin d'indépendance, pour un temps du moins. Besoin de se concentrer sur l'amour qu'elle se porte à elle-même avant d'être capable de l'offrir à quelqu'un. Mais, tôt ou tard, elle rencontrera quelqu'un, et ce type-là sera le plus chanceux de la planète. Je sais que je n'ai pas le droit de penser ça, mais l'imaginer avec un autre homme me fait l'effet d'une gifle. J'ai l'impression d'avoir fait un atterrissage forcé sur le canapé gris et dur du meublé qui me sert de toit depuis quelque temps, et c'est affreux. J'ai choisi cet endroit uniquement parce que je suis à dix minutes des enfants. Je ne connais pas les voisins, je n'ai aucune envie de faire partie de leur communauté ni de réceptionner leurs colis quand ils sont absents. Les photos des garçons sont les seuls objets personnels que je me suis donné la peine d'accrocher. Déménager me prendrait moins d'une demi-heure ; je me suis toujours tenu prêt à retourner à la maison d'une minute à l'autre. *La maison.* Tout s'annonce bien plus compliqué maintenant qu'il y a Robert. Et Cléo aussi, sans doute. Je vais devoir parler d'elle à Susie. Je n'ai pas l'impression d'avoir fait quoi que ce soit de mal, mais comment discuter de Robert si je ne fais pas moi aussi preuve de transparence ? Ceci dit, ça n'a rien à voir. Cléo ne fera jamais partie de la vie des garçons. Elle ne les aidera pas à faire leurs devoirs, et ne leur lira pas d'histoire avant de s'endormir. Ils n'entendront jamais son nom. L'idée que Robert puisse faire tout ça me frappe en plein plexus solaire et m'anéantit à tel point que je dois m'allonger, une main sur la poitrine. Je ferme les yeux et m'imagine à Salvation. Je me tiens au sommet de Wailing Hill et j'aperçois la fumée qui s'échappe de la cheminée d'Otter Lodge et ses fenêtres illuminées, en contrebas. Il est dix-sept heures juste passées ici, à Boston, ce qui veut dire vingt-deux heures en Irlande. Cléo doit être pelotonnée sur le canapé, son ordinateur sur les genoux ou, si elle a du mal à dormir, peut-être s'est-elle assise sur les marches du porche, un verre de whisky à la main, pour regarder les étoiles. Si seulement je pouvais claquer des doigts et me retrouver à côté d'elle en une fraction de seconde ! Je presse ma main contre ma poitrine, je cherche l'éclat qu'elle y a incrusté, et je m'imagine descendre la colline pour enrouler une couverture autour de ses épaules. Si elle a raison, si notre connexion existe, alors, où qu'elle soit en ce moment même, elle se sera arrêtée et aura pensé à moi. C'est ce que j'espère.

— Maman ?

— Mack !

J'entends la surprise dans sa voix. La joie aussi.

— Je suis tellement content de t'entendre, dis-je.

J'ai l'impression d'avoir de nouveau treize ans. Je l'imagine s'installer sur la banquette, dans le couloir – c'est là que se trouvait notre vieux téléphone fixe. Aujourd'hui, même si elle peut s'asseoir où bon lui semble pour passer ses coups de fil, elle a gardé cette habitude.

— La ligne est excellente, remarque-t-elle, ravie.

— Ça ne m'étonne pas, je suis à Boston.

— Tu es rentré ? Déjà ?

J'entends poindre l'inquiétude dans sa voix. Elle sait que ce voyage était important et que je ne serais pas rentré plus tôt que prévu si cela n'avait pas été nécessaire.

— Les garçons vont bien ?

— Ils vont bien, et je vais bien. J'ai senti qu'il était temps pour moi de rentrer, c'est tout.

Ma mère a été d'un soutien sans faille ces derniers mois. Elle m'a ouvert ses bras quand je me suis pointé sous son porche peu de temps après la séparation et que je me suis effondré, ne parvenant pas à articuler un mot sans m'étouffer dans mes sanglots, tant je ne comprenais pas ce que j'avais fait de si mal. Je n'ai pas envie de lui parler de Robert au téléphone, et je ne sais pas par où commencer à propos de Cléo. Ni même si je lui en parlerai un jour. Que dire ? « Devine quoi, maman, je viens de passer mes vacances à m'envoyer en l'air ! » J'aurais l'air complètement immature. De plus, ça ne rend pas justice à ce qu'il s'est passé à Otter Lodge. Devrais-je alors lui dire que je suis tombé « micro-amoureux », et que j'ai par conséquent un « micro-chagrin d'amour » ? Si je devais mettre des mots sur ce que je ressens depuis que j'ai quitté Salvation, je dirais que j'ai l'impression d'avoir perdu quelque chose. Ce n'est pas comme si je ne trouvais plus mes clés ou mon portefeuille. Mais plutôt comme si, du jour au lendemain, les Red Sox n'existaient plus, ou si on m'empêchait de tenir mon Leica dans mes mains. Ce sont mes pierres angulaires à moi. Sans elles, je ne serais rien. Alors, non, je ne parlerai sans doute pas de Cléo à ma mère, car je ne sais pas quels mots pourraient décrire l'importance qu'elle a pour moi, ni la douleur de son absence. Le truc, c'est que j'ai de quoi faire la comparaison : ce n'est pas la première fois que je suis confronté à la fin d'une histoire d'amour. La panique et le choc assourdissant qui ont suivi ma rupture avec Susie sont bien trop récents pour les reléguer au passé. J'ai dû m'habituer à vivre en étant privé de ce qui me tenait le plus à cœur, faire face au désespoir de ne plus être tout le temps avec mes enfants, à la douleur déchirante d'être rejeté par ma femme, à la profonde solitude de ce studio et, d'une certaine manière, à la honte.

Alors, oui, je sais à quoi ressemblent les fins : chaotiques, compliquées, terribles. La fin de mon séjour avec Cléo n'avait rien à voir avec ça. Nous ne nous sommes pas fait de mal, n'avons trahi aucune de nos promesses. Notre relation a existé, puis elle a disparu, tout simplement. Mais, bon sang, qu'est-ce qu'elle peut me manquer. La simplicité d'Otter Lodge me manque aussi, la beauté de l'île, le plaisir d'être avec quelqu'un qui n'attendait rien de moi. La présence de Cléo était une étincelle de joie pure au milieu de cette année bien morne.

— Tu viens bientôt ? demande ma mère. J'aimerais bien te voir. Ou je peux venir chez toi, voir les garçons ?

J'adorerais qu'elle vienne me voir, mais pas ici, pas dans cet appartement. À la maison, elle avait l'habitude d'occuper la chambre jaune, mais depuis que tout a volé en éclats, elle n'est pas venue. Je trouve ça injuste que sa relation avec ses petits-enfants ait pâti de ma rupture avec Susie. Elle ne devrait pas en souffrir. Pour l'heure, il vaut mieux que ce soit moi qui lui rende visite. De plus, les prochains jours risquent d'être assez agités entre Susie et moi ; je ne veux pas que ma mère soit mêlée à ça.

— Laisse-moi juste déballer mes affaires, me poser un peu, et je viendrai. Les garçons rentrent du lac demain, je leur dirai de t'appeler sur FaceTime et de te raconter leurs vacances, OK ?

Elle garde le silence quelques instants, et je sais qu'elle devine que je ne vais pas bien.

— Bien sûr, mon fils. J'ai hâte de voir les photos. Ta grand-mère aussi, d'ailleurs.

— Comment va-t-elle ?

— Oh, pareille à elle-même, répond-elle d'une voix neutre, presque prudente, celle qu'elle utilise toujours lorsqu'elle parle de ma grand-mère.

Voir la sénilité s'emparer des souvenirs les plus précieux de sa mère est extrêmement difficile pour elle. Ce n'est pas encore trop grave pour l'instant, mais, bien sûr, cela les affecte toutes les deux. Grand-mère va adorer les photos de l'île, peut-être même qu'elles parviendront à ressusciter certains souvenirs qui auront désormais un écho particulier en moi, maintenant que j'ai passé du temps dans cet endroit. Si l'on regarde des photos de Boston d'il y a quatre-vingts ans, la ville actuelle est méconnaissable, mais je doute que Salvation ait beaucoup changé.

— Je viens bientôt. C'est promis.

CLÉO

Le meilleur gâteau au café du monde

30 octobre, Salvation Island

— BONJOUR À TOI, Ô CLÉOPÂTRE !

J'ai appelé ma mère pour qu'elle me remonte le moral comme le ferait un bon vieux tome de *Chicken Soup for the Soul* avec ses petites histoires réconfortantes, mais c'est mon frère qui décroche.

— Salut, Tom.

Assise en plein vent, au sommet de Wailing Hill, je souris en entendant sa voix. S'il faisait un temps pareil à Londres, ils auraient émis une alerte météo ordonnant à la population de se confiner ; ici, c'est un vendredi comme un autre.

— Comment ça va, grand frère ?

— Oh, comme d'habitude, rien de nouveau. Le boulot m'emmerde, Eve veut qu'on divorce, les enfants ont dévasté la maison et le chien pue. Je me suis planqué chez maman pour une petite heure de répit. Mais je préférerais que tu me racontes ta lune de miel. Tu te fais des dîners romantiques en solo et de longues balades sur la plage ?

Je l'écoute se plaindre, tout en sachant très bien qu'il trouve son bonheur dans ce chaos domestique. Ève l'adore et sa maison semble tout droit sortie de *Country Interiors*.

— C'est à peu près ça.

— *Hmm*, toi, tu n'as pas l'air d'être à la joie, fait-il remarquer d'un ton suspicieux. Je pourrais venir passer une semaine avec toi, qu'est-ce que tu en dis ? Je ne manquerais à personne ici. Je suis sûr qu'ils s'apercevraient de mon absence uniquement en voyant que les poubelles n'ont pas été sorties.

— C'est ça, faisons encore plus gênant que la lune de miel en solo : la lune de miel avec mon frangin !

Dolorès m'arracherait la bague de sa sœur si je faisais ça. En fond, j'entends ma mère demander qu'il lui passe le téléphone, alors que mon frère se bidonne au bout du fil.

— Cléo, ma chérie !

Sa voix est amplifiée ; Tom l'a mise sur haut-parleur.

— Joyeux anniversaire en retard !

— Maman…

Je ferme les yeux et convoque l'image de son doux visage.

— Comment c'était ?

— C'était… en fait, c'était assez intense. Merci pour la montre, elle est vraiment arrivée à la bonne heure.

Nous rions toutes deux à ma blague un peu nulle.

— Ça va, mon cœur ? Tu n'es pas toi-même, j'ai l'impression.

Ah, les mères. Elles sentent tout, pas vrai ? Je fronce le nez et m'enfonce un peu plus dans ma capuche pour que le froid ne gèle pas les larmes qui perlent à mes cils.

— Ça va.

J'essaie de ne pas avoir l'air de mentir. Ma mère laisse quelques secondes de silence avant de reprendre :

— Pourquoi ne viendrais-tu pas passer quelques jours ici à ton retour ? Ça fait longtemps qu'on ne s'est pas vues. Je pourrais te faire un bon gâteau au café. Tu veux que je prépare ton lit ?

Je revois ma chambre d'enfant, le papier peint constellé de fées roses et les rideaux que ma mère avait confectionnés. La décoration a été refaite depuis, mais chaque fois que j'y dors, j'ai encore l'impression d'avoir huit ans.

— C'est vrai que tu fais le meilleur gâteau au café du monde.

— Alors, c'est oui ?

Je m'imagine chez ma mère, pelotonnée dans le fauteuil près de la cheminée à partager avec elle une énorme part de gâteau et une tasse de thé. Elle a posé son livre ouvert sur ses genoux et, en fond, j'entends le bruit du jeu télévisé de l'après-midi – *Countdown*, ou quelque chose de ce genre. C'est tentant.

— On peut dire « peut-être » pour l'instant ? Je ne sais pas encore quand je rentre, et puis il y a le boulot, et tout.

— Dois-je venir vous chercher, jeune fille ?

— Oh, non, pas toi aussi ! je m'écrie en souriant. Tom est déjà en train de prendre son billet.

— On fait un *road trip* ! crie Tom, derrière.

— C'est juste qu'on s'inquiète pour toi, Cléo, reprend ma mère d'une voix douce, atténuant ainsi son reproche.

— Je sais. C'est adorable, mais je suis grande maintenant. J'ai trente ans.

— À mes yeux, tu seras toujours le bébé de la famille.

— Oui, le bébé casse-pieds ! lance Tom.

Je ris avec eux ; entendre leurs voix me réchauffe le cœur et me donne envie d'être près d'eux. Mon séjour ici m'a permis de faire le tri dans ma vie entre ce dont je dois me défaire et ce dont je dois prendre soin.

— Il vaudrait mieux que je raccroche, je risque de geler sur place.

Ils me quittent dans une avalanche d'au revoir. J'enfonce mes mains dans mes poches pour les réchauffer ; le temps est particulièrement rude aujourd'hui, le vent semble presque vouloir m'arracher la peau.

Je me lève, remue mes fesses engourdies et, soudain, toute la frustration vaine et refoulée que j'ai accumulée en moi ces derniers temps s'échappe de mon corps en un grognement sonore. Ça fait un bien fou de le laisser sortir. Je jette un coup d'œil alentour : personne en vue. Je me lance de nouveau et, cette fois, mon cri retentit encore plus fort, plus longtemps, pareil à celui d'un animal. Je continue encore et encore jusqu'à être enrouée, épuisée, et étrangement euphorique à la fois.

MACK

Il y a aura d'autres moments, d'autres endroits

30 octobre, Boston

JE ME GARE UN PEU PLUS BAS DANS LA RUE ; j'ai besoin de quelques minutes pour me préparer psychologiquement avant de remonter l'allée qui m'est si familière et de sonner. J'ai la clé, bien sûr, mais ça fait un moment que je ne l'utilise plus. Je devrais peut-être appeler pour prévenir Susie plutôt que de venir à l'improviste, comme je l'ai fait par le passé. Jusqu'ici, ça n'a jamais posé problème mais, maintenant qu'il y a Robert, je me dis que ça pourrait être le cas. Je ne sais pas si j'aurai la force de faire ami-ami avec lui, encore moins après les litres de café que j'ai avalés pour tromper le *jet-lag*. Je préférerais ne pas devoir l'affronter avant un moment.

La maison est tellement jolie. Ce n'est pas la plus grande ni la plus imposante de la rue, mais la première fois que nous l'avons vue, Susie s'est mise à pleurer. À ce moment-là, je me suis juré de remuer ciel et terre pour qu'elle soit à nous. Quand je la regarde maintenant, je me souviens des heures passées à comparer les mille nuances de bleu pour repeindre le bardage, de la courbe gracieuse du porche couleur ivoire et de la tourelle à l'arrière – raison pour laquelle Susie voulait absolument cette maison. Notre chambre est à l'étage, avec le fauteuil à bascule devant la fenêtre ; c'est là que Susie s'asseyait quand elle allaitait les garçons. À l'époque, l'agent immobilier nous l'avait vendue comme une maison à retaper et je dois dire qu'il a fallu de sacrés travaux. J'ai dû remplacer presque toutes les planches du porche d'entrée. Durant les quelques années qui ont suivi notre achat, je n'ai pas eu besoin de passe-temps. En revanche, le jour de la remise des clés, j'en ai acquis de nouveaux : ponceur de parquets, constructeur de cuisine, plombier. J'ai tout appris sur le tas, sans jamais pouvoir m'appuyer sur l'expérience de mon père. Ce n'était pas si grave, car j'avais le père de Susie. Mon cœur se serre à la pensée de Walt et de Marie, la mère de Susie, un petit bout de femme pleine d'humour. Ils me manquent et je me demande parfois si Susie s'en rend compte, si elle réalise à quel point cette distance est difficile, pour moi qui les ai considérés comme ma propre famille pendant des années. Une rupture a toujours des conséquences d'une portée considérable ; on perd bien plus qu'une seule personne. Les amis se sentent mis à l'écart, ceux sur lesquels on peut compter se font rares ; les gens ont l'impression de devoir choisir leur camp. Marie ne m'apportera plus mes muffins pomme-cannelle préférés pour Noël et ma mère ne restera plus dormir dans la chambre jaune pour *Thanksgiving*. Tout change. Quel dommage.

J'aperçois la voiture de Susie garée dans l'allée ; ils sont à la maison. Pas d'autre voiture en vue, c'est bon signe. Je me demande si Robert vient souvent, si mes enfants ont le cœur qui se serre ou s'ils sautent de joie en entendant sa voiture arriver. Objectivement, je sais qu'il ne représente aucun danger pour eux, c'est un type plutôt convenable. Ridicule, mais convenable. Je soupire, le chasse de mes pensées et, soudain, je l'oublie complètement en voyant Nate surgir par la porte d'entrée et foncer vers moi en me faisant de grands signes de la main.

— Papa !

Il crie de sa voix haut perchée, ses cheveux blonds flottant derrière lui tandis qu'il court sur le trottoir en gesticulant. Je sors de la voiture en riant, bras grands ouverts et il se jette sur moi. Je le soulève ; il m'a tellement manqué. Je ferme les yeux, soulagé, ses petits bras s'accrochent à mon cou. La douce odeur de son shampoing. Son corps si léger, sa voix si enfantine. Je ravale mes larmes et ris, la tête en arrière, pour savourer l'image de son joli visage.

— Salut, toi ! je lance en ébouriffant ses cheveux. Comment ça va ?

— C'est moi qui ai attrapé le plus gros poisson, cette année !

Il sautille dans mes bras.

— Waouh, vraiment ?

Walt est un mordu de pêche à la ligne et, chaque année, la compétition va bon train pour savoir qui fera la meilleure prise.

— Je l'ai pris en photo. C'est sur mon iPad, viens.

Il se tortille pour descendre, agrippant toujours fermement ma main.

— Il faut absolument que je voie ça, dis-je en le laissant m'entraîner. Léo est à la maison aussi ?

Nate fait la moue.

— Il s'est fait mal à la jambe, au lac.

Je fronce les sourcils ; j'aurais aimé être au courant de ça. Nate franchit le seuil en courant et je reste là, devant la porte. Je frappe doucement contre le carreau, tout en parcourant du regard le vaste hall d'entrée, les parquets poncés avec amour, le tapis rapporté d'un long week-end à Nantucket. La nostalgie m'envahit.

— Hello ?

Je reste sans voix en voyant Susie apparaître dans l'encadrement de la porte de la cuisine, à l'autre bout du couloir, une citrouille à demi creusée entre les mains. La mélancolie me prend à la gorge.

— Mack, je pensais que tu étais encore en Irlande ?

Je hausse les épaules, feignant la nonchalance.

— Je sentais qu'il était temps de rentrer. Comment c'était, le lac ?

Elle cligne des yeux, encore troublée par mon apparition soudaine.

— Oh, tu sais, comme d'habitude. Pas mal. Maman te remercie pour les fleurs. C'était une gentille attention.

J'ai envoyé des fleurs à Marie pour son anniversaire, conscient que mon nom ne serait sans doute pas associé aux cartes et cadeaux offerts ce jour-là.

— C'est censé être une toile d'araignée ? je désigne le dédale de lignes qui sillonnent la surface de la citrouille.

Elle la regarde. Nous savons tous deux que je suis le roi des sculpteurs de citrouilles.

— On a pris du retard cette année, avec le voyage et tout. J'ai failli laisser tomber, mais bon… Les enfants aiment tellement ça.

À mes yeux, tout ce qui peut aider les enfants à se sentir bien vaut la peine.

— Tu as besoin d'un coup de main ?

Elle sourit, hésitante, et l'espace d'un instant elle me rappelle l'étudiante qui posait pour le cours de photo de son père, avec ses grands yeux bleu clair pleins d'appréhension. Je l'entends presque analyser ma proposition dans sa tête, à la recherche d'un sens caché dans les modulations de ma voix, dans le choix de mes mots. Il n'y a pas de sens caché. Simplement, il serait plus facile d'avoir vraiment quelque chose à faire plutôt que de siroter un café et de tenter maladroitement de faire la conversation dans la cuisine où j'avais l'habitude de préparer des pancakes le dimanche matin.

— Avec plaisir. Les garçons seraient ravis.

À mon tour, j'analyse ses mots. Avoir souligné le fait que les garçons seraient ravis pourrait-il signifier que ce n'est pas son cas ? Je réfléchis quelques instants puis décide de débrancher cette partie-là de mon cerveau et la suis dans la cuisine.

— Léo est là ?

Susie pose la citrouille sur le plan de travail de l'îlot central.

— Dans sa chambre là-haut, je crois.

— Ça te va si je… ? dis-je en désignant les escaliers, même si au fond je déteste devoir demander la permission de monter.

— Il a des béquilles pour quelques jours encore, lâche-t-elle rapidement. Il s'est tordu la cheville au lac. On a vu le médecin, c'est juste une entorse.

— Tu ne m'as pas prévenu.

Mon ton n'est pas volontairement accusateur. J'aurais juste aimé être au courant de ce genre d'événement.

— Mack, tu étais en Irlande. Je ne peux pas te prévenir chaque fois qu'il se passe le moindre truc, réplique-t-elle, sur la défensive. Je m'en suis occupée, il va bien.

— Alors peut-être qu'on pourrait inclure les blessures dans la liste des choses dont tu me parles sur le moment, je rétorque, adoptant le même ton.

Je suis sûr et certain qu'à ma place, elle voudrait être informée sur-le-champ s'il se passait quoi que ce soit quand ils sont avec moi.

Elle soupire et moi aussi, regrettant que l'atmosphère entre nous soit si tendue depuis quelque temps.

— Monte, dit-elle. Demande-lui s'il a envie de t'aider à creuser la citrouille ; il adore ça d'habitude.

Je tourne les talons tandis qu'elle ouvre une boîte en carton portant la mention « Halloween ». Je reconnais mon écriture, entourée de fantômes dessinés par Nate.

La porte de la chambre de Léo est fermée ; je toque et l'ouvre. Il ne bouge pas d'un pouce, absorbé par sa console de jeux.

— Alors comme ça, tu ne dis même pas bonjour à ton vieux père ? je lance, en m'appuyant contre le cadre de la porte.

Il lève instinctivement les yeux en entendant ma voix, et je décèle l'instant où il comprend qu'il ne s'agit ni de sa mère qui vient lui demander son linge sale ni de Nate qui vient l'embêter. C'est comme si l'on appuyait sur un interrupteur : son visage passe de l'ombre à la lumière.

— Papa !

Il hurle, jette sa console et, oubliant sa blessure à la cheville, se lève d'un coup. Il chancelle, grimace de douleur et je me précipite sur le lit pour le serrer dans mes bras.

— Tu as grandi.

Je dis ça chaque fois que je le vois. Je jurerais qu'il pousse d'un ou deux centimètres dès que j'ai le dos tourné. Je désigne sa cheville de la tête.

— Blessure de guerre ?

— Ça ne fait pas mal, sauf si je m'appuie dessus, dit-il en fronçant le nez.

Une ombre passe dans son regard. Je sais qu'il pense à notre dernière conversation, à propos de Robert.

— Tu t'es bien amusé au lac ? Nate m'a dit qu'il avait gagné le concours de pêche.

— Grand-père était tellement énervé.

Ça, j'imagine. Walt est un merveilleux grand-père mais il a dû mal à refréner son esprit de compétition, même avec ses petits-enfants.

— Pourquoi tu es déjà rentré ? demande Léo en fronçant les sourcils. Enfin, je suis content que tu sois là, mais tu avais dit que tu resterais là-bas plus longtemps, non ?

Je crois comprendre ce qu'il cherche à savoir. Il doit penser que j'ai écourté mon séjour à cause de Robert. La perspicacité de ce gamin le perdra. Je le regarde, tout en me demandant quel degré de vérité conviendrait le mieux à un enfant de douze ans.

— Vous me manquiez trop. J'ai pensé que ça vous ferait plaisir de passer un peu de temps avec moi.

Léo pousse un long soupir de soulagement, mais son regard est encore inquiet.

— Tu n'es pas rentré à cause de moi, hein ?

— Je suis rentré parce que j'avais envie d'être ici, je réponds en pressant son épaule. Tu sais, si tu en as déjà marre de moi, je peux y retourner ?

Il lève les yeux au ciel et me gratifie d'un adorable sourire, dévoilant ses dents déjà adultes et un peu trop grandes pour son visage d'enfant. Il est encore si jeune. Je sais qu'il va avoir besoin de moi, et je suis bien décidé à ne pas le laisser tomber.

— Tu restes dîner ?

— Avant, il faudrait surtout aller creuser cette fameuse citrouille, dis-je en éludant la question. Parce qu'on sait tous les deux que ta mère n'est pas la meilleure dans ce domaine, pas vrai ?

Susie a beaucoup de qualités, mais l'art n'est pas son point fort.

— Allez, viens, je vais t'aider à descendre les escaliers.

Je le soutiens tandis qu'il se lève et, l'espace d'un instant, je le serre contre moi.

— Je t'aime, papa. Je suis vraiment content que tu sois rentré.

Mon cœur explose de joie.

— Moi aussi, fiston.

Rentrer à la maison était la bonne chose à faire, j'en suis convaincu à cent pour cent. J'espère que Léo retiendra de cette journée que, s'il a besoin de moi, même si je suis à l'autre bout du monde, il n'a qu'un mot à dire et j'accours.

Quiconque nous aurait observés durant ces quelques heures aurait pu croire qu'il s'agissait d'un Halloween comme les autres et d'une famille américaine des plus banales, creusant des citrouilles et décorant le porche, à l'image du reste du quartier. J'ai toujours adoré cette fête, mais son caractère macabre semble particulièrement correspondre au malaise qui règne entre Susie et moi, cette année. Nous avons fait de notre mieux pour que tout ait l'air le plus normal possible pour les garçons ; pourtant, la tension était palpable. Chaque fois que Susie regardait l'horloge, je me demandais si c'était parce que Robert était sur le point d'arriver. Un commentaire de ma part, et elle plissait les yeux, cherchant un sens caché à mes propos. J'espère qu'au moins, les enfants savent que nous serons toujours une famille, capable de passer du temps ensemble comme aujourd'hui, indépendamment de ce qu'il se passe entre Susie et moi. J'ai lu quelque part que si l'on faisait passer ses enfants en premier, alors tout le reste suivait. Honnêtement, ce conseil était bien plus facile à avaler quand il n'y avait pas d'autre homme dans la vie de Susie. Mais j'imagine que, plus la situation est complexe, plus il est essentiel de l'appliquer. Je crois qu'on s'en est plutôt bien sortis. Pour cette fois, du moins. À présent, Nate et Léo sont partis jouer avec d'autres enfants dans le jardin des voisins, et nous sommes assis tous les deux sous le porche, comme avant. C'est la première fois que nous sommes seuls depuis un certain temps.

— Je suis désolée que tu l'aies appris de cette façon-là, pour Robert, commence Susie, le regard fixé sur l'allée.

— Ce qui me désole le plus, c'est que Léo l'ait appris de cette façon-là.

Je pourrais adopter un ton plus doux, mais ça me fait mal de savoir que Léo devra vivre avec le même genre de souvenir de sa mère que moi, avec mon père. J'ai presque envie de le lui rappeler car, après tout, elle sait à quel point cette image m'a rongé. Malgré tout, je tiens ma langue. Ce serait un coup bas. D'autant que je suis à peu près certain qu'elle a déjà fait le rapprochement.

— C'était affreux, Mack. Il a pleuré, et moi aussi, soupire-t-elle en passant une main sur son visage. J'aurais tellement aimé que ça se passe différemment, j'aurais tellement voulu pouvoir revenir en arrière et faire en sorte que ça n'arrive pas.

Mon père, lui, ne s'est jamais senti coupable, et n'a même jamais su que je l'avais aperçu ce jour-là. L'expérience de Léo est à mille lieues de ce que j'ai vécu, je sais que Susie veillera là-dessus. Et en revenant ici, c'est ce que je fais, moi aussi.

— Comment tu vas ?

Une ombre passe dans son regard et ses épaules me paraissent soudain fragiles. Je l'observe, assise sur la balancelle, là où je l'ai vue tant de fois pelotonnée en train de lire un livre tout en gardant un œil sur les enfants qui jouaient dehors. Aujourd'hui, elle est tout sauf détendue et, quand elle se tourne vers moi, ses yeux bleus brillent de larmes, qu'elle s'efforce de contenir.

— Je ne dors pas très bien. C'est juste que, tu sais… bredouille-t-elle en triturant ses doigts et en s'agitant un peu. Je me fais du souci.

Je n'ai qu'une envie : l'enlacer et lui promettre que tout ira bien. Dans notre relation, j'ai toujours eu ce rôle-là ; une épaule sur laquelle s'appuyer, un roc. Désormais, je ne sais plus quel rôle j'ai dans la vie de Susie. Pour les garçons, c'est clair. Je suis leur père et je les aimerai toujours, quoi qu'il advienne. C'est gravé dans la roche. Mais lorsque je la regarde, il m'est difficile d'imaginer qu'un jour viendra où, à mon tour, je ne l'aimerai plus. Elle est la mère de mes enfants, la femme que j'ai épousée, mon grand amour de jeunesse. Si notre famille était représentée selon le diagramme de Venn, les enfants figureraient dans le cercle central tandis que Susie et moi serions dans des cercles latéraux, distincts mais entrelacés. D'autres cercles peuvent chevaucher celui de Susie comme le mien, mais les trois cercles originaux doivent restent connectés ; sinon, tout s'effondre. Mes parents ont laissé leurs cercles respectifs s'éloigner l'un de l'autre. Je ne ferai pas la même erreur. Je garde cette image en tête et pose ma main sur celle de Susie.

— Ça va être difficile pendant un certain temps, mais on va y arriver. On n'a pas le choix, c'est important pour les enfants.

Je fais un signe de tête en direction du décor macabre que nous avons installé pour Halloween.

— Les enfants ont besoin de voir que tout va bien, et le fait d'avoir passé ce temps-là en famille leur en a donné la preuve.

— Je ne voulais pas que tu l'apprennes comme ça pour Robert, je suis vraiment désolée. Je voulais te le dire moi-même, en personne ; je m'apprêtais à le faire, d'ailleurs… Tu te souviens, le jour où tu es venu nous annoncer ton départ pour Salvation ? J'avais décidé de t'en parler ce jour-là, mais quand tu nous as dit que tu partais, j'ai pensé que ce n'était pas le bon moment.

Je ne vais pas mentir, j'aurais aimé qu'elle trouve les mots à ce moment-là. Il n'est jamais facile d'entendre que la personne que l'on aime a quelqu'un d'autre, mais je crois qu'il n'y a rien de pire que de l'apprendre à 5000 kilomètres, au sommet d'une colline, sous une pluie battante. Et en même temps, si elle m'avait parlé de Robert ce soir-là, je ne serais sans doute pas parti pour Salvation. Et si je n'étais pas allé là-bas, je ne serais pas la personne que je suis aujourd'hui.

— Ce n'était pas Robert, la raison, tu sais. Ce n'est pas à cause de lui. C'est arrivé des mois après notre séparation. Je ne l'ai même pas vu venir, c'est juste que… j'étais triste, il a été gentil, et c'est arrivé comme ça.

— Je te crois, je souffle en fixant le sol.

C'est vrai. Notre mariage reposait sur l'honnêteté, je sais qu'aucun de nous n'aurait trompé l'autre.

— Je ne sais même pas si c'est une histoire qui compte vraiment, ajoute-t-elle. Je sais que je t'ai dit que c'était sérieux. C'est ce que je pensais. J'imagine que j'ai voulu y croire, mais c'était sans doute trop tôt.

Je ne peux pas m'empêcher de me demander à quoi est dû ce revers. Je suis à peu près certain qu'ils n'ont pas passé ces deux dernières semaines ensemble au lac à jouer à la famille modèle, mais peut-être y est-il allé un jour ou deux. Je me surprends à espérer qu'il ait été le pire pêcheur de tous les temps.

— Trop tôt pour quoi ?

Elle me regarde dans les yeux, et des larmes roulent sur ses joues.

— Trop tôt après toi, Mack Sullivan.

Je dois lui avouer pour Cléo. Ce n'est pas juste qu'elle joue cartes sur table et pas moi.

— Écoute, Susie.

Je prends le temps pour choisir les mots qui la blesseront le moins mais, soudain, nous levons tous les deux la tête en entendant une voiture s'arrêter devant la maison.

— Merde, lâche Susie en passant sa main sur ses joues humides, c'est Robert. Je ne savais pas qu'il viendrait.

Argh. Je me pince le nez et elle se lève d'un bond. Je regarde Robert sortir de sa berline bien confortable, content que les enfants ne soient pas là pour assister à ça. Gilet boutonné. Cravate ridicule. Regard méfiant. Fureur soudaine qui me brûle l'estomac comme de l'acide. Toutes les cases sont cochées.

— Il vaudrait mieux que j'y aille, je marmonne.

Susie se tourne vers moi.

— Mack, tu n'as pas à…

Je n'arrive pas à savoir si elle me demande de rester ou de partir. Ce que je sais, c'est que si je reste, je risque de le frapper, ce qui anéantirait tout ce que cet après-midi a eu de positif. Je sais bien qu'après avoir effacé la frontière de craie d'Otter Lodge, je n'ai plus vraiment le droit de m'indigner, mais il n'y a pas de logique à ce que je ressens maintenant. Je connais Robert depuis plus de sept ans. Est-ce qu'il a toujours eu un faible pour Susie ? A-t-il attendu, tapi dans l'ombre, à l'affût de la première faille dans laquelle s'engouffrer ? Je suis en colère contre lui, bien plus que contre Susie. Je pourrais payer une fortune à un psy pour qu'il me sorte ses théories sur les raisons de cette colère, ou alors je pourrais juste décider d'écouter le fauve blessé qui sommeille en moi qui me dit que ce type s'en est pris à ma fierté quand j'avais le dos tourné et qu'il mérite juste que je lui arrache la tête. Je ne suis pas fier de ce que je ressens, mais c'est comme ça.

— Je vais y aller. Dis aux enfants que je les appellerai plus tard.

Au moment où il m'aperçoit descendre les marches du porche quatre à quatre, Robert se replie à l'intérieur de sa voiture de telle façon que c'en est presque comique. Je ne lance pas un seul regard dans sa direction, je continue jusqu'à mon pick-up et allume le moteur. Mieux vaut partir d'ici avant de faire une bêtise.

Plus tard, assis à la table du salon après avoir descendu trois bières, je regarde les photos de Salvation sur mon ordinateur. Je me dis que c'est du travail mais au fond, ce que je recherche, c'est un moyen d'apaiser ma douleur. Ça me permet de me souvenir que la vie ne sera pas toujours aussi difficile qu'aujourd'hui, qu'il y aura d'autres moments, d'autres endroits, et que je peux danser un slow sous les étoiles au son de *Thunder Road* tout en restant un bon père. Je viens de passer une heure à me faire du mal en faisant défiler de vieilles photos des enfants lorsqu'ils étaient petits, de Susie à la maternité – épuisée mais si belle dans sa robe de chambre, juste après la naissance de Léo –, de nos gâteaux d'anniversaire faits maison et des premiers pas des enfants un peu chancelants. Renoncer à cet amour, c'est devoir se détacher de tellement de choses. Je repense aux dents de bébés et aux premières boucles de cheveux, rangées dans des enveloppes, dans une maison où je ne vis plus. Je revois la cravate que je portais le jour de notre mariage, soigneusement pliée dans un carton avec sa robe, au fond du grenier. Notre amour a été emporté dans le tourbillon infernal de la vie de parents, affaiblissant notre couple et le renforçant en même temps. Je ne parviens pas à me défaire du terrible sentiment d'échec qui pèse sur mes épaules. D'autres réussissent, alors pourquoi pas nous ? J'ai passé de longues nuits d'insomnie à tourner et retourner cette question dans ma tête, à passer en revue tous les moments où je n'ai pas été à la hauteur, où je n'ai pas trouvé les bons mots, mais ça ne sert à rien. Il est difficile d'essayer de ne plus être amoureux quand ce n'est pas ce qu'on veut.

Je clique sur les images de Salvation, laissant l'île s'immiscer lentement dans mon esprit, comme autant de beauté pour compenser l'amertume. Ciel orageux, vagues grises qui déferlent, plage balayée par la pluie. Et la chaleur du sourire de Raff, derrière le comptoir du Salvation Arms. Bon sang, j'aimerais tellement qu'il soit ici en train de prendre une bière avec moi. Un peu de compagnie ne serait pas de refus, ça m'éviterait de boire tout seul. Le visage de Delta inonde mon écran, ses yeux verts brillent de malice. Puis viennent les croix de granite de l'église sur le promontoire et un habitant solitaire qui se penche pour déposer des fleurs. Savoir que Salvation existe, que l'île vit et respire, cela me réchauffe le cœur. Je repense à l'accueil de ses résidents, à sa météo hostile, et au sanctuaire qu'était Otter Lodge.

Encore un clic et le visage de Cléo apparaît sur mon écran ; elle rit sur la plage et me regarde par-dessus son épaule, le vent balaye ses cheveux, recouvrant sa bouche. Ce n'est pas pour rien que l'on dit qu'un appareil photo ne ment jamais. De temps en temps, avec la bonne lumière, on peut saisir l'essence même d'une personne en un seul cliché. Cela se joue à la nanoseconde près. Cette photo est l'un de ces moments magiques : en la regardant, j'entends son rire insouciant, je vois son immense bonté. Le simple fait de la voir donnerait envie à n'importe qui de connaître cette femme. En plongeant son regard dans le sien pendant quelques instants, on devine qui elle est : le genre de personne qui laisse derrière elle une traînée d'étoiles scintillantes, comme autant de lumières pour guider les âmes perdues au creux des nuits les plus sombres. C'est moi, l'âme perdue, Cléo. Et ce soir, j'ai vraiment besoin de ta lumière.

CLÉO

Cher Univers, message reçu cinq sur cinq

2 novembre, Salvation Island

KAREN CARPENTER AVAIT VU JUSTE quand elle chantait *Rainy Days and Mondays* : on est lundi matin ET il pleut. C'est un peu la double peine, mais je ne vais pas me plaindre, ça correspond parfaitement à mon humeur du jour. Je me suis levée une fois tout à l'heure et je me suis recouchée directement ; la météo peut bien faire ce qu'elle veut, je m'en fiche.

Cela fait six jours que Mack est parti. J'ai l'impression que ça fait à la fois six cents ans et six secondes, comme si je l'avais fait disparaître rien qu'en clignant des yeux. J'aimerais tellement pouvoir le faire revenir de la même manière. Je n'essaie même pas de nier à quel point j'aimerais regarder par la fenêtre de la cuisine et le voir descendre la colline, ou me retourner et le retrouver endormi près de moi dans le lit. C'est atroce. On a peut-être appelé ça un micro-amour, moi, j'ai l'impression d'avoir une méga-gueule de bois. Je broie carrément du noir : j'écoute *Thunder Road* en boucle, je n'arrive pas à avaler un seul repas, et je ne me suis pas coiffée depuis des jours. Je déteste me sentir aussi mal, c'est comme si je me laissais tomber. Ce matin, à l'aube, je suis sortie sous le porche et j'ai scruté l'horizon pour voir si *La Pionnière* avait levé l'ancre et mis les voiles sans m'attendre, dépitée par mon manque de clairvoyance. Alors j'ai crié, penchée en avant par-dessus la balustrade :

— Je ne pensais pas que ce serait aussi dur !

Et puis j'ai continué à hurler de rage, choquée qu'un chagrin d'amour puisse me causer une douleur aussi palpable.

— Merde ! Ce n'est pas ma faute s'il me manque autant !

Il faut absolument que Mack me renvoie le morceau de cœur que je lui ai donné, car je crois qu'il a emporté un bout d'artère avec. Est-ce une raison suffisante pour le contacter, même si on s'est promis qu'on ne le ferait pas ? J'ai son numéro ; nous avions chacun inscrit le nôtre sur la liste de règles aimantée sur le frigo, en cas d'urgence. Je pourrais grimper au sommet de Wailing Hill et l'appeler, écouter les clics et les silences de mon désespoir déferler sur des milliers de kilomètres, jusqu'à l'endroit où il se trouve. Je ne le ferai pas. Bien sûr que non. Mais savoir que je pourrais ne fait qu'aggraver mon état. Ça va aller. Il faut que ça aille. Je ne peux pas mourir d'un chagrin d'amour, je ne vis pas dans une pièce de Shakespeare. Je vais me ressaisir bientôt, je le sais. Je me coifferai, je mangerai quelque chose, j'effacerai *Thunder Road* de ma playlist. Et alors même que j'essaie de m'en convaincre, j'appuie une nouvelle fois sur

« play ». Bruce fait résonner ses quelques notes d'harmonica mélancolique, je me roule en boule au milieu du lit et fonds en larmes.

Quand j'ouvre les yeux, je m'aperçois que l'on a glissé un papier sous la porte. Je repère l'éclat blanc sur le plancher de l'autre côté de la pièce, saute du lit et me précipite pour le récupérer, au cas où ce serait Mack. Est-ce qu'il est revenu ? Je me redresse, appuie mon dos contre la porte et déplie le morceau de papier. Ce n'est pas Mack.

« Salut Cléo, viens au club cet après-midi, on a quelque chose pour toi. Bisous, D. »

Delta. Je pousse un long soupir. Je ne pense pas être d'attaque pour marcher jusqu'au village cet après-midi. Je porte encore la même tenue qu'hier, un jean et une chemise à carreaux noire et rouge froissée, qui va de pair avec mes cheveux emmêlés. Je n'irai pas. Je sors boire mon café sous le porche pour réfléchir. C'est à cet endroit précis que j'ai dansé le jour de mon anniversaire, tournoyant au bras de Mack, ma robe fouettant mes genoux. Je ferme les yeux et essaie de retrouver la joie que je ressentais à ce moment-là. Impossible. J'avale une gorgée de café, brûlant, qui contraste avec le vent glacial et je m'assois en tailleur ; même tenir debout me paraît soudain trop difficile. Je me réchauffe en serrant mes mains autour de ma tasse et je laisse mon regard se perdre à l'horizon. Il est là, quelque part, par-delà l'océan et les fuseaux horaires, de retour à sa vie de père, de fils, de photographe à succès et de mari délaissé. Sauf qu'il ne l'est peut-être plus, délaissé. Je ne savais pas que quelqu'un pouvait autant me manquer. Je passe mon temps à me rappeler que ce n'était qu'une brève histoire, que je ne peux pas tomber aussi bas ; ce n'est absolument pas rationnel. Je repose ma tasse sur les planches pleines de sable, je n'en peux plus d'injecter du café dans mon estomac vide.

« Viens au club. » Delta savait sans doute que toute formulation qui me laisserait le choix tomberait dans l'oreille d'une sourde, tandis qu'il m'est plus difficile d'ignorer un ordre aussi direct que celui-ci. « Viens au club cet après-midi. » Je passe mon pouce sur le cadran en cristal de la montre de mon père. Je la porte constamment depuis mon anniversaire. Parfois, presser ma joue contre son verre froid m'apporte un peu de réconfort. Elle indique midi. « Relève-toi, ma fille, semble-t-il me dire. Brosse tes cheveux, et ramène tes fesses de l'autre côté de la colline ».

« Viens au club. » Je soupire, ramasse ma tasse et retourne dans le lodge, en quête d'une brosse à cheveux.

Brianne est la première à m'apercevoir et se précipite vers moi.

— Tu es venue ! Allez, entre, donne-moi donc ce manteau trempé, je vais le mettre sur le radiateur pour qu'il sèche.

Bien qu'elle soit à peine plus âgée que moi, ses yeux brillent d'une inquiétude toute maternelle. Elle me pousse vers le groupe, où l'on me fait déjà une place sur le canapé, à côté de Delta.

— Viens, ma chérie, dit Delta en tapotant le coussin. Assieds-toi et réchauffe-toi un peu.

Je m'installe entre Delta et Erin, qui caresse doucement mon genou et m'offre un peu de café.

— Delta était sûre que tu viendrais, on t'a déjà préparé ta tasse. Il y a aussi du gâteau. Tu peux en rapporter au lodge si tu n'as pas envie d'en manger maintenant.

En attrapant la tasse rayée bleu et blanc, je comprends que mes mains tremblent.

— Hey, murmure Delta en passant son bras autour de mes épaules, ça va, on est là. Tu peux te laisser aller.

Je l'écoute et, soudain, mon corps est secoué de sanglots. Quelqu'un m'enlève la tasse des mains avant qu'elle ne se renverse et, entre deux halètements, je leur confie que Mack me manque terriblement. Je pleure sans discontinuer et elles me disent tous les mots que j'ai besoin d'entendre, tout en se pressant autour de moi. Elles savent bien que le micro-amour n'existe pas. Seul l'amour existe.

— Un homme comme ça, il va te falloir du temps pour t'en remettre, commente Ailsa, et toutes hochent la tête en signe d'approbation.

— Je pourrais écrire cette phrase dans mon prochain livre ? demande Carmen au bout de quelques instants.

Je sais qu'elle dit ça pour me faire rire.

— Merci pour le mot, Delta, dis-je une fois calmée. Je suis contente d'être venue.

Dolorès ajoute un soupçon de whisky dans mon café et Delta presse mon genou.

— On serait venues nous, sinon. J'avais déjà demandé à Cam de jouer les porteurs pour m'aider à grimper la colline. Il était partant.

Je suis certaine qu'elle ne plaisante pas et j'imagine très bien le mari de Brianne pousser Delta jusqu'en haut de Wailing Hill dans une charrette à bras. Je laisse échapper un long soupir, soulagée que ces femmes m'aient ramenée au troupeau, tel un agneau perdu. À Londres, j'ai beaucoup d'amis mais, là-bas, les relations comme la vie ont un inévitable côté éphémère ; les gens ne font que passer. Tandis qu'ici, ils restent. J'ai passé plus de temps avec Delta qu'avec la plupart de mes collègues, or cela fait bientôt quatre ans que je travaille pour *Women Today*. C'était pareil avec Mack. Nous avons été attirés l'un par l'autre comme deux aimants.

Je sens mes épaules se relâcher peu à peu au doux bourdonnement des conversations, au cliquetis des aiguilles à tricoter, des assiettes et au son de la radio en fond. La plus réconfortante des symphonies. Lorsqu'elles me passent une part de gâteau, une pelote de laine ou qu'elles posent une main rassurante sur mon épaule, leurs intonations varient, toujours musicales. D'instinct, elles parviennent à adopter le juste degré de compassion, me laissant retrouver mon calme après ce déferlement d'émotions.

Delta se cambre pour étirer ses épaules et me demande si je me sens mieux.

— J'ai vraiment l'impression d'être une mauviette.

— Aujourd'hui, peut-être. Mais dis-toi que ça te rendra plus forte.

— Tu crois ? je bafouille en baissant les yeux sur l'écharpe à moitié tricotée suspendue au bout de mes aiguilles.

— J'en suis certaine.

Dolorès se tourne vers moi.

— Pas trop non plus, m'avertit-elle. Ne va pas construire un rempart si haut que personne ne pourra le franchir.

Si cette femme savait à quel point je l'apprécie, je crois que ça lui déplairait presque. Son conseil est excellent et d'autant plus bienvenu que, pour l'heure, j'ai plutôt envie de me servir des pierres de Salvation pour monter de hauts murs épais, au cas où.

— Il faut être solide pour traverser une telle épreuve, ajoute Carmen.

— Elle l'est, déclara Erin sans la moindre hésitation.

Je soupire.
— Est-ce que je peux rester ici pour toujours ?
— Pas à Otter Lodge, malheureusement, dit Brianne en se mordant la lèvre, l'air désolée. Barney m'a écrit ce matin. Il a décidé de rentrer d'ici quelques semaines et de passer un peu de temps au lodge. Il m'a demandé de suspendre les réservations pour le moment.
— Oh.
Je suis dépitée. Encore une mauvaise nouvelle. Je sais qu'il faudra que je quitte l'île un jour ou l'autre, bien sûr, mais j'ai soudain l'impression que le temps m'est de nouveau compté et que la décision ne me revient plus vraiment. Otter Lodge est devenu mon sanctuaire. Je déteste l'idée que quelqu'un d'autre puisse s'asseoir sous le porche, regarder la plage et saluer les dauphins qui jouent le matin. Mon humeur, temporairement plus légère, s'assombrit de nouveau et je ressens le besoin de rentrer. Autour de moi, tout le monde s'agite : on me tient ma veste bien chaude pour m'aider à l'enfiler, on me charge de parts de gâteau emballées dans du papier d'aluminium et d'une bouteille contenant un reste de whisky. Delta m'accompagne jusqu'à la porte et glisse un autre paquet, enveloppé de papier kraft, à l'intérieur de mon sac.
— Ouvre-le plus tard, murmure-t-elle en me serrant dans ses bras par-dessus son ventre rond.
— Rentre vite, le bébé va attraper froid.
Elle rit.
— Je suis déjà une mauvaise mère. Ce petit n'a vraiment pas de chance.
Je tourne les talons, tout en songeant qu'elle a tort. Ce bébé va naître ici, à Salvation, entouré de ces personnes incroyables. C'est l'un des enfants les plus chanceux de la planète.

Le crépuscule descend tandis que je gravis Wailing Hill. Je porte la lampe frontale de Mack, peu flatteuse mais incroyablement pratique ; il l'a laissée dans la poche de mon manteau avant de partir et m'a fait promettre que je m'en servirais. Je suis bien contente de l'avoir ce soir, et tout aussi contente que personne ne puisse me voir comme ça.

Il fait presque nuit quand j'atteins le sommet de la colline et me laisse tomber, assise, sur le rocher familier. À présent, je sais exactement comment me placer ; une douce courbure s'est formée au fil des ans, polie par ceux qui se sont assis là avant moi. J'aime à penser que je l'ai un peu accentuée.

J'éteins la lampe pour mieux profiter de la vue. J'ai laissé le porche du lodge allumé avant de partir, je ne pouvais pas supporter l'idée de retourner dans un endroit sombre et glacial. Je laisse mon esprit vagabonder quelques instants, j'imagine Mack en train de nous faire un feu et cette pensée m'est si douce que j'ai envie de me remettre en chemin sur-le-champ. Mais il n'est pas là. La solitude m'attend. Quoi que, après quelques heures en si bonne compagnie, je ne suis pas contre passer un peu de temps seule.

Un bip provenant de la poche de mon manteau me fait sursauter : mon téléphone s'est connecté au réseau. Je l'ai rallumé juste après le départ de Mack, on ne sait jamais. C'est un message de ma mère. Elle a préparé un gâteau au café qui est en train de refroidir et aimerait que je sois là pour le partager avec elle. Elle veut que l'on se voie dès que je serai rentrée en Angleterre. Je ne lui ai pas raconté grand-chose de ce qu'il s'était passé ici, mais c'est ma mère. Je sais qu'elle lit mes chroniques, y décèle les mots invisibles glissés entre les lignes, déchiffre les SOS codés que je n'avais même pas conscience d'avoir envoyés. Un autre message, d'Ali cette fois, qui me confirme qu'elle a accepté ma demande d'utiliser mes jours de congé restants pour passer plus de temps ici. Quel soulagement. Cela m'offre une petite fenêtre de respiration, et encore quelques jours ici avant que le sablier se soit entièrement écoulé.

Un bip annonce un nouveau message. Je n'y prête pas vraiment attention, tant l'éclat de mon téléphone fait tache dans ce ciel noir et hors du temps. Mais lorsque mes yeux se posent sur l'écran, j'inspire d'un coup en lisant le nom qui s'affiche.

Mack.

J'ai enregistré son numéro le jour où j'ai retiré la liste du frigo. Je voulais la garder en souvenir mais j'ai dû l'égarer dans le grand ménage que j'ai entrepris après le départ de Mack. Est-ce qu'il a un problème ? Peut-être a-t-il eu des difficultés à rentrer chez lui ? Non, si ça avait été le cas, je le saurais déjà, à l'heure qu'il est. Je retiens ma respiration et clique pour ouvrir le message.

Un. Springsteen vient de passer à la radio et j'ai pensé à toi.
Deux. Tout me manque terriblement, toi, l'île, le lodge. Mais surtout toi.
Trois. Tu sais déjà ce qu'il y a en trois.

Oh, Mack. Je lis et relis ses mots. De nous deux, je pensais que je serais celle qui briserait notre pacte, qui finirait par écrire un soir, un peu saoule et surtout très seule. Qu'est-ce que je fais de ça, là ? Je réponds ? Je pense à lui, à son long voyage de retour, au stress auquel il a dû être confronté en rentrant à Boston, en retrouvant ses enfants, et aux montagnes russes d'émotions qu'il doit vivre, avec Susie. Je n'arrive pas à imaginer comment on peut construire une vie, fonder une famille avec quelqu'un et se voir soudain couper l'herbe sous le pied par cette même personne. J'ai vu à quel point il a été affecté en apprenant la liaison que Susie entretenait avec Robert, et je suis certaine qu'elle ressentira la même chose quand Mack lui parlera de nous – s'il lui en parle. Il doit sans doute affronter une succession infinie de conversations douloureuses et de décisions impossibles. M'écrire devait être un geste désespéré, embué d'alcool, comme une tentative de se raccrocher à Salvation. Je hais l'idée qu'il soit seul dans ce studio qu'il déteste, une bière à la main, le téléphone dans l'autre.

Je relis attentivement ses mots. Je pourrais m'abstenir de répondre, pour rester fidèle à notre accord. Le message serait clair : « Ce n'est pas une bonne idée, Mack. » Un texto en mènera inévitablement à un autre, et en moins de temps qu'il ne faut pour le dire, nous serions amis sur Facebook, à nous torturer en regardant des photos qui nous brisent le cœur. Il pourrait aussi se réveiller en regrettant de m'avoir écrit. Dans ce cas, ne pas répondre serait la meilleure option. Mais d'un autre côté, il pourrait aussi se demander si j'ai bien reçu son message, s'il ne s'est pas perdu quelque part au milieu de cette traversée de 5000 kilomètres, si une sirène ne l'a pas saisi au vol par pure solidarité féminine, pour me protéger. Je serais alors certaine qu'il ne me contacterait pas une seconde fois, et tout serait terminé.

Je laisse toutes ces pensées louables faire leur chemin dans mon esprit, tout en sachant pertinemment que je vais répondre. Bien sûr que je vais répondre. En revanche, je ne sais pas quoi dire. Je fais plusieurs essais puis je me lance, en espérant avoir trouvé le bon ton.

Un. Je suis assise au sommet de Wailing Hill avec ton ignoble lampe de cyclope.
Deux. Tu me manques cruellement. Le lodge semble bien trop grand sans ton manteau ridicule qui prend toute la place.
Trois. Je suis allée au club de tricot aujourd'hui et j'ai pleuré toutes les larmes de mon corps, mais je n'ai toujours pas de regrets. Ni maintenant, ni jamais.
Trois A (je sais que tu désapprouverais l'existence d'un numéro quatre). Ne te sens pas obligé de répondre. Je sais que tu étais sans doute saoul quand tu m'as écrit ou que tu avais un coup de blues. Mais j'ai répondu, donc nous sommes quittes à présent.

J'appuie sur « envoyer » et glisse mon portable dans ma poche. Je pourrais rester assise ici et attendre de voir s'il me répond, même si je lui ai dit de ne pas le faire. Peut-être qu'il le fera. C'est le début de l'après-midi à Boston. J'attends juste assez pour être sûre que mes mots se sont bien envolés vers lui, j'allume ma lampe frontale et mets le cap sur Otter Lodge. Cet endroit est encore à moi pour quelque temps, autant en profiter.

Je suis contente de voir que le feu que j'ai laissé brûler dans l'âtre en partant ne s'est pas complètement consumé et un sentiment de fierté m'envahit lorsque j'arrive à le faire repartir. Lumière et chaleur, voici donc deux besoins vitaux que la femme des cavernes que je suis parvient à assurer toute seule. Bon, j'allume aussi les lampes, je ne suis pas non plus une *vraie* femme des cavernes, mais prendre la mesure de mes propres capacités me procure une grande satisfaction. Je sais qu'au fond de moi, je peux trouver le moyen d'aller mieux, de me sentir forte. Comme me faire réchauffer une bonne soupe, allumer quelques bougies, et enfiler mon cardigan préféré, par exemple. Je me souviens qu'avant de venir à Salvation, j'appréhendais d'être seule ici, dans ce lodge. Je m'inquiétais de me sentir trop isolée, trop seule, à découvert. Je dirais même que j'avais un peu peur. Ce soir, c'est tout le contraire. J'ai besoin de ce silence et je sens que les épais murs de pierre me soutiennent. Quand Mack était ici, ce lodge a été notre nid à nous. Aujourd'hui, c'est mon alcôve à moi. Mes yeux se posent sur le paquet en papier kraft attaché par une simple ficelle que m'a remis Delta. Il y a aussi un mot.

« La plupart des femmes de Salvation en ont eu besoin à un moment de leur vie. Tu sais où nous trouver si tu as besoin de nous. »

Je marque une pause, le paquet sur mes genoux. Quoi qu'il arrive, je veillerai à toujours garder cette précieuse note avec moi. Je tire la ficelle, ouvre le papier et quand je comprends ce qu'il contient, j'y plonge mon visage en laissant échapper un soupir plein de reconnaissance. Je croyais ne plus avoir de larmes en moi pour aujourd'hui, mais il semblerait que j'aie une petite réserve. Elles m'ont offert une couverture. Une couverture faite de petits carrés en tricot, cousus les uns aux autres pour former un grand patchwork de couleurs et de douceur. Je la secoue pour la déplier et l'enroule autour de mes épaules. Je ferme les yeux, et c'est comme si toutes les femmes de Salvation m'enlaçaient en même temps. Une vraie démonstration de sororité et de solidarité féminine. Je reste assise ainsi encore quelques instants, laissant la chaleur de la couverture pénétrer ma peau, puis j'ouvre de nouveau les yeux pour l'examiner. Je reconnais la laine jaune dont Ailsa se servait ces derniers temps et celle gris orage de Carmen, unique, « la plus chaude de l'île ». Je souris en repensant à l'expression de Dolorès chaque fois qu'elle entend Carmen prononcer ces mots. D'autres couleurs se mêlent : vert mousse, rose Malabar, rouge cerise, bleu turquoise. Autant de bribes de projets que j'ai vu croître au bout de leurs aiguilles. Ces femmes sont phénoménales, et je me sens fière de faire partie de leur bande, même si c'est temporaire. Je me demande si elles se rendent compte que ce qu'elles ont est rare ou si, au contraire, elles considèrent cela comme acquis, comme une chance qui revient à celles et ceux qui vivent sur l'île. Elles prennent soin des leurs et, de temps à autre, elles accueillent un agneau perdu au sein de leur troupeau. *Je suis l'heureuse élue.* Je ne pouvais rêver meilleur cadeau ni meilleur moment. Je me souviens de la première fois où j'ai vu mon ordinateur portable vert citron à clapet-coquillage, de la sensation d'être enfin comprise et de la volonté, puissante, qui enflait en moi. Elle m'envahit de nouveau, comme un signe du cosmos qui me dit d'écouter mon intuition.

— D'accord, je chuchote.

Puis je le dis de nouveau, plus fort, plus déterminée encore :

— D'accord.

Je me lève, m'installe sur le canapé, lovée dans un petit nid d'oreillers avec ma nouvelle couverture fétiche, j'allume mon ordinateur et ouvre un nouveau document. J'échauffe mes doigts. *Cher Univers, message reçu cinq sur cinq. Il est temps d'écrire.*

MACK

C'est fini, maintenant

6 novembre, Boston

Ce soir, je me suis transformé en cliché déprimant de père célibataire. J'ai commandé une pizza au lieu de cuisiner un bon repas, laissé les enfants boire du soda au cinéma alors que nous avons toujours été stricts pour éviter qu'ils aient des caries. Je n'ai pas fait ça pour marquer des points contre Susie et passer pour le plus cool des deux, c'est juste que j'ai voulu leur accorder tout ce que je pouvais, car la seule chose qu'ils voulaient vraiment, je n'ai pas pu leur donner. Ils me l'ont demandée quand je suis venu les chercher à la sortie de l'école : que leur mère vienne avec nous. J'ai passé tout le film à me torturer, à les imaginer se concerter dans la cour de récré pour décider qui des deux oserait me poser la question, essayant de trouver les bons mots, ceux qui leur permettraient de passer quelques heures avec leurs deux parents. J'ai été à leur place, enfant, pensant qu'en forçant mes parents à passer du temps ensemble, ils se souviendraient des bons moments. Moi non plus, je n'ai pas oublié nos bons moments avec Susie et les garçons. Je ne leur ai rien dit, bien sûr, j'ai changé de sujet et je leur ai offert plus de soda pétillant et de pop-corn qu'ils ne pouvaient en consommer. Les distraire : la plus vieille stratégie du grand livre des parents. *Hey, Nate, regarde comme j'imite l'éléphant !* – pendant que je désinfecte ta blessure au genou. *Hey, Léo, on fait un tour au skate park ?* – au lieu de penser à la fête d'anniversaire à laquelle tu n'as pas été invité. C'est si facile quand ils sont petits : quoi qu'il arrive, ils savent que leurs parents ont toujours la solution à tout. Pas cette fois-ci. Le soda et le pop-corn ne compenseront jamais l'absence de leur mère, mais je n'ai rien trouvé de mieux cet après-midi. Et nous voilà tous les trois assis sur le canapé en train de regarder les titres sportifs du journal de vingt-trois heures : ils devraient être couchés depuis longtemps et sont en train de s'assoupir contre moi. Je déteste devoir les accueillir dans cet appart, même si, pour quelques heures, leur présence le transforme en vraie maison. Ils font comme s'ils trouvaient ça cool, mais ce sont de piètres menteurs. Peut-être qu'après les vacances de Noël, j'essaierai de trouver un autre endroit. Je serre les garçons contre moi, les pieds sur la table basse en verre.

— Toi, tu fais le beurre de cacahuètes, dit Nate en levant les yeux vers moi.

— Ah oui ?

— Dans le sandwich, je veux dire. Nous, on fait le pain, et toi tu es le beurre de cacahuètes au milieu.

— Je pourrais être du jambon, plutôt ? Ou du fromage qui file, comme sur les pizzas ?

Il sait que je déteste le beurre de cacahuètes. Il secoue la tête, sourit, et s'installe dans le creux de mon épaule, les yeux fermés.

— Les sandwichs au beurre de cacahuètes croustillant, c'est ceux que je préfère.

Je presse mes lèvres contre ses cheveux au doux parfum d'agrumes.

— Je sais. Bon, c'est d'accord. Je fais le beurre de cacahuètes.

Il ouvre un œil, bleu comme ceux de Susie, et me fixe.

— Croustillant ?

— Croustillant.

Il referme l'œil, satisfait, et je me demande comment il est possible qu'un truc aussi ridicule me serre le cœur car je repense à Cléo, et à notre aversion commune pour le beurre de cacahuètes – de loin l'une de nos plus grandes confidences du soir.

Léo s'est presque complètement endormi et ses petits doigts agrippent mon tee-shirt. Ses cheveux ont la même odeur de shampoing que ceux de Nate. Moi aussi, j'avais le même, avant. Je sais que c'est un détail insignifiant, mais je n'ai pas réussi à retrouver la marque de ce fichu shampoing – et ce n'est pas faute d'avoir reniflé toutes les bouteilles du supermarché. D'un côté, ça n'a aucune importance, mais de l'autre, je me dis qu'une séparation est faite de millions de petites scissions comme celle-ci et que l'on finit par croiser l'autre dans la rue et le reconnaître à peine.

*

Je dépose les garçons à la maison en milieu de matinée, comme convenu, et remarque les deux assiettes du petit déjeuner dans l'évier et les deux tasses à café sur la table. Susie suit mon regard et je sais qu'au fond d'elle, elle regrette de ne pas avoir pensé à les débarrasser. Ça me rend fou de penser que Robert dort ici, dans mon lit. Est-ce que j'ai le droit d'être à ce point en colère ? Quand je l'imagine la tête sur mon oreiller et les mains sur le corps de ma femme, mon sang ne fait qu'un tour. Correction : mon *ex-femme.* C'est ça, le terme que je devrais utiliser, non, après un an de séparation ? Mais on est dans cette espèce d'entre-deux bizarre, séparés, mais encore mariés. Entre nous, un gigantesque schisme ; nous sommes pareils à deux blocs de continent après un tremblement de terre. Sans doute y avait-il déjà une mince fissure, depuis longtemps, que je n'ai pas su voir. Même quand elle s'est élargie, je n'y ai pas prêté attention. Je ne l'ai pas remarquée, jusqu'à ce qu'elle devienne un canyon, trop large pour être franchi d'un bond tandis que Susie, elle, était sur l'autre rive, déjà en train de s'éloigner. À présent, Robert se tient à ses côtés, avec un gilet à faire pleurer, et moi je suis là, étranger dans ma propre maison. Ça fait beaucoup.

— Je pensais à *Thanksgiving*, dis-je.

Susie s'emploie à remplir le lave-vaisselle, tendue. Nous avons toujours invité nos parents à la maison pour cette occasion.

— J'irais bien le passer chez ma mère, voir ma grand-mère, lui montrer les photos de Salvation…

Je lis le soulagement sur son visage lorsqu'elle se redresse – une dispute de moins en perspective.

— Moi aussi, ça me plairait de voir tes photos, un jour. C'était à la hauteur de tes espérances ?

Je n'ai toujours pas trouvé le bon moment pour lui parler de Cléo. Elle vient juste de m'en fournir l'occasion. Les enfants sont dans le salon, Robert n'a aucune chance de débarquer puisque visiblement il vient de partir, et je n'ai pas d'obligations.

— Oui. C'est un endroit à part.

Bon sang, Mack. Dis-lui.

— Susie, j'ai rencontré quelqu'un, là-bas.

Elle s'applique à préparer le café, verse les grains dans la machine que ses parents nous ont offert pour notre anniversaire de mariage et attrape des tasses dans le placard. Mes mots font leur effet, ses gestes ralentissent.

— Tu veux dire… ?

Elle laisse la question en suspens, ouvre le couvercle du sucrier, et lève lentement ses yeux bleus sur moi. J'ai regardé droit dans ces yeux devant l'autel le jour de notre mariage, au-dessus du berceau de nos enfants, à travers la foule lors de soirées où nous nous accordions en silence pour filer tôt. En cet instant précis, ces yeux sont attentifs, méfiants ; ils pressentent le danger.

— Une femme, j'acquiesce d'une voix douce.

Elle se tient là, immobile, cuillère à la main. Cligne des yeux.

— Oh.

Un tout petit mot, ce « oh », un son, rien qu'un son, mais qu'elle charge de cent autres mots, non dits. *Oh, je suis perplexe. Oh, je suis désolée, j'ai l'impression que tu viens de me frapper en plein cœur. Oh, je suis fatiguée. Oh, je t'aime, je te déteste, tu me manques, je suis en colère, reste s'il te plaît, pars.* Croyez-moi, je sais exactement ce qu'elle ressent en ce moment même. C'est comme si je regardais dans un miroir, et ce que j'y vois m'est si familier que je dois m'en détourner.

— Est-ce que c'est sérieux… ?

Sa main se met à trembler, elle poursuit et sa voix s'élève, de plus en plus aiguë à mesure qu'elle parle :

— Tu vas faire quoi ? T'installer en Irlande ? Appeler les enfants sur FaceTime pour leurs anniversaires et Noël et les faire venir pour les vacances d'été ? Les emmener à Buckingham Palace ?

Ce qu'elle dépeint n'arrivera jamais, elle le sait très bien. Nous avions toujours rêvé d'emmener les enfants en Europe, en Angleterre, en France, de leur montrer la tour Eiffel. Renoncer à ces rêves est difficile, et j'imagine que c'est d'autant plus douloureux si l'on imagine quelqu'un d'autre à sa place. Susie vient de s'effacer elle-même de notre voyage en famille à Londres et d'insérer une femme sans visage à sa place, à mes côtés.

— Bien sûr que non. Tu me connais mieux que ça. C'est fini, maintenant.

— Alors pourquoi tu me dis ça ? lance-t-elle en fronçant les sourcils. Pour me faire mal ? Pour te venger de Robert ?

— Ça n'a rien à voir avec Robert, je réplique, en m'assurant de parler assez bas pour que les enfants ne nous entendent pas. Je tiens seulement à être honnête ; je n'ai pas envie qu'il y ait de secrets entre nous. On sait tous les deux à quoi ça mène.

C'était méchant, je le sais, et je ne suis pas fier de moi. Mais je ne pourrai jamais oublier cette nuit-là, au sommet de Wailing Hill – la tristesse de Léo, la voix paniquée de Susie, son aveu. J'ai essayé de rendre ça plus facile pour elle qu'elle ne l'a fait pour moi, et pourtant, elle me le renvoie en pleine figure.

— Laisse tomber le café, dis-je en me levant. J'y vais.

Il faut que je parte avant que ça ne dégénère ; et les garçons ont tout sauf besoin d'entendre une dispute éclater entre nous.

— Tu sais où est la porte, rétorque-t-elle avant de me tourner le dos, les mains agrippées au bord de l'évier.

L'espace d'un instant, j'ai envie de traverser la pièce et de la prendre dans mes bras, mais je ne le fais pas. Je sors, avec l'impression d'avoir dégoupillé une grenade et de l'avoir jetée par-dessus mon épaule dans le hall d'entrée.

Une demi-heure plus tard, je me retrouve accoudé au bar, à quelques rues de chez moi – c'est d'ailleurs l'un des seuls points positifs de cet appartement. Je suis en compagnie de quelques gros buveurs matinaux et d'un barman dont le visage respire le « j'en ai vu d'autres ». Il me faut deux bières pour me calmer, et au bout de la troisième, je prends mon téléphone portable.

Un. La tour météo est allumée en rouge fixe, une tempête arrive, et la fenêtre de la chambre fuit.
Deux. J'ai regardé les étoiles hier soir et j'ai pensé à toi.
Trois. Tout part en vrille ici. Tu me manques. Je ne sais plus ce que je dois faire.
Trois A. Je n'étais pas saoul quand je t'ai écrit la dernière fois. Là, j'ai bu trois bières mais je sais ce que je fais et je n'ai toujours pas de regrets pour nous. Je ne regrette pas non plus d'avoir parlé de nous à Susie, mais parfois, c'est vraiment dur d'être adulte.
Trois B. Les photos. Mon Dieu, Cléo, regarder les photos de Salvation me brise le cœur.

J'envoie le message sans réfléchir ni même le relire. Je ne sais pas si elle est encore là-bas ou si elle s'est de nouveau laissé entraîner par le rythme de sa vie à Londres, je ne sais pas si elle le lira et le supprimera sur-le-champ, ou décidera de me répondre.

— N'envoie pas ça, mec, me lance le type aux yeux vitreux assis à côté de moi, en désignant mon téléphone.

Je hausse les épaules.

— Trop tard.

— Tu pourras pas dire que je t'ai pas prévenu.

Je règle mon ardoise et sors dans la rue balayée par le vent. Je ne supporte pas d'entendre les états d'âme d'inconnus, les miens me suffisent amplement. Je n'ai pas exagéré en écrivant à Cléo que regarder les photos me brisait le cœur ; c'est infernal. Objectivement, ces clichés sont de loin les meilleurs que j'aie jamais faits. L'exposition sur Salvation sera la plus forte, la plus intense. Sous réserve que j'arrive à la préparer sans sombrer dans une sorte de mélancolie complaisante et sans siffler tout le whisky irlandais que j'ai rapporté de là-bas.

CLÉO

Adieu, or des fous. Bonjour, diamants purs !

13 novembre, Salvation Island

Je rentre à Londres dans exactement une semaine ; si le temps le permet, bien sûr. Je n'ai aucune envie de partir, d'autant plus que, depuis quelques jours, le besoin d'écrire me galvanise. Rien ne peut m'arrêter, c'est comme si quelqu'un avait fait sauter le bouchon et que les mots coulaient à flots. Une immense décharge d'énergie, une thérapie où tout ce que j'ai dans la tête passe dans mes doigts, et de mes doigts au papier. Je ne me suis même pas interrompue pour esquisser un scénario ou noter quelques idées de-ci de-là. Je n'ai pas le temps. Mes émotions se sont mises à tournoyer autour de moi telle une tornade dans le ciel d'Otter Lodge et je suis là, assise en tailleur dans l'œil du cyclone, essayant de les coucher sur le papier avant qu'elles ne s'envolent. C'est une histoire d'amour, mais pas celle du genre « une fille rencontre un mec ». Enfin, si, elle rencontre quelqu'un, et cette rencontre est incroyable à bien des égards, mais ce n'est pas ça, l'essence de cette histoire. Je suis elle sans l'être vraiment, il est Mack sans l'être vraiment. C'est à Salvation, sans l'être vraiment. Pour moi, c'est une manière d'exprimer ce que signifie être une femme, d'explorer ce que recouvre la sororité et bon, OK, je sais que j'ai vraiment l'air débile de dire ça, mais MON DIEU ce livre me consume littéralement. À l'aube, je suis sortie raconter aux dauphins les ultimes rebondissements ; à l'heure du déjeuner, assise sur le rocher, au sommet de Wailing Hill, j'ai confié au vent les secrets de mon héroïne ; et je sais que Jupiter attend mon décompte de mots habituel, sur le coup de minuit. Je saute dans mon bain et en ressors immédiatement pour noter quelque chose avant de l'oublier ; je m'assoupis sur le canapé, au chaud sous ma couverture en patchwork, mon ordinateur en équilibre sur mes cuisses. Je mange pour me donner des forces, je bois pour trouver l'inspiration, et quand je la regarde, la fille un peu ahurie et à l'œil fou que je vois dans le miroir lève le pouce pour me dire de continuer. Je me parle à moi-même quand je travaille, mais peu importe : je préfère de loin cet état d'euphorie maniaque plutôt que ma quasi-dépression de la semaine dernière. Je ne sais pas si ce que j'écris a une forme, une structure, ni même une quelconque beauté, je ne sais pas non plus si quelqu'un d'autre que moi lira ces mots un jour, mais m'épancher dans ce texte a sur moi un tel pouvoir de transformation que je n'ai pas d'autre choix que de continuer.

Mack m'a encore écrit aujourd'hui, j'ai reçu son message quand je mangeais mon sandwich en haut de la colline. J'y vais presque tous les jours maintenant, un sandwich et un Thermos de café à la main. C'est un peu comme si j'étais en communion avec l'île, comme si je m'enracinais ici, d'un point de vue disons... spirituel ? Je fais aussi quelques bruits, de longues expirations qui se transforment en plaintes ou en chants, de plus en plus fortes, jusqu'à ce que je finisse par me lever et crier. Et vous savez quoi ? C'est une sensation incroyable. Comme si je me purgeais de toutes les énergies négatives. Évidemment, je vérifie toujours à deux ou trois reprises qu'il n'y a personne dans les parages, car je suis bien consciente que j'ai l'air d'avoir complètement perdu les pédales, mais ce n'est pas le cas. Au contraire.

Mack a de nouveau fait le coup des trois trucs. Ou plutôt cinq, en fait, ce qui me donne une indication de son état. Je lui ai répondu, en espérant lui mettre un peu de baume au cœur même si sa vie est tellement différente de la mienne que l'on dirait qu'il a changé de planète, plutôt que de pays.

Un. J'ai aperçu les dauphins à l'aube, ce matin. La mer bouillonnait comme un chaudron de sorcière.
Deux. J'écris sans m'arrêter, on dirait une folle. Les mots s'échappent de moi comme si j'étais une de ces éponges de mer roses que l'on trouve sur la plage, dans les petites flaques d'eau entre les rochers.
Trois. Je suis assise en haut de Wailing Hill (évidemment !). Ne le dis à personne, mais je me suis mise à pousser des cris dès que je viens ici. Je suis en train de devenir une vraie hippie, Mack !
Trois A (ne m'en veux pas, toi aussi tu as dépassé le numéro 3). Je n'ai pas de regrets. Comment pourrais-je en avoir ? Tu as libéré quelque chose en moi, ou

peut-être que ce quelque chose s'est libéré grâce à toi. Quoi qu'il en soit, tu étais la clé. Je me sens plus libre. Je t'ai dit – une vraie hippie. Prends soin de toi, et surtout, de ce petit morceau de mon cœur que tu as emporté.

Après avoir appuyé sur « envoyer », j'ai réfléchi à ce que je venais de lui écrire. Je crois que ce dont il m'a libérée se trouvait en fait autour de moi : c'était cette cage invisible faite de tout ce que je pensais essentiel à ma vie, et qui n'est finalement qu'accessoire. Londres. Mon boulot. Et même mon amie Ruby. Alors, cet après-midi, sur le rocher, j'ai respiré l'air frais, je l'ai avalé, je l'ai fait descendre au creux de mon estomac. Adieu, or des fous. Bonjour, diamants purs !

MACK

Le père qui n'était pas là

16 novembre, Boston

LES CHAISES D'ÉCOLE EN BOIS, trop petites, nous forcent à nous asseoir plus près que nous ne l'avons été depuis longtemps, Susie et moi, telles deux sardines au milieu d'un océan de parents souriants. C'est la réunion de la classe de Nate. Tout le monde sait que nous sommes séparés. Nous avons été le sujet de tous les ragots l'année dernière, désormais sans doute remplacés par d'autres âmes en peine dont le couple bat de l'aile. Susie les connaît tous par leur prénom, tandis que mes visites sont tellement rares que l'institutrice a failli me confier le mauvais enfant, il y a quelques mois. J'en ai ri sur le coup, mais j'imagine que c'est le genre d'incident qui illustre parfaitement le point de vue de Susie. Heureusement, elle n'était pas là pour assister à la scène et s'en servir plus tard. Entre nous, l'atmosphère est glaciale. Depuis que je lui ai parlé de Cléo, nous n'avons pas eu une seule vraie conversation. Elle se tient droite comme un *i* à côté de moi et essaie de se faire aussi petite que possible pour éviter de me toucher.

— Bonjour à tous, chers parents !

L'institutrice de Nate nous accueille d'une voix joyeuse et chantante. Les enfants sont assis en tailleur par terre, derrière elle, affublés de costumes variés et manifestant différents degrés d'impatience. Ils ont tous choisi leur déguisement pour aujourd'hui et, pour une raison que lui seul connaît, Nate porte un costume de poisson : une combinaison intégrale bleu vif rembourrée, d'où seuls émergent son visage peint en bleu et ses bras maigrichons. Il nous aperçoit et se penche pour nous faire signe de la main, en donnant au passage un coup de nageoire dans l'œil de l'enfant assis à côté de lui. Quelque chose a changé sur son visage – en dehors du fait qu'il soit bleu, bien sûr.

Je chuchote à l'oreille de Susie :

— Il a perdu une dent ?

Elle soupire et répond sans me regarder, les mains sur les genoux.

— Hier soir. C'est un enfant, Mack. C'est normal.

— OK.

Je sais. C'est un enfant, c'est normal, et je ne m'attends pas à ce que Susie m'avertisse de chaque petit événement. C'est juste difficile de se faire à l'idée que je ne suis pas là pour glisser un dollar sous son oreiller quand ça arrive.

— Tu as loupé pas mal de dents ces dernières années, siffle-t-elle entre ses dents.

Devant nous, une femme nous jette un regard par-dessus son épaule, elle n'a sûrement pas envie d'avoir notre dispute en fond sonore de la vidéo de son fils déguisé en Harry Potter.

— J'imagine que ça me faisait moins mal quand je savais que je serais là la fois suivante, dis-je pour m'expliquer mais ne faisant sans doute qu'empirer les choses ; du moins pour notre voisine de devant, un brin hargneuse.

Nous évitons de justesse une nouvelle scène car Nate se lève, poisson bleu frétillant, essayant de tenir un morceau de papier entre ses mains trop éloignées l'une de l'autre. Ce petit fait fondre mon cœur, qui se serre encore davantage en le voyant nous lancer un regard rapide et un peu nerveux, avant de lire son discours :

— « Aujourd'hui, je suis un poisson, car c'est moi qui ai attrapé le plus gros poisson au lac cette année. Mon grand-père, Walt, était très fier, même si je crois qu'il était énervé parce que d'habitude, c'est lui qui gagne. Sauf l'année dernière où mon père a gagné, mais il n'était pas là cette année et ça m'a rendu très triste. Mon frère s'est aussi tordu la cheville, mais maintenant il va mieux. »

Je suis certain que tous les regards sont braqués sur moi. Je suis le père qui n'était pas là. Je les évite tous, sauf celui de Nate, auquel je fais un signe que tout va bien, en levant les pouces vers le haut, même si j'ai l'impression que tous les papas de la classe ont envie de me faire des pouces vers le bas.

Je ne reste pas pour le café qui suit la réunion et Susie m'emboîte le pas jusqu'à ma voiture.

— Mack, je suis désolée. Je te promets que je ne savais pas qu'il allait dire ça.

Je m'appuie contre la portière conducteur, sonné, comme si je venais de sortir d'une bagarre.

— OK.

Je n'ai pas l'énergie de dire quoi que ce soit d'autre.

— C'est juste… c'est juste un enfant, qui tente toutes les stratégies d'enfant à sa disposition pour manipuler ses parents, les faire culpabiliser, et qu'ils se remettent ensemble.

Elle a raison, bien sûr. Je ne suis pas en colère contre Nate, je suis juste en colère contre le monde entier en ce moment. Je n'en veux pas à Susie non plus car, malgré nos différends, je sais qu'elle n'aurait jamais approuvé ce discours.

— Je suis désolée pour ce que je t'ai dit tout à l'heure. Pour la dent. Tu es un super papa.

Nous gardons le silence quelques instants, le temps qu'un groupe de mamans nous dépasse, faisant très mal semblant de ne pas nous fixer.

— C'est tout ce qui compte. Ce que Léo et Nate pensent de moi, c'est vraiment tout ce qui compte.

Elle baisse les yeux, fixe le sol, trop tard pour que je n'aperçoive pas les larmes qui perlent à ses cils.

— Avant, c'était mon opinion qui comptait.

Je suis stupéfait. Alors même que c'est elle qui n'a plus besoin de moi, elle voudrait que j'aie encore besoin d'elle. Je sais qu'elle essaie de se faire à l'idée que je puisse être avec quelqu'un d'autre, mais ce qu'elle vient de dire est assez révélateur.

— Ton opinion comptera toujours pour moi, Susie.

Elle ravale ses larmes et relève la tête, ses yeux bleus aussi tourmentés que mon esprit.

— Tu viens prendre le café à la maison ?

CLÉO

T'ai-je déçue, Emma Watson ?

20 novembre, Salvation Island

CINQUANTE JOURS. J'ai atterri sur cette île il y a cinquante jours, comme un poisson hors de l'eau, une fille un peu à côté de la plaque avec des chaussures de randonnée qui n'avaient jamais servi. Aujourd'hui, je pars, et la femme qui embarquera sur ce bateau a bien changé. Comment cela a-t-il pu arriver en seulement cinquante jours ? J'espère m'être suffisamment imprégnée de l'air vivifiant de Salvation pour qu'il ait laissé un voile de protection permanent sur ma peau. Les conditions de navigation sont plutôt bonnes ; la mer n'est pas d'huile, mais assez calme pour traverser en sécurité.

Mes sacs sont prêts et le lodge est nickel. J'ai juste le temps pour un dernier café sur les marches avant que le mari de Brianne ne vienne m'aider à porter mes bagages de l'autre côté de la colline. La journée d'hier n'a été qu'une longue succession d'adieux déchirants, de verres levés au comptoir du Salvation Arms et de promesses de rester en contact. J'ai l'impression de partir de chez moi, ce qui est d'autant plus étrange, car je rentre justement chez moi.

Je n'arrive pas à trouver les mots pour dire à quel point Otter Lodge va me manquer. Je prends d'innombrables photos avec mon téléphone ; rien à voir avec celles de Mack, mais je tiens à l'immortaliser pour que ce soir, dans mon lit, je puisse de nouveau le visualiser. Peut-être que j'enverrai les photos à Mack aussi, une fois que j'aurai retrouvé un réseau digne de ce nom, qui permet d'envoyer des images par message. Je suis sûre que ça lui ferait plaisir. Il a continué à m'écrire de temps en temps, suivant toujours notre règle de trois confidences, comme autant de bribes de ses journées qui me laissent entrevoir ce qu'il traverse. Je lui ai répondu, sous forme de liste aussi, parfois. J'ai plutôt l'impression de contourner notre pacte plutôt que de le rompre. Les amours de vacances s'embrasent puis se consument – ce sont mes propres mots. C'est juste que je n'avais pas compris que la chaleur mettrait aussi longtemps à se dissiper.

Je jette mon café trop froid sur le sable près des marches et soupire. *Est-ce ainsi que tu voyais les choses, Emma Watson ? T'ai-je déçue ?* Cette expérience de couple avec moi-même ne s'est pas déroulée exactement comme prévu, et je dois admettre que, pendant les huit jours cataclysmiques au milieu du séjour, je n'ai absolument pas respecté mon engagement. Cela dit, depuis, je crois avoir fait preuve d'une efficacité redoutable. Moi, ma couverture de carrés multicolores et mon ordinateur bien-aimé ne faisons qu'un. Si le bateau rencontre un problème lors de la traversée, c'est à eux que je m'accrocherai fermement, jusqu'à ce que l'on vienne nous secourir.

Cameron est arrivé pile à l'heure avec la charrette à bras destinée à transporter mes sacs. Même si je suis bien plus en forme qu'au début du séjour, j'ai eu toutes les peines du monde à suivre son rythme. Quand il a jeté un regard derrière lui et m'a vue en proie à la nausée, il m'a proposé de me porter, comme il le fait souvent avec Brianne. Il n'a pas eu à me le dire deux fois. Je me suis hissée sur son dos comme un enfant en haut d'un pommier.

— Tu es le meilleur des taxis, dis-je en souriant quand il me dépose sur la digue. Quel est le prix de la course ?

Il dépose mes bagages. Le bateau est déjà là, dans la baie, et soudain, un vent de panique s'empare de moi. La sensation de ne pas être prête, alors que c'est le moment.

— C'est gratuit ! Cadeau de la maison, dit-il avant de se retourner en entendant quelqu'un crier son nom d'une voix alarmée.

Nous apercevons alors Brianne en train de dévaler le chemin de terre qui mène au magasin. Quand elle arrive à notre hauteur, elle est à bout de souffle, bouleversée, les yeux rougis.

— Cam, souffle-t-elle d'une voix rauque. C'est Raff. Tara est allée au pub pour son service tout à l'heure et quand elle a frappé à la porte, personne n'a répondu.

Mon estomac se noue. Cam secoue la tête. Nous lisons la suite sur le visage de Brianne.

— Dolorès avait un double des clés. Elle est entrée et l'a retrouvé dans son lit, froid comme le marbre.

Brianne ferme les yeux et des larmes roulent sur ses joues.

— Il est allé se coucher et ne s'est pas réveillé, cette espèce de crétin.

— Oh non…

Je m'assois, me laissant tomber sur la digue, et presse mes doigts tremblants contre ma bouche. Cam serre Brianne dans ses bras et je détourne le regard lorsque je vois qu'il pleure, lui aussi. Il la fait asseoir près de moi et se met de l'autre côté, les coudes sur les genoux, la tête entre les mains.

Je passe mon bras autour des épaules de Brianne et la presse contre moi.

— Je suis désolée.

Brianne secoue la tête.

— Dolorès est en miettes. Delta aussi.

J'ai de la peine pour elles. Dolorès et son frère, c'était le jour et la nuit, mais ils s'adoraient, et Delta l'aimait comme un père. Raff était une personnalité tellement importante pour une si petite communauté que cette perte risque d'être dévastatrice.

Brianne sort de sa poche un morceau de papier bleu plié en deux.

— Delta m'a demandé de te donner ça, si j'arrivais à te voir avant que tu partes.

Je sèche mes larmes et déplie le papier sur mon genou.

« Cléo, est-ce que tu pourrais rester encore un peu ? Je sais que la réponse est sans doute non. Mais si jamais tu pouvais, je crois que j'aurais vraiment besoin d'une amie. Delta. »

Parfois, dans la vie, il faut savoir se mouiller, quelles que soient les répercussions que cela pourra avoir. Se lancer ou rester en retrait, il faut choisir. Je sais que Delta comprendrait si Brianne revenait sans moi, mais je repense à la couverture en patchwork et à tout ce qu'elle représente : l'amitié, la sororité, l'amour. Aujourd'hui, le bateau partira sans moi.

*

Toutes les âmes de l'île semblent réunies au Salvation Arms ce soir. J'ai passé la majeure partie de l'après-midi assise avec Delta derrière le comptoir. Quand elle m'a vue entrer dans le pub avec Brianne, elle a éclaté en sanglots. La pauvre Dolorès avait elle aussi les yeux embués de larmes ; on aurait dit une radio qui a perdu son signal. Les gens sont arrivés au fur et à mesure, apportant des assiettes remplies de sandwichs et autres mets, que nous avons disposées sur une table à tréteaux installée à la hâte, au fond de la pièce. Carmen a fait le chemin depuis l'autre bout du village avec un énorme gâteau à la Guinness posé en équilibre sur son déambulateur. En arrivant, elle a ôté son châle gris orage et l'a enroulé autour des épaules de Dolorès. La laine la plus chaude de l'île n'a jamais été aussi utile qu'aujourd'hui.

Quand les gens viennent me régler leurs consommations, je refuse. C'est la seule instruction qu'on m'ait donnée lorsque je suis passée derrière le comptoir. Ce soir, les portes du pub sont ouvertes à tous les habitants, et personne ne déboursera un centime. Ordre strict de Dolorès.

Sur le coup de vingt et une heures, je fais le tour du comptoir pour apporter une tasse de thé à Delta.

— Ça va ? Tu as l'air crevée.

Elle a été héroïque et a tenu le coup tout l'après-midi, mais elle doit être épuisée. Le pub est bruyant, presque joyeux, tout le monde y va de son anecdote sur Raff. J'ai entendu deux, trois histoires assez rocambolesques – et probablement vraies. Cet homme débordait de vie. La musique ne manque pas non plus : deux de ses plus vieux amis se sont installés dans un coin avec un accordéon et un *tin whistle*, rejoints par Ailsa à la guitare puis par le violon un peu rouillé de Luke, le mari d'Erin et médecin de l'île. En regardant par les vitres embuées du pub ce soir, on pourrait croire que l'on fête le Nouvel An, et après tout, quoi de mieux pour célébrer un homme qui dansait sa vie tel un joyeux serpentin ? « Il était la gaieté même ! » disent certains. « Une vraie canaille », renchérissent les autres. Et puis il y a ceux qui racontent des histoires moins extravagantes mais si touchantes sur cet homme qui leur a donné des chaussures pour que leur enfant puisse aller à l'école quand l'argent manquait, qui faisait porter un repas aux âmes solitaires ou en peine, le dimanche. Ce soir, c'est un peu comme si Salvation avait perdu son père.

— Je crois qu'on n'a jamais porté autant de toasts à quelqu'un ! s'exclame Delta. Et moi, je tuerais pour un whisky.

Elle tend la main, s'appuyant sur mon bras pour se stabiliser tandis qu'elle glisse et descend maladroitement du tabouret.

— Il faut encore que je fasse pipi.

Je souris, la soutiens, puis je m'arrête net, surprise par la soudaine sensation de chaleur à mes pieds. Je baisse les yeux et comprends. Je relève lentement la tête et Delta me serre les mains si fort qu'elle pourrait très bien me couper la circulation.

— Merde, dit-elle à voix basse. Je viens de perdre les eaux.

*

Quelques heures plus tard, Delta tient son nouveau-né dans ses bras.

— Raff aurait tellement ri qu'il se serait fait pipi dessus !

Nous sommes dans le salon de Raff, une pièce confortable accolée au pub et elle est allongée sur le grand canapé vert où Raff venait parfois piquer un petit somme entre les deux services. Dès que la rumeur s'est répandue dans le pub, l'atmosphère a changé. Luke a posé calmement son violon – au grand soulagement de tous – et l'a conduite loin de la foule, accompagné d'Erin pour lui donner un coup de main et de Dolorès, pour le soutien psychologique. À Londres, il y aurait eu un vent de panique, un tourbillon de sacs à emporter à l'hôpital et des tonnes de feux rouges grillés. Ici, à Salvation, c'est plutôt : « Gardez-moi ma pinte, dès que le bébé est né, je reviens arroser ça ! »

— Pas de ça devant mon petit-fils, intervient Dolorès.

Elle a retrouvé ses esprits dès l'instant où elle a compris que sa fille avait besoin d'elle. À mon avis, Raff est tout à fait capable d'avoir vu que sa sœur était au plus mal et d'avoir donné un petit coup de coude à sa nièce depuis l'au-delà histoire d'accélérer le processus.

Dolorès observe le petit garçon dans les bras de sa fille et caresse tendrement la joue de Delta. Leurs regards se croisent et elles acquiescent en silence, conscientes que leur famille vient à la fois de vivre une immense perte et une joie infinie. Je ressens soudain l'envie de voir ma mère. Cela fait longtemps, trop longtemps, que je n'ai pas partagé une tasse de thé avec elle, que je n'ai pas profité de sa compagnie douce et apaisante. Dolorès se retourne pour regarder derrière elle et tend la main afin d'attraper le châle gris de Carmen, posé sur le dossier du canapé. Elle l'a jeté tout à l'heure, dans le feu de l'action, quand la sueur perlait à son front mais, à présent, elle soulève délicatement son petit-fils et l'en enveloppe.

— Voilà, dit-elle en se juchant à côté de Delta, les yeux rivés sur le tout nouveau résident de Salvation. La laine la plus chaude de l'île.

Je souris et détourne le regard, prise entre l'envie de rire et le besoin de ravaler mes larmes. Brianne apporte un thé et des toasts à Delta, et Erin s'assied à côté de moi, les fesses contre le rebord de la table, un whisky à la main.

— Ton mari a été incroyable, dis-je, les yeux brillant d'admiration.

Une fois le devoir accompli, Luke est monté utiliser la salle de bains à l'étage. Il faut dire qu'il avait tout l'air d'un James Herriot après une rude journée passée dans une grange ouverte à tous les vents au fin fond d'une vallée des Yorkshire Dales.

— C'est un homme incroyable, acquiesce Erin, non sans fierté. Mais un terrible violoniste.

À ces mots, tout le monde éclate de rire. Bon sang, qu'est-ce que j'aime cette île.

Il est plus de trois heures du matin quand je rejoins enfin Wailing Hill. Otter Lodge est à moi pour encore une semaine. Je n'ai pas bronché quand Brianne m'a proposé de rester là pour le moment et que Cam a rapporté mes affaires, restées près du ponton. Il fait nuit noire quand j'arrive près du rocher, et seuls les rayons de la lune laissent apercevoir les contours du lodge. Il ne m'attendait plus. Je me demande s'il sera content de me voir, ou si les vieux murs en pierre pousseront un soupir résigné en me voyant monter péniblement les marches : « Oh non, pas encore toi, *drama queen.* Nous qui espérions un professeur ou un amateur d'oiseaux. » Je sors mon téléphone et décide d'écrire à Mack, le cœur lourd de devoir porter des nouvelles aussi inattendues.

Un. Ça a été une sacrée journée pour Salvation, et tu ne peux pas savoir à quel point j'aurais aimé que tu sois encore ici, Mack. Je devais rentrer chez moi aujourd'hui, mais avec ce qu'il s'est passé, j'ai dû rester.
Deux. J'ai une triste nouvelle à t'annoncer. Raff est mort. Il est allé se coucher et ne s'est pas réveillé. Dolorès l'a trouvé dans son lit, avec un tee-shirt *Frankie Says Relax* ; c'est tellement lui, tu ne trouves pas ? Je ne sais vraiment pas comment Salvation va faire sans lui.
Trois. J'ai aussi une nouvelle plus heureuse. Delta a accouché il y a quelques heures, d'un petit garçon. J'imagine que le stress de la journée y était pour quelque chose, car le travail a commencé au pub – il n'y a qu'elle pour faire ça ! Ces dernières vingt-quatre heures resteront à jamais gravées dans ma mémoire. Je suis épuisée. Je regarde Otter Lodge depuis le rocher au sommet de la colline et… tu sais bien. C'est comme chez moi, maintenant.

J'appuie sur « envoyer », faisant ainsi s'envoler ces mots porteurs de vie et de mort par-delà l'océan. Il est environ vingt-trois heures trente à Boston, il y a des chances que Mack soit encore debout et lise mon message. Le vent est glacial ce soir, mes joues sont frigorifiées, mais je reste encore un peu assise ici, le regard perdu dans les étoiles, dessinant des yeux les constellations que je reconnais. La Grande Ourse, la Grande

Casserole, et Jupiter, comme d'habitude. J'irai au café demain matin et j'essaierai de joindre Ali. Je suis censée retourner au bureau lundi mais a priori, je n'y serai pas. Je n'ai aucune idée de ce que je vais lui dire. La nuit porte conseil.

Mon téléphone vibre.

Un. On dirait que tu as besoin que quelqu'un te prenne dans ses bras ce soir. J'aimerais que ce soit moi.
Deux. Raff… C'est terrible. Je viens de me servir un verre de whisky pour porter un toast à sa mémoire.
Trois. Je suis heureux pour Delta. Un nouveau-né, c'est toujours bon pour le moral des troupes. Je porte un toast au bébé aussi, alors. Aux commencements, et aux fins inéluctables.
Trois A. Et enfin, un toast à toi, Cléo. Sois heureuse. Danse au son de *Thunder Road* et continue à parsemer les pages de tes mots magiques.

Je relis son message, éteins mon téléphone et regarde l'océan. *Aux commencements, et aux fins inéluctables.* J'ai le sentiment que c'est la dernière fois que j'ai de ses nouvelles.

CLÉO

Si vous me trouvez, renvoyez-moi à Slánú

23 novembre, Salvation Island

Ce n'était pas prévu, mais le bateau repasse aujourd'hui à cause du décès de Raff… mes doigts me démangent d'écrire à Mack mais je me retiens. Le ton de nos derniers textos avait quelque chose de définitif, comme si on avait bouclé la boucle. Une naissance, une mort, et un ultime conseil. Je ne vois pas vraiment où reprendre à partir de là.

Des nuages meurtris de bleus sont suspendus au-dessus de l'île depuis la mort de Raff, comme si les dieux de la météo avaient décidé d'atténuer la lumière en signe de deuil. Le bébé de Delta, lui, est comme un éclair. Je suis passée la voir ce matin et je n'ai pas été déçue : au milieu de ses histoires terrifiantes de post-partum dont je me serais bien passée et de ses difficultés à trouver la position d'allaitement adéquate à l'aide d'une pile d'oreillers et d'un schéma imprimé, elle m'a fait une proposition qui m'a complètement retournée, comme si tous les rouages de mon cerveau s'étaient mis à tourbillonner d'un coup, à l'unisson. J'ai tenu le bébé dans mes bras quelques instants, écouté ce que Delta avait à me dire, puis je suis allée au café. Il est fermé aujourd'hui, mais elle m'a donné les clés pour que je puisse entrer.

Un café à la main, j'allume l'ordinateur et patiente le temps qu'il se connecte au réseau. J'ai déjà écrit à Ali durant le week-end pour l'avertir que des événements de dernière minute m'avaient retenue ici ; elle en sait assez pour comprendre les raisons de mon absence ce matin. Elle sait aussi que le bateau repasse à l'heure du déjeuner si la météo le permet, et que je devrais donc être au bureau dès mercredi. Barney Doyle, le propriétaire d'Otter Lodge est sur le continent en ce moment même. Il sera de la traversée. Le bateau apportera aussi des provisions spécifiques commandées pour les funérailles de Raff, la semaine prochaine. Barney Doyle. Le mystérieux cousin de Mack. Je nourris un ressentiment complètement irrationnel à son égard. J'espère au moins qu'il prendra soin du lodge. Je me sens le devoir de protéger ce sanctuaire, comme il m'a protégée, moi. J'ai hésité à laisser un mot à l'intention de Barney ce matin, avec des instructions pour allumer la cuisinière un peu capricieuse et pour lui expliquer comment fermer la fenêtre de la cuisine afin qu'elle ne claque pas quand il y a du vent. Évidemment, je n'en ai rien fait. C'est chez lui, après tout, je suis sûre qu'il en connaît déjà tous les secrets.

Mon estomac se noue en attendant que le visage d'Ali apparaisse à l'écran ; le café vide et silencieux amplifie l'écho de la sonnerie. Si mes bagages sont prêts, moi je ne le suis pas.

— Bonjour, bonjour, ma reporter itinérante ! Tu me reçois ? Est-ce que ce truc est allumé ?

Elle tapote l'écran et s'approche de la caméra.

Je lui souris et avale une gorgée de café.

— Je suis contente de te voir.

— Quelle chevelure ! commente-t-elle en faisant de grands gestes tout autour de mon visage. Je t'organise une journée au spa dès que tu rentres, tu l'as bien mérité. La chronique de ta cérémonie de mariage a mis les réseaux sociaux en ébullition. Et ces photos... waouh !

Elle croise les mains sur sa poitrine et hoche la tête, à la manière d'un prêtre.

Bon. Parfois, il vaut mieux dire ce qu'on a à dire le plus vite possible, avant de faire marche arrière. Je suis exactement dans ce cas de figure.

— Ali. Je veux démissionner. Avec effet immédiat. Je te rends une dernière chronique et après, j'arrête.

Elle cligne des yeux et tend le cou, rapprochant de l'écran son visage impeccablement maquillé, les mains encore en croix sur le cœur.

— Tu ne peux pas démissionner. Enfile ton bonnet rouge à pompon et ramène-toi ici. On a besoin de toi.

— Ali, laisse-moi te dire tout d'une seule traite. Il faut que je vide mon sac.

— Cléo...

Elle s'arrête quand elle me voit hocher la tête.

— S'il te plaît ? Je n'ai pas envie de te laisser tomber. Je sais que c'est toi qui m'as donné ma chance. Tu as fait plus pour moi que tu ne peux l'imaginer, et je t'en serai toujours infiniment reconnaissante. Tu as compris que je devais faire une pause, tu m'as envoyée faire cette mission ici presque contre mon gré, et je suis tellement heureuse que tu l'aies fait, Ali, parce que ces dernières semaines ont changé ma vie. C'est un vrai cataclysme. Je suis tombée amoureuse de Salvation, amoureuse d'un homme, et amoureuse de moi-même. Dans cet ordre-là. Je me fiche complètement d'avoir un *bad hair day*, Ali.

Parmi tout ce que je viens de dire, je sais que ce dernier argument fera son effet.

— Depuis des jours, j'écris comme une possédée, les mots coulent à flots, et si je rentre à Londres aujourd'hui, je sais très bien que tout ça va s'arrêter. Je ne te demande pas de m'accorder un congé supplémentaire. Je sais que tu as besoin que quelqu'un soit aux manettes et pose ses fesses sur mon siège inoccupé depuis trop longtemps. Mais ce ne sera pas moi. Ma place est ici, pour un moment encore. Le bateau passe tout à l'heure, mais je n'embarquerai pas. Si je le fais, je perdrai mon élan. Car être ici, sur cette île, c'est une composante essentielle de l'équation magique.

Je m'arrête, à bout de souffle.

— Tu es tombée amoureuse de lui ? Tu as trouvé ton flamant rose ?

La femme d'affaires cynique vient de se transformer en ado qui se pâme dans sa chambre.

— Oh, Ali… Oui, je suis tombée amoureuse de lui et, non, ce n'est pas mon flamant rose. Mais ce n'est pas lui, le sujet. C'est moi. Évidemment, il joue un rôle dans tout ça. Nous avons vécu une grande micro-histoire d'amour, et il faut du temps pour se remettre d'un homme comme lui, j'ajoute en volant sa réplique à Ailsa. À vrai dire, je n'ai pas vraiment envie de m'en remettre. C'est comme si j'avais réussi à intérioriser tout ce que notre amour avait de beau, d'éclatant, et que ça faisait désormais partie de moi. Mack n'est pas à mes côtés, mais je n'ai aucun regret.

Elle prend une grande inspiration.

— Bon sang, Cléo. Ressaisis-toi. On dirait que tu récites un monologue tout droit sorti d'une comédie romantique hollywoodienne.

— Mais j'ai l'impression de *vivre* le film de ma propre vie, Ali. Je ne suis pas sûre que ce soit une comédie romantique, ce serait plutôt un drame, où le personnage part en quête de soi-même, tu vois.

— Et on pourrait demander à Emma Watson de jouer ton rôle ?

— Oh, oui. Cette fille-là sait faire face à un *bad hair day* comme personne.

Ali se tait, soudain sérieuse.

— Alors, tu ne reviens pas, c'est sûr ?

— Oui.

— On ne peut pas continuer à te payer, tu sais ?

— Oui, je sais. Je peux tenir quelque temps.

— Tu as vraiment intérêt à me dédier ce fichu bouquin, lance-t-elle, les yeux plissés.

Elle m'envoie un baiser, puis ferme son ordinateur portable. Typique Ali. Ce n'est pas le genre à s'éterniser en adieux. Elle s'entendrait très bien avec les oiseaux de mer, près du lodge.

Je reste assise dans le café silencieux, perdue dans mes pensées. Ce matin, Delta m'a fait une proposition que je ne pouvais pas refuser. Raff était propriétaire du café et du pub. Ces deux endroits appartiennent désormais à Dolorès qui, à son tour, les a immédiatement cédés à sa fille. Delta a dit en plaisantant que c'était juste pour s'assurer qu'elle reste dans les parages, et il y a sans doute un peu de vrai là-dedans. Mais elle avait de toute façon toujours eu l'intention de rester, et ce tout nouveau patrimoine immobilier lui permet d'envisager l'avenir sereinement.

— Reste ici, m'a-t-elle dit. L'appartement à l'étage est vide à présent. L'équipe de Raff va se débrouiller pour faire tourner le pub, mais je ne dirais pas non à un coup de main au café, quelques heures par jour. Avec le bébé, je suis bien occupée.

Je parcours du regard ce café tout simple, aux murs blanchis à la chaux, et je me souviens du jour où je suis entrée ici pour la première fois. J'aimais déjà la façon dont la lumière filtrait à travers les vitres teintées, projetant des arcs-en-ciel sur le parquet vieilli, la radio en fond. Aux mois les plus sombres de l'année, il n'ouvre que de onze heures à quatorze heures ; si je suis économe, le salaire devrait être suffisant. Je n'ai pas besoin de beaucoup, surtout ici. Alors c'est décidé, je reste. Je ressens un tel soulagement à l'idée de ne pas devoir partir ; c'est comme si l'on avait ôté un poids immense de mes épaules. Je me tourne de nouveau vers l'ordinateur mais, cette fois, je n'ai pas hâte d'annoncer à ma mère que je ne vais pas rentrer. Maman, contrairement à ce que chantait Elvis, *I will NOT be home for Christmas.*

*

Barney ne ressemble pas du tout à Mack. Sec et longiligne comme un lévrier, une tignasse de boucles blond pâle, il a le teint hâlé du voyageur permanent, et des bracelets en perles de bois ornent son poignet tatoué. Il vient juste d'entrer dans le pub en traînant son sac à dos élimé, un bras en bandoulière contre sa poitrine.

— Morsure de requin, lâche-t-il, le sourire aux lèvres.

Il tire un tabouret pour s'asseoir à côté de Delta.

— Je me souviens de toi. La Méchante Sorcière dans le spectacle de fin d'année du *Magicien d'Oz*. Milieu des années 1990.

— Moi aussi je me souviens de toi, réplique Delta en continuant à bercer son bébé endormi. Glinda, la Bonne Sorcière.

— Je n'y peux rien, il n'y avait aucune petite fille blonde, dit-il en haussant une épaule et en descendant un bon tiers de la Guinness que je viens de lui servir. J'ai appris pour Raff, quand j'étais sur le continent.

Delta pousse un soupir et lève son verre de gin tonic sans gin en direction de la photo de Raff glissée dans le cadre du miroir, derrière le comptoir. Je ne crois pas qu'on ait déjà autant porté de toasts à un seul homme.

— Les funérailles ont lieu jeudi.

— Je peux m'occuper de tirer les pintes si tu as besoin d'aide au bar, propose Barney en regardant son verre.

Je suis un peu vexée. Certes, je ne suis pas la reine de la Guinness, mais je progresse.

— Avec un seul bras ? demande Delta, dubitative.

Barney descend de son tabouret et se glisse derrière le comptoir. Il attrape un verre sur l'étagère juste au-dessus de lui et actionne le robinet avec une assurance que seule l'expérience confère. Nous le regardons faire en silence ; il pose la pinte – certes parfaite – devant nous et s'incline en faisant un petit moulinet de son bras valide.

— Le roi des barmans, renchérit-il. Santorin, Sydney, Stockholm : nommez n'importe quel endroit du monde, j'y ai déjà servi des mojitos à coup sûr.

— Même si ça ne commence pas par *s* ?

Je ris car son enthousiasme est communicatif.

— Mais ici on est à… Salvation ! dit-il en croisant les doigts et en lançant un regard interrogateur à Delta.

Ses yeux d'un bleu-gris clair pétillent de malice. Si elle se laisse convaincre, je suis sûre qu'il sera parfait derrière le comptoir.

— Il n'y a pas vraiment de demande pour les mojitos par ici, réplique-t-elle d'un ton sec.

— Tant que tu n'as pas goûté au mien, tu ne sais pas ce qu'est un mojito. Où ranges-tu la menthe ?

— Dans une boîte, au frigo, avec les autres condiments.

Elle le met clairement à l'épreuve mais, derrière son ton tranchant, je devine un brin d'amusement.

— Moi, c'est Cléo.

— Elle est écrivaine, ajoute Delta.

— Ah, oui ? Et qu'est-ce que tu écris ?

— *Hmm*, jusqu'à ce matin… des chroniques pour un magazine féminin, à Londres. Mais je viens de lâcher mon boulot.

Barney écarquille les yeux, piqué par la curiosité.

— J'étais censée rentrer par le bateau avec lequel tu es arrivé, mais j'ai décidé de rester ici.

— Pour finir son roman, précise Delta.

— Eh bien, ça, c'est une histoire qu'il faudra que tu me racontes. Et lui alors, comment il s'appelle ? demande Barney en faisant un signe de tête en direction du bébé.

Les traits de Delta s'adoucissent quand elle se penche vers le visage angélique aux joues de pêche, surmonté d'une touffe de cheveux noirs, pareils à ceux de sa mère.

— Je ne lui ai pas encore donné de prénom, répond Delta. Il vient juste de naître. Dans le salon de Raff, là-bas, il y a trois jours.

— Et tu es déjà accoudée au comptoir. Génial. J'adore cet état d'esprit.

— C'est mon pub, lance Delta, presque menaçante, avec un faux air de Peggy Mitchell dans *EastEnders*.

— Et si tu l'appelais Elvis ? Il a déjà une sacrée banane sur la tête.

— Raff adorerait cette idée, approuve Delta en éclatant de rire.

— Presque autant que ta mère la détesterait, je fais remarquer.

Delta m'a déjà confié qu'elle l'appellerait certainement Rafferty, et je trouve ça plutôt bien.

— Oh, j'allais oublier.

Je fouille dans ma poche et, à contrecœur, je tends les clés du lodge à Barney.

— Tu étais là-bas ?

— Depuis quelques mois, oui. J'ai adoré. Tu as de la chance.

Il se frotte le menton, songeur.

— Ah, c'est le fameux quiproquo ! Tu y étais en même temps que mon cousin, c'est ça ? Ma sœur m'a raconté l'histoire dans les grandes lignes.

— Un truc comme ça, oui.

— Tu connais bien Mack ? interroge Delta.

Je fronce les sourcils ; elle sait très bien que Barney et Mack sont pratiquement des étrangers.

Barney secoue la tête, et répond sincèrement, n'y voyant que du feu.

— Pas du tout, non.

— Vous êtes vraiment différents, commente-t-elle. Il a un air de Han Solo mais toi, tu ressembles plutôt au gringalet, là. Luke Skywalker.

— Toi, tu veux encore me faire payer pour ma chevelure blonde.

— Je me méfie des nouveaux venus, c'est tout.

— Ah, mais je ne suis pas un nouveau venu ! Regarde, je vais te prouver mon allégeance.

Il remonte son tee-shirt pour dévoiler son torse et arborer un tatouage un peu passé : un timbre-poste portant la mention : « Si vous me trouvez, renvoyez-moi à Slánú. »

Delta l'examine, puis lève les yeux vers Barney.

— Comment tu vas t'en sortir à Otter Lodge, avec un seul bras ?

— Très mal, répond-il en riant.

— Tu peux rester ici si tu préfères, vu que tu vas travailler au pub. L'appartement à l'étage est libre.

Je la fixe du regard.

— Je croyais que moi, j'emménageais ?

Elle hausse les épaules et le bébé râle un peu.

— Oui, mais ce serait plus simple si tu restais au lodge et que Barney venait ici, non ?

Nos regards se croisent.

— Si ça te va, ça me va, acquiesce Barney. De toute façon, j'ai toujours préféré être au cœur de l'action.

Nous regardons tous trois le pub vide pendant quelques instants.

— Mais l'appartement faisait partie de ma rémunération… dis-je, un peu embarrassée. Delta, je n'ai vraiment pas les moyens de louer Otter Lodge.

Barney la devance.

— Hey, tout va bien, tranche-t-il en me rendant les clés. Tu vis là-bas, je vis ici, c'est pareil. Ça m'évitera d'avoir à franchir cette foutue colline, je n'aurais qu'à rouler en bas des marches pour aller travailler. C'est gagnant-gagnant.

Otter Lodge me revient sans cesse, à la manière d'un talisman porte-bonheur.

— Merci.

Je croise le regard de Delta, et elle lève ses sourcils comme pour dire : « Et voilà, problème réglé ! »

Quelle drôle de femme. De prime abord, elle a l'air complètement désinvolte, mais le fait est qu'en l'espace d'une seule matinée, elle vient d'embaucher deux personnes et de leur trouver un logement, le tout avec un bébé assoupi dans les bras.

— C'était vraiment une morsure de requin ? demande-t-elle en désignant l'épaule de Barney.

Il incline la tête, et ils se fixent quelques instants ; deux aventuriers que le mal du pays a fini par faire rentrer.

— Un requin blanc. Je surfais sur la côte est, en Australie.

Delta souffle, impressionnée malgré elle. Je sais que c'est encore un coup de mon esprit fantaisiste, mais j'imagine bien Raff, assis à côté de moi, en train d'assister à la rencontre entre ces deux-là en se frottant les mains de joie.

MACK

Laisse-la vivre

23 décembre, Boston

— Il faut commencer avec cette photo, décrète Phil Henderson d'un ton résolu, comme à son habitude.

Nous sommes à l'étage de la Galerie Henderson, dont il est propriétaire ; c'est là que toutes mes dernières expositions ont eu lieu et c'est là qu'aura lieu celle sur Salvation, en février prochain. Phil a vingt ans de plus que moi, c'est un homme d'affaires aguerri et je le considère presque comme un ami.

Il fait pivoter son écran pour que je voie la photo qu'il a agrandie : Raff me regarde fixement, son *fedora* incliné sur le côté, désinvolte, et sa flasque argentée levée en direction de l'objectif. Ce jour-là, j'étais tombé sur lui près de la digue, où il buvait une goutte de whisky en attendant que le bateau de marchandises amarre.

— Pourquoi celle-ci ?

Phil lève les mains, comme si c'était évident.

— Les gens s'attendront forcément à ce qu'un tel endroit soit froid et inhospitalier. Invivable, quoi. Ce type donne l'impression que c'est l'endroit le plus cool du monde.

Je ne peux pas le contredire. Salvation est presque invisible sur une carte, mais elle a laissé une trace indélébile en moi.

*

À mon retour à l'appartement, un colis m'attend, enveloppé dans du papier kraft et recouvert de timbres et de tampons de poste aérienne qui retracent son itinéraire autour du monde. Je reconnais immédiatement l'écriture de Cléo – celle de l'infâme liste de règles qu'elle avait aimantée sur le réfrigérateur et que j'ai prise avec moi avant de partir, cachée entre les pages d'un livre. Je pose le colis sur la table, je me fais un café et vide le lave-vaisselle tout en lui lançant un regard en biais de temps à autre.

Aurais-je oublié quelque chose, qu'elle me renvoie ? Elle n'en a pas parlé dans les textos que l'on s'est échangés, mais en même temps, ce n'était pas vraiment le genre de sujet dont on discutait. Beaucoup trop terre à terre. C'était plus… je ne sais pas réellement. Plus abstrait peut-être. Elle me racontait des choses sur elle. La seule fois où elle s'est bagarrée, c'était à treize ans, avec une fille qui avait insulté son frère. Quant à moi, je lui ai confié qu'ado, je portais parfois une lentille de contact marron, pour que mes yeux soient de la même couleur. Je crois que ces confidences avaient un pouvoir cathartique, comme si elles formaient une sorte de pont argenté reliant Salvation à mon appartement.

Je n'ai aucun regret. Vraiment. C'est juste que je dois de nouveau faire face à la réalité de ma vie ici, à Boston, et je sais que je n'ai pas le droit de faire appel à elle dès que j'ai un coup de blues. Je suis un papa avant tout. Un papa en pleine séparation, et dont le jugement est parfois faussé par la rancœur ou par des traumatismes du passé. Je ne sais pas comment faire pour que les enfants soient heureux, et que je le sois aussi. S'il faut choisir entre leur bonheur ou le mien, alors ils l'emporteront toujours. J'ai vu Cléo éclore comme un tournesol dont les feuilles suivent le soleil, puis se tourner vers moi et me demander de la suivre. Je l'ai fait, pendant un certain temps. Nous l'avons fait. C'était incroyable, éblouissant, unique. Et puis ça s'est arrêté et je me suis retrouvé dans le même état que si je venais de descendre d'un grand huit à toute allure. Les jambes en coton. Elle aussi, j'imagine, alors c'est normal qu'on ait du mal à couper le lien.

Le paquet est là, juste devant moi. Il faut que je l'ouvre ; on dirait une bombe à retardement. Sous le kraft, un papier de soie blanc, sur lequel est épinglée une note.

« J'ai entendu dire que ta tour météo clignotait en rouge. C. »

Je déchire le papier et y découvre une écharpe tricotée, en laine gris orage. *Cléo...* Je la prends dans mes mains. Les mailles sont larges, parfois inégales, comme si la personne qui l'avait faite n'était pas complètement sûre de ses gestes. Les prévisions météo annoncent de la neige pour Noël. Va-t-elle bientôt rentrer à Londres et être de nouveau aspirée dans le tourbillon de son ancienne vie ? Mes yeux se posent successivement sur mon téléphone, puis sur l'écharpe ; je soupire, la tête entre les mains. *Laisse-la vivre, Mack. Laisse cette femme vivre.*

MACK

Tout le monde a vu *Gremlins*

24 décembre, Boston

— PAPA !

Léo sort en trombe au moment où je me gare dans l'allée.

— Fais attention avec le verglas, je préviens en déposant un baiser sur son front. Il ne faudrait pas que tu te fasses une nouvelle entorse !

Une vague de froid polaire, tout à fait à propos en cette période de Noël, s'est abattue sur la ville cette semaine, et la rumeur de potentielles chutes de neige enfle. J'enfonce mon menton dans l'écharpe gris orage et j'attrape mon sac sur la banquette arrière. Susie m'a proposé de venir passer la soirée à la maison plutôt que de trimballer les enfants d'un endroit à un autre. C'est un vrai soulagement, à bien des égards. Je n'ai pas vraiment envie de me réveiller seul dans mon appartement le matin de Noël, ni que les enfants y passent une seule seconde. Je n'ai pas pris la peine d'accrocher de quelconques décorations ; autant égayer une cellule de prison. Ma mère m'a invité à passer Noël chez elle avec les amis et la famille, mais cela aurait impliqué de ne pas voir les garçons ; un précédent auquel je ne peux pas me résoudre pour le moment. C'était déjà assez difficile comme ça de passer *Thanksgiving* loin d'eux. Ma mère a compensé leur absence autant que possible, en préparant une délicieuse dinde, et j'ai pu partager mes photos de Salvation avec ma grand-mère. Un moment inoubliable. Assis autour de la table, nous avons pris le temps d'examiner chaque photo et de se raconter nos souvenirs. J'avais aussi trouvé quelques morceaux de musique folklorique irlandaise sur mon téléphone portable, et ça en valait le coup de voir ma grand-mère, les paupières closes, un sourire sur les lèvres en les écoutant. Je leur suis reconnaissant à toutes les deux d'avoir fait tant d'efforts, mais les vacances sont des périodes dédiées aux enfants, et j'ai besoin d'être avec les miens. Alors me voici prêt à passer la nuit sous mon propre toit, illuminé de guirlandes de Noël, pour la première fois depuis un an. Nous n'avions pas fait grand-chose pour Halloween, mais il y a quelques semaines, je suis venu aider Susie et, à nous deux, nous avons mis le paquet sur les décorations de Noël. De ce point de vue là, les habitants du quartier mettent la barre assez haut mais, cette année, nous ne sommes pas en reste. Des lumières blanches descendent en suivant la ligne du toit et des guirlandes de sucres d'orge serpentent autour des piliers du porche. De grands filets lumineux jetés sur les arbustes donnent l'impression qu'ils sont couverts de poussière de diamant, et une famille de rennes scintillants gambade sur la pelouse. En haut des marches, sous le porche, se dresse un immense sapin orné de lumières et de clochettes qui transforment le vent frais en une douce mélodie. Nous avons trouvé le juste milieu entre l'excès et le petit effort supplémentaire qui fait que les garçons ne se sentent pas défavorisés. Je sais très bien que toutes les lumières de Boston réunies ne peuvent pas compenser le fait que leurs parents sont séparés, mais nous faisons de notre mieux, et je suis sûr que ça finira par payer.

Susie apparaît dans l'embrasure de la porte d'entrée, une énorme couronne de Noël dans les mains, alors que Léo se précipite à l'intérieur pour prévenir son frère que je suis arrivé.

— Hey.

Son pull est orné de sequins argentés et elle porte un rouge à lèvres aussi vif que les sucres d'orge du porche.

— Je ne sais pas qui de toi ou de la maison est la plus festive, dis-je en souriant.

Elle a laissé pousser ses cheveux pour les attacher en queue-de-cheval et quand elle se tourne pour accrocher la couronne, ma gorge se serre tant elle me rappelle la jolie étudiante dont je suis tombé amoureux. Je l'observe pendant de longues secondes puis je tente de me ressaisir.

— Attends, laisse-moi le faire.

Je soulève la couronne de gui et la pose sur le crochet que j'ai fixé il y a des années. Nous nous tenons l'un à côté de l'autre, examinant avec satisfaction la large porte d'entrée rouge vif comme un camion de pompiers. Impeccable. Digne d'une vraie maison de famille ; une famille réunie pour Noël.

— Je suis contente que tu sois là, dit-elle.
— Moi aussi.

Les enfants sont au lit, les cadeaux emballés et disposés sous le sapin, et Susie et moi sommes assis chacun à une extrémité du canapé, avec bouteille de rouge vide posée sur la table basse. La journée a eu une saveur douce-amère ; nous avons préparé le déjeuner de demain sur fond de musiques de Noël nostalgiques et regardé un film dans le salon avec les enfants qui arboraient leurs nouveaux pyjamas de fêtes, des bols de pop-corn en équilibre sur les genoux. C'est comme si nous nous étions accordés pour mettre notre séparation sous le tapis. Au dîner, le regard des enfants brillait plus qu'à l'accoutumée et leurs voix étaient bien trop aiguës, comme s'ils reprenaient espoir tandis que leurs yeux nous observaient attentivement, passant de l'un à l'autre. Avons-nous tort de faire ça ? Sommes-nous en train de les condamner à un gros coup de blues après Noël ? Mon Dieu, j'espère que non. Je redoute déjà de devoir les quitter demain soir. Walt et Marie viennent passer quelques jours à la maison. Pour moi, ce sera retour à l'appart de la mort. Mais ce Noël, je me suis fait une promesse : quoi qu'il arrive, c'en est fini de cet endroit sinistre.

— J'ai vu ce film un million de fois, dit Susie en s'étirant.

— Tout le monde a vu *Gremlins* un million de fois. C'est ce qui fait son charme.

À l'écran, le diabolique chef des Gremlins et la maîtresse de maison se livrent une véritable lutte à mort, dans la cuisine.

— Tu sais quoi ? Je crois qu'on a regardé ce film lors de notre premier réveillon de Noël ici.

Je m'en souviens.

— On avait cette vieille télé d'occasion avec une ligne en plein milieu de l'écran, mais on ne pouvait pas se permettre d'en acheter une nouvelle.

À l'époque, nous avions mis de côté chaque dollar possible pour avoir un apport suffisant pour la maison.

Elle sourit, le regard plongé dans son verre de vin.

— Ça valait vraiment la peine d'acheter cette maison.

— Oui, c'est l'endroit parfait pour les garçons.

Susie acquiesce, l'air pensif.

— Tu leur manques.

— Ils me manquent aussi. Tous les jours.

— Je sais, soupire-t-elle.

Elle se penche et fait glisser son verre sur la table. Son pull remonte légèrement, révélant la petite tache de naissance brune qui m'est si familière, au bas de son dos. J'avale une longue gorgée de vin et détourne le regard.

— J'ai quelque chose pour toi, dit-elle en sortant une boîte emballée de papier cadeau de derrière un coussin.

— Susie, je n'ai pas…

— Ce n'est pas grand-chose, me coupe-t-elle en se rapprochant pour me le donner.

Je n'ai pas fait de cadeau à Susie. J'y ai pensé, bien sûr, mais je ne savais franchement pas quel genre de cadeau on est censé offrir à son ex-femme qui sort désormais avec son boss. Si seulement il y avait un manuel pour ce genre de choses. D'ailleurs, Robert a une grande mèche de cheveux grise, très marquée, et il m'est difficile de ne pas le comparer au gremlin qui crève l'écran.

Je pose mon verre et accepte le cadeau de Susie.

— Merci.

Je l'ouvre et découvre une photo dans un cadre noir. Je l'observe quelques instants, en silence, puis lève les yeux vers elle.

— L'un de mes souvenirs préférés au monde.

C'est un cliché en noir et blanc de nous quatre, au bord du lac, pris par Walt lors d'une chaude soirée d'été, il y a deux ans. Je m'en souviens si bien que j'arrive presque à sentir l'odeur du barbecue et la brûlure de la vieille balançoire en corde sur mes paumes. Nate s'appuie sur ma hanche, dégingandé, sa tête sur mon épaule, tandis que Léo passe ses bras autour de la taille de Susie, juste à côté de moi. Nous sommes en train de rire à une blague du photographe.

— On riait tellement, dis-je, nostalgique.

Quand je la regarde à nouveau, de grosses larmes perlent à ses yeux.

— Je ne sais pas comment ne pas t'aimer, Mack.

Ces dernières semaines, j'ai senti que quelque chose changeait en elle, comme si elle se détendait lentement : une invitation à rester prendre le café quand je viens chercher les enfants, une main qui s'attarde sur mon épaule, ou encore une fournée de biscuits au citron tout juste sortis du four – mes préférés. Mais ça allait au-delà de ces petits gestes : j'ai parfois surpris son regard qui soutenait le mien, par-dessus les têtes de nos garçons. Il fut un temps où c'était sa manière à elle de me dire qu'elle avait hâte que nous nous retrouvions tous les deux.

Je ne sais pas ce que ça signifie, si c'est un pas vers l'amitié ou si entendre parler de Cléo lui a fait un électrochoc.

— Hey, non. Ne pleure pas. Tu ne peux pas pleurer le soir de Noël, c'est interdit.

Je passe mon bras autour d'elle et elle s'effondre contre moi. Lorsque je baisse la tête, je sens le parfum de ses cheveux – le même shampoing que celui des garçons. Nous restons ainsi quelques minutes, ses épaules secouées de sanglots.

— Moi non plus, je n'ai pas envie d'arrêter de t'aimer, je souffle en passant ma main sur ses cheveux lisses et soyeux.

Je dépose un baiser au sommet de son crâne et murmure :

— On a le droit de s'aimer encore, tu sais.

Elle recule à peine et lève son visage vers moi. Ses cils sont collés par les larmes, formant des pétales autour de ses yeux couleur bleuet.

— Je ne crois pas que je puisse aimer Robert. Pas assez en tout cas.

Je sens la chaleur de son souffle sur mes lèvres, je lis la douleur dans son regard.

— Toi, tu l'aimes, Mack ? Tu l'aimes comme moi ?

Le tremblement de sa voix me brise le cœur.

— Bien sûr que non. Ce n'est pas pareil, dis-je d'une voix douce. Susie, on a passé des années à construire notre histoire d'amour, notre maison, à fonder notre famille. Rien ne sera jamais semblable à ce que nous avons vécu.

— J'ai peur de ne jamais pouvoir aimer quelqu'un d'autre autant que toi.

J'ai passé des nuits entières d'insomnies à espérer que Susie veuille à nouveau de moi. Nos vies sont liées l'une à l'autre depuis que nous avons dix-huit ans. Elle approche son visage, nos lèvres se frôlent, immobiles, tendres ; je ferme les yeux et nous vois tous deux comme à travers un kaléidoscope. Notre premier baiser, tremblant, contre le mur, derrière la maison de ses parents. Le baiser de notre mariage, la promesse d'un amour éternel scellée sur nos lèvres. Ma bouche, soulagée, contre la sienne, épuisée, après la naissance de notre premier enfant. Et un million d'autres baisers entretemps, tantôt ardents, tantôt réconfortants, contribuant chacun à écrire une nouvelle page de notre histoire. Elle a été mon grand amour pendant presque la moitié de ma vie, mais jamais nous n'avons échangé un baiser aussi éloquent, ni aussi douloureux que ce soir. Je m'enfonce dans le canapé et la regarde dans les yeux.

— Je sais que tu vas croire que c'est la nostalgie, le vin et l'atmosphère des fêtes qui me font dire ça, mais ce n'est pas le cas. Je suis désolée de t'avoir fait vivre ça, Mack. De nous avoir fait vivre ça.

— Susie, je...

Je me sens bien, enveloppé par la chaleur de notre salon, le confort de notre canapé. À cet instant précis, tout me semble à sa place. Je suis à la maison, c'est Noël. Les lumières du sapin étincellent dans l'ombre, et à la télé, un petit être incroyablement gentil se transforme soudain en monstre tellement cruel qu'il pourrait vous arracher le cœur.

CLÉO

Londres ne me manque pas le moins du monde

31 décembre, Salvation Island

— Tu es venue ! s'exclame Delta quand je pousse la porte du Salvation Arms, à l'heure du déjeuner.

— Il fait tellement froid, je ne sens même plus mon visage, dis-je tout en tapant des pieds tandis que je défais mon écharpe et suspends mon manteau.

Carmen, assise sur son fauteuil au coin du feu, lève les yeux vers moi et m'adresse un petit signe de la main, façon reine d'Angleterre, pour attirer mon attention.

— C'est un passe-montagne qu'il faut que je te tricote pour franchir cette colline. Ma laine…

— … est la plus chaude de l'île, je termine avant d'éclater de rire car Delta et Erin ont parlé en même temps que moi.

Il y a du monde au pub cet après-midi, on dirait que je ne suis pas la seule à avoir eu envie de passer le dernier jour de l'année en joyeuse compagnie. Le feu crépite et il règne une atmosphère de franche camaraderie. Ça ressemble plus une réunion de famille qu'à des habitués qui boivent un verre au pub. Finalement, c'est un peu ça : les habitants de l'île forment une grande famille et, ici, personne ne reste étranger bien longtemps. Je suis de loin la plus fraîchement arrivée – je ne compte pas Barney puisqu'il a grandi ici – et tout le monde connaît mon nom et sait ce que je fais, en grande partie grâce à Delta. Les gens me demandent régulièrement si mon roman avance. Je crois que je pourrais installer une ardoise sous le porche d'Otter Lodge avec mon décompte de mots journalier. Cela dit, personne ne le verrait : depuis que le temps s'est refroidi, j'ai de moins en moins de visites. Ce n'est pas grave, la solitude convient bien à mon état d'esprit du moment. J'ouvre le café quelques heures par jour durant la semaine, et c'est juste le niveau d'interaction sociale qu'il me faut pour me forcer à me brosser les cheveux. Du lundi au vendredi, en tout cas.

— Un Old Cuban, madame ? C'est comme un mojito, mais en meilleur.

Barney est tellement à l'aise derrière le comptoir qu'il semble y être depuis toujours. Raff nous manque terriblement, bien sûr, mais c'est comme si l'univers avait su qu'il allait disparaître et avait convaincu un requin de planter ses dents dans le bras du pétillant Barney Doyle pour qu'il revienne.

— OK. Mais sache que j'ai testé les meilleurs bars à cocktails de Londres, donc je suis plutôt du genre exigeante.

Il hausse les sourcils, savourant le défi. Malgré les réticences de Delta, Barney, à son rythme, est en train de former le goût des habitants de l'île qui apprécient de plus en plus un bon cocktail Tom Collins ou un mythique Cosmopolitan. Je crois qu'aucun de nous ne pourra jamais oublier Dolorès révélant la Barbra Streisand qui sommeillait en elle après avoir descendu quelques Gimlets le soir de Noël. Et si elle n'est pas embarrassée, c'est tout simplement parce qu'elle ne s'en souvient pas et que personne n'ose lui remémorer les événements.

Je regarde Barney, derrière le comptoir, avec son tee-shirt breton et le porte-bébé sur lui, comme s'il n'y avait rien de plus naturel.

Il me sert mon cocktail d'une main, tout en frottant le pied du bébé de l'autre.

— On passe un peu de temps entre mecs, hein, Elvis ?

Delta soupire.

— C'est juste que ça fait du bien que quelqu'un le prenne de temps en temps. Il passe quatre-vingt-dix pour cent de sa vie le nez dans mes seins.

Je baisse les yeux, amusée, car je viens de surprendre le regard de Barney suggérant que de ce point de vue là, il considère que bébé Raff est un gamin sacrément chanceux. Ou plutôt, Rafferty Elvis : c'est ainsi que Delta l'a officiellement appelé ; une manière de faire à la fois un clin d'œil à son oncle et un électrochoc à sa mère.

— Pas mal, j'admets en sirotant mon Old Cuban.

— La classe internationale, tu veux dire.

Je n'ai aucune envie de le reconnaître, mais avec Barney, le Tom Cruise de *Cocktail* aurait enfin un adversaire de taille.

Delta fait tinter son verre contre le mien.

— À toi, Cléo. J'ai l'impression que tu vis ici depuis toujours. Ne me laisse jamais, s'il te plaît.

— Et à toi.

Je ravale mes larmes en trinquant ; Delta est à la fois mon âme sœur et mon amie la plus cool, la raison pour laquelle j'ai eu l'audace de rester.

— Ça me fait plaisir de voir la bague de tante Bernadette à l'air libre, reprend-elle en désignant l'anneau de Claddagh à mon doigt. C'était elle, la vraie enfant sauvage de l'île. Complètement folle. Quand j'étais petite, je tannais ma mère : je voulais tellement lui ressembler, être une aventurière ! Je collais ses cartes postales de pays exotiques autour du miroir de ma chambre, déterminée à marcher dans ses pas dès que je serais assez grande pour m'échapper de Salvation.

Elle rit doucement et son regard se pose sur Barney, puis sur son fils assoupi.

— J'imagine que j'ai fini par grandir et comprendre ce qui était vraiment important.

— Tu devrais dire ça à ta mère.

Je suis sûre que Dolorès serait heureuse d'entendre ça. Mais Delta éclate de rire.

— Tu plaisantes, j'espère ! Hors de question, ces mots ne franchiront jamais ma bouche pour arriver aux oreilles de ma mère !

Je plonge le nez dans mon verre, dissimulant un sourire. Delta a pris à la fois la soif d'aventure de sa tante, la loyauté de Raff et la volonté de fer de sa mère. J'observe le bébé, qui s'est mis à pleurer de l'autre côté du comptoir. Je me demande quel genre d'enfant il deviendra, s'il donnera à sa mère du fil à retordre en grandissant ; s'il est ne serait-ce qu'à moitié aussi vif que Delta, alors la réponse est oui.

La porte s'ouvre sur Brianne dans un tourbillon de fourrure, bottes en peau de mouton aux pieds, suivie par Cameron qui doit baisser la tête pour passer. Elle se précipite vers moi dès qu'elle a accroché son manteau.

— J'ai quelque chose pour toi, m'annonce-t-elle à voix basse, pour que personne n'entende. Un colis, poursuit-elle en se penchant si près qu'elle m'embrasse presque l'oreille. Ça vient d'Amérique.

Elle le sort de sa poche et le glisse dans mes mains comme si c'était de la drogue. La taille d'une grosse lettre, trois-quatre centimètres d'épaisseur. Bon. Je ne connais qu'une seule personne qui vit en Amérique.

— Merci.

Mes yeux s'attardent sur le paquet, je me demande ce qu'il peut bien contenir. Mack et moi ne nous sommes pas écrit depuis bien avant Noël. Le soir du réveillon, je suis restée assise quelques instants au sommet de Wailing Hill, au cas où il se sentirait seul et aurait envie de m'écrire. Rien. Je me demande si lui aussi a attendu de voir si je le contactais ou s'il s'efforce de tourner la page. Peut-être s'est-il senti obligé de m'envoyer quelque chose, à cause de l'écharpe. J'espère que ce n'est pas le cas. Je suis contente que Brianne ait eu la délicatesse de rester discrète, car sans ça, Delta serait déjà en train de piaffer pour savoir ce qu'il y a à l'intérieur. Moi aussi, à vrai dire. Je commande un deuxième Old Cuban et prends le bébé dans mes bras, mais mes mains ne cessent de glisser vers mon sac, où j'ai rangé le paquet. A-t-il emporté quelque chose à moi à Boston, par mégarde ? Rien qui ne m'ait fait défaut, hormis le petit morceau de mon cœur. Je ris intérieurement, sans doute à cause du rhum, en imaginant ouvrir le paquet et y découvrir un petit morceau de chair qui palpite.

— Mon Dieu, ces cocktails sont tellement forts, je lance en reposant mon verre vide.

Delta soupire, le nez dans sa tasse de thé.

— Je te crois.

— Au moins, tu n'auras pas la migraine demain matin.

— Si, à cause du manque de sommeil. Et j'aurai aussi les seins endoloris, et la pâquerette en vrac.

Je la serre dans mes bras et lui donne une petite tape dans le dos.

— Allez, je suis sûre que tu ne regrettes rien.

Elle lève les yeux au ciel, car elle sait que j'ai raison. Elle doit certes affronter les effets que la maternité a sur son corps, mais elle est dingue de son petit garçon aux cheveux d'Elvis.

— Je vais filer. Il vaudrait mieux que j'arrive au lodge avant la nuit.

Elle me serre contre elle.

— Bonne année, Cléo. Je suis tellement contente que tu sois restée.

— Heureusement que je sais tricoter. Sinon ta mère ne m'aurait jamais acceptée.

— Ne la ramène pas trop, n'oublie pas que j'ai vu à quoi ressemblait l'écharpe que tu as faite !

Nous éclatons de rire et je me fraye lentement un chemin vers la sortie, m'arrêtant pour embrasser ou serrer dans mes bras quelques habitants. J'enfile mon manteau et croise le regard de Brianne, qui m'adresse un petit signe de tête : mission accomplie.

— Bonsoir, joli lodge.

Je suis heureuse de voir que le feu danse toujours dans la cheminée. J'ai même mon propre sapin ; une surprise d'Ailsa et Julia qui me l'ont apporté quelques jours avant Noël, avec des décorations récoltées çà et là grâce à une boîte à don déposée au Salvation Arms. J'ai évidemment pleuré. Les habitants de cette île ont un cœur immense. Dolorès m'a donné quelques guirlandes lumineuses en plus et Carmen m'a offert une vieille étoile argentée, emballée dans du papier journal, à accrocher au sommet de l'arbre.

Londres ne me manque pas le moins du monde. L'idée de rues commerçantes bondées et de bars pleins à craquer ne me fait pas envie. Mes proches me manquent, bien sûr, surtout ma mère, mais après tout, passer mes jours et mes nuits seule ici a un pouvoir cathartique.

Je me prépare un café et reste debout devant l'évier de la cuisine, le regard perdu sur la plage, en attendant que l'eau bouille. J'ajoute un filet de whisky spécial fêtes à mon café et l'emporte sur le canapé, avec ma couverture patchwork et le petit paquet couleur kraft en provenance d'Amérique.

Cela fait une heure que je n'ai pas bougé d'un poil. Mon café a refroidi et mon visage est baigné de larmes. Mack m'a envoyé un album photos des moments que nous avons passés ensemble, une sorte de mémoire intime de ce que nous avons été. La table du petit déjeuner dressée pour deux, avec une carafe remplie de fleurs sauvages à côté du pot de lait. Nos verres à whisky vides sur la table basse, près du feu qui se consume. Nos bottes côte à côte, près de la porte. La fameuse frontière de craie, reliant son sac d'une part à ma valise, de l'autre. Le toit du porche orné de la guirlande de guinguette pour mon anniversaire. Ma robe blanche, suspendue, attendant le jour J. Et moi. Moi, image après image. Certaines sont si personnelles que je ne les montrerai jamais à personne. Moi, sur les marches du porche, une couverture sur les épaules, un café entre les mains. Moi, en noir et blanc, assise dans le lit, nue, le drap enroulé autour de mes hanches. Je ne me suis jamais trouvée belle mais, sur ses photos, Mack a réussi à me rendre belle. Je m'attarde sur chacune d'elles, prenant le temps de me souvenir de ce que nous faisions à ce moment-là, de ce que nous nous sommes dit. Il tournait si souvent son objectif vers moi que je m'y étais habituée. Au fond, je devais me douter que je verrais ces photos un jour, et que je me souviendrais alors de lui, de nous. C'est le cadeau le plus précieux que l'on m'ait jamais fait.

Il n'y a que deux photos de nous. Mack les a prises un soir, au lit : ma tête sur son épaule, le drap blanc relevé, coincé sous mon bras, il m'enlace. Sur la première, nous regardons tous deux l'objectif, ivres de désir ; sur l'autre, mes yeux sont fermés et son visage tourné vers moi, tandis qu'il dépose un baiser sur mon front. Ivres d'amour. Je range l'album dans son enveloppe matelassée. Je ne sais pas quand je serai de nouveau capable de le regarder.

Mack a aussi glissé une invitation pour son exposition, fin février. Je passe lentement mon doigt sur les lettres noires, dessinant son nom, perdue dans mes pensées.

Il est minuit moins cinq, le dernier jour de ce qui s'est révélé l'année la plus importante de ma vie. Je suis assise sur le rocher au sommet de Wailing Hill, emmitouflée à cause du froid polaire, une flasque de whisky dans la poche, et je ne voudrais être nulle part ailleurs au monde. Je suis venue m'asseoir ici avec mes pensées, dans l'idée de laisser l'année écoulée s'envoler dans le vent et de humer l'air de l'année nouvelle, venant de l'est.

Je salue Jupiter en chuchotant, et je me demande si Mack la regarde aussi. J'ai beaucoup pensé à lui cet après-midi. Ces photos ont ravivé tant de souvenirs que j'aperçois presque sa silhouette marcher au bord de l'eau, son appareil autour du cou.

— Tu sais quoi ?

Je parle tout haut, puisque de toute façon, je suis clairement en train de m'adresser à Jupiter.

— C'est bon. J'ai le droit de le dire. J'ai aimé Mack Sullivan de la manière la plus soudaine, spectaculaire, charnelle, spirituelle, jalouse, primaire que l'on puisse imaginer et, l'espace d'un instant, lui aussi. C'était de la magie pure.

Je débouche ma flasque et frissonne en avalant une gorgée de whisky.

— Oh, je sais très bien quels sont les pouvoirs de cette île, je poursuis, me lançant dans une conversation telle que seul le whisky peut provoquer. Puisque j'y suis ! Je le sais : Salvation a son propre champ de force qui attire les gens du monde entier sur ce petit bout de rocher, comme bon lui semble. Barney est arrivé parce que Raff est parti. Je suis arrivée par le même bateau que Mack. Je veux dire… c'est évident ! Quelle est la probabilité que ce genre de trucs se produise ?

Je secoue la tête et prends une autre gorgée.

— Ingérence caractérisée dans les affaires de l'univers, à grande échelle. Il fallait le faire. Chapeau.

Je me tais, regarde les vagues aller et venir sur le rivage et je pense à la vie que je mène ici. Minuit moins une.

Je songe que je pourrais finir par rester sur cette île. Je deviendrais pour Delta ce que Carmen est pour Dolorès.

Ce n'est pas le pire scénario que je puisse imaginer. Enfin, ce ne sera certainement pas le cas, mais je suis heureuse pour le moment et ça, ce n'est pas rien. Ma mère vient passer quelques jours ici en février ; j'espère que d'autres amis feront aussi le voyage. J'ai volontairement pris une décision à court terme : je reste jusqu'au printemps. Après, je verrai comment je me sens. Ne pas avoir l'impression d'être toujours en train d'attendre la suite, ça donne une sacrée liberté.

Je regarde l'heure sur mon téléphone portable et, au moment où mes yeux se posent sur l'écran, minuit s'affiche. Les rues de Londres doivent être une avalanche de baisers ivres, et son ciel une explosion de feux d'artifice. Ici, il ne se passe rien. Il n'y a que moi, Jupiter et la mer, et ça me va. Je n'ai pas envie d'être mon propre flamant rose pour toute la vie, car l'idée d'aimer quelqu'un d'autre me plaît, mais en attendant, être ma propre meilleure amie et ma *pom-pom girl* la plus fervente me va très bien. Je suis mon flamant rose temporaire. Je donne un petit coup d'épaule à la Emma Watson imaginaire assise à côté de moi ; je crois qu'elle serait fière du chemin parcouru. À l'horizon, le clair de lune illumine les voiles fantômes de *La Pionnière*, gonflées par le vent.

— Bonne année.

Je n'avais pas prévu de crier mais quand je me redresse, les mots s'échappent de ma bouche, retentissants. Je lève les bras vers le ciel, flasque de whisky à la main, téléphone dans l'autre.

— À toi, Salvation ! Toi qui as fait de moi une femme !

Je pensais verser des larmes de nostalgie ce soir, mais mon sens aigu du mélodrame me fait rire.

Je glisse la flasque de whisky dans ma poche, et décide d'écrire à Mack.

Un. L'album photos est arrivé aujourd'hui. Merci ! J'en ai pleuré, c'est tellement beau. Je suis incroyablement fière de toi. Bonne chance pour l'exposition.
Deux. Bonne année ! Je le pense vraiment. Fais tout ce qu'il faudra pour être heureux, Mack, tu le mérites.
Trois. X

Je n'écris pas que je n'ai pas de regrets parce que, parfois, j'en ai. Il a placé la barre incroyablement haut et il faut que j'arrive à me convaincre qu'il existe d'autres personnes sur cette planète capables de l'atteindre. Peut-être que, dans quelque temps, l'Univers lancera à nouveau ses filets et mettra le grand amour sur mon chemin, mais pour l'instant, ça me paraît impossible.

Je range mon téléphone dans ma poche et descends la colline en direction d'Otter Lodge et de ses lumières accueillantes. Une année flambant neuve. Quand je pense à ce que me réservent les mois à venir, l'excitation l'emporte sur la peur. Je sais désormais que *La Pionnière* ne partira pas sans moi, puisque la pionnière, c'est moi.

MACK

Je suis leur forêt

17 janvier, Boston

— FAIS UN VŒU, LÉO !

Susie tient un énorme gâteau d'anniversaire qui scintille. Treize bougies. Le monde compte un nouvel adolescent. Mon fils est un ado. Comment est-ce possible ? La peur m'envahit quand je repense à ma propre adolescence. J'étais assez rebelle à l'époque et j'ai donné du fil à retordre à ma mère, je m'en rends compte aujourd'hui. Léo ressentira-t-il lui aussi le besoin de repousser constamment les limites ? Je n'en sais rien. Une chose est sûre, il est bien mieux entouré que je ne l'étais.

— Ce sera plus facile si tu enlèves ton masque, dis-je.

Il est dingue de sa tenue de baseball et je n'ai pas pu m'empêcher de prendre des tonnes de photos de lui dans son nouvel uniforme des Sox ; son équipement de receveur est au complet.

— Mais non, je peux souffler à travers la grille !

Il rit, sa poitrine se soulève et il souffle toutes les bougies d'un coup.

— Bien joué ! lance Susie en posant le gâteau sur la table tandis que Léo se lève pour aller chercher un couteau.

— Tu crois qu'il compte aussi manger à travers la grille ?

— Tu connais déjà la réponse, dit-elle en enlevant les bougies pleines de chocolat.

Nate revient de la fenêtre en courant, vif comme l'éclair.

— Maman, papa ! Grand-père est là !

Susie me regarde, les sourcils froncés. Ses parents sont dans le Maine, ils rendent visite à la sœur de Marie. Je hausse les épaules, pensant que Nate a dû se tromper, mais la sonnette retentit. Je me lève, jette un regard par la fenêtre et ne reconnais pas le SUV noir brillant garé dehors.

— J'y vais, dis-je, saisi par un mauvais pressentiment.

Nate m'accompagne en sautillant. J'ouvre la porte d'entrée en grand, me préparant psychologiquement à affronter autant le vent froid que les mauvaises nouvelles.

— Salut, fiston.

Mon père. À l'improviste, comme d'habitude.

— Papa. Quelle surprise.

— J'étais dans le coin, pour le boulot. Je me suis dit que j'allais passer souhaiter un joyeux anniversaire à ce petit gars, lance-t-il tout sourire en donnant une tape sur l'épaule de Nate.

— Raté, ce n'est pas le bon.

— C'était un test, réplique-t-il en riant, balayant son erreur du revers de la main.

— Il y a du gâteau, intervient Nate. Léo a même gardé son masque pour le manger.

— Il faut absolument que je voie ça.

Mon père m'adresse un large sourire et fait un pas en avant. Je retiens ma respiration et m'écarte pour le laisser entrer, tout en le maudissant de ne pas me laisser le choix.

— Susie !

Il prend cette voix enjôleuse qu'il maîtrise si bien, du genre « ça fait un bail ! », défait son long manteau en laine et ôte son écharpe. Il est toujours aussi bien habillé ; comme le disait ma mère, mon père a l'œil pour les femmes et les costumes bien coupés.

— Alvin, dit Susie, affichant un sourire gêné.

Elle m'adresse un regard interrogateur et je hausse les épaules, perplexe.

— Tu arrives juste à temps pour le gâteau, poursuit-elle.

Je le regarde rire et faire son petit numéro de charme aux garçons, une carte d'anniversaire avec un chèque pour Léo, et un billet qu'il sort de son portefeuille pour la tirelire de Nate. Ils s'assoient de part et d'autre de lui et boivent ses paroles, leurs visages pâles contrastant avec son bronzage typique de la côte ouest.

— Les Red Sox, hein ? dit-il en désignant l'uniforme de Léo. C'est mon équipe, ça. Tu as de qui tenir, mon garçon.

— Moi aussi, grand-père, renchérit Nate en soulevant son pull pour lui montrer fièrement son tee-shirt préféré des Red Sox.

Je les regarde faire des pieds et des mains pour l'impressionner, et je me retiens pour ne pas lui faire réenfiler son manteau de luxe et le renvoyer d'où il vient. Mes enfants n'ont pas besoin de ça.

Au moment où les enfants aperçoivent les voisins dehors et sortent les rejoindre en courant, mon père lance :

— Vous devriez tous venir passer l'été en Californie. Ils adoreraient les plages.

— Il y a des plages ici aussi, je réplique.

Susie a quasiment l'air d'avoir des crampes à force d'afficher un sourire forcé. Le fait que mon père ne soit pas au courant de nos problèmes de couple en dit long sur son manque d'intérêt pour son fils. Et le fait que j'essaie de tout faire pour éviter le sujet depuis qu'il est arrivé en dit long sur mon rapport à lui.

— Encore un peu de gâteau ? propose Susie, avant de débarrasser la table.

— Non merci, j'ai mangé plus de sucre qu'il n'en faut pour une journée.

C'est tout lui. Il a cette manière faussement dévote de se faire passer pour un modèle de vertu, mais c'est toujours au détriment de ceux qui l'entourent. Susie rapporte le gâteau à la cuisine, se demandant sans doute si elle n'y est pas allée un peu fort avec le glaçage au chocolat.

— Comment va le boulot, fiston ?

Je lui parle dans les grandes lignes de ma prochaine exposition sur Salvation. En entendant ce nom, il se met à rire. Trop longtemps, trop fort.

— Cet endroit existe donc vraiment ! Première nouvelle ! s'exclame-t-il en secouant la tête. Vu la manière dont ta mère en parlait… des dragons, des pirates et tous ces trucs de gosses. Dis-moi, capitaine Mack, tu as trouvé un trésor ?

C'en est assez. Ce ton jovial, cet air toujours légèrement supérieur. Je ne vis peut-être plus ici, mais ça reste ma maison, et c'est hors de question qu'il reste. Je ramasse son manteau et lui tends.

— Je raccompagne mon père à sa voiture ! je crie à l'intention de Susie.

Elle passe la tête dans l'encadrement de la porte de la cuisine.

— Au revoir Alvin. Merci d'être passé.

Mon père me fixe quelques instants en silence puis se lève et me suit. Je ne regarde pas derrière moi avant d'être arrivé sur le trottoir, à hauteur de sa voiture.

— J'ai fait quelque chose de mal ? demande-t-il.

On pourrait presque croire qu'il est sincère, mais la lueur de défi dans son regard le trahit. Je l'observe, hésitant. Cela en vaut-il vraiment la peine ?

— Tu veux dire aujourd'hui, ou ces vingt-cinq dernières années ?

Son roulement d'yeux est si imperceptible qu'il aurait presque pu m'échapper.

— Allons, Mack, tu es un homme maintenant, et un père aussi. Tu sais bien que la vie n'est pas un long fleuve tranquille.

« Pas un long fleuve tranquille. » Ses mots illustrent bien nos divergences de point de vue quant au rôle de père. Son rictus permanent m'agace ; mes poings me démangent.

— Non, être père, ce n'est pas censé être qu'une partie de plaisir. Une famille, ça ne sert pas juste à faire joli pendant un temps, avant de s'en débarrasser quand on n'en a plus besoin. C'est comme une forêt. Elle change, elle grandit, elle évolue constamment. Elle offre des abris, des racines, des branches auxquelles s'accrocher et des feuilles qui amortissent les chutes.

Il ne dit rien. Peut-être ai-je réussi à me faire comprendre, ou peut-être qu'il n'en a juste rien à faire. Quoi qu'il en soit, cette conversation a assez duré.

— Tu avais raison tout à l'heure. Mes enfants ont de qui tenir. Mais c'est de moi, pas de toi.

Je regarde les phares de sa voiture disparaître dans la nuit et me laisse tomber sur les marches du porche, le souffle court. J'appuie ma tête contre la rambarde, je ferme les yeux et écoute les rires haut perchés et les cris des enfants qui jouent dans le jardin des voisins.

Je suis la canopée au-dessus de leurs têtes, la terre sous leurs pieds, le doux coussin de feuilles sur lequel atterrir. Je suis leur forêt. Leur foyer.

CLÉO

Kylie Minogue aura toujours l'air d'avoir dix-huit ans

12 février, Salvation Island

MA MÈRE A ORDONNÉ AUX FLOTS de la laisser traverser en sécurité et l'océan lui a obéi. Je la regarde descendre du bateau avec bien plus de classe que je n'en aurai jamais, et avancer sur le sable à grands pas en agitant son bras en guise de bonjour. Je cours presque vers elle, comme l'enfant de six ans que j'étais, à la fin d'une journée d'école, ne désirant rien de plus que me jeter dans ses bras réconfortants.

Je la serre de toutes mes forces contre moi.

— Eh bien, dit-elle en secouant les embruns de ses cheveux quand je desserre mon étreinte. C'était un peu fatigant.

Je ris ; c'est ma mère tout craché. Moi, quand j'ai pris le bateau, j'ai cru que j'allais mourir. Ma mère, elle, trouve que c'était « un peu fatigant ». Tom plaisante toujours en disant que notre mère et Emma Thompson ont dû être séparées à la naissance car elles ont cette même façon brusque et sans chichis de réconforter et de protéger ceux qu'elles aiment tout en les laissant un peu déconfits. Je ne connais pas une seule personne qui n'apprécie pas ma mère. Sauf peut-être le prof de physique qui a qualifié ma sœur aînée de paresseuse lors d'une réunion parents-profs et qui, pour la peine, s'est fait passer un savon en public. Donc, mis à part M. Jenkins, tout le monde s'accorde à dire qu'elle est merveilleuse.

— Allez, dit-elle en passant son bras sous le mien et en balançant son sac à dos sur son épaule, tu me fais visiter ?

— Tu es sûre que tu ne préfères pas aller directement au lodge ?

Elle me lance un regard sous sa frange poivre et sel.

— On aura tout le temps d'y aller après.

Je consulte ma montre. On peut encore atteindre le village avant le crépuscule.

— Un gin tonic au pub ?

Ses yeux s'illuminent.

— Je te suis !

— Laissez-moi deviner, lance ma mère en déboutonnant son manteau. Delta ?

— Qu'est-ce qui m'a trahie ? demande Delta en jetant un coup d'œil à la mèche de cheveux noirs qui dépasse du porte-bébé et encadre le minuscule visage endormi aux longs cils sombres et aux lèvres roses. C'est ce petit bout ?

— J'ai entendu dire que c'était le bébé le plus mignon du monde… et on ne m'a pas menti.

Barney nous observe du coin de l'œil.

— À mon tour de deviner, maintenant, intervient-il en tapotant sur le comptoir du bout des doigts. Je dirais que ce qu'il vous faut, c'est…

Il réfléchit, incline la tête d'un côté.

— … un French 75.

La plupart des gens n'y connaissent rien quand Barney leur fait une proposition sortie de son inépuisable répertoire de cocktails. Mais ma mère n'est pas la plupart des gens.

— Ne lésinez pas sur gin, mais juste ce qu'il faut de citron, précise-t-elle.

Barney se retient de donner un coup de poing dans l'air.

— Bien sûr.

Et voilà : elle s'est mis Delta dans sa poche, et Barney a immédiatement senti qu'il avait une alliée côté cocktails. Ma mère a le charisme naturel du joueur de flûte de Hamelin, entraînant admirateurs et amis dans son sillage. C'est étrange de la voir ici, à Salvation ; c'est comme si mes deux mondes s'étaient rencontrés, se chevauchant juste assez pour lui permettre de passer de l'un à l'autre.

— Vous tricotez, Helen ? interroge Delta en lui apportant son cocktail.

Nous nous sommes installées près du feu et profitons de la quiétude du pub ; c'est l'accalmie habituelle de l'après-midi.

— Très mal, avoue-t-elle.

C'est un mensonge, elle est bien meilleure que moi.

— Tu devrais emmener ta mère au club la semaine prochaine, propose Delta.

Elle s'installe près de moi et me passe le bébé.

— Je te jure qu'il devient plus lourd d'heure en heure. Avec lui, c'est comme si j'allais à la muscu tous les jours !

— Michelle Obama et ses bras fuselés peuvent aller se rhabiller ! je m'exclame.

Je trinque avec ma mère et la regarde goûter sa première gorgée.

— Prépare-toi, maman, les cocktails de Barney sont les meilleurs de l'île.

Barney fait semblant de ne pas s'intéresser à nous et se révèle très mauvais comédien.

— Ooh, c'est divin, s'extasie ma mère en faisant un petit signe de tête par-dessus son épaule à l'intention de Barney.

Je n'en suis pas absolument certaine mais il me semble que Barney Doyle, *alias* le barman le plus cool du monde, vient de rougir.

— Et encore un cocktail à ajouter à ma liste pour quand je pourrai de nouveau boire, soupire Delta.

— J'avais le droit à une coupe de champagne par jour quand j'allaitais, déclare ma mère. Pour les quatre enfants. Ordre du médecin.

— Et ils s'en sont très bien sortis, pas vrai ? demande Delta, les yeux brillant d'espoir.

— Cela dit, il s'est fait radier quelques années après, donc mieux vaut ne pas trop se fier à ses conseils.

— Mince.

Je tapote la jambe de Delta sous la table tandis que ma mère descend la moitié de son verre d'un coup et le repose.

— C'est pour me donner du courage. Ma chérie, j'ai quelque chose à te dire.

Une bouffée de chaleur m'envahit ; je crains le pire. Delta attrape ma main.

— J'ai un petit ami.

Parmi tout ce à quoi j'aurais pu penser, ça ne m'aurait même pas traversé l'esprit. Je suis tellement surprise que je reste bouche bée. Bébé Raff me sauve en lâchant un pet aussi inopiné que retentissant ; Delta sursaute et me le prend des bras en riant.

— Anthony, reprend ma mère, gênée et en me donnant des informations que je n'ai pas demandées. Rencontré en ligne ! Tu le crois ?

— Franchement, maman, non, je... Enfin... comment tu as fait ?

Elle n'a même pas d'ordinateur et sait à peine utiliser son téléphone portable.

— Tom m'a installé son vieux PC dans la chambre d'amis à la maison pour que je puisse te parler dans de bonnes conditions ; l'écran de mon téléphone portable est trop petit. Je voulais voir ton visage en taille réelle !

Je ris à moitié, cette conversation est vraiment bizarre.

— Enfin, toujours est-il que je reçois une notification de message d'un certain Anthony James, un garçon avec lequel j'étais à l'école. J'en pinçais terriblement pour lui à l'époque ; comme tout le monde, en réalité. Il voulait organiser une réunion d'anciens élèves, et j'ai proposé de l'aider.

Je hoche la tête et descends mon cocktail d'une traite. Barney m'observe attentivement derrière le comptoir, toujours prêt à remplir un verre vide, et je lui en suis très reconnaissante : un gin ne suffira pas. Ce n'est pas que ça me gêne, vraiment pas. Mais elle a toujours été heureuse comme ça, toute seule. C'est une mère. Une grand-mère. Et j'avais oublié que c'était une femme, aussi.

Je bafouille et tente de faire la conversation :

— Et comment ça se passe ? La réunion a eu lieu ?

— Oui, mais juste à deux, figure-toi. Il est veuf. Depuis dix ans.

— OK, dis-je en adressant un sourire plein de reconnaissance à Barney, qui arrive chargé de deux French 75.

— Tom et tes sœurs sont au courant. Je leur ai demandé de ne pas t'en parler, je voulais te l'annoncer moi-même.

Ses yeux se voilent, emplis de nervosité ; je sais qu'elle attend mon approbation, je l'entends dans sa voix.

— Maman, ça ne me dérange pas, si c'est ça qui t'inquiète. Ça me surprend, c'est tout.

— Moi aussi, ça me surprend, avoue-t-elle avec un rire empreint de soulagement, qui frôle le gloussement.

Je lève mon verre pour porter un toast. Certaines choses semblent gravées dans le marbre : la marée continuera à monter et descendre, Kylie Minogue aura toujours l'air d'avoir dix-huit ans, et maman restera célibataire. Comprendre que même ces choses-là peuvent changer me fait l'effet d'un électrochoc.

— Tu veux me parler de lui ?

Nous nous sommes assises sur les marches d'Otter Lodge avant d'aller nous coucher, et la question de ma mère surgit de nulle part. Nous n'avons pas évoqué Mack une seule fois, la journée a été un véritable tourbillon de rencontres. Nous nous sommes gavées de pâtes bolo préparées par ses soins avant de partir et transportées jusqu'ici dans un Tupperware planqué dans son sac. Elle ne s'est pas arrêtée là : mon gâteau d'anniversaire – celui au café – trône sur le plan de travail, déjà bien entamé. Je ne sais pas comment il a réussi à passer de la cuisine de ma mère à Otter Lodge en restant entier, mais au fond, ça ne me surprend pas vraiment. Sa question en revanche, si. Je ne lui ai jamais parlé de Mack sauf comme de l'Américain un peu gênant, au début.

— Il n'y a pas grand-chose à dire, maman. Il a passé un peu de temps ici, et puis il est parti.

Elle passe son bras autour de moi et resserre la couverture sur nous.

— Il est comment ?

Oh.

— Il est…

Mon Dieu, il y a tant à dire.

— C'est un photographe incroyable, et un papa encore plus incroyable. Il a le cœur en miettes, et il sent la brise marine du matin.

Je pose ma tête sur son épaule.

— Il est fan des Red Sox et de Bruce Springsteen. Il a une marque pâle sur la nuque, à cause de la bandoulière de son appareil photo, dis-je en touchant l'endroit exact sur mon cou. Il a emporté dans sa poche le morceau de craie que je lui ai donné, et dans sa poitrine un éclat de mon cœur.

J'écarte mon pouce et mon index, pour lui montrer la taille du petit espace que j'occupe, à 5 000 kilomètres de là.

— Il prend son café sans sucre et il n'arrive pas à tenir sur une jambe aussi longtemps que moi. Ses yeux sont de couleurs différentes, et s'il devait choisir de manger un dessert avant de mourir, ce serait du *cheesecake.*

Je ferme les paupières et repense à nos confidences nocturnes.

— Et pendant quelque temps, il m'a donné l'impression d'avoir avalé des étoiles.

Ma mère me frotte doucement le bras, tout en essayant de se faire une idée de Mack à partir de ma description un peu hachée.

— Tu te souviens du chien du voisin quand tu étais petite ? demande-t-elle.

J'acquiesce.

— Il avait les mêmes yeux.

Nous restons quelques instants plongées dans le silence de Salvation, enveloppées par la nuit.

— Il n'y a pas beaucoup de personnes qui peuvent te donner l'impression d'avoir avalé des étoiles, tu sais.

— Est-ce que papa en faisait partie ? je demande en passant mon pouce sur le cadran de ma montre.

Elle rit doucement et laisse les souvenirs remonter.

— Il m'a fallu plus de vingt-cinq ans avant d'aller ne serait-ce que boire un café avec un autre homme, Cléo. Ton père était plus que ça. Il me donnait l'impression d'avoir avalé le soleil tout entier.

— C'est long, vingt-cinq ans toute seule…, je murmure en regardant Jupiter briller dans le ciel.

— Oui. Même si je n'ai pas vraiment eu le temps de me sentir seule avec vous quatre !

Je n'ose même pas imaginer à quel point ça a dû être difficile. Elle a les reins solides, ma mère. Elle s'entendra à merveille avec les autres femmes du club de tricot.

— Et Anthony ? Il te donne l'impression d'avoir avalé quoi, sur l'étoilomètre ?

— Je ne sais pas encore. Une demi-lune, peut-être.

Je souris.

— Ça a le même goût que les demi-lunes au fromage ?

— Pour l'instant, on se contente de cuisine italienne et de bon vin rouge, me confie-t-elle en riant.

Maintenant que j'ai digéré la nouvelle, je suis contente de savoir qu'Anthony fait partie du paysage. Ma mère mérite mieux qu'une vie par procuration à travers ses enfants et ses petits-enfants.

— Mack m'a invitée au vernissage de son exposition, dans quelques semaines. À Boston.

— Je l'ai vue sur le frigo. Tu devrais y aller.

Je la regarde, surprise par sa franchise.

— Tu crois ?

— Pourquoi pas ? Tu viens d'envoyer ton manuscrit. Le timing est parfait.

— Ce n'est pas juste une question de timing. Il y a toute sa vie, là-bas.

— Il ne t'aurait pas envoyé d'invitation s'il n'avait pas envie que tu viennes.

— Peut-être. Ou alors, c'était un moment de faiblesse et il regrette déjà. Il n'a pas répondu à mon texto de bonne année. En même temps, il faut bien qu'il y en ait un des deux qui raccroche, pas vrai ? Et après tout, c'est une date qui a du sens, pour une fin. Peut-être qu'il a retrouvé sa famille, qu'ils sont de nouveau heureux tous ensemble et qu'il souhaite qu'on reste amis. Ou alors, il se sent seul et ma présence lui ferait du bien. Mais à quel prix pour moi, maman ? Je suis bien ici.

Je tends les mains vers la baie.

— Et ici aussi, j'ajoute en tapotant mon front. Cette île m'a fait découvrir ce qu'était la magie. Je n'ai pas envie d'y renoncer pour une histoire d'amour aussi risquée.

— Temps nuageux avec risque d'amour. Comme le film.

— N'importe quoi.

— En tout cas, n'oublie pas Boston. Réfléchis-y. Les regrets pèsent de plus en plus lourd à mesure qu'on vieillit.

J'acquiesce. J'y pense souvent, depuis que j'ai reçu l'invitation.

— Allez, maman, il est temps de se coucher.

Je me redresse, lui tend une main pour l'aider à se relever, et la serre contre moi.

— Je suis tellement contente que tu sois venue.

— Moi aussi, je suis contente que tu sois venue ici, tu sais.

Je suis heureuse qu'elle voie à quel point Salvation m'a changée. Je ramasse nos verres, la suis à l'intérieur du lodge, et regarde une dernière fois l'invitation accrochée sur le réfrigérateur avant d'éteindre les lumières.

MACK

Vernissage

26 février, Boston

Il y a tant de personnes chères à mon cœur qui ont fait l'effort de venir au vernissage ce soir. Susie et les enfants, Walt et Marie, ma mère et ma grand-mère, Daryl, mon meilleur ami et sa femme Charlotte. Voir leurs visages dans la foule me réconforte et atténue ma nervosité.

— Je suis vraiment fier de toi, fiston ! s'exclame Walt.

Il me serre la main et pose l'autre sur mon épaule, rassurante. Ce n'est pas le genre à porter le costard-cravate, mais il a fait un effort vestimentaire ce soir. C'est sans doute Marie qui a insisté pour qu'il mette son blazer bleu marine.

— J'ai eu un bon professeur.

Son regard s'illumine ; il apprécie le compliment. L'atmosphère entre nous est plutôt bonne, même si nous n'échappons pas à quelques situations gênantes, de temps à autre. Je sais à quel point cela a été difficile pour les parents de Susie d'accepter l'échec du mariage de leur fille unique, et leur présence me touche d'autant plus ce soir. C'est la meilleure manière de montrer aux garçons que notre famille existe toujours et que, si sa forme change, les liens qui nous unissent sont indéfectibles.

— Nate m'a dit que tu déménageais, reprend Walt.

— Oui, j'ai trouvé un endroit avec un jardin, pour les garçons.

Un endroit qui ne me vide pas de mon âme.

— Tu sais où me trouver si tu as besoin de réparer quelque chose.

— Merci, c'est gentil.

Je retiens mes larmes. Walt ne m'a pas seulement appris à tenir un appareil, il m'a aussi appris à être père. Et il a encore tant à m'apprendre, même aujourd'hui. Les parents de Susie sont au courant de sa liaison avec Robert, et elle leur a probablement dit que j'avais moi aussi rencontré quelqu'un, mais ils ne se sont pas permis de me juger, ni de me faire la leçon. Ils sont là, et quand tout semble s'échapper, comme sur un navire qui gîte, leur présence inébranlable est ce qu'ils peuvent nous offrir de plus précieux. Susie apparaît juste à côté de son père, très belle, dans une robe noire toute simple.

— Papa, tu monopolises la star de la soirée, lance-t-elle en riant.

Elle attrape le bras de Walt et me sourit quand nos regards se croisent. Depuis notre baiser le soir de Noël, notre relation est un peu étrange. Elle a rompu avec Robert et masque à peine sa déception de me voir quitter mon appartement pour m'installer dans un endroit plus durable. Nous avons fait quelques sorties en famille depuis le début de l'année, un ou deux cinémas, une virée au zoo, mais je n'arrive pas à définir ce que je ressens, et je ne suis pas sûr non plus de ses sentiments à elle. Les garçons influencent chacune de mes décisions ; ce qui est bien pour moi n'est pas forcément ce qui leur conviendrait le mieux. C'est un puzzle difficile à reconstituer, mais je n'ai pas le choix, il faut que j'y arrive. Mon père a fait bien des erreurs quand j'étais enfant, et j'ai toujours eu l'impression d'être un puzzle d'occasion avec des pièces manquantes.

— Mack, je crois que Phil te cherche pour que tu fasses un discours.

Susie s'éloigne avec Walt et me lance un regard pardessus son épaule.

— Bonne chance, dit-elle en croisant les doigts.

Elle porte de nouveau son alliance. Quand elle voit que je m'en aperçois, ses yeux bleus me disent des mots qu'il lui est impossible de prononcer là, dans cette pièce bondée, avec son père à ses côtés.

— Tout le monde est là ?

Phil acquiesce.

— Quasiment. Plus quelques pique-assiettes, comme d'habitude.

Je parcours la salle du regard, à la recherche d'une crinière de boucles noires, en vain. Je ne sais pas pourquoi j'avais pensé que Cléo serait peut-être là car, après tout, elle n'a pas dit qu'elle viendrait. Elle n'a plus rien dit, d'ailleurs, depuis le Nouvel An. De mon côté, j'ai gardé le silence radio. Je me dis que c'est la meilleure chose à faire.

— Tu es prêt ? demande Phil.

Je glisse la main dans ma poche pour vérifier qu'elle est là, même si je sais que c'est le cas. Je me souviens des fois où j'ai dû faire un discours, debout à côté de Daryl : mon mariage, et le sien. Phil s'écarte et je m'avance. Je me lance dans des remerciements, essayant de n'oublier personne, et je me mets soudain à bafouiller en voyant la porte s'ouvrir et une silhouette se glisser au fond de la pièce, le visage caché par un parapluie détrempé. Une femme. Tout le monde se retourne et le temps semble suspendu jusqu'à ce qu'elle baisse son parapluie. Je m'éclaircis la gorge, troublé. *Ce n'est pas Cléo.* Je passe une main dans mes cheveux, avale une gorgée d'eau et me concentre sur mon discours, qui tient sur un bout de papier, devant moi. Ces mots-là ne me paraissent plus être les bons, alors je plie la feuille et la range dans la poche de ma veste.

— Salvation est une petite île, un rocher hostile au large des côtes atlantiques de l'Irlande, que vous ne trouverez dans aucun guide touristique. Personne ne va là-bas par hasard, et c'est ce qui en fait un endroit si particulier. C'est l'illustration même de l'esprit de communauté, et c'est aussi la terre de mes ancêtres maternels, le lieu où se déroulaient les histoires que me racontait ma grand-mère quand j'étais enfant.

Je prends quelques instants pour les regarder toutes deux, assises d'un côté de la pièce. Ma mère, les épaules relevées, fière, ma grand-mère et sa silhouette d'oiseau, sereine.

— Elle me parlait de collines tachetées et d'océans déchaînés, d'épaves et de trésors de pirates. Je sais que ses histoires étaient en partie inventées pour plaire aux oreilles d'un petit garçon mais, d'une certaine manière, elles se sont révélées exactes. En me rendant là-bas, j'ai eu l'impression d'y découvrir la magie à l'état pur.

J'ai essayé de capturer l'essence de Salvation sur mes pellicules, et je suis incroyablement fier des photographies accrochées aux murs ici ce soir. Mais aucune image ne peut rendre le goût salé que l'air marin laisse sur les lèvres en séchant. Quelqu'un – quelqu'un d'exceptionnel – l'a comparé à la pureté des diamants. Une photo ne suffira jamais à transmettre l'odeur qui émane de la terre lorsqu'on arpente les collines ; un mélange unique d'ozone, de tourbe et d'histoire, de brûlis, et de sol enrichi par la sueur et le labeur de générations entières d'insulaires qui ont travaillé leur terre. Je n'ai jamais rencontré de gens aussi fiers de leur identité ni dotés d'un sens aussi aigu de la solidarité. Ils incarnent à eux seuls le mot « clan » et chaque syllabe du mot « fraternité ». Du mot « sororité », aussi : les femmes de Salvation sont des guerrières et des impératrices. Un tel peuple aurait toutes les raisons d'être tribal, fermé aux autres, et de regarder d'un œil méfiant l'étranger qui foule leur sol. Mais ce n'est pas le cas. Ces gens m'ont ouvert leurs bras et m'ont accueilli chez eux. Leur musique m'a ému, leurs légendes encore plus, et je dois dire que leur whisky m'a fait tourner la tête.

J'attends que les rires s'évanouissent, puis je désigne la photo grandeur nature de Raff, assis sur la digue, son *fedora* sur l'œil.

— Cet homme-là incarnait tout ce qu'il y a de plus génial dans cette île et ce peuple. C'était un conteur au cœur de lion, un vrai chef de famille. La loyauté coule dans leurs veines. Dans les miennes, et dans celles de mes enfants.

Je lève le menton, fier de mes origines. À côté de Susie, les garçons exultent.

— Cette île m'a changé. J'ai quitté Boston à la recherche de mes racines, et je les ai trouvées là-bas, au milieu des croix de pierre du cimetière face à la mer. J'ai découvert le plaisir de ne plus être connecté, la joie simple de la conversation, la satisfaction d'entretenir un feu. Cet endroit est peut-être trop petit pour même apparaître sur la plupart des cartes, et pourtant il tient une place immense dans le cœur de celles et ceux qui ont eu la chance d'y aller. À Salvation ! Jamais un lieu n'aura aussi bien porté son nom.

— Est-ce que je suis quelqu'un d'exceptionnel ? demande Susie, adossée au mur, un verre presque vide à la main.

Walt et Marie sont rentrés avec les enfants, et je viens tout juste de mettre ma mère et ma grand-mère dans un taxi. La galerie est quasiment déserte, mis à part quelques personnes qui traînent dans l'espoir de profiter d'un dernier verre gratuit.

— Tu es une maman exceptionnelle.

En la voyant cligner des yeux pour faire disparaître la piqûre provoquée par mes mots, je regrette de ne pas avoir été plus doux. Elle se redresse et déambule lentement au milieu des photographies. Je la regarde qui observe attentivement Raff, puis continue à avancer jusqu'à ce qu'elle se trouve devant une photo d'Otter Lodge, en noir et blanc. Cléo est assise sur les marches du porche, un café à la main, un sourire naissant au coin des lèvres. J'ai fait exprès de n'inclure que très peu de photos d'elle dans l'exposition. À part celle-ci, il n'y en a qu'une seule autre, prise le soir où elle s'est fait surprendre par les vagues : elle fait le pitre sur la plage, des coquillages dans l'ourlet de son pull, affichant une joie non dissimulée et un air de défi tandis qu'elle fixe l'objectif en riant. Je la regarde et réalise seulement maintenant qu'il s'agit du moment exact où je suis tombé un peu amoureux. Susie l'examine en silence, le dos tourné, si bien que je ne peux pas voir sa réaction. Nous n'avons pas reparlé de Cléo depuis que je lui ai dit que c'était terminé. Nous n'avons pas parlé de grand-chose, en réalité, mais cette situation d'attente perpétuelle ne peut pas durer. Ce n'est pas bon, ni pour elle, ni pour moi.

— Je le vois dans ses yeux, dit-elle calmement. La manière dont elle te regarde.

— Je ne voulais pas te faire de mal.

— Nous nous sommes fait du mal, Mack, poursuit-elle en se tournant vers moi, l'air triste. Je t'ai rejeté, mais je ne m'attendais pas à ce que tu ailles aussi loin, ni à ce que je te perde pour toujours.

— Je suis là, maintenant.

J'aurais aimé que nous ayons cette conversation ailleurs qu'ici. N'importe où, mais pas ici, où Raff semble m'observer derrière son chapeau, où les habitants de Salvation lèvent leurs verres, réunis au pub. Je ne peux pas regarder Susie avec l'image de Cléo qui danse sur la plage derrière la ligne de ses épaules. Ces deux mondes-là ne peuvent pas se chevaucher.

— Mais est-ce vraiment là que tu veux être ?

Parfois oui, parfois non.

— Tu sais que je serai toujours là pour les enfants. Et pour toi.

— Ce n'est pas ma question, réplique-t-elle en regardant de nouveau Cléo. Tu as rencontré quelqu'un d'exceptionnel, Mack. Ce sont tes propres mots. Sur ces photos, votre complicité saute aux yeux. C'est à la fois indéniable, douloureux, et d'une beauté qui me déchire le cœur.

Je ne trouve pas de mots qui n'aggraveront pas la situation.

— Je t'aime, souffle-t-elle d'une voix étouffée. Je t'aime trop pour te retenir.

— Je t'aime aussi, dis-je en saisissant sa main, la gorge nouée par l'émotion. Tu es exceptionnelle, Susie.

Elle me dévisage puis tend la main et passe les doigts sur ma joue, comme pour essuyer quelque chose.

— Tu avais de la craie.

CLÉO

Je suis officiellement une femme de Slánú

19 mars, Salvation Island

— TU ES ASSISE ?

— Sur un rocher au sommet d'une colline, en plein vent, dis-je en agitant les pieds dans mes bottes avec une impatience nerveuse.

Je suis en ligne avec Abbie, ma toute nouvelle agente littéraire. Je l'ai appelée dès que j'ai reçu son message.

J'adore l'idée de pouvoir dire « mon agente ». Je le glisse dans toutes les conversations comme une toute nouvelle fiancée exhiberait son diamant.

— OK, donc, comme tu le sais, le manuscrit a été soumis au comité mercredi.

Je me mordille la lèvre. Au cours des dernières quarante-huit heures, j'ai fait pas mal d'allers-retours sur la plage en imaginant les éditeurs londoniens en train de lire mon roman. Je me suis retenue de ne pas envoyer des bouteilles à la mer avec le message : « S'il vous plaît, publiez-moi » depuis les rives de Salvation, dans l'espoir qu'elles rejoignent les berges de la morne Tamise.

— Ton texte a suscité beaucoup d'intérêt, Cléo. J'ai déjà reçu plusieurs propositions, et je sais qu'il y a encore au moins deux autres maisons intéressées. C'est presque devenu une vente aux enchères ! J'attends les dernières offres pour lundi après-midi au plus tard.

Je ris, j'en ai la tête qui tourne.

— Waouh. Attends, doucement. Ce que tu es en train de me dire est juste impossible, j'ai du mal à suivre.

— OK. Respire profondément. Ça marche, Cléo. Tu vas être publiée !

À la fin de sa phrase, sa voix frôle l'excitation. Elle est aussi enthousiaste que moi de la tournure que prennent les événements et ça me fait du bien. J'ai enfin l'impression d'avoir vraiment quelqu'un à mes côtés.

— Est-ce que tu veux connaître le détail des offres ou tu préfères attendre que tout soit réglé ?

La question de rêve.

— Je crois que je préfère attendre.

— Tu as raison, approuve-t-elle avant d'ajouter : Mais juste pour que tu aies une idée de la fourchette où tu te situes, c'est une somme à six chiffres.

Je m'immobilise, pétrifiée. Je parviens à me retenir assez longtemps pour que l'on se mette à crier en chœur, et que l'on convienne de se rappeler lundi après-midi. Je raccroche et regarde la baie. Mon cœur bat la chamade. Mon livre est aux enchères ! Les éditeurs se battent pour l'obtenir. Ai-je bien compris ? Oui, je sais que oui. Je glisse du rocher et plante mes pieds dans le sol, alignés sur mes épaules, mains sur les hanches. C'est le moment parfait pour la pose de superhéroïne. Je ne me suis jamais sentie aussi bien.

Quelques heures plus tard, je me tiens debout sous le porche, mon habituel whisky du soir à la main, pour porter un toast de minuit au ciel nocturne de Salvation et à ma bonne étoile. Je n'arrive pas à croire que je suis ici depuis près de six mois.

Je suis officiellement une femme de Slánú, le genre de personne qui connaît les horaires des marées et prend plaisir à regarder les saisons se succéder. Est-ce que ma vie londonienne me manque ? De temps en temps, oui. Ça dure à peu près cinq minutes. La connexion Internet est toujours aussi pourrie, et je n'ai plus d'eyeliner mais, hormis ces détails, Salvation l'emporte haut la main. Selon Abbie, mon agente, mon installation ici est le truc le plus fou et le plus cool qu'elle ait jamais entendu, d'autant que j'ai écrit un livre à propos d'une fille qui s'enfuit sur une île perdue pour se marier avec elle-même et finit par ne jamais rentrer chez elle. Quand je lui ai dit ce qui m'avait inspirée, elle en est restée sans voix ; c'était comme si sa lettre de présentation du manuscrit venait de s'écrire toute seule.

La journée a été claire, mais les prévisions météo annoncent de la neige pour cette nuit. J'ai fait des réserves, prête à me terrer ici pour quelques jours s'il le faut. Comme une enfant, j'espère de tout mon cœur me réveiller sous la neige. Ce serait la première fois depuis que je suis arrivée ici.

— Bonne nuit, Salvation, je murmure en levant mon verre. À demain.

Je finis mon whisky et rentre.

Un bruit me réveille juste avant l'aube. Sans doute du bois flotté balayé par le vent. Je cherche mon téléphone dans la pénombre ; il est six heures pile et je suis dans cet entre-deux voluptueux, partagée entre l'envie de me rendormir et celle de me lever pour jeter un coup d'œil dehors et voir s'il a déjà commencé à neiger. Bien au chaud sous la couette, je n'arrive pas à lutter contre mes paupières qui se referment doucement, mais j'ouvre brusquement les yeux et reste pétrifiée : on vient de frapper à la porte. Ça n'a pas l'air d'être une urgence, c'est plutôt un léger *toc-toc*, du genre « tu es réveillée ? ». Je me redresse, enfonce mes pieds dans mes bottes fourrées, enroule la couverture en patchwork autour de mes épaules et me dirige vers la porte en criant :

— Une minute, j'arrive.

Je parie sur Barney venant insister pour que je vienne m'abriter au pub pendant la tempête de neige à la demande de Delta, ou sur Cameron, m'apportant des provisions supplémentaires, pressé par Brianne. Je m'apprête à ouvrir mais je m'arrête et retiens mon souffle : j'entends de la musique. Mes doigts s'immobilisent sur le loquet. Bruce Springsteen joue de l'harmonica. Je ferme les yeux une fraction de seconde pour l'écouter, le front contre la porte, et pose une main tremblante contre mes lèvres, qui esquissent un sourire. J'ouvre lentement, en sachant que ni Barney ni Cameron ne se tiendront devant moi.

— Mack.

Il extirpe un grand album photo noir de son manteau, qu'il dépose entre mes mains.

— Tu n'es pas venue à l'exposition, dit-il. Alors j'ai fait en sorte que l'exposition vienne à toi.

— Tu as fait 5 000 kilomètres pour m'apporter ça ?

Il sourit, et ses beaux yeux étranges étincellent de tendresse.

— J'avais du mal à dormir.

Sa présence ici est inespérée et je suis submergée par un flot d'émotions, comme si un immense soulagement m'envahissait à l'idée de graviter de nouveau dans son orbite. Les flocons de neige tombent sans discontinuer, donnant au lodge un air du pays de Narnia, et viennent s'écraser sur son manteau rouge ridicule.

— Mais comment… quand… ?

Les questions se bousculent dans ma tête mais je ne parviens pas à en formuler une seule ; la joie l'emporte, j'exulte. Je voudrais me jeter dans ses bras, l'attirer contre moi dans la douce chaleur des draps, pourtant je n'en fais rien. Je ne sais pas encore ce qu'il a en tête. Je pose l'album, serre la couverture autour de moi et appuie mon épaule contre l'encadrement de la porte.

— Qu'est-ce qui t'empêche de dormir ?

— Ah, dit-il en passant une main sur ses cheveux mouillés par la neige. Eh bien, en fait, ma montre n'est pas à l'heure. Je l'ai laissée réglée sur l'heure de Salvation. Je voulais savoir l'heure qu'il est, là où tu es.

Je baisse les yeux. *Mon Dieu, Mack Sullivan, ça, c'est une déclaration.*

— Cléo, ma vie est compliquée, chaotique, mais le temps que nous avons passé ensemble ici m'a changé. Susie m'a embrassé le soir de Noël et je n'ai pas pu lui rendre son baiser, car c'est toi que je voulais.

Je l'écoute, je laisse ses mots ouvrir les portes que j'avais soigneusement fermées, pour me protéger. J'ai tout fait pour me convaincre que je ne le reverrais jamais. Qu'il avait retrouvé sa place dans la vie qu'il avait laissée derrière lui, et que je devais avancer sans lui.

— Il y a quelque temps, quelqu'un d'exceptionnel m'a dit que mon cœur avait du mal à capter le message. Mais ça y est, je l'ai reçu.

Je hoche la tête et mes yeux s'abreuvent de chaque centimètre de son visage ; il m'a manqué, bien plus que je ne le pensais.

— Et qu'est-ce qu'il disait… ?

— Il me disait de faire 5000 kilomètres pour t'inviter à danser sur Springsteen sous le porche d'Otter Lodge, parce que tu mérites ce qu'il y a de plus romantique au monde. Regarde, ajoute-t-il en désignant le paysage derrière son épaule, j'ai même commandé la neige, Cléo. Tu as une idée du degré de difficulté de ce genre de truc ?

Il prend mes mains dans les siennes.

— Écoute. Je dois, je veux vivre là où mes enfants vivent, jusqu'à ce qu'ils aient moins besoin de moi. Mais venir ici, te rencontrer… ça m'a changé. Tu m'as bouleversé, tu sais ?

Il m'attire près de lui et poursuit :

— Est-ce que… tu serais prête à venir à Boston ? Peut-être pas pour t'y installer, mais juste pour venir me voir, de temps en temps ? Moi aussi, je viendrais dès que je peux, où que tu sois. Ce serait comme revivre des centaines de fois notre amour de vacances.

Je crois qu'il ne sait pas à quel point c'est parfait. Après tout ce que j'ai appris sur moi-même, s'il m'avait demandé de me fondre dans son monde, je crois que je n'y serais pas arrivée. Mais ce n'est pas ce qu'il me demande, parce que ce n'est tout simplement pas ce genre d'homme. Il sait à quel point je chéris ma liberté et ma solitude, il comprend que mon histoire sur cette île n'est pas encore achevée.

— Je crois que j'aimerais bien voir cette fameuse tour météo.

Le soulagement adoucit son visage, sa mâchoire semble se relâcher et je me rends compte de sa nervosité. Venir ici et jouer cartes sur table n'a pas dû être facile. Nous nous regardons, le temps de quelques battements de cœur, puis il lance de nouveau la chanson, et enlace mes doigts.

— Tu danses avec moi ?

Je retiens mes larmes quand il m'attire contre lui et m'enveloppe dans la chaleur de son ridicule manteau rouge, dans la douceur de ses bras si familiers. La tête contre son torse, j'écoute Bruce jouer son blues à l'harmonica, je regarde la plage recouverte de neige et les larmes roulent sur mes joues au souvenir de la dernière fois où nous avons dansé ainsi. Je ne sais pas ce que l'avenir nous réserve. Je ne sais pas si mon Américain gênant réussira un jour à tenir sur une jambe assez longtemps pour se transformer en flamant rose, mais ce que je sais, c'est qu'il y a des milliers de pages blanches à remplir, et ça me va. Mais je garde cette histoire-là pour plus tard, car pour l'heure, les flocons tombent sur Salvation comme dans une boule à neige, et je vis un moment magique.

DIX-HUIT MOIS PLUS TARD

Women Today
Cléo Wilder – chroniqueuse exceptionnelle

Bonjour à toutes !

Vous vous souvenez de moi, la chasseuse de flamant rose partie me marier avec moi-même sur une île perdue et qui n'est jamais revenue ? Dix-huit mois se sont écoulés depuis ma dernière chronique et j'ai l'impression que chaque cellule de mon corps s'est régénérée. Ai-je fini par trouver mon flamant rose ? Chère lectrice, j'ai trouvé bien plus que ça. J'ai trouvé mon clan.

Pendant toutes ces années en tant que chroniqueuse spéciale relations amoureuses, j'ai fait de la quête du grand amour ma mission ; une mission dévorante, où chaque nouvelle rencontre était source d'espoir, d'attentes, de déception et finalement, de désespoir. Un vrai cocktail d'émotions que j'ai bu des centaines de fois au fil des ans, pour finir avec un sac à main rempli d'ombrelles à cocktail en papier coloré et un cœur complètement désabusé. J'ai cru que c'était une histoire de chiffres et que si je continuais à lancer le dé de l'amour, la loi des probabilités finirait par me faire gagner. J'avais tort. Je n'aurais jamais pu gagner en continuant ainsi, parce que s'il manquait en effet quelque chose à ma vie, ce n'était pas un partenaire.

On dit souvent que notre ventre est notre deuxième cerveau, le siège de notre instinct, et j'ai eu beau essayer de le remplir de cocktails tous plus inadaptés les uns que les autres, mon instinct savait que cette vie-là n'était pas faite pour moi. Il a tenté de me le faire comprendre, mais dans le chaos quotidien dont je m'étais entourée, je ne pouvais pas l'entendre. Et puis je suis venue ici, sur cette île, et petit à petit, je me suis mise à l'écouter. Comme une invitation discrète au changement, une certitude tenace, un soulagement libérateur. Je suis l'enfant qui restait aider la bibliothécaire de l'école à déballer les livres et éventait les pages pour en respirer l'odeur. Je suis l'adolescente qui s'endormait avec son ordinateur portable vert citron en forme de coquillage sous l'oreiller tous les soirs. Et aujourd'hui, je suis l'adulte, la romancière qui crée des mondes avec ses mots, et vit la vie qui était faite pour elle. Je suis toujours sur mon île. Dans mon lodge. Il est à moi désormais, comme s'il m'avait attendu depuis toujours.

Que vais-je faire maintenant ? Boire mon café sous le porche en regardant les étoiles. L'Américain – vous vous souvenez de lui ? un gros manteau rouge et une lampe frontale ridicule ? – doit arriver d'ici quelques jours. Je savoure l'espace et le silence qui m'entourent avant qu'il ne me rejoigne et s'assoie à côté de moi, sur ces marches, sans qu'aucune frontière de craie ne nous sépare.

Que vais-je faire une fois qu'il sera parti ? La même chose, j'imagine, jusqu'à ce que l'heure vienne de lever l'ancre et mettre les voiles vers un nouvel horizon.

Merci, Emma Watson. Merci, Bruce Springsteen. Vous avez tous deux changé ma vie plus que vous ne pouvez l'imaginer.

J'ai laissé mon intuition me guider, et elle m'a menée chez moi. Écoutez-la, vous aussi.

Cléo.

Vous trouverez le premier roman de Cléo Wilder, *Chère moi bien-aimée,* dès jeudi prochain dans toutes les bonnes librairies.

REMERCIEMENTS

Merci à mon exceptionnelle éditrice, Katy Loftus.

Merci également à Vikki Moynes pour son soutien généreux et son aide éditoriale. J'ai beaucoup de chance d'être entourée de personnes brillantes – merci à Harriet Bourton, Georgia Taylor, Ellie Hudson, Leah Boulton, Karen Whitlock et à tout le monde chez Penguin UK, en particulier à la formidable équipe des droits étrangers.

Un grand merci à mon éditrice américaine, Hilary Teeman, une vraie pile électrique, pour son aide, ses conseils et ses encouragements si précieux. Merci également à Caroline Weishuhn et à toute l'équipe de Ballantine ; je suis tellement heureuse de poursuivre cette aventure avec vous.

Merci à ma merveilleuse agente Nelle Andrews pour avoir tenu si fermement le cap ; à bientôt pour plein d'autres aventures littéraires en haute mer.

À ma famille, vous êtes tout pour moi, et je vous aime pour toujours.

Je me tourne souvent vers mes amis Facebook quand je suis bloquée, alors merci à vous tous de vous prêter au jeu et de répondre à mes questions les plus improbables !

À Maya et Sally, mes amies d'écriture et celles qui comprennent ma passion pour les chips au petit déjeuner – je vous aime fort toutes les deux.

À mes sœurs de Bob-land – presque vingt ans de vie commune ! Nous sommes sans aucun doute la meilleure assemblée de sorcières en ligne qui soit.

Enfin, un million de mercis à mes lecteurs, auxquels je suis sincèrement redevable.

La communauté Charleston a aimé !

Chez Charleston, nous sommes convaincus que loin d'être une aventure solitaire, la lecture est une invitation au partage. Nous échangeons constamment avec nos lecteurs et lectrices, et nous sommes fiers de la belle communauté d'amoureux des livres que nous formons tous ensemble. Chaque année, nous choisissons au sein de cette communauté vingt lectrices et lecteurs qui nous accompagnent tout au long de l'année et découvrent nos romans en avant-première. Voici leurs avis !

« J'ai adoré suivre Mack et Cléo, ils forment un binôme adorable et complémentaire. Un roman solaire, riche et émouvant qui se dévore d'une traite ! »

@_polyme_books_

« Grâce à la plume de Josie Silver, on se sent dans un cocon dès les premières pages. Elle nous embarque loin de tout et nous fait vivre une magnifique histoire d'amour et d'amitié. »

@lisez_en_moi

« Josie Silver a ce don de tisser des liens profonds et bouleversants dans ses romans. J'ai fermé ce livre les larmes aux yeux et le cœur tout retourné. »

@lilysreadings

« Entre rencontres inattendues et quiproquos délicieusement divertissants, ce roman explore avec brio les méandres de l'amour et de la résilience dans un cadre enchanteur. »

@voslivresenunclic

« J'ai tout aimé dans cette romance. Page après page, l'autrice nous emmène dans le quotidien des deux protagonistes et des habitants de l'île, tous profondément bienveillants. »

@mycosyreading

« Un roman réconfortant et addictif ! La plume de Josie Silver retranscrit avec émotion et justesse une histoire touchante. C'est sincère, poétique et très plaisant à lire ! »

@book_by_tom_

« Ce roman très étonnant, nous raconte une jolie histoire d'acceptation de soi, d'amitié, de sororité et d'amour. Avec humour, émotion et poésie, l'autrice nous transporte dans cette île irlandaise oubliée de tous. »

@alice_au_pays_des_livres

« J'ai apprécié la structure de l'histoire, avec les deux points de vue des personnages qui permettent de s'attacher. »

@monprochainlivre

Cet ouvrage a été imprimé en utilisant des papiers composés de fibres naturelles, renouvelables, recyclables et fabriquées à partir de bois issus de forêts qui adoptent un système d'aménagement durable. En outre, les fournisseurs de papier s'inscrivent dans une démarche de certification environnementale reconnue.

vé d'imprimer sur Roto-Page en septembre 2023
par l'Imprimerie Floch
53100 Mayenne
Dépôt légal : octobre 2023
N° d'impression : 103117
Imprimé en France